COMO DOS EXTRAÑOS

COMO DOS EXTRAÑOS

Lisa Kleypas

Traducción de Ana Isabel Domínguez Palomo
y M.ª del Mar Rodríguez Barrena

VERGARA

Título original: *Hello Stranger*

Primera edición: mayo de 2018

© 2018, Lisa Kleypas
© 2018, Penguin Random House Grupo Editorial, S. A. U.
Travessera de Gràcia, 47-49. 08021 Barcelona
© 2018, Ana Isabel Domínguez Palomo
y María del Mar Rodríguez Barrena, por la traducción

Printed in Spain – Impreso en España

ISBN: 978-84-16076-25-3
Depósito legal: B-5.747-2018

Compuesto en Comptex & Associats S. L.

Impreso en Romanyà Valls, S. A.
Capellades (Barcelona)

VE 7 6 2 5 3

Penguin
Random House
Grupo Editorial

1

Alguien la estaba siguiendo.

La inquietante certeza le provocó a Garrett un escalofrío en la nuca, de manera que el vello se le puso de punta. De un tiempo a esa parte tenía la impresión de que alguien la vigilaba cada vez que visitaba la enfermería del asilo para pobres. De momento, no había encontrado evidencia alguna que justificara su inquietud, no había visto a nadie que la siguiera ni había oído sus pasos, pero podía sentir su presencia en las cercanías.

Siguió caminando a paso vivo con el maletín en la mano derecha y un bastón de nogal en la izquierda. Su mirada analizaba todos los detalles del entorno. La barriada de Clerkenwell, situada en East London, no era un buen lugar para mostrarse descuidada. Por suerte, estaba a dos manzanas de la calle principal, de reciente construcción, donde podría parar un coche de alquiler.

Los malolientes vapores que ascendían desde Fleet Ditch hicieron que se le saltaran las lágrimas mientras caminaba por la rejilla metálica que lo cubría. Le habría gustado taparse la boca y la nariz con un pañuelo perfumado, pero ningún residente haría algo así, y quería pasar desapercibida.

Los bloques de viviendas, ennegrecidos por el hollín, estaban tan juntos como hileras de dientes y tan silenciosos que resultaba alarmante. Casi todos los ruinosos edificios habían sido declarados inseguros y pronto serían derribados para construir una nueva barriada. La luz de las farolas que flanqueaban la calle relucía entre la niebla que cubría la serena noche estival, ocultando casi por completo una luna roja. Faltaba poco para que el surtido habitual de vendedores ambulantes, carteristas, borrachos y prostitutas abarrotara las calles. Tenía la intención de estar bien lejos cuando eso sucediera.

Sin embargo, aminoró el paso al ver que unas cuantas siluetas emergían de entre la niebla. Se trataba de un trío de soldados fuera de servicio tal como delataban sus uniformes, riéndose a mandíbula batiente mientras se acercaban a ella. Garrett cruzó la calle en dirección a la otra acera sin alejarse de las sombras. Demasiado tarde. Uno de ellos la había visto y la siguió.

—Mirad qué suerte —dijo, dirigiéndose a sus compañeros—. Una ramera que va a alegrarnos la noche.

Garrett los miró con gesto gélido mientras aferraba con fuerza la empuñadura del bastón. Era evidente que estaban borrachos. Seguro que se habían pasado todo el día bebiendo en una taberna. Los soldados contaban con pocos entretenimientos de los que disfrutar durante sus días libres.

Sintió que se le aceleraba el corazón al verlos acercarse.

—Caballeros, déjenme pasar —dijo con voz cortante al tiempo que cruzaba la calle de nuevo.

Los soldados la interceptaron entre carcajadas y haciendo eses.

—Habla como una dama —comentó el más joven de los tres, un pelirrojo de pelo rizado que no llevaba sombrero.

—Qué va a ser una dama —replicó otro, de rostro alargado y expresión hosca, que iba en mangas de camisa—. ¿No ves que va sola por la calle a estas horas? —Miró a Garrett con una sonrisa lasciva que dejó a la vista sus dientes amarillentos—. Acércate a la pared y súbete las faldas, pimpollo. Estoy de humor para echar uno de pie por tres peniques.

—Se equivocan —se apresuró a decir Garrett, que trató de sortearlos. Ellos la interceptaron de nuevo—. No soy prostituta. Sin embargo, aquí cerca hay burdeles donde pueden pagar por ese tipo de servicios.

—Pero yo no quiero pagar —replicó el grandullón con voz desabrida—. Lo quiero gratis. Ahora.

Esa no era ni mucho menos la primera vez que Garrett había sufrido insultos y amenazas mientras visitaba las zonas más desfavorecidas de Londres. Había recibido entrenamiento de un maestro de esgrima para defenderse en ese tipo de situación. Pero estaba agotada después de atender a más de una veintena de pacientes en la enfermería del asilo para pobres y enfadada por tener que enfrentarse a un trío de matones cuando lo único que quería era irse a casa.

—Como soldados al servicio de su majestad —repuso con mordacidad—, ¿no se les ha pasado por la cabeza que su deber es defender el honor de una mujer en vez de mancillarlo? —Para su espanto, la pregunta suscitó un coro de carcajadas y no logró avergonzarlos.

—Hay que bajarle los humos —dijo el tercero, un tipo gordo de aspecto rudo con la cara marcada por la viruela y los párpados hinchados.

—Yo sí que necesito que me la bajen —comentó el más joven, acariciándose la entrepierna y tirando de la tela del pantalón para exhibir su tamaño.

El grandullón de expresión hosca la miró con una sonrisa amenazadora.

—Contra la pared, señora elegante. Puta o no, es lo que te toca.

El gordo sacó la bayoneta de la funda de cuero que llevaba al cinto y la levantó para dejar a la vista la hoja serrada.

—Haz lo que te dice o te corto como si fueras un trozo de beicon.

Garrett sintió un desagradable vuelco en el estómago.

—Desenvainar un arma cuando están fuera de servicio es ilegal —les recordó con frialdad, aunque tenía el pulso desbocado—. Eso, sumado a los delitos de ebriedad y de violación, supondría unos cuantos latigazos y al menos diez años de cárcel.

—Pues a lo mejor te corto la lengua y así no se lo cascas a nadie —dijo el soldado con desdén.

Garrett no dudaba de que fuera capaz de hacerlo. Siendo la hija de un antiguo policía, sabía que si había sacado el arma, era para usarla contra ella. En más de una ocasión, había cosido las heridas provocadas por un arma blanca en la mejilla o en la frente de las mujeres cuyos violadores habían querido asegurarse de que nunca los olvidaran.

—Keech —dijo el más joven—, no hace falta que aterrorices a la pobre muchacha. —Después, se volvió para hablarle directamente a Garrett—. Déjanos hacer lo que queremos. —Guardó silencio—. Será mejor para ti si no te resistes.

Envalentonada por la furia, Garrett recordó el consejo de su padre sobre evitar las confrontaciones.

«Mantén las distancias. Evita que te rodeen. Habla y distrae a tu atacante mientras se presenta el momento oportuno.»

—¿Por qué forzar a una mujer reacia? —preguntó, al tiempo que se agachaba para dejar el maletín en el suelo—. Si es por falta de dinero, puedo darles el suficiente para que visiten un burdel. —Con mucho cuidado, introdujo una mano en el bolsillo lateral del maletín, donde guardaba los escalpelos en la funda de cuero. En cuanto dio con el mango de uno de ellos, se incorporó al tiempo que lo ocultaba en su mano. El conocido peso del instrumento quirúrgico la consoló.

Con el rabillo del ojo vio que el gordo armado con la bayoneta la rodeaba. Al mismo tiempo, el grandullón se acercó a ella.

—Nos llevaremos el dinero —le aseguró—. Después de divertirnos contigo.

Garrett aferró mejor el escalpelo, colocando el pulgar en la parte plana de la empuñadura. Con cuidado, acarició el borde de la hoja con la yema del dedo índice.

«Úsalo», se dijo.

Echó la mano hacia atrás para tomar impulso y lanzó el escalpelo, asegurándose de no doblar la muñeca para que la hoja no girara. El afilado instrumento se clavó en la mejilla del soldado, que soltó un rugido, presa de la furia y de la sorpresa, y se detuvo al instante. Acto seguido, Garrett se dio media vuelta para enfrentarse al gordo de la bayoneta. Blandió el bastón en el aire con un movimiento horizontal que golpeó al soldado en la muñeca derecha. Sorprendido, el hombre gritó y soltó el arma. El primer golpe fue seguido por un segundo al costado izquierdo, y Garrett oyó el crujido de una costilla al romperse. Sin pérdida de tiempo, le clavó el extremo del bastón en la entrepierna, lo que lo dobló por la cintura, facilitándole la labor de noquearlo al golpearle la barbilla con la empuñadura.

El soldado cayó desmadejado al suelo, como si fuera un suflé poco hecho.

Garrett se apresuró a coger la bayoneta y se volvió para enfrentarse a los otros dos hombres.

Sin embargo, la sorpresa la paralizó y se quedó donde estaba, con el pecho agitado por la respiración.

La calle estaba en silencio.

Los dos soldados yacían en el suelo.

¿Sería una treta? ¿Fingían estar inconscientes para que se acercara a ellos?

Se sentía invadida por una energía vibrante e intensa mientras su cuerpo asimilaba que el peligro había pasado. Despacio y con tiento, se acercó a los dos soldados para echarles un vistazo, cuidándose de mantenerse fuera de su alcance. Aunque el escalpelo le había dejado al grandullón una marca sangrienta en la mejilla, la herida no era suficiente para que hubiera perdido el conocimiento. Tenía una marca roja en una sien, provocada posiblemente por un golpe con un objeto contundente.

Examinó al segundo y vio que le sangraba la nariz, que parecía que le hubieran roto.

—¿Qué diantres...? —musitó al tiempo que miraba hacia uno y otro extremo de la calle. Experimentó de nuevo la inquietante sensación de que alguien la observaba. Tenía que haber alguien en algún sitio. Era evidente que esos dos soldados no se habían golpeado entre ellos hasta acabar en el suelo—. Muéstrese ahora mismo —le ordenó a la presencia invisible, aunque se sintió un poco ridícula—. No hace falta que se esconda como una rata en un armario. Sé que lleva semanas siguiéndome.

Se oyó una voz masculina, procedente de un lugar indeterminado, y el corazón estuvo a punto de salírsele por la boca.

—Solo los martes.

Garrett se dio media vuelta despacio, examinando los alrededores. Captó un movimiento en la puerta de una de las casas y aferró con fuerza la bayoneta que tenía en la mano.

Un desconocido emergió de las sombras, como si la fresca niebla se hubiera condensado hasta adoptar forma de hombre. Era alto, bien proporcionado y de físico atlético e iba ataviado con una sencilla camisa, unos pantalones grises y un chaleco que llevaba desabrochado. Tenía la frente cubierta por una gorra con una pequeña visera, similar a la que usaban los estibadores. El desconocido se detuvo a unos pasos de ella y se quitó la gorra, revelando un cabello liso y oscuro que llevaba muy corto.

Garrett se quedó boquiabierta por la sorpresa al reconocerlo.

—¡Usted otra vez! —exclamó.

—Doctora Gibson... —replicó él, que asintió brevemente con la cabeza, tras lo cual se puso de nuevo la gorra. Mantuvo los dedos en la visera un par de segundos, un deliberado gesto de respeto.

Se trataba del detective Ethan Ransom, de Scotland Yard. Garrett lo había visto en dos ocasiones anteriores, la primera hacía ya casi dos años, cuando acompañó a lady Helen Winterborne a hacer un recado en una peligrosa barriada londinense. Para irritación de Garrett, fue el marido de lady Helen quien contrató a Ransom a fin de que las siguiera.

El mes anterior se lo encontró de nuevo, cuando Ransom visitó su clínica después de que la hermana pequeña de lady Helen, Pandora, resultara herida tras un asalto en la calle. La presencia de Ransom fue tan silenciosa y discreta que cualquiera podría haberlo pasado por alto, aunque su atractivo físico era imposible de obviar. Tenía el rostro afilado, un rictus firme en los labios, la nariz recta y un poco ancha, como si se la hubiera roto alguna vez. Sus ojos eran penetrantes y estaban rodeados por espesas pestañas, y tenía las cejas rectas y pobladas. No recordaba el color. ¿Verdosos, quizá?

Lo tildaría de guapo si no fuera por ese aire rudo tan incompatible con el refinamiento de un caballero. Por más pulida que fuera la superficie, siempre lo acompañaría un ligero tufo a rufián.

—¿Quién lo ha contratado esta vez para que me siga? —exigió saber Garrett, al tiempo que hacía girar el bastón hasta dejar el extremo en el suelo, preparada para atacar. Sí, estaba alardeando un poco, pero sentía la necesidad de dejar claras sus habilidades.

Ransom la miró con cierta sorna, pero contestó con voz seria:

—Nadie.

—En ese caso, ¿qué hace aquí?

—Es la única doctora en toda Inglaterra. Sería una lástima que le pasara algo.

—No necesito protección —le aseguró—. Además, si la necesitara, no contrataría precisamente sus servicios.

Ransom la miró con gesto inescrutable antes de acercarse al soldado que ella había golpeado con el bastón. El hombre seguía inconsciente y tumbado de costado. Tras darle un puntapié para dejarlo bocabajo, se sacó un trozo de cuerda del chaleco y le ató las manos a la espalda.

—Tal como ha podido ver —siguió ella—, no he tenido la menor dificultad para reducir a ese tipo, y me habría encargado de los otros dos yo sola.

—No, no habría podido hacerlo —la contradijo él.

Garrett sintió una punzada de irritación.

—He recibido clases en el arte de la lucha con bastón de mano de uno de los mejores *maîtres d'armes* de Londres. Sé cómo reducir a múltiples oponentes.

—Ha cometido un error —señaló Ransom.

—¿Qué error?

Ransom extendió una mano para que le entregara la bayoneta y ella se la dio a regañadientes. La guardó en la funda y se la colocó en el cinturón mientras contestaba:

—Después de golpearle la muñeca para que soltara el arma, debió usted de alejarla de una patada. En cambio, se agachó para cogerla, dándole la espalda a los demás. Si yo no hubiera intervenido, la habrían inmovilizado. —Miró a los dos soldados que empezaban a gruñir y a moverse, y les dijo con un tono de voz casi agradable—: Como os mováis, os castro cual capón y arrojo vuestras pelotas a Fleet Ditch. —La amenaza resultó más espeluznante porque lo dijo como si tal cosa.

Los movimientos cesaron al instante.

Ransom siguió hablando con Garrett.

—Luchar con un maestro de esgrima en su escuela no es lo mismo que luchar en la calle. Los hombres como estos —dijo y miró con desprecio a los soldados tirados en el suelo— no esperan a que se enfrente a ellos por turnos. Atacan a la vez. En cuanto uno de ellos se hubiera acercado lo suficiente, el bastón no le habría servido de nada.

—Al contrario —lo corrigió—. Le habría clavado el extremo y lo habría rematado con un golpe.

Ransom se acercó más a ella hasta que la tuvo al alcance de un brazo. Su astuta mirada la recorrió de arriba abajo. Aunque se mantuvo firme, Garrett sintió que sus nervios cobraban vida a causa del instinto de supervivencia. No sabía muy bien qué pensar de Ethan Ransom, que parecía al mismo tiempo inhumano y compasivo. Un hombre diseñado como un arma, musculoso y de huesos largos, capaz de moverse con agilidad. Incluso quieto de pie emanaba una especie de poder explosivo.

—Inténtelo conmigo —la invitó en voz baja, mirándola a los ojos.

Garrett parpadeó, sorprendida.

—¿Quiere que lo golpee con el bastón? ¿Ahora?

Ransom asintió brevemente con la cabeza.

—No quiero hacerle daño —le aseguró ella, presa de las dudas.

—No lo... —replicó Ransom, justo cuando Garrett lo sorprendía atacándolo con el bastón.

Sin embargo y pese a su rapidez, la reacción de Ransom fue como un relámpago. Esquivó el bastón girándose hacia un lado, de manera que pasó rozándole el torso. Acto seguido, lo aferró en el aire y le dio un tirón hacia delante, aprovechando la inercia del movimiento de Garrett que acabó perdiendo el equilibrio. Se sorprendió al verse rodeada por uno de sus brazos al tiempo que con el otro le quitaba el bastón de las manos. Lo hizo como si desarmar a la gente fuera un juego de niños.

Jadeante y furiosa, Garrett se encontró pegada a su cuerpo

fuerte y musculoso, inamovible como una muralla. Estaba total y absolutamente indefensa.

Tal vez fuera la temeraria velocidad de su corazón la culpable de la extraña sensación que la abrumó, una serenidad apacible que enraizó en sus pensamientos y disolvió la percepción de todo aquello que la rodeaba. El mundo desapareció y solo existía el hombre que se encontraba a su espalda, cuyos fortísimos brazos la rodeaban. Cerró los ojos y aspiró el leve olor cítrico de su aliento, consciente del movimiento acompasado de su pecho y de los desbocados latidos de su propio corazón.

Una suave carcajada puso fin al hechizo. El sonido le recorrió la espalda con suavidad. Intentó liberarse.

—No se ría de mí —le advirtió con ferocidad.

Ransom la soltó con delicadeza y se aseguró de que era capaz de mantener el equilibrio antes de devolverle el bastón.

—No me reía de usted. Me ha gustado que me tomara por sorpresa. —Extendió las manos en un gesto de rendición, con un brillo jovial en los ojos.

Garrett bajó el bastón despacio, con las mejillas coloradas como amapolas. Todavía podía sentir esos brazos rodeándola, como si le hubiera dejado la impronta del abrazo en la piel.

Ransom se metió una mano en un bolsillo del chaleco y sacó un pequeño silbato plateado de forma alargada que procedió a soplar tres veces.

Garrett supuso que estaba llamando a alguna patrulla.

—¿No usa usted una carraca policial? —Su padre, que había patrullado en King's Cross, siempre llevaba una de las pesadas carracas de madera encima. Para dar la alarma, hacían girar la carraca aferrándola por el mango, de manera que los martilletes golpeaban la madera, produciendo el sonido.

Ransom negó con la cabeza.

—La carraca es muy voluminosa. Además, tuve que entregar la mía cuando dejé el cuerpo.

16

—¿Ya no trabaja para la Policía Metropolitana? —le preguntó ella—. ¿Para quién trabaja ahora?

—Para ningún cuerpo oficial.

—Pero sí que realiza algún trabajo para el gobierno, ¿no?

—Sí.

—¿Como detective?

Ransom titubeó durante un buen rato antes de contestarle:

—A veces.

Garrett entrecerró los ojos mientras se preguntaba qué tipo de trabajo realizaba para el gobierno que no podía llevarlo a cabo la policía.

—¿Son legales sus actividades?

Su sonrisa resultó deslumbrante en la penumbra.

—No siempre —admitió.

Ambos se volvieron cuando oyeron llegar a un agente de policía, ataviado con el uniforme azul, que llevaba un farol en la mano.

—Hola —los saludó al acercarse a ellos—. Soy el agente Hubble. ¿Ha dado usted la alarma?

—Sí —contestó Ransom.

El agente, un hombre corpulento que tenía la nariz chata y las rubicundas mejillas cubiertas de sudor por la carrera, lo miraba con atención por debajo del casco.

—¿Su nombre?

—Ransom —fue la breve respuesta—. Trabajé para la división K.

El agente puso los ojos como platos.

—He oído hablar de usted, señor. Buenas noches. —Su voz había adquirido un deje respetuoso. De hecho, hasta su pose parecía sumisa, ya que había inclinado un poco la cabeza.

Ransom señaló a los hombres tumbados en el suelo.

—He sorprendido a estos tres borrachos asquerosos mientras trataban de asaltar y de robar a una dama después de amenazarla con esto. —Le entregó al agente la bayoneta con su funda.

—¡Por Dios! —exclamó Hubble, que miró asqueado a los hombres tumbados en el suelo—. Y soldados, además. Qué vergüenza. ¿Puedo saber si la dama ha resultado herida?

—No —contestó Ransom—. De hecho, la doctora Gibson ha tenido el valor y la fortaleza de derribar a uno de ellos con su bastón, después de quitarle la bayoneta de las manos.

—¿La doctora? —El agente miró a Garrett con evidente asombro—. ¿Es usted? ¿La dama que trabaja como doctora de la que hablan los periódicos?

Garrett asintió con la cabeza y se preparó para lo que estaba por llegar. La gente no acostumbraba a reaccionar bien ante la idea de que una mujer ejerciera la medicina.

El agente siguió mirándola, maravillado, mientras meneaba la cabeza.

—No esperaba que fuera tan joven —dijo, dirigiéndose a Ransom, tras lo cual miró de nuevo a Garrett—. Discúlpeme, señorita. Pero ¿por qué es doctora? No puede decirse que tenga usted cara de caballo. Caray, sé de al menos dos compañeros de trabajo que estarían dispuestos a casarse con usted. —Guardó silencio un instante—. Si supiera usted cocinar y coser, claro.

Garrett se irritó mucho al percatarse de que a Ransom le estaba costando lo suyo disimular la sonrisa.

—Me temo que solo cojo la aguja y el hilo para suturar heridas —contestó.

El soldado grandullón, que se había incorporado y estaba apoyado en los codos, dijo con voz grave y desdeñosa:

—Doctora... Antinatural, sí, señor. Estoy seguro de que tiene rabo debajo de la falda.

Ransom lo miró con los ojos entrecerrados. El brillo jovial había desaparecido.

—¿Te gustaría sentir mi bota en la cabeza? —preguntó al tiempo que se acercaba al soldado.

—Señor Ransom —lo llamó Garrett con voz aguda—, es injusto atacar a un hombre que ya está en el suelo.

El detective se detuvo al instante y le dirigió una mirada siniestra por encima del hombro.

—Teniendo en cuenta lo que pensaba hacerle a usted, tiene suerte de seguir respirando.

Garrett encontró tremendamente interesante el leve acento irlandés que había percibido en sus últimas palabras.

—¡Hola! —exclamó otro agente que se acercó a ellos—. He oído el silbato.

Mientras Ransom hablaba con el recién llegado, Garrett se alejó en busca de su maletín.

—Puede que la herida de la mejilla necesite unos puntos de sutura —le dijo al agente Hubble.

—¡No te acerques a mí, bruja! —exclamó el soldado.

El agente Hubble lo fulminó con la mirada.

—Cierra el pico o te hago un agujero en la otra mejilla.

Al recordar que no había recuperado el escalpelo, Garrett preguntó:

—Agente, ¿le importaría sostener el farol en alto para iluminar mejor la calle? Me gustaría encontrar el escalpelo que le lancé a este hombre. —Guardó silencio, alarmada por una repentina idea—. A lo mejor está en su poder.

—No lo está —le aseguró Ransom, que miró por encima del hombro y abandonó un instante la conversación con el otro agente—. Lo tengo yo.

Garrett se preguntó dos cosas. La primera, ¿cómo era posible que ese hombre estuviera escuchándola a la vez que mantenía una conversación a unos metros de distancia? Y la segunda...

—¿Lo recogió del suelo mientras se enfrentaba a él? —le preguntó, indignada—. Pero si me ha dicho que jamás hiciera algo así.

—Yo no sigo las reglas —adujo Ransom sin más, tras lo cual se volvió para seguir hablando con el agente.

Garrett abrió los ojos de par en par por la serena arrogancia de la afirmación. Frunció el ceño al tiempo que invitaba al agente Hubble a alejarse un poco y susurró:

—¿Qué sabe usted sobre ese hombre? ¿Quién es?

—¿Se refiere al señor Ransom? —preguntó a su vez el agente, en voz muy baja—. Creció aquí mismo, en Clerkenwell. Se conoce la ciudad como la palma de la mano y tiene acceso a todas partes. Hace unos años solicitó entrar en el cuerpo de policía y lo asignaron a la división K. Un boxeador temible y sin miedo. Se prestó voluntario a patrullar en los barrios más peligrosos, donde ningún otro agente se atrevía a entrar. Dicen que el trabajo de detective lo atraía desde el principio. Es listo y capta los detalles más extraños. Después de patrullar por las noches, se iba a los archivos de su comisaría e investigaba casos abiertos. Resolvió un asesinato que llevaba años desconcertando a los sargentos, limpió el nombre de un criado falsamente acusado del robo de unas joyas y recuperó un cuadro robado.

—En otras palabras —murmuró Garrett—, asumía trabajos que no le correspondían.

Hubble asintió con la cabeza.

—El superintendente de su unidad sopesó la idea de acusarlo por mala conducta, pero al final acabó recomendándolo para un ascenso. De agente de cuarto rango a inspector.

Garrett puso los ojos como platos.

—¿Me está diciendo que el señor Ransom ascendió cinco puestos durante su primer año? —susurró.

—No, durante sus seis primeros meses. Pero dejó el cuerpo de policía antes de hacer el examen que ratificaría la promoción. Lo reclutó sir Jasper Jenkyn.

—¿Quién es?

—Un alto cargo del Ministerio del Interior. —Hubble guardó silencio, al parecer un tanto incómodo—. Bueno, eso es todo lo que sé.

Garrett se volvió para mirar la espalda de Ransom, sus anchos hombros, recortados contra la luz de la farola. Tenía una pose relajada, con las manos metidas en los bolsillos. Pero se percató de las miraditas que le echaba al entorno mientras charlaba tranquilamente con el agente de policía. Nada se le escapaba, ni siquiera la rata que cruzó por el extremo más alejado de la calle.

—Señor Ransom —lo llamó Garrett.

Él se volvió, interrumpiendo la conversación.

—¿Sí, doctora?

—¿Tendré que prestar declaración sobre lo acontecido?

—No. —La mirada de Ransom la abandonó para enfrentar la del agente Hubble—. Es mejor para todos los implicados que protejamos su privacidad, y la mía, otorgándole el mérito de la detención de estos hombres al agente Hubble.

El aludido hizo ademán de protestar.

—Señor, no puedo llevarme el mérito de su valentía.

—También es de la mía —apostilló con aspereza Garrett, que no pudo contenerse—. He reducido al soldado de la bayoneta.

Ransom se acercó a ella.

—Deje que Hubble se lleve el mérito —le dijo con un tono de voz persuasivo y sereno—. Le otorgarán una mención honorífica y una recompensa económica. No es fácil vivir con el salario de un agente de policía.

Garrett, que estaba más que familiarizada con las limitaciones del sueldo de un agente de policía, murmuró:

—Por supuesto.

Ransom esbozó una media sonrisa.

—En ese caso, dejaremos que estos caballeros se encarguen del asunto mientras yo la acompaño a la calle principal.

—Gracias, pero no necesito acompañante.

—Como desee —replicó Ransom al punto, como si esperara que rechazase el ofrecimiento.

Garrett lo miró con recelo.

—De todas formas va a seguirme, ¿verdad? Como un león que persigue a una gacela separada del rebaño.

Ransom la miró con expresión risueña. Uno de los agentes se acercó a ellos, farolillo en mano, y el haz de luz iluminó sus largas pestañas y resaltó el intenso azul que rodeaba la oscuridad de sus pupilas.

—Solo hasta que esté segura en un coche de alquiler —le aseguró.

—En ese caso, preferiría que me acompañara caminando de forma civilizada. —Extendió una mano—. Mi escalpelo, por favor.

Ransom se inclinó, introdujo la mano en la caña de su bota y sacó el pequeño y reluciente instrumento quirúrgico. Estaba limpio, más o menos.

—Un instrumento precioso —dijo, mirando la afilada hoja con admiración antes de entregársela con cuidado—. Afiladísima. ¿Utiliza aceite para mantenerla así?

—Pasta de diamante. —Una vez que devolvió el escalpelo a su sitio, Garrett cogió el pesado maletín con una mano y el bastón con la otra. Se quedó perpleja al ver que Ransom trataba de quitarle el maletín.

—Permítame —le dijo él.

Se alejó al tiempo que aferraba el asa con más fuerza.

—Puedo llevarlo yo.

—Obviamente. Pero es un ofrecimiento caballeroso, no una forma de poner en tela de juicio su fuerza.

—¿Le haría el mismo ofrecimiento a un doctor?

—No.

—En ese caso, preferiría que me tratara como tal y no como a una dama.

—¿Por qué tiene que elegir entre ser una cosa o la otra?

—le preguntó Ransom con sensatez—. Es usted las dos. No me cuesta trabajo llevar el bolso de una dama al mismo tiempo que respeto su competencia profesional.

Lo dijo como si tal cosa, pero su mirada tenía algo que la puso nerviosa, una intensidad que sobrepasaba los límites que debían mantener dos desconocidos. Al verla titubear, él extendió una mano e insistió.

—Por favor.

—Gracias, pero puedo apañármelas sola. —Echó a andar hacia la calle principal.

Ransom la alcanzó al punto, caminando con las manos en los bolsillos.

—¿Dónde ha aprendido a lanzar así el escalpelo?

—Lo aprendí en la Sorbona. Un grupo de estudiantes lo convirtió en una competición con la que divertirse después de las clases. Construyeron una diana detrás de uno de los laboratorios. —Garrett guardó silencio antes de admitir—: No conseguí dominar bien la técnica para lanzarlo por debajo del hombro.

—Con que sea capaz de lanzarlo bien por encima es suficiente. ¿Cuánto tiempo estuvo viviendo en Francia?

—Cuatro años y medio.

—Una joven estudiando en la mejor facultad de medicina del mundo —murmuró Ransom—, lejos de casa y asistiendo a clases en una lengua extranjera. Es usted una mujer decidida, doctora.

—En Inglaterra ninguna facultad de medicina admite mujeres —replicó Garrett con sencillez—. No me quedó alternativa.

—Podría haberse dado por vencida.

—Eso jamás —le aseguró, y sus palabras le arrancaron una sonrisa.

Pasaron frente a un edificio bajo que albergaba una tienda cerrada, cuyas ventanas rotas estaban cubiertas con papel. Ransom extendió un brazo para indicarle que sorteara un montón de conchas de ostras y de trozos de cerámica, y lo que parecía un fuelle en muy mal estado. Garrett se alejó por instinto de la presión que ejerció la mano de Ransom en su brazo.

—No tiene motivos para temer mi contacto —le dijo él—. Solo pretendía ayudarla a sortear los obstáculos.

—No es temor. —Garrett titubeó antes de añadir con un deje tímido—: Supongo que llevo grabado a fuego el hábito de la independencia. —Siguieron por la acera, pero no antes de que Ransom mirara fugazmente el maletín con expresión anhelante. Garrett soltó una risilla—. Permitiré que lo lleve usted —le ofreció— si me habla con su verdadero acento.

Ransom se detuvo, sorprendido al punto, y la miró con el ceño fruncido.

—¿En qué momento me he delatado?

—He oído un leve acento irlandés cuando amenazó a uno de los soldados. Y su forma de tocarse la gorra... el gesto es más pausado que el que usan los ingleses.

—Nací de padres irlandeses y crecí aquí, en Clerkenwell —dijo Ransom como si tal cosa—. No me avergüenzo de ese hecho, pero a veces el acento supone una desventaja. —Extendió la mano y esperó hasta que Garrett le ofreció el maletín. Acto seguido, esbozó una sonrisa y su voz cambió, de modo que resultó más grave y profunda mientras hablaba con un acento que parecía haber sido calentado lentamente sobre una llama—. Bueno, muchacha, ¿qué quieres que te diga?

Espantada por el efecto que tenía sobre ella, el pinchazo que sintió en la boca del estómago, Garrett tardó en contestar.

—Señor Ransom, se toma usted muchas libertades.

Sin que la sonrisa lo abandonara, él replicó:

—Ah, pero ese es el precio a pagar si quieres oír un acento irlandés. Tendrás que acostumbrarte a las zalamerías.

—¿Zalamerías? —Desconcertada, Garrett siguió andando.

—Halagos a tu simpatía y a tu belleza.

—Yo lo conozco por lisonjas —replicó sucintamente—, y le ruego que se las ahorre.

—Eres una mujer lista e interesante —siguió Ransom como si no la hubiera oído—, y tengo debilidad por los ojos verdes...

—Tengo un bastón —le recordó ella, muy molesta por sus burlas.

—Con eso no me harías daño.

—Tal vez no —reconoció Garrett, al tiempo que aferraba con más fuerza la empuñadura del bastón. En un abrir y cerrar de ojos, lo movió de forma lateral, no con la fuerza suficiente como para causarle daño, pero con la suficiente para darle una incómoda lección.

Sin embargo y para su agravio, fue ella quien recibió la lección. Su propio maletín interceptó el golpe tras lo cual Ransom le arrebató nuevamente el bastón. El maletín cayó al suelo, acompañado por el tintineo de su contenido. Antes de que Garrett tuviera tiempo para reaccionar, se descubrió pegada al pecho de Ransom y con el bastón en el cuello.

Esa voz seductora y tan cálida como el whisky le susurró al oído:

—Delatas los movimientos antes de ejecutarlos, preciosa. Una mala costumbre.

—Suélteme —susurró al tiempo que forcejaba, agraviada.

Ransom no se movió.

—Vuelva la cabeza —le ordenó, recuperando la formalidad.

—¿Cómo dice?

—Que vuelva la cabeza para aliviar la presión que siente en la tráquea y agarre el bastón con la mano derecha.

Garrett se quedó pasmada al comprender que le estaba diciendo cuál era la forma de liberarse. Lo obedeció muy despacio.

—Agarre el bastón de manera que se proteja el cuello con

la mano —siguió Ransom, que esperó hasta que lo obedeció—. Así, muy bien. Ahora incline el extremo del bastón hacia abajo y use el codo izquierdo para golpearme en las costillas. Con cuidado, si no le importa. —Después de que ella ejecutara el movimiento, se inclinó hacia delante como si el dolor lo hubiera doblado—. Bien. Ahora agarre el bastón con las dos manos, sepárelas más, y retuérzalo al tiempo que se agacha para pasar por debajo de mi brazo.

Garrett siguió sus instrucciones y después, como si fuera algo milagroso, descubrió que era libre. Se volvió para mirarlo, sorprendida y fascinada. No sabía si debía darle las gracias o un bastonazo en la cabeza.

Ransom se agachó para recoger el maletín del suelo con una sonrisa afable. Tuvo la desfachatez de ofrecerle el brazo, como si fueran una pareja que paseaba tranquilamente por Hyde Park. Garrett hizo caso omiso del gesto y echó a andar de nuevo.

—El estrangulamiento frontal es el asalto más frecuente que sufren las mujeres —dijo Ransom—. El segundo es un agarre por la espalda, con un brazo presionando el cuello. El tercero consiste en un agarre por la espalda al tiempo que la levantan en volandas. ¿Su maestro de esgrima no la ha enseñado a defenderse sin un bastón?

—No —se vio obligada a admitir—. No me ha instruido en un enfrentamiento cuerpo a cuerpo.

—¿Por qué no le ha ofrecido Winterborne un carruaje y un cochero para sus salidas? No es un hombre tacaño y normalmente se asegura de proteger a los suyos.

Garrett frunció el ceño al oírlo mencionar a Winterborne, el propietario de la clínica donde ella ejercía. La clínica se creó para atender a los casi mil empleados de sus grandes almacenes. Rhys Winterborne la contrató cuando nadie más estaba dispuesto a darle una oportunidad, y solo por eso se había ganado su eterna lealtad.

—El señor Winterborne me ha ofrecido el uso de un carruaje privado —admitió—. Sin embargo, no deseo importunarlo hasta esos extremos y, además, he recibido instrucción en el arte de la autodefensa.

—Doctora, demuestra una actitud demasiado confiada. Su conocimiento la convierte en un peligro para sí misma. Hay unas cuantas tácticas muy sencillas que podrían ayudarla a escapar de un asaltante. Podría enseñárselas, alguna tarde.

Doblaron una esquina y llegaron a la calle principal, atestada de grupos de personas andrajosas que se congregaban en las puertas y en los escalones, mientras los peatones, con sus distintas vestimentas, caminaban por las aceras. Sobre el trazado del tranvía que había sido instalado en la calzada transitaban caballos, carretas y carruajes. Ransom se detuvo en el borde de la acera y miró hacia un extremo de la calle en busca de un coche de alquiler.

Mientras esperaban, Garrett sopesó el ofrecimiento de Ransom. Era evidente que el hombre conocía más sobre las peleas callejeras que su maestro de esgrima. Sus movimientos con el bastón habían sido impresionantes. Aunque en parte le daban ganas de mandarlo a hacer gárgaras, también reconocía que se sentía bastante intrigada.

Pese a todas las tonterías que le había dicho, las «zalamerías» esas, estaba segura de que no tenía el menor interés de índole romántico hacia ella, algo que le parecía perfecto. Nunca había deseado una relación que pudiera interferir con su carrera profesional. Bueno, sí que había coqueteado en un par de ocasiones con algún caballero... un beso robado con un apuesto estudiante de medicina en la Sorbona... un flirteo inocente con un caballero en un baile... pero había evitado de forma deliberada a cualquier hombre que pudiera suponer una tentación real. Cualquier tipo de relación con ese insolente desconocido podría acarrearle problemas.

Sin embargo, quería que le enseñara alguno de esos movimientos típicos de las peleas callejeras.

—Si accedo a que me enseñe, ¿me promete que dejará de seguirme durante mis visitas de los martes? —le preguntó.

—Sí —respondió él sin discutir.

Había sido demasiado fácil.

Garrett lo miró con recelo.

—Señor Ransom, ¿es un hombre honesto?

Él soltó una queda carcajada.

—¿En lo referente a mi trabajo? —Miró por encima de ella y vio que se acercaba un carruaje, al cual le hizo una señal. Después la miró de nuevo a los ojos con expresión penetrante—. Le juro por mi madre que no tiene nada que temer de mí.

El coche de alquiler se detuvo junto a ellos entre el traqueteo de las ruedas.

Garrett tomó una decisión repentina.

—Muy bien. Mañana a las cuatro en el club de esgrima de Baujart.

Un brillo satisfecho iluminó los ojos de Ransom, que observó a Garrett mientras se subía en el carruaje de dos ruedas. Con la facilidad que otorgaba la práctica, se agachó para pasar por debajo de las riendas y así acceder al asiento del pasajero.

Mientras le devolvía el maletín, Ransom le gritó al cochero:

—Que la dama no sufra muchos zarandeos, si no te importa.

Antes de que Garrett pudiera protestar, Ransom se subió al coche de alquiler y le entregó unas monedas al cochero.

—Puedo pagar mis propios gastos —protestó ella.

Los oscuros ojos azules de Ransom la atravesaron. Acto seguido, extendió un brazo y le dejó algo en una mano.

—Un regalo —murmuró, tras lo cual se apeó con agilidad—. Hasta mañana, doctora. —Se llevó una mano a la visera de la gorra, y sus dedos se demoraron nuevamente un instante, hasta que el vehículo se alejó.

Un tanto aturdida, Garrett miró el objeto que acababa de darle. El silbato de plata, tibio por su calor corporal.

«¡Qué insolencia!», protestó. Sin embargo, lo rodeó con suavidad con los dedos.

2

Antes de regresar a su piso de alquiler de Half Moon Street, Ethan tenía que acudir a otra cita. Cogió un coche de alquiler para que lo llevase a Cork Street, que estaba ocupada prácticamente en su totalidad por Winterborne's, los famosos grandes almacenes.

En un par de ocasiones, Ethan había realizado encargos privados para el dueño de la tienda, Rhys Winterborne. Los trabajos habían sido fáciles y rápidos; de hecho, casi no había tenido ni que molestarse, pero solo un idiota rechazaría una oferta de un hombre tan poderoso. Uno de dichos trabajos implicó seguir a la entonces prometida de Winterborne, lady Helen Ravenel, mientras ella y una amiga visitaban un orfanato en una zona peligrosa cerca de los muelles.

Eso fue dos años antes, momento en el que conoció a la doctora Garrett Gibson.

En aquel entonces, la esbelta mujer, de pelo castaño, le estaba dando una buena tunda a un atacante el doble de grande que ella con bastonazos muy certeros. A Ethan le encantó su estilo, como si estuviera haciendo una tarea necesaria, como si sacara el cubo de desperdicios para que se lo llevara la carreta de la basura.

Su rostro era más joven de lo que esperaba, con un cutis de porcelana y tan blanco como una pastilla de jabón. Tenía los rasgos bien definidos y unos fríos ojos verdes, además de una barbilla afilada. Sin embargo, junto a esas facciones elegantes, también tenía una preciosa boca, dulce y vulnerable, con el labio superior casi tan carnoso como el inferior. Era una boca con unas curvas tan bonitas que se le aflojaban las rodillas cada vez que la veía.

Tras aquel primer encuentro, Ethan se propuso evitar a toda costa a Garrett Gibson, a sabiendas de que le ocasionaría problemas, seguramente peores que los que él le causaría a ella. Sin embargo, el mes anterior había ido a verla a la clínica médica en la que trabajaba a fin de pedirle información sobre uno de sus pacientes, y su fascinación había reaparecido.

Todo lo relacionado con Garrett Gibson era... delicioso. Esa mirada que diseccionaba, esa voz tan ácida como la cobertura de una tarta de limón. Esa compasión que la instaba a tratar a los pobres que menos se lo merecían de la misma manera que trataba a los que sí se lo merecían. El andar firme, esa energía inagotable, la satisfacción de una mujer que ni ocultaba ni se disculpaba por su inteligencia. Era puro sol y acero, fundidos en una sustancia con la que no se había topado antes.

Le bastaba con pensar en ella para sentirse como un ascua solitaria en la chimenea.

Ya se había jurado a sí mismo que no aceptaría nada de ella. Solo quería mantenerla a salvo durante sus visitas al asilo para pobres de Clerkenwell o al orfanato de Bishopsgate o a dondequiera que fuese durante sus visitas de los martes. Eso era lo único que pensaba permitirse.

Había sido un error concertar una cita para el día siguiente. Todavía no tenía muy claro cómo había pasado. Oyó que las palabras salían de sus labios como si las pronunciara otra persona. Sin embargo, una vez que realizó el ofrecimiento, no pudo desdecirse, y se descubrió ansiando que ella aceptara.

Una hora en la compañía de Garrett Gibson y luego nunca más volvería a acercarse a ella. Pero quería, necesitaba y anhelaba pasar esos minutos a solas con ella. Atesoraría el recuerdo durante toda la vida.

Los grandes almacenes Winterborne's parecían una hilera ininterrumpida de edificios con fachadas de mármol y enormes escaparates. La famosa rotonda central con la vidriera superior se alzaba sobre cuatro plantas de columnatas. Era una estructura palaciega, erigida por un hombre ambicioso que quería que el mundo supiera que el hijo de un tendero galés se había convertido en alguien importante.

Ethan enfiló la calle que discurría tras los grandes almacenes, donde se encontraban las caballerizas, la zona de entrega y los muelles de carga. La residencia particular de Winterborne se emplazaba al final de la calle, conectada con los grandes almacenes mediante pasadizos y escaleras privadas. Ethan tenía la costumbre de entrar por la puerta trasera, la misma que usaban los criados y los mozos de reparto.

Un criado le abrió la puerta.

—Señor Ransom. Por aquí, por favor.

Ethan lo siguió, con la gorra en la mano, mientras se dirigían a la escalinata central de la casa de cinco plantas. Los pasillos estaban iluminados con apliques de cristal y flanqueados por cuadros con paisajes de montañas y de océanos, así como soleadas escenas pastorales. Una larga consola estaba cubierta por jarrones de porcelana azules y blancos llenos de helechos y suntuosos arreglos de orquídeas.

Al pasar junto a tres palmeras de interior, Ethan se percató de que había unos granitos de tierra en el suelo, junto a una de las macetas. Se detuvo y se agachó lo suficiente para mirar por debajo de las frondosas hojas. Descubrió un grupito de animales de madera, como los que compondría un juego del Arca de Noé, plantados en la tierra alrededor de una cabañita hecha con cajas de cerillas. Parecía el escondite de un niño. Esbozó una sonrisilla al recordar que los Winterborne estaban criando a la hermanastra pequeña de lady Helen, que tendría unos cinco años. Se percató de que uno de los elefantes se había caído de lado, y lo colocó bien a toda prisa.

—Señor. —El criado se había detenido para mirarlo y fruncía el ceño por el inapropiado interés que le demostraba a una maceta.

Ethan se incorporó y lo miró con expresión inocente.

—Estaba admirando la palmera.

Echó a andar detrás del criado después de agacharse para ocultar los incriminatorios granitos de tierra, diseminándolos con un rápido movimiento de la gorra.

Llegaron al salón donde Ethan se había reunido con Winterborne en anteriores ocasiones. La masculina estancia estaba impregnada con los placenteros aromas del cuero engrasado, el humo del tabaco, el licor caro y el sutil olor del polvo para los tacos de billar.

Nada más entrar, Ethan se detuvo cerca de la puerta y entrecerró los ojos.

Winterborne estaba junto a un enorme globo terráqueo que se alzaba sobre un soporte de madera de nogal, dándole vueltas con gesto indolente mientras otro hombre examinaba con detenimiento la colección de tacos de billar que había en la pared. Los dos se reían en voz baja como solían hacerlo los buenos amigos.

Al reparar en su presencia, Winterborne dijo con voz tranquila:

—Ransom, pase.

Ethan no se movió, presa como estaba de la inquietante certeza de que lo habían manipulado. Winterborne, el muy hijo de su madre, le había hecho creer que estaría solo.

Aunque con su metro ochenta él no era ni mucho menos bajo, Winterborne lo dejaba como tal ya que le sacaba al menos diez centímetros. Winterborne se le acercó con ademanes relajados. Además de ser alto, tenía una constitución fuerte, con los hombros y el cuello de un luchador. Puños grandes. Un alcance demoledor. El instinto y la costumbre hicieron que su cerebro calculara a toda prisa la secuencia más efectiva para derrotarlo. «Empezar con un paso a un lado, cogerle el hombro de la chaqueta, lanzarle unos cuantos ganchos de izquierda al plexo solar y a las costillas y rematarlo con un rodillazo en el estómago...»

—Ethan Ransom, le presento al señor Weston Ravenel —dijo Winterborne al tiempo que señalaba a su acompañante—. Pariente de mi esposa. Me ha pedido que le organizara un encuentro con usted.

Ethan clavó la mirada en el desconocido, un hombre de veintitantos años, con pelo castaño oscuro, apuesto y bien vestido, y sonrisa fácil. Era delgado y de complexión atlética, e iba ataviado con ropa de factura impecable. Sin embargo, tenía la tez bronceada por el sol y las manos, encallecidas, como si hiciera algún tipo de trabajo manual.

A ojos de la alta sociedad londinense, el apellido Ravenel connotaba poder y privilegios aristocráticos. Pero los Ravenel nunca se habían conformado con la rígida respetabilidad que exhibían los Cavendish o los Grosvenor. Eran una familia apasionada, de genio vivo e impetuosos en casi todo lo que hacían. El linaje de los Ravenel había estado a punto de extinguirse con la muerte del anterior conde, pero habían conseguido encontrar a un pariente lejano que heredara el título.

—Por favor, disculpe el subterfugio —dijo Weston Ravenel con voz agradable al tiempo que se adelantaba—. Tengo que hablar de un asunto con usted y no sabía cómo lograrlo.

—No me interesa —replicó Ethan con frialdad y se dio media vuelta para marcharse.

—Espere. Le conviene escucharme. Pagaré por su tiempo si es necesario. Dios, ojalá que no sea muy caro.

—Lo es —le aseguró Winterborne.

—Supongo que debería haber... —empezó Ravenel, pero dejó la frase en el aire al acercarse lo suficiente para examinar a

Ethan a la luz—. Maldita sea —murmuró, mirándolo a los ojos.

Ethan tomó una honda bocanada de aire y la soltó despacio. Clavó la mirada en una hornacina de la pared y sopesó sus opciones. Ya no tenía mucho sentido intentar evitar a ese desgraciado, así que bien podía averiguar lo que quería.

—Me quedaré diez minutos —dijo con sequedad.

—¿Los extenderá a veinte si Winterborne abre una botella de un coñac decente? —preguntó Ravenel, que miró al aludido—. Y con «decente», me refiero al Gautier del 64.

—¿Sabes cuánto cuesta? —preguntó el galés con creciente enfado.

—He venido desde Hampshire. ¿Cada cuánto disfrutas del placer de mi compañía?

—No suelo considerarlo un placer —masculló Winterborne antes de llamar a un criado.

Ravenel lo miró con una sonrisa antes de analizar a Ethan con la mirada. La expresión agradable y encantadora apareció de nuevo en su rostro.

—¿Le parece que nos sentemos? —le preguntó al tiempo que señalaba un grupo de sillones de cuero.

Con expresión pétrea, Ethan se sentó en uno de los sillones. Se repantingó con los dedos entrelazados sobre el abdomen. A medida que el silencio se alargaba, clavó la vista con gesto elocuente en el reloj de latón y de madera de palisandro, situado en la repisa de la chimenea.

—Contando los minutos, ¿no? —preguntó Ravenel—. En fin, iré al grano lo más rápido que pueda. Hace tres años, mi hermano mayor heredó de forma inesperada un condado. Dado que no tenía ni idea de cómo administrar una propiedad ni alcanzaba a imaginar, que Dios nos asista, el trabajo que necesitaba una granja, accedí a mudarme a Hampshire para ayudarlo a salir adelante. —Se detuvo al oír que alguien llamaba a la puerta.

La conversación quedó en suspenso mientras el mayordomo entraba con una bandeja de plata en la que llevaba unas copas de coñac y la botella de Gautier. Sirvieron el licor con mucha pompa. Una vez que el mayordomo se marchó, Winterborne se sentó en el brazo de un opulento sillón de cuero. Sostenía la copa con una mano mientras que con la otra giraba el globo terráqueo, como si estuviera pensando qué partes del mundo quería hacer suyas a continuación.

—¿Por qué decidió cambiar su vida de esa forma? —Ethan fue incapaz de contenerse. Dejar Londres para vivir en mitad del campo se le antojaba un infierno en la tierra—. ¿De qué intentaba escapar?

Ravenel sonrió.

—De mí, supongo. Incluso una vida de libertinaje puede acabar en el tedio. Y he descubierto que el campo me sienta bien. Los arrendatarios tienen que prestarme atención y las vacas son la mar de entretenidas.

Ethan no estaba de humor para gracietas. Weston Ravenel le recordaba cosas que llevaba intentando olvidar la mayor parte de sus veintinueve años. La emoción que había sentido al encontrarse con Garrett Gibson lo abandonó, dejándolo irritado y malhumorado. Tras beber un breve sorbo del excelente coñac sin apenas saborearlo, dijo con sequedad:

—Le quedan veinte minutos.

Ravenel enarcó las cejas.

—Por supuesto, don Parlanchín, iré al grano. El motivo de que haya venido es que mi hermano y yo hemos decidido vender una propiedad familiar situada en Norfolk. Es una casa grande en buen estado, ubicada en una propiedad de unas ochenta hectáreas. Sin embargo, acabo de descubrir que no podemos hacer nada con ella. Por su culpa.

Ethan lo miró con expresión interrogante.

—Ayer —continuó Ravenel— me reuní con los que fueran el administrador y el abogado de la familia, Totthill y Fogg, respectivamente. Me explicaron que es imposible vender la propiedad de Norfolk porque Edmund, el anterior conde, se lo dejó a otra persona en su testamento en un fideicomiso secreto.

—¿Qué es eso? —preguntó Ethan, inquieto, ya que nunca había oído hablar de semejante figura jurídica.

—Una declaración, normalmente verbal, que hace referencia a una herencia, ya sea de una propiedad o de dinero. —Ravenel enarcó las cejas con fingida sorpresa—. Por supuesto, a todos nos entró la curiosidad por descubrir el motivo que llevó al conde a dejarle un regalo tan generoso a un hombre del que no sabíamos nada. —Tras una larga pausa, continuó con un tono más serio—: Si no le importa que hable del tema, creo que sé por qué...

—No —dijo Ethan con sequedad—. Si el fideicomiso no está escrito, no le haga caso.

—Me temo que la cosa no funciona así. Según la ley inglesa, un fideicomiso verbal es vinculante. Es ilegal no hacerle caso. Hay tres testigos en el caso de este fideicomiso: Totthill, Fogg y el ayuda de cámara del conde de toda la vida, Quincy, que ha confirmado la historia. —Ravenel hizo una pausa y empezó a darle vueltas al coñac que le quedaba en la copa. Clavó la mirada en los ojos de Ethan—. Totthill y Fogg intentaron notificarle a usted la existencia del fideicomiso tras la muerte del conde, pero en aquella época les fue imposible localizarlo. Así que me toca a mí dar la buena nueva: Felicidades, es usted el orgulloso propietario de una propiedad en Norfolk.

Con sumo cuidado, Ethan se inclinó hacia delante para dejar la copa en una mesita cercana.

—No la quiero. —Todos los trucos que se conocía para controlar las emociones, como regular la respiración o dirigir de forma consciente los pensamientos, no funcionaban. Se quedó de piedra al darse cuenta de que el sudor le empapaba la frente. Se puso en pie, rodeó los sillones y echó a andar hacia la puerta.

Ravenel lo siguió.

—Maldita sea, ¡espere! —exclamó con un deje exasperado—. Si no terminamos la conversación ahora, tendré que tomarme las molestias de dar con usted de nuevo.

Ethan se detuvo, pero no se volvió para mirarlo.

—Tanto si quiere la propiedad como si no —continuó Ravenel—, tiene que aceptarla. Porque aunque los Ravenel no podamos hacer nada con ese dichoso sitio, estamos pagando los impuestos anualmente.

Ethan se metió la mano en un bolsillo del pantalón y sacó un puñado de billetes de una libra que procedió a arrojar a los pies de Ravenel.

—Hágame llegar el total de lo que le debo —le soltó.

Se vio obligado a reconocerle el mérito a Ravenel, ya que, en caso de que el gesto lo molestara, no lo demostró. En cambio, se volvió hacia Winterborne y le dijo con voz tranquila:

—Nadie me había regado con dinero. Debo confesar que inspira un afecto instantáneo. —Se desentendió de las libras que tenía a los pies y se apoyó en la mesa de billar. Cruzó los brazos por delante del pecho y recorrió a Ethan con la mirada de arriba abajo—. Es evidente que Edmund Ravenel no le caía bien. ¿Podría decirme el motivo?

—Le hizo daño a alguien a quien yo quería. No deshonraré su recuerdo aceptando algo procedente de un Ravenel.

La tensión que crepitaba en el aire pareció rebajarse. Ravenel descruzó los brazos y se llevó una mano a la cabeza para frotarse la nuca, con una sonrisa torcida en los labios.

—¿Estamos siendo sinceros? En ese caso, le pido disculpas por ser un cretino insensible.

Si el hombre perteneciera a cualquier otra familia que no fuera la Ravenel, podría haberle caído bien a Ethan.

Winterborne se puso en pie y cruzó la estancia hasta el aparador donde el mayordomo había dejado la bandeja de plata.

—Podrías pensar en venderle la propiedad —le dijo a Ethan al tiempo que rellenaba su copa.

Era la solución perfecta. Él podría deshacerse de una propiedad que no deseaba y cortaría cualquier lazo con la familia Ravenel.

—Se la venderé por una libra —se aprestó a decirle a Ravenel—. Encárguese de que redacten los documentos y los firmaré.

Ravenel frunció el ceño.

—Por una libra no. La compraré a un precio razonable.

Tras dirigirle una mirada torva, Ethan se acercó a la ventana y clavó la vista en el inmenso mosaico de tejados con chimeneas humeantes. Londres se estaba preparando para la noche, adornándose con guirnaldas de luces y vibrando por la emoción del pecado y del placer.

Había nacido en esa ciudad, había mamado de ella, y llevaba su violento ritmo tan adentro como las venas que le recorrían el cuerpo. La sangre le latía al compás de sus sonidos y de sus sensaciones. Podía ir a cualquier parte, entrar en el tugurio más horrendo o en el antro criminal más peligroso, en un sinfín de lugares siniestros y secretos, sin nada que temer.

—Voy a estar en Londres durante un mes —dijo West Ravenel—. Antes de regresar a Hampshire, tendré preparada una proposición de compra para la propiedad de Norfolk. Si está de acuerdo con las condiciones, estaré encantado de quitársela de las manos. —Se sacó una tarjeta de visita blanca de un bolsillo del chaleco—. Intercambiemos tarjetas de visita. Iré a verle cuando haya hecho los cálculos.

—Winterborne puede decirle cómo hacerme llegar un mensaje —repuso Ethan—. No tengo tarjetas de visita.

—Cómo no —replicó Ravenel con voz tensa, con la mano que sujetaba la tarjeta extendida—. Quédese con la mía de todas formas. —Enfrentado con la silenciosa negativa de Ethan, exclamó—: ¡Por el amor de Dios! ¿Siempre es así? Su compañía es de lo más tediosa, y se lo dice alguien que pasa casi todo el tiempo en compañía de animales de granja. Los hombres civilizados se intercambian tarjetas de visitas tras conocerse. Acepte la mía.

Ethan decidió darle el gusto y se metió la tarjeta blanca, con brillantes letras negras impresas, en la cartera plegada que llevaba en un bolsillo interior del chaleco.

—No hace falta que me acompañe —dijo.

Tras coger la gorra de una mesa, se la puso y dejó que los dedos rozaran la visera a modo de deferencia. Era su versión de una despedida. Tenía la renuencia de todo irlandés a pronunciar la palabra en voz alta.

3

Garrett salió del vestuario de señoras del club de esgrima de Baujart y pasó por delante de una hilera de salas privadas de ejercicio e instrucción. Se había puesto el uniforme típico de esgrima para las damas, consistente en una chaqueta ajustada de cuello alto, una falda blanca que le llegaba justo por debajo de las rodillas, gruesas medias blancas y zapatos planos de cuero.

Tras las puertas cerradas se oían sonidos familiares: el choque de los floretes, de los sables y de los bastones; los pasos sobre el suelo de madera de roble; las conocidas órdenes de los instructores.

—¡Alto! Enderezad el brazo. *En guarde... Longe...* ¡Alto!

Monsieur Jean Baujart, hijo de un famoso maestro de esgrima, había enseñado la ciencia de la defensa en academias francesas e italianas antes de abrir su propio club y escuela de esgrima de Londres. Durante las dos últimas décadas, Baujart había adquirido una excelente reputación. Sus exhibiciones públicas siempre eran un éxito de público y sus aulas estaban llenas de alumnos de todas las edades. A diferencia de la mayoría de sus colegas, monsieur Baujart no solo permitía la asistencia de mujeres a su escuela, sino que la alentaba.

Garrett llevaba cuatro años asistiendo a clases tanto en grupo como privadas, impartidas por Baujart y sus dos *prévôts*, sus asistentes, en el uso del florete y del bastón. Baujart insistía en un estilo de combate clásico. Los movimientos irregulares y el incumplimiento de las normas estaban prohibidos. Si un esgrimidor se agachaba, giraba o retrocedía a la carrera, recibía unas cuantas burlas afables y la correspondiente corrección. Uno no «saltaba como un mono» ni se «retorcía como una anguila» en la escuela de esgrima de Baujart. El resultado era un estilo refinado y elegante, muy admirado por otras escuelas de esgrima.

Garrett llegó a la sala de instrucción y titubeó mientras fruncía el ceño al oír ruidos procedentes del interior. ¿La clase anterior se había alargado más de la cuenta? Abrió la puerta con tiento y se asomó.

Puso los ojos como platos al ver la familiar silueta de monsieur Baujart atacando a un contrincante con una complicada serie de *phrases d'armes*.

Baujart, como el resto de los instructores de la escuela, iba ataviado con un uniforme negro, mientras que los miembros del club y los alumnos llevaban el clásico atuendo blanco. Ambos hombres llevaban el rostro protegido por las caretas francesas de rejilla; las manos, cubiertas por los guantes; el pecho, tapado con el peto de cuero. Los floretes, que contaban con *boutons* para asegurar la seguridad de los combatientes, relucían y se movían con gran rapidez.

Aunque Baujart no llevara el uniforme negro de instructor, su impecable pose lo habría delatado de inmediato. A sus cuarenta años estaba en plena forma, era un artista que había alcanzado la perfección. Cada finta, parada y respuesta eran precisas.

Su adversario, sin embargo, combatía con un estilo totalmente desconocido para Garrett. En vez de permitir que el combate avanzara al ritmo habitual, atacaba de forma inesperada y se alejaba antes de que Baujart pudiera tocarlo. Sus movimientos se asemejaban a los de un felino, tenían una elegancia brutal que hizo que a Garrett se le pusiera el vello de punta.

Fascinada, entró en la sala y cerró la puerta.

—Buenas tardes, doctora —la saludó el hombre de blanco sin mirarla siquiera.

Por algún motivo desconocido, su corazón latió de forma atropellada al reconocer la voz de Ethan Ransom. Acto seguido, lo vio realizar un bloqueo con estocada por debajo del arma de Baujart.

—*Arrêt* —dijo Baujart con aspereza—. Ese ataque no está autorizado.

Los dos adversarios se separaron.

—Buenas tardes —los saludó Garrett con cordialidad—. Señor Ransom, ¿he llegado temprano para nuestro entrenamiento?

—No. Monsieur Baujart se mostraba renuente al hecho de que yo la instruya sin evaluar antes mis habilidades por sí mismo.

—Es peor de lo que me temía —aseguró Baujart con severidad al tiempo que volvía la cara, cubierta por la careta, hacia Garrett—. Este hombre es un incompetente, doctora Garrett. No puedo tolerar que la instruya. Va a echar por tierra todas las reglas que ha aprendido usted aquí.

—Eso espero —murmuró Ransom.

Garrett apretó los labios mientras se esforzaba por contener la sonrisa. Nadie se había atrevido nunca a hablar con semejante insolencia a Baujart.

El maestro espadachín miró de nuevo a Ransom.

—*Allez* —masculló.

Iniciaron otro asalto con tal rapidez que Garrett apenas podía seguir el movimiento de las armas.

Ransom se volvió, bloqueó un ataque y de forma deliberada golpeó a Baujart con un hombro para desequilibrarlo. Tras un primer tocado, se echó al suelo, giró y se levantó para tocar a Baujart por segunda vez.

—*Arrêt!* —exclamó Baujart, furioso—. ¿Golpear a un oponente? ¿Girar por el suelo? ¡Esto no es una pelea de taberna, insensato! ¿Qué se cree que está haciendo?

Ransom se volvió hacia él con tranquilidad al tiempo que bajaba el florete.

—Pues intento ganar. ¿No es ese el objetivo?

—¡El objetivo es la competición, según las normas oficiales de la Liga Amateur!

—Y así es como ha enseñado usted a luchar a la doctora Gibson —replicó Ransom.

—*Oui!*

—¿Para qué? —preguntó Ransom con evidente sarcasmo—. ¿Para participar en un duelo de esgrima espontáneo que tenga lugar en algún tugurio del East End? La doctora no ha venido aquí para aprender a luchar de forma caballerosa, Baujart. Necesita aprender a defenderse contra hombres como yo. —Se quitó la careta y con un brusco movimiento se apartó el pelo que le caía sobre los ojos. El movimiento agitó las distintas capas del corte, que parecieron cobrar vida antes de volver a su sitio. Atravesó al *maître d'armes* con una mirada severa—. La doctora Gibson no sabe qué hacer si alguien la desarma en mitad de uno de esos preciosos giros, esos *moulinets* que usted le ha enseñado a hacer con el bastón. Usted ha vivido en París, debe de conocer algunos de los movimientos de la *savate*. O al menos del *chausson*. ¿Por qué no le ha enseñado nada de esas dos técnicas de lucha francesa?

—Porque no es correcto —respondió Baujart, que se quitó la careta y dejó a la vista un rostro afilado y colorado por el esfuerzo, cuyos ojos negros relucían por la furia.

—¿Correcto para qué? —La perplejidad de Ransom parecía genuina.

Monsieur Baujart lo miró con desdén.

—Solo un campesino cree que el propósito de una competición de esgrima es atravesar a alguien con la punta de una espada. Es una disciplina. Es poesía en movimiento, ¡con reglas!

—Que el Señor me ayude —repuso Ransom, que lo miraba sin dar crédito.

Garrett decidió que había llegado el momento de emplear la diplomacia.

—Señor Ransom, no tiene por qué recriminarle nada a monsieur Baujart. Me ha enseñado todo lo posible dentro de sus habilidades.

—¿Ah, sí? —replicó Ransom, dirigiéndose al *maître d'armes* en voz baja, pero implacable—. ¿O la ha instruido usted en el arte de los ejercicios de salón apropiados para una dama? Al resto de sus alumnos enséñeles movimientos bonitos. Pero a esta, a esta debe enseñarle a defender su vida. Porque algún día se verá en esa tesitura, armada tan solo con las habilidades que haya aprendido de usted. —Lo miró con expresión desdeñosa—. Supongo que cuando esté tirada en la calle con el cuello rebanado, al menos podrá consolarse con la idea de que no ha ganado ningún punto con un movimiento ilegal.

El silencio se prolongó mientras la respiración alterada de Baujart se relajaba. Su ira se transformó en una expresión que Garrett jamás le había visto antes.

—Lo entiendo —dijo por fin, no sin cierta dificultad—. Haré los ajustes necesarios para continuar con su entrenamiento.

—¿Incluirá usted movimientos de la *savate*? —insistió Ransom.

—Traeré un instructor especializado si es necesario.

Tras sendos gestos de cabeza a modo de despedida, Garrett le hizo una genuflexión a su instructor. Que monsieur Baujart no fuera capaz de mirarla a los ojos la dejó preocupada. Su instructor se marchó con aire digno y cerró la puerta al salir.

Una vez a solas con Ethan Ransom, Garrett lo observó mientras él se alejaba para soltar en un rincón el florete y el resto del equipo.

—Ha sido muy duro con monsieur Baujart —le dijo con delicadeza.

—No lo suficiente —replicó Ransom, que adoptó su acento irlandés—. Debería haberle echado un sermón que durase diez minutos. —Se desabrochó el peto de cuero y lo dejó caer al suelo—. Usted necesita aprender defensa personal más que ningún otro alumno de esta escuela. La arrogancia, o la pereza, de ese hombre la ha puesto en peligro.

—No sé si me ofende más que insulte a monsieur Baujart o que me insulte a mí —repuso Garrett con sequedad.

—No la he insultado —le aseguró Ransom, que se quitó los guantes y los arrojó al suelo.

—Acaba de insinuar que soy una incompetente.

Ransom se volvió para mirarla.

—No. La he visto luchar. Es usted una oponente formidable.

—Gracias —dijo Garrett, un tanto apaciguada—. Solo por eso, estoy dispuesta a olvidar lo que ha dicho sobre mis *moulinets*.

Captó el atisbo de sonrisa que asomó a los labios de Ransom.

—Un gasto ridículo de energía, eso es lo que son —murmuró él—. Pero muy bonitos.

Garrett cayó en la cuenta de que era la primera vez que lo veía a la luz del día. La claridad de sus ojos, cuyo color azul se distinguía incluso desde la distancia, le provocaba una sensación desconocida, pero agradable, en la boca del estómago, como el aleteo de un millar de mariposas. Sus rasgos eran muy masculinos, con esa nariz ancha y el mentón fuerte. Sin embargo, esas pestañas tan largas y oscuras le daban un toque delicado a su rostro y, cuando sonreía, juraría que se atisbaba un hoyuelo en una de sus mejillas.

Ransom empezó a caminar mientras observaba con fingido interés la hilera de ilustraciones que mostraban distintas poses de esgrima, colgadas en la pared. A Garrett le encantó ese aire de timidez, que parecía transmitir cierta inseguridad a la hora de acercarse a ella.

Ataviado con el uniforme tenía un porte espléndido, y eso que el blanco absoluto de la cabeza a los pies no solía favorecer a los hombres. La chaqueta de loneta, abotonada en un lateral y ajustada hasta las caderas, disminuía la anchura de los hombros masculinos al tiempo que ensanchaba la cintura. Los ajustados pantalones enfatizaban incluso la barriga más pequeña. Pero en él, el severo corte de las prendas lograba resaltar un físico de proporciones admirables. Tenía un cuerpo atlético, flexible y poderoso, sin el menor atisbo de flacidez.

La mirada de Garrett descendió desde los anchos hombros hasta las estrechas caderas y siguió bajando hasta posarse en los muslos, gruesos y musculosos. Nada más caer en la cuenta de que lo estaba sometiendo a un escrutinio, alzó la vista y se sonrojó como una colegiala mientras enfrentaba su inquisitiva mirada.

—Me acabo de percatar del inusual desarrollo de sus cuádriceps —dijo con su voz más profesional.

Los labios de Ransom esbozaron el asomo de una sonrisa.

—¿Me está halagando, doctora?

—Por supuesto que no. Es una mera observación. Su complexión física podría llevar a pensar que es usted un marinero o un herrero.

—He hecho mis pinitos en la fragua —confesó él—. Pero cosas sencillas. Nada tan complicado como la labor de un herrero.

—¿Qué tipo de cosas?

Ransom enderezó una de las ilustraciones enmarcadas.

—Cerraduras y llaves. Cuando era pequeño, trabajé como aprendiz de un cerrajero de prisiones. —Sin mirarla siquiera, añadió—: Mi padre era carcelero en Clerkenwell.

Las prisiones eran, en su mayor parte, lugares insalubres,

peligrosos y hacinados, puesto que se creía que debían tener un ambiente disuasorio. Garrett opinaba que no se debería permitir que un niño trabajara en semejantes condiciones.

—Un lugar peligroso para un niño —comentó, y vio que Ransom se encogía de hombros.

—Era seguro siempre y cuanto me atuviera a las reglas.

—¿Tiene hermanos o hermanas? —quiso saber ella.

—No. Fui hijo único.

—Yo también. —Aunque rara vez ofrecía información personal, se descubrió añadiendo—: Siempre quise tener una hermana. Mi madre murió al darme a luz y mi padre no volvió a casarse.

—Era un agente de la división E, ¿verdad?

Garrett alzó la vista al punto.

—Sí. ¿Cómo lo sabe?

—Lo leí en los periódicos.

—Ah. Claro. —Torció el gesto—. Los periodistas insistieron en tildarme de rareza. Como si fuera un caballo hablador.

—Es usted una mujer inusual.

—No tanto. Miles de mujeres tienen la mente y el temperamento adecuados para practicar la medicina. Sin embargo, en Inglaterra no hay una sola facultad de medicina que acepte estudiantes del sexo femenino, de ahí que tuviera que estudiar y realizar mis prácticas en Francia. Tuve la suerte de poder conseguir el certificado de la Asociación Médica Británica para ejercer la profesión antes de que se ocuparan de eliminar el vacío legal existente y así impedir que otras mujeres pudieran hacer lo mismo.

—¿Qué dijo su padre al respecto?

—Al principio, estuvo en contra. Le parecía una ocupación indecente para una mujer. Ver a otras personas desnudas y demás. Sin embargo, tal y como le señalé, si estamos hechos a imagen y semejanza de Dios, no puede haber nada malo en el estudio de la anatomía humana.

—¿Y eso lo hizo cambiar de opinión?

—No del todo. Pero cuando vio que me enfrentaba a la oposición de familiares y amigos, tomó una decisión. No soportaba que los demás me dijeran lo que no debía hacer y decidió apoyarme.

Ransom se acercó a ella con el asomo de una sonrisa en los labios. Su mentón estaba oscurecido por la sombra de la incipiente barba, aunque iba afeitado. Tenía la piel clara, lo que suponía un enorme contraste con su lustroso pelo oscuro.

Lo vio levantar las manos despacio para quitarle el bastón.

—De momento, no vamos a necesitarlo.

Garrett asintió con la cabeza y sintió que el pulso le latía con más fuerza en las muñecas, en la garganta y en las corvas.

—¿Me quito los guantes? —le preguntó, tratando de parecer práctica.

—Si le apetece. —Ransom dejó el bastón en el suelo, junto a la pared, y se volvió para mirarla—. Esto le resultará sencillo —dijo en voz baja—. Tal vez incluso le parezca divertido. Dentro de unos instantes, dejaré que me tire al suelo.

Eso le arrancó una carcajada a Garrett, que repuso:

—Me dobla usted en tamaño. ¿Cómo voy a hacerlo?

—Se lo enseñaré, pero antes tenemos que empezar con algo sencillo. —Esperó hasta que ella arrojó los guantes al suelo—. ¿Recuerda lo que le dije sobre los ataques más comunes que sufren las mujeres?

—Son estranguladas desde el frente.

—Sí. Normalmente contra una pared.

Con delicadeza, la aferró por los hombros y la instó a caminar hacia atrás hasta que ella sintió la dura superficie de la pared en los omóplatos. Esas enormes manos ascendieron después hasta su cuello. Los dedos de Ransom eran tan fuertes que bien podrían doblar una moneda de cobre. De repente, recordó las palabras del señor Oxley: «Hay algo en el señor

Ransom que hace que uno se pregunte si va a romperte el cuello o a decirte hola.» El miedo le provocó un repentino escalofrío en la espina dorsal, y se tensó.

Ransom la soltó al punto y la miró con el ceño fruncido por la preocupación.

—No —dijo Garrett de inmediato—. Yo... estoy bien. Es que nunca me habían rodeado el cuello con las manos.

Él le aseguró con suavidad:

—Conmigo no tiene nada que temer. Jamás.

—Por supuesto. —Guardó silencio antes de añadir con sequedad—: Aunque cuando le mencioné su nombre a mi padre me advirtió de que era usted peligroso.

—Puedo serlo.

Garrett alzó la vista.

—A todos los hombres les gusta pensar que una parte de su carácter sigue siendo salvaje e indómito.

—¿Conoce usted a todos los hombres acaso? —le preguntó él con un deje burlón.

—Señor Ransom, el sexo masculino dejó de ser un misterio para mí desde mi primera clase práctica de anatomía, que incluyó la disección de un cadáver.

Eso debería ponerlo en su lugar, pero, en cambio, él soltó una queda carcajada.

—No me cabe la menor duda de que es capaz de abrir en canal a un hombre como si se tratara de una liebre, doctora, pero eso no implica que lo conozca en realidad.

Garrett lo miró con expresión gélida.

—¿Me toma por una ingenua?

Ransom negó con la cabeza.

—No veo el menor defecto en usted —contestó con una sinceridad que la sorprendió.

Esos dedos, secos y cálidos, regresaron a su cuello para aplicar la más leve de las presiones. Garrett sintió la aspereza de un índice, como si fuera la caricia de la lengua de un gatito.

El contraste entre la fuerza bruta de sus manos y la increíble delicadeza de su roce le provocó un estremecimiento.

—Veamos, pues —murmuró al tiempo que esas espesas pestañas descendían cuando bajaba la vista para mirar la parte delantera del cuello de Garrett, donde descansaban sus pulgares—. En esta situación, solo dispone de unos cuantos segundos para reaccionar antes de que su asaltante la inmovilice.

—Sí —repuso ella, consciente de que Ransom podía sentir su aliento, su pulso y los movimientos de su garganta cuando tragaba saliva—. La presión sobre la tráquea y las arterias carótidas ocasiona la pérdida de la conciencia con gran rapidez. —Subió las manos con timidez para agarrarlo por los codos—. Si tiro de sus brazos así...

—No, con un hombre de mi tamaño. No podría moverlo. Baje la barbilla para protegerse el cuello y una las manos como si estuviera rezando. Introdúzcalas entre mis brazos... Bien, más arriba, hasta que me obligue a doblar los codos. ¿Nota como eso me hace aflojar las manos?

—Sí —contestó ella, que sintió una agradable sorpresa.

—Ahora, agárreme la cabeza.

Garrett lo miró con evidente desconcierto.

—Vamos —la animó él.

Para su irritación y bochorno, se le escapó una risilla tonta. Ella jamás se reía así. Carraspeó, subió los brazos y le colocó las manos en la cabeza, de manera que la parte inferior de la palma de las manos le rozara las orejas.

Sus cortos mechones oscuros tenían un tacto similar al de la seda cruda.

—Acerque más las manos a mi cara —le ordenó Ransom—, para que pueda meterme los pulgares en los ojos.

Garrett dio un respingo.

—¿Quiere que le saque los ojos a un hombre?

—Sí, no le demuestre clemencia, porque él no se la demostrará a usted.

Garrett ajustó la posición de las manos despacio hasta colocar las yemas de los pulgares no directamente sobre sus ojos, sino cerca de los rabillos, donde la piel era más fina y estaba más caliente. Le resultaba difícil enfrentar su mirada. El azul de sus ojos era tan intenso que tenía la sensación de ahogarse en él.

—Mientras me presiona los ojos —siguió Ransom—, podrá echarme la cabeza hacia atrás con facilidad. Una vez que lo haga, tire de ella hacia delante, hasta que mi nariz se golpee con su frente. —Antes de que pudiera hacer el menor movimiento, añadió—: Con cuidado. Ya me he roto la nariz antes y no es una experiencia que me interese repetir.

—¿Cómo sucedió? —le preguntó, imaginándose una situación de vida o muerte—. ¿Estaba sofocando algún disturbio? ¿Impidiendo un robo?

—Me tropecé con un cubo —le contestó con sequedad—. Delante de dos agentes de policía y de una celda llena con unos cuantos detenidos pendientes de juicio, un desertor del ejército y un hombre en espera del pago de su fianza.

—Pobrecillo —replicó ella con compasión, aunque fue incapaz de contener la risa.

—Mereció la pena —le aseguró—. Los detenidos estaban a punto de llegar a las manos, pero mi tropiezo los distrajo y las carcajadas los ayudaron a olvidar su disputa. —Cambió de tema sin perder tiempo—. En una situación real, tire de la cabeza de su asaltante con todas sus fuerzas. Golpéelo tantas veces como sea necesario hasta que la suelte.

—¿No hará eso que yo acabe inconsciente?

—No, esto es demasiado duro como para llegar a ese extremo. —Ransom guardó silencio mientras le golpeaba la frente con un nudillo, como si golpeara un panel de madera—. Él sufrirá más que usted.

Devolvió la mano a su cuello y lo rodeó casi con ternura.

Garrett tiró de su cabeza con cuidado hasta que sintió la

nariz y la boca sobre su frente. El contacto duró apenas un instante, pero fue electrizante. El suave roce de sus labios y la calidez de su aliento suscitaron una nueva oleada de sensaciones, una calidez que pareció extenderse al punto por todo su cuerpo. Inhaló su fragancia, el olor natural de un hombre sano y aseado.

Ransom retrocedió despacio.

—Puede rematarlo con un rodillazo en la entrepierna —añadió— si sus faldas no son demasiado pesadas o estrechas.

—¿Me está diciendo que use la pierna para...? —Bajó la vista en dirección a esa parte de su cuerpo.

—Así. —Le demostró él, subiendo la rodilla.

—Creo que mis faldas de paseo me lo permitirían.

—En ese caso, hágalo —le aconsejó Ransom—. Es el punto más débil de un hombre. El dolor se extiende por las entrañas sin remedio.

—No me cabe la menor duda —murmuró Garrett—. En el escroto hay un nervio llamado nervio espermático, que se extiende hasta el abdomen. —Al ver que él volvía la cara añadió, contrita—: ¿Lo he incomodado? Le pido disculpas.

Ransom levantó la cabeza y Garrett vio que tenía una mirada risueña.

—En absoluto. Es que nunca he oído a una dama hablar como lo hace usted.

—Ya se lo he dicho... no soy una dama.

4

La lección que siguió no podría haber sido más distinta de las lecciones de Garrett con monsieur Baujart o sus *prévôts*, que priorizaban la disciplina, el silencio y la forma perfecta. A su lado, eso parecía como una forma muy bruta de juego. De hecho, cada minuto de refriega, de empujones y de agarrones resultó tan absorbente que Garrett perdió la noción del tiempo. Aunque no estaba acostumbrada a sentir las manos de un hombre encima, las de Ransom eran tan delicadas y tan suaves que enseguida confió en él.

Con mucha paciencia, le demostró varios movimientos y la animó a repetirlos hasta que consideró que los había aprendido como era debido. Halagaba sus esfuerzos, decía que era una guerrera, una amazona, y en más de una ocasión se echó a reír por el entusiasmo que demostraba. Tal y como le había prometido, le enseñó a tirar a un hombre al suelo al trabarle la pierna con un pie y usarla como palanca para hacerle perder el equilibrio. Cada vez que Ransom caía al suelo, rodaba con un elegante movimiento y se ponía en pie de nuevo.

—¿Dónde ha aprendido a hacer eso? —preguntó Garrett.

—Tras dejar la división K, me enviaron fuera para recibir adiestramiento especial.

—¿Dónde es «fuera»?

Por algún motivo, Ransom parecía reacio a contestar.

—A la India.

—¿A la India? Por el amor de Dios. ¿Cuánto tiempo?

—Año y medio. —Al ver lo interesada que parecía, Ransom explicó con tiento—: Me adiestró un gurú de ochenta años que era tan ágil como un muchacho de dieciséis. Enseñaba un sistema de lucha basado en los movimientos animales, como el tigre o la serpiente.

—Absolutamente fascinante. —A Garrett le habría gustado hacerle más preguntas, pero él le hizo un gesto para que le diera la espalda.

—Esto es lo que hay que hacer si alguien la inmoviliza desde atrás con un abrazo de oso. —Él titubeó—. Voy a tener que rodearla con los brazos.

Garrett asintió con la cabeza y se quedó quieta, confiada, mientras la rodeaba con los brazos. La agarraba con firmeza, pero sin aplastarla, soportando el peso necesario para que casi levantara los talones del suelo. El cuerpo de Ransom estaba caliente, casi como si hirviera dentro de la chaqueta de esgrima. Estaba rodeada por su fuerza, aspiraba el calor y el olor salado del sudor masculino, mientras que el movimiento de su respiración la golpeaba de forma rítmica.

—¿Los osos abrazan así de verdad? —preguntó con voz entrecortada.

—No lo sé —contestó Ransom, y el deje travieso le llegó desde muy cerca, casi junto a la oreja—. Nunca he estado lo bastante cerca de un oso para averiguarlo. Ahora, le interesa evitar que la levante del suelo y me la lleve en volandas. Eche las caderas hacia atrás y use todo el peso del cuerpo para mantener los pies firmes en el suelo. —Esperó a que ella obedeciera. El movimiento lo obligó a inclinarse sobre ella, alterando su centro de gravedad—. Bien. Ahora, dé un paso a un lado y así tendrá vía libre para asestarme un golpe demoledor en la entrepierna. —La observó cerrar el puño—. Así no. ¿Nadie le ha enseñado a cerrar bien los puños?

—Nadie. Enséñeme.

Ransom la soltó y la instó a darse la vuelta para que lo mirase. Le cogió una mano con las suyas y le cerró el puño de la forma adecuada.

—Doble los dedos y deje el pulgar cruzado sobre ellos. No lo esconda debajo de los otros dedos o se lo partirá cuando golpee a otra persona. Y no lo cierre tanto como para que el meñique empiece a plegarse sobre sí mismo.

Ransom comprobó la tensión de la mano cerrada acariciándole los nudillos con el pulgar. Sus largas pestañas oscuras le ocultaron la mirada.

Creyó que la soltaría en ese momento. En cambio, empezó a acariciarle muy despacio las hendiduras entre los dedos, la cutícula de las uñas, la base carnosa del pulgar. Se quedó sin respiración cuando le tocó la sensible cara interna de la muñeca, donde el pulso le latía deprisa y de forma superficial.

—¿Por qué le pusieron Garrett de nombre? —oyó que él le preguntaba.

—Mi madre estaba convencida de que iba a ser un niño. Quería ponerme el nombre de uno de sus hermanos, que murió siendo joven. Pero no sobrevivió al parto. Pese a las protestas de amigos y familiares, mi padre insistió en llamarme Garrett de todas formas.

—Me gusta —susurró Ransom.

—Me viene como anillo al dedo —repuso Garrett—, aunque no tengo claro que mi madre hubiera aprobado ponerle un nombre masculino a su hija. —Tras un breve silencio, se sorprendió al seguir un impulso y añadir—: A veces me imagino que puedo viajar en el tiempo y detener la hemorragia que la mató.

—¿Por eso se hizo doctora?

Garrett sopesó la pregunta con el ceño fruncido.

—Nunca lo había considerado de esa forma. Supongo que ayudar a la gente podría ser la manera que tengo de salvarla una y otra vez. Pero, fuera como fuese, el estudio de la medicina me habría resultado fascinante. El cuerpo humano es una máquina increíble.

Los dedos de Ransom le acariciaban el dorso de la mano como si estuvieran alisando un diminuto pañuelo de seda.

—¿Por qué entró en las fuerzas del orden? —le preguntó ella a su vez.

—De pequeño me gustaba observar a los alguaciles cuando aparecían con el carro de los prisioneros todas las mañanas. Hombres fuertes y fornidos, con los uniformes azules y los brillantes zapatos negros. Me gustaba que impusieran el orden.

—¿Qué lo llevó a querer ser uno de ellos?

Ransom le pasó la punta del índice por los nudillos, una caricia casi furtiva, como si supiera que era algo que no debería estar haciendo.

—Mi padre ganaba cinco libras a la semana. Era un buen salario, sobre todo porque podíamos vivir en una casa dentro de la prisión. Aun así, en ocasiones no podíamos estirar el dinero. Cuando a mi madre le preocupaba que llevase semanas comiendo patatas y leche, o que hubiera demasiadas deudas, se escabullía para encontrarse con un caballero casado con el que tenía un arreglo. Más tarde, cuando mi padre veía las suelas nuevas de mis zapatos o velas nuevas o carbón en la casa... le daba una paliza sin mediar palabra. Luego me daba una paliza a mí por intentar impedírselo, mientras lloraba sin poder evitarlo. Al día siguiente, los tres nos comportábamos como si nada hubiera pasado. Pero yo era incapaz de olvidarlo. No dejaba de repetirme que un día sería capaz de impedir que mi padre, o cualquier otro hombre, le hiciera daño a mi madre. Incluso hoy, cuando veo que amenazan o le hacen daño a una mujer, es como si le prendieran fuego a un barril de pólvora.

—En ese momento, pareció darse cuenta de que seguía sujetándole la mano y se la soltó de golpe—. Era demasiado joven para comprender lo que mi madre hacía con ese amigo suyo o por qué mi padre, que la adoraba, le daba una paliza por ese motivo. O por qué mi madre no me permitía decir nada malo de mi padre. Un marido podía sentir la necesidad de darle una paliza a su mujer, afirmaba. Así eran los hombres por naturaleza. Pero ella esperaba que yo fuera mejor. —La miró con una expresión atribulada y pesarosa—. Le dije que nunca golpearía a una mujer y nunca lo he hecho. Antes me cortaría un brazo.

—Lo creo —dijo Garrett en voz baja—. Su madre se equivocaba. La naturaleza de los hombres no los lleva a la violencia contra las mujeres, eso es la corrupción de su naturaleza.

—Me gustaría ser de la misma opinión —masculló él—. Pero he visto demasiadas maldades como para estar seguro.

—Yo también —replicó Garrett—. Aun así, sé que tengo razón.

—Envidio su certeza.

«Ah, qué sonrisa la suya», pensó ella, como si fuera algo que acabara de ser liberado.

Nunca había hablado de esa manera con un hombre. La conversación parecía banal superficialmente, pero más allá... le recordaba un poco a la sensación que tuvo durante su primer día de clases en la Sorbona. Aquel día se sintió aterrada y emocionada por la infinidad de misterios que estaba a punto de descubrir.

—Pronto tendremos que dar por finalizada la clase —anunció Ransom a regañadientes—. Ya nos hemos pasado del tiempo.

—¿En serio? —preguntó ella, sorprendida.

—Llevamos casi dos horas. Practicaremos ese último movimiento una vez más y se acabó.

—Seguro que hay muchas más cosas que puedo aprender —dijo Garrett, que le dio la espalda—. ¿Cuándo podremos tener la siguiente?

Los brazos de Ransom la rodearon por detrás.

—Me temo que tengo obligaciones que me mantendrán

ocupado una temporada. —Tras una larga pausa, añadió—: Después de hoy, no volveré a verla.

—¿Durante cuánto tiempo?

—En la vida.

Garrett parpadeó por la sorpresa. Se volvió entre sus brazos para mirarlo a la cara.

—Pero... —Se avergonzó al detectar el deje pesaroso de su voz al preguntar—: ¿Qué pasa con los martes?

—Ya no puedo seguirla los martes. Pronto tendré que ocultarme durante una temporada. Tal vez para siempre.

—¿Por qué? ¿Planea salvar Inglaterra? ¿Derrotar a una mente criminal?

—No puedo decírselo.

—Oh, pamplinas. Cualquier cosa que me diga queda protegida por la confidencialidad entre médico y paciente.

Ransom esbozó una sonrisa torcida.

—No soy paciente suyo.

—Podría serlo un día de estos —repuso Garrett con voz desabrida— a tenor de su profesión.

Ransom la instó a darle la espalda a modo de respuesta.

La desolación se apoderó de ella mientras lo obedecía. ¿Cómo era posible que tal vez no lo volviera a ver nunca? ¿De verdad tenía algo que ver con su trabajo? Tal vez fuese una excusa conveniente y la verdad era que ella no le interesaba. Tal vez solo ella sintiera la atracción. Se quedó de piedra al sentir que la decepción le provocaba un nudo en la garganta.

—Recuerde que debe empujar con... —empezó a decir Ransom cuando la puerta se abrió de golpe.

Los dos miraron hacia la puerta, desde la que monsieur Baujart los observaba echando chispas por los ojos.

—Tengo que usar esta habitación para una clase concertada —anunció el maestro de esgrima. Entrecerró los ojos al verlos tan íntimamente abrazados—. ¿Así es como le enseña a la doctora Gibson a luchar por su vida? —preguntó con sarcasmo.

Garrett contestó con voz seria y firme.

—Es una maniobra defensiva, monsieur. Estoy a punto de asestar un golpe paralizante a su entrepierna.

El maestro de esgrima los observó con expresión pétrea.

—Bien —masculló, tras lo cual se marchó y cerró con un portazo.

Antes de que Garrett pudiera continuar, sintió que Ransom le apoyaba la cara contra un omóplato mientras se reía como un niño travieso en una iglesia.

—Mire lo que ha hecho —dijo él—. Baujart no se dará por satisfecho a menos que salga cojeando presa de la agonía.

Esbozó una sonrisa renuente al oírlo.

—Por el bien de Inglaterra, tendré piedad.

Tal como él le había enseñado antes, Garrett echó las caderas hacia atrás y se inclinó hacia delante. Estaban pegados el uno al otro, con los cuerpos encajados como las piezas de un rompecabezas. Se quedó en blanco al sentir el placer visceral de su peso y de su calidez envolviéndola.

Ransom la abrazó con más fuerza y emitió un sonido extraño, como si no supiera si le tocaba inspirar o espirar.

Acto seguido, la soltó y se sentó en el suelo con una torpeza poco característica en él. Se rodeó las piernas con los brazos y apoyó la frente en las rodillas dobladas.

Alarmada, Garrett se arrodilló junto a él.

—¿Qué le pasa?

—Se me ha agarrotado un músculo —contestó él con voz apagada.

Sin embargo, parecía algo mucho más serio. Estaba muy colorado y parecía a punto de hiperventilar.

—¿Está mareado? —le preguntó, preocupada—. ¿Le da vueltas la cabeza? —Le puso una mano en la cara para comprobar su temperatura y él se apartó de repente—. Deje que le tome el pulso —dijo, e intentó tocarlo una vez más.

Ransom la agarró de la muñeca y la miró fijamente con un brillo casi sobrenatural en esos intensos ojos azules.

—No me toque o... —Dejó la frase en el aire, rodó para apartarse de ella y se puso en pie con agilidad. Se alejó hasta el otro extremo de la estancia y apoyó las manos en la pared, con la cabeza gacha.

Garrett lo miró fijamente, boquiabierta.

Antes de que Ransom le diera la espalda, había atisbado algo que desde luego no era un músculo agarrotado. Era un problema totalmente distinto.

Tal como los pantalones de esgrima dejaban en evidencia con tanto descaro, estaba excitado. Increíble y prodigiosamente excitado.

Sintió que se le acaloraban las mejillas hasta que le ardieron. Puesto que no sabía muy bien lo que hacer, se quedó arrodillada en el suelo. Sentía la piel muy tirante, ardiente, y la invadía una sensación de... En fin, no sabía muy bien lo que era... No era vergüenza, aunque se había puesto roja como una amapola. Tampoco era exactamente placer, aunque tenía los nervios a flor de piel por la emoción.

Nunca había sido de esas mujeres cuya presencia enardecía a los hombres. En parte porque nunca había desarrollado la habilidad para coquetear y desplegar sus encantos femeninos. Y en parte también porque cuando conocía a un hombre, solía aguijonearlo con agujas de sutura o con inyecciones.

—¿Serviría... serviría de algo si le traigo un vaso de agua fría? —se atrevió a preguntar con una voz tan tímida que ni siquiera parecía la suya.

Ransom contestó con la frente apoyada en la pared.

—No, a menos que me lo eche por encima.

Se le escapó una carcajada estrangulada al oírlo.

Ransom se volvió para mirarla de soslayo, y el ardiente e infinito brillo azul de sus ojos transmitía la fuerza de un deseo tan electrizante como un rayo. Pese al ingente conocimiento de Garrett acerca del funcionamiento del cuerpo humano, apenas atinaba a comprender lo que contenía esa arrolladora mirada.

La voz de Ransom resonó, seca y burlona:

—Como ha dicho, doctora... hay una parte de todo hombre que sigue siendo salvaje e indómita.

5

—¿Qué dijo después de eso? —susurró lady Helen Winterborne desde el otro lado de la mesa del té, con esos ojos azules tan grandes como un par de florines de plata—. ¿Qué dijiste tú?

—No me acuerdo —confesó Garrett, sorprendida al percatarse de que todavía se ruborizaba, tres días después—. Se me derritió el cerebro. No me lo esperaba en absoluto.

—¿Nunca has visto a un hombre en... semejante estado? —le preguntó Helen con delicadeza.

Garrett le dirigió una mirada burlona.

—Soy enfermera y también doctora. Me atrevo a decir que he visto tantas erecciones como la madame de un burdel. —Frunció el ceño—. Pero nunca había visto una que yo hubiera ocasionado.

Helen se apresuró a llevarse la servilleta de lino a los labios para sofocar las carcajadas.

Tal como acostumbraban a hacer todas las semanas, habían quedado para almorzar en un conocido salón de té emplazado en los grandes almacenes de Winterborne. El establecimiento era un refugio tranquilo donde resguardarse del calor y del ajetreo del día con sus altos techos, sus frondosas plantas y sus paredes decoradas con mosaicos de teselas azules, blancas y doradas. El comedor principal estaba atestado de damas y caballeros sentados a las mesas. En cada esquina del comedor se había dispuesto una hornacina lo suficientemente amplia para colocar una mesa, cuyos comensales disfrutaran de cierta intimidad para conversar. Como esposa de Winterborne, por supuesto, Helen siempre conseguía una de dichas mesas.

Garrett era amiga de la dama desde que Winterborne contrató sus servicios médicos. Pronto descubrió que Helen no solo era amable, sensata y leal, sino que, además, no se iba de la lengua. Tenían mucho en común, incluyendo el compromiso de ayudar a los más desfavorecidos. Durante el año anterior, Helen se había convertido en la benefactora de varias organizaciones dedicadas a mejorar la vida de las mujeres y de los niños, y trabajaba de forma incansable para llevar a cabo reformas sociales.

Poco antes, había insistido en que Garrett asistiera a las cenas para recaudar fondos y a los conciertos que ella y Winterborne celebraban.

—No puedes pasarte la vida trabajando —le había dicho Helen con voz amable, pero tajante—. De vez en cuando debes pasar la noche relacionándote con los demás.

—Me paso los días acompañada —protestó ella.

—Sí, en la clínica. Pero yo me refiero a una velada social, arreglada con un bonito vestido, durante la cual puedas mantener una conversación sin importancia, e incluso hasta bailar.

—No habrás pensado hacer de casamentera conmigo, ¿verdad? —le preguntó Garrett con recelo.

Helen le regaló una sonrisa de reproche.

—No hay nada de malo en conocer a unos cuantos caballeros solteros. No te opondrás a la idea del matrimonio, ¿verdad?

—No exactamente. Pero no acabo de ver cómo puedo incluir a un marido en mi vida. No puede ser el tipo de hombre que insista en que todo gire en torno a su persona y sus necesidades, ni tampoco puede esperar que yo me comporte como una esposa tradicional. Tendría que ser tan poco convencional como lo soy yo. No estoy segura de que exista un hombre así. —Garrett se encogió de hombros y esbozó una sonrisa carente de humor—. No me importa acabar vistiendo santos, como se suele decir. Me parece una ocupación muy interesante.

—Si está ahí fuera —replicó Helen—, no vas a encontrarlo quedándote en casa ni mucho menos. Vendrás a la próxima cena, y eso significa que tenemos que encargarte un vestido de noche.

—Ya tengo un vestido de noche —protestó Garrett, pensando en el vestido de brocado de color azul zafiro, que ya tenía unos cuantos años, pero que estaba como nuevo.

—Ya lo he visto y es muy... bonito —repuso Helen, condenando el vestido con ese tenue halago—. Sin embargo, necesitas algo más alegre. Y con más escote. Ninguna mujer de nuestra edad lleva vestidos de noche de cuello alto. Esos son para las jovencitas o para las viudas.

Consciente de que la moda no era necesariamente su fuerte, Garrett accedió a visitar el establecimiento de la señora Allenby, la modista, esa misma tarde después de tomar el té con Helen.

Regresó al presente cuando Helen recobró la compostura y murmuró:

—Pobre señor Ransom. Debe de ser terriblemente embarazoso para un hombre que le suceda algo así.

—Sin duda lo fue —repuso Garrett, tras lo cual mordisqueó un sándwich diminuto consistente en dos finas rebanadas de pan francés, hojas de berro y queso crema.

Ransom no le había parecido abochornado en absoluto. Sintió un hormigueo al recordar cómo la había mirado. Como si fuera un tigre hambriento, todo deseo e instinto. Como si le costara la misma vida contenerse delante de ella.

—¿Cómo acabó la clase? —quiso saber Helen.

—Después de ponernos de nuevo la ropa de calle, Ransom me esperó fuera y detuvo un coche de alquiler. Antes de subirme, me dio las gracias por el tiempo que habíamos pasado juntos y me aseguró que lamentaba muchísimo que no pudiéramos vernos más. No recuerdo lo que le dije, solo le tendí la mano para que me la estrechara y él...

—¿Qué hizo?

El color le inundó las mejillas.

—Me... la besó —logró decir mientras recordaba la imagen de esa cabeza morena inclinada sobre su mano enguantada—. No me lo esperaba. Ese bruto enorme y de ojos azules haciendo algo tan caballeroso... Sobre todo después de haber pasado las últimas dos horas agarrándonos y golpeándonos de un lado a otro de la sala de entrenamiento. —El gesto fue tan tierno que la dejó atónita y muda. A esas alturas todavía sentía un agradable cosquilleo y una oleada de calor cada vez que lo recordaba. Era una locura. Pese a todos los pacientes que había examinado y a los que había operado, pese a toda la gente que había abrazado y consolado, nada le había parecido tan íntimo como el roce de esos labios sobre su guante—. Soy incapaz de dejar de recordarlo —siguió—. No dejo de preguntarme qué habría pasado si... —No podía decir el resto en voz alta. Empezó a juguetear con la cucharilla del sorbete—. Quiero verlo de nuevo —confesó.

—Ay, Dios mío —murmuró Helen.

—No sé cómo ponerme en contacto con él. —Garrett la miró con disimulo—. Pero tu marido sí.

Helen parecía incómoda.

—Si el señor Ransom te ha dicho que no puede verte más, creo que deberías respetar su decisión.

—Si quiere, puede verme en secreto —repuso Garrett, irritada—. Ese hombre se mueve por Londres tan furtivamente como un gato.

—Y si os vieseis en secreto, ¿qué sucedería? O mejor dicho, ¿qué quieres que suceda?

—No estoy segura. —Garrett soltó la cucharilla, cogió un tenedor y pinchó una fresa. Usó un cuchillo para cortarla en trocitos diminutos—. Es obvio que Ransom no es una compañía adecuada para mí. Debería sacármelo de la cabeza. A él y a sus partes íntimas.

—Eso sería lo mejor —convino Helen con cautela.

—Pero es que soy incapaz. —Garrett soltó los cubiertos y murmuró—: Jamás me he dejado llevar por pensamientos indeseados ni por los sentimientos. Siempre he tenido la capacidad de obviarlos como si fueran servilletas dobladas en un cajón. ¿Qué me está pasando?

Helen cubrió su puño apretado con una mano blanca y fresca, y le dio un apretón reconfortante.

—Llevas mucho tiempo trabajando sin descanso. Y una noche aparece de entre las sombras un hombre guapo y misterioso para salvarte de unos asaltantes.

—Esa parte fue muy irritante —la interrumpió Garrett—. Yo sola me las estaba apañando muy bien en mi papel de heroína hasta que él intervino.

Helen esbozó una sonrisa.

—Sin embargo... seguro que fue un poquito agradable.

—Lo fue —masculló Garrett, que se refugió de su mirada examinando el plato de los sándwiches de té. Eligió uno que contenía una lámina casi transparente de alcachofa encurtida y una rodaja de huevo cocido—. De hecho, fue ridículo. Su apostura y esa fuerza bruta. Solo te lo confesaré a ti, pero cuando oí su acento irlandés, estuve a punto de empezar a pestañear y a sonreír tontamente, como si estuviera interpretando a una inocentona en un teatro de segunda.

Helen rio con suavidad.

—Un hombre con acento tiene un encanto peculiar, ¿verdad? Sé que se considera un defecto, sobre todo si el acento es galés, pero para mí tiene cierta poesía.

—Hoy en día tener acento irlandés es garantía segura de

que te den con la puerta en las narices —añadió Garrett con seriedad—. Motivo por el que, sin duda alguna, el señor Ransom oculta el suyo.

Durante la última década, la inquietud política de aquellos que creían en el derecho de Irlanda al autogobierno había suscitado un clima de creciente intolerancia. Los rumores de supuestas conspiraciones corrían como la pólvora y resultaba difícil separar los prejuicios de la razón. Sobre todo en ese momento, después de haber sufrido una serie de ataques terroristas entre los que se incluía el fallido intento de acabar con la vida del príncipe de Gales.

—Ese hombre no es respetable ni tiene un empleo remunerado —siguió Garrett—. Además es escurridizo, violento y, al parecer, de sangre muy caliente. Es imposible que me sienta atraída por él.

—La atracción no es algo que se pueda controlar —adujo Helen—. Es una especie de magnetismo. Una fuerza irresistible.

—No seré la marioneta de ninguna fuerza invisible.

Helen la miró con una sonrisa compasiva.

—Esto me recuerda un poco a lo que me dijiste después de que Pandora fuera atacada en la calle. Según aseguraste, recibió una descarga eléctrica que afectó su sistema nervioso. Creo que el señor Ransom te ha provocado una descarga semejante. Entre otras cosas, te ha hecho comprender que tal vez estés demasiado sola.

Garrett, que siempre se había enorgullecido de su autosuficiencia, le dirigió una mirada indignada.

—Imposible. ¿Cómo voy a estar sola cuando te tengo a ti y al resto de mis amistades, a mi padre, al doctor Havelock, a mis pacientes...?

—Yo me refiero a otro tipo de soledad.

Garrett frunció el ceño.

—No soy ninguna jovencita de mirada soñadora y cabeza de chorlito. Espero ser un poco más inteligente, la verdad.

—Hasta una mujer inteligente es capaz de apreciar un buen par de... ¿Cómo los has llamado? ¿Cuádriceps?

Era imposible pasar por alto el taimado humor subyacente en el recatado comentario de Helen. Garrett se refugió en un decoroso silencio y se bebió otra taza de té mientras una camarera se acercaba a la mesa con dos tacitas de sorbete de limón.

Helen esperó a que la camarera se alejara antes de decir:

—Escúchame bien, y no te niegues antes de que me explique. Quiero presentarte a mi primo West. Va a estar en Londres quince días. La última vez que vino a ver a Pandora no coincidiste con él. Cenaremos todos juntos una noche en Ravenel House.

—No. Te lo suplico, Helen, no me obligues a pasar por ese calvario innecesario. Ni obligues tampoco a tu primo.

—West es muy guapo —insistió su amiga—. De pelo oscuro, ojos azules y simpático. Estoy segura de que os gustaréis. Después de pasar unos minutos en su compañía, te olvidarás por completo del señor Ransom.

—Una relación entre el señor Ravenel y yo no funcionaría ni en el hipotético caso de que nos gustáramos. Yo no podría vivir en el campo. —Garrett probó una cucharada de sorbete y dejó que el fresco, ácido y a la vez azucarado postre se derritiera sobre su lengua—. Entre otras cosas, me dan miedo las vacas.

—¿Por su tamaño? —le preguntó Helen, solícita.

—No, por su forma de mirar. Como si estuvieran tramando algo.

Helen rio entre dientes.

—Te prometo que cuando nos visites algún día en Eversby Priory, esconderemos a todas las vacas taimadas. En cuanto a lo de vivir en el campo, es posible que West esté dispuesto a regresar a Londres. Es un hombre de muchos talentos e intereses. ¡Vamos, dime que al menos estás dispuesta a conocerlo!

—Lo pensaré —replicó Garrett a regañadientes.

—Gracias, eso me tranquiliza. —Helen añadió con una nota más seria en la voz—: Porque me temo que el señor Ransom tiene un motivo de peso para haber decidido mantenerse lejos de ti.

Garrett la miró al punto.

—¿Y cuál es?

Helen frunció el ceño, al parecer debatiéndose consigo misma antes de contestar.

—Tengo cierta información sobre el señor Ransom. No estoy autorizada para explicártelo todo, pero hay algo que deberías saber.

Garrett esperó con forzada paciencia mientras Helen echaba un vistazo a su alrededor a fin de asegurarse de que nadie se acercaba a su mesa.

—Está relacionado con el incidente del mes pasado en el Guildhall —confesó en voz baja—. ¿Recuerdas que Pandora y lord St. Vincent asistieron a la recepción?

Garrett asintió con la cabeza, ya que había oído de labios de la misma Pandora que tras levantar una tabla suelta del suelo, se habían descubierto unas cuantas bombas. En cuestión de minutos, la asustada multitud abandonó el edificio. Por suerte, los explosivos fueron desactivados antes de que los detonaran. No se habían producido detenciones relacionadas con el incidente, pero se culpaba a un pequeño grupo de nacionalistas radicales irlandeses.

—Uno de los invitados a la recepción murió aquella noche —siguió Helen—. Un subsecretario del Ministerio del Interior, el señor Nash Prescott.

Garrett asintió con la cabeza.

—Si mal no recuerdo por el artículo del *Times*, tenía problemas cardiacos. En mitad de toda la alarma y la confusión, sufrió un ataque letal al corazón.

—Esa es la historia oficial —replicó Helen—. Pero lord St. Vincent le dijo al señor Winterborne en privado que el señor Prescott estaba enterado de antemano de las bombas. Y fue precisamente el señor Ransom quien encontró el cuerpo del señor Prescott, no muy lejos del Guildhall. —Guardó silencio un instante—. Después de haberlo perseguido.

—¿Salió corriendo en mitad de la recepción y Ransom lo persiguió? —Garrett la miró con expresión penetrante—. Créeme, nadie que esté sufriendo un infarto podría salir corriendo a ningún lado.

—Exacto. —Helen titubeó—. Nadie sabe con certeza qué provocó la muerte del señor Prescott. Sin embargo, es posible que el señor Ransom... —Dejó la frase en el aire, ya que sus sospechas eran demasiado horribles como para decirlas en voz alta.

—¿Por qué iba a hacerlo? —le preguntó Garrett, después de un prolongado silencio—. ¿Crees que puede estar de parte de los conspiradores?

—Nadie sabe de qué parte está. Pero no es un hombre con el que debas relacionarte. —La miró con expresión preocupada y afectuosa—. Mi marido tiene un dicho al hilo de correr riesgos. Tanto va el cántaro a la fuente, que al final se rompe.

La melancolía que se había apoderado de Garrett desde que Helen habló con ella el día anterior no se alivió al día siguiente cuando su padre agitó delante de sus narices el último ejemplar del *Police Gazette* mientras le preguntaba:

—¿Qué te parece esto, hija?

Garrett frunció el ceño y cogió el periódico para ojear de inmediato la página indicada.

La noche del miércoles un intruso logró entrar en la cárcel de King Cross Court, tras lo cual procedió a atacar una celda con tres prisioneros en su interior. Las víctimas son soldados pertenecientes al 9.º Regimiento de Infantería de Su Majestad, detenidos por el asalto a una dama cuya identidad no se ha revelado. El intruso escapó antes de que pudiera ser capturado.

Los tres soldados habían sido encarcelados sin fianza hasta ser juzgados en los tribunales. Cualquier persona que pueda ofrecer alguna pista que ayude a la detención del culpable, deberá dirigirse al jefe de policía, W. Cross, y recibirá diez libras comço recompensa.

Garrett le devolvió el periódico a su padre mientras luchaba para disimular el caos interior. ¡Por el amor de Dios! ¿Cómo era posible que Ransom hubiera atacado a los tres encarcelados?

—No hay pruebas que demuestren que lo hiciera el señor Ransom —dijo sucintamente.

—Solo los hombres de Jenkyn serían capaces de entrar y salir de una cárcel con vigilancia sin ser detectados.

Garrett logró enfrentar la mirada de su padre con dificultad. Después de su reciente pérdida de peso, la piel de la que antes fuera una cara mofletuda estaba caída y lucía unas enormes bolsas debajo de los ojos. Tenía una expresión tan tierna y parecía tan cansado y cariñoso que sintió un nudo en la garganta.

—El señor Ransom no tolera ningún tipo de violencia contra las mujeres —señaló—. Pero eso no lo justifica, por supuesto.

—Has minimizado lo que te pasó aquella noche —repuso su padre con voz seria—. Dijiste que te insultaron tres soldados, pero fue mucho peor, ¿verdad?

—Sí, papá.

—En ese caso, esos canallas merecen lo que Ransom les ha hecho. Será un asesino cruel cuya alma acabará en el infierno, pero yo le estoy muy agradecido. Si pudiera, yo mismo les daría una paliza a esos malnacidos.

—No aprobaría que lo hicieras, de la misma manera que no aprobaría que él los matara —replicó Garrett, que cruzó los brazos por delante del pecho—. Un vengador que se tome la justicia por su mano no es mejor que un rufián.

—¿Eso es lo que vas a decirle?

A sus labios asomó una sonrisa sarcástica.

—¿Estás intentando sonsacarme algún tipo de información, papá? No tengo la menor intención de volver a ver al señor Ransom.

Su padre resopló y levantó el periódico para seguir leyendo. Su voz surgió desde detrás de las páginas, que crujían a cada movimiento.

—Que seas capaz de mirar a un hombre a los ojos mientras mientes no significa que puedas engañarlo.

Los siguientes días fueron una fuente de irritación y trabajo pesado. Ayudó a nacer al hijo de uno de los directores de departamento de los grandes almacenes, recolocó una clavícula rota y realizó una cirugía menor para extirpar un tumor benigno, pero todo ello le pareció superficial. Ni siquiera un interesante caso de inflamación reumática de las rodillas logró alegrarla. Por primera vez en la vida, el entusiasmo por el trabajo, el motivo que le daba sentido a sus días y que la llenaba de satisfacción, había desaparecido de forma inexplicable.

De momento, había logrado eludir la cena con los Ravenel, excusándose con el cansancio de haber asistido a un parto de veinticuatro horas, pero sabía que pronto le llegaría otra invitación que tendría que aceptar.

El martes por la tarde, mientras llenaba el maletín con el material necesario para pasar consulta en el asilo para pobres, se le acercó su compañero de la clínica.

Aunque el doctor William Havelock no había disimulado sus objeciones cuando Winterborne contrató a una doctora, pronto se convirtió en su mentor y en un buen amigo. El doctor, de mediana edad y con una cabeza leonina tanto por su tamaño como por su impresionante melena canosa, era la viva imagen de lo que debía ser un médico. Era un hombre de criterio y con grandes habilidades del que había aprendido mucho. Pese a su carácter hosco, Havelock era justo y estaba dispuesto a aceptar nuevas ideas. Tras una leve resistencia inicial, la formación quirúrgica que Garrett había recibido en la Sorbona le resultaba interesante más que sospechosa y había acabado adoptando los métodos antisépticos que ella había aprendido de sir Joseph Lister. En consecuencia, las cifras de pacientes curados después de una operación en la clínica de Cork Street habían aumentado más que la media.

Garrett alzó la vista cuando el doctor Havelock apareció en el vano de la puerta con dos vasos de precipitado del laboratorio llenos de un líquido amarillo claro.

—He traído un tónico reconstituyente —anunció al tiempo que se acercaba para ofrecerle uno de los vasos.

Garrett enarcó las cejas, aceptó el vaso y olió el contenido con recelo. Sus labios esbozaron una sonrisa renuente.

—¿Whisky?

—Whisky Deward's. —Levantó el vaso para brindar mientras la miraba con expresión taimada, pero afable—. Felicidades.

Garrett abrió los ojos de par en par por la sorpresa. Su padre no se había acordado de su cumpleaños y ella no se lo había dicho a nadie.

—¿Cómo lo sabe?

—Su fecha de nacimiento estaba en su solicitud de empleo. Puesto que mi esposa es quien se encarga de dichos documentos, se sabe los cumpleaños de todo el mundo y jamás se le olvida uno.

Brindaron y bebieron. El whisky era fuerte, pero resultaba agradable por el sabor a malta, miel y heno cortado que dejó en su lengua. Cerró los ojos un instante y sintió cómo el fuego le bajaba por el esófago.

—Excelente —dijo y miró a su compañero con una sonrisa—. Es todo un placer. Gracias, doctor Havelock.

—Otro brindis. *Neque semper arcum tendit Apollo.*

Bebieron de nuevo.

—¿Qué significa eso? —quiso saber Garrett.

—Ni siquiera Apolo mantiene el arco tenso todo el tiempo. —Havelock la miró con afabilidad—. Lleva unos días de mal humor. No sé exactamente qué problema tiene, pero me puedo hacer una idea. Es una doctora entregada a su trabajo que carga con numerosas responsabilidades y que las lleva a cabo con tal eficiencia que todos solemos olvidar, incluida usted, una cosa: que es una mujer joven.

—¿A mis veintiocho años? —le preguntó Garrett con tristeza, tras lo cual bebió otro sorbo. Sin soltar el vaso, extendió la otra mano para coger una lata de gasas y la guardó en el maletín.

—Una criatura todavía —replicó él—. Y al igual que todas las criaturas jóvenes, se rebela contra la adusta autoridad.

—Nunca he pensado en usted de esa manera —protestó.

Havelock esbozó una sonrisa torcida.

—Doctora, yo no soy la adusta autoridad. Lo es usted misma. El asunto es que la diversión es algo necesario. Sus hábitos de trabajo la han convertido en una aguafiestas, y seguirá siendo una aguafiestas hasta que encuentre algún pasatiempo entretenido fuera de esta clínica.

Garrett frunció el ceño.

—No tengo ningún interés fuera de aquí.

—Si fuera un hombre, le aconsejaría que pasara una noche en el mejor burdel que pueda permitirse. Sin embargo, no tengo la menor idea de lo que aconsejarle a una mujer en sus circunstancias. Consulte una lista de pasatiempos y elija uno. Viva un devaneo. Váyase de vacaciones a un lugar donde nunca haya estado.

Garrett se atragantó con un sorbo de whisky y lo miró con los ojos como platos y llenos de lágrimas.

—¿Acaba de aconsejarme que tenga un devaneo? —le preguntó con dificultad.

Havelock soltó una carcajada ronca.

—La he sorprendido, ¿verdad? No soy tan soso como imaginaba. No hace falta que me mire como si fuera una monja dispéptica. Como doctora, sabe muy bien que el acto sexual puede separarse de la concepción sin caer en la prostitución. Trabaja como un hombre, le pagan como si lo fuera, así que bien puede disfrutar también de los placeres que a nosotros se nos permiten, siempre y cuando lo haga con discreción.

Garrett tuvo que apurar el whisky antes de poder hablar de nuevo.

—Dejando a un lado las consideraciones morales, no creo que merezca la pena correr ese riesgo. Descubrir a un hombre en un escarceo amoroso no dañaría su carrera profesional, pero la mía sí.

—En ese caso, busque a alguien con quien casarse. Doctora Gibson, el amor es algo que debemos experimentar. ¿Por qué sino cree que yo, un viudo con una cómoda existencia, me puse en ridículo con la señorita Fernsby hasta que por fin accedió a concederme su mano en matrimonio?

—¿Por conveniencia? —sugirió ella.

—Por Dios, no. No hay nada conveniente en convivir con otra persona. El matrimonio es como una carrera de sacos, es posible encontrar a saltos el camino hasta la meta, pero también es cierto que sería más sencillo hacerlo sin el saco.

—En ese caso, ¿por qué hacerlo?

—Nuestra existencia, nuestro intelecto incluso, depende del amor. Sin él, no seríamos nada.

Asombrada por la naturaleza sentimental del discurso del señor Havelock, algo impensable en él, Garrett protestó:

—No es una tarea fácil encontrar a alguien a quien amar. Pero usted lo pinta tan sencillo como comprar un buen melón.

—Es evidente que no ha hecho usted ninguna de las dos cosas. Encontrar a alguien a quien amar es mucho más fácil que encontrar un buen melón.

Garrett esbozó una media sonrisa.

—Estoy segura de que sus consejos son bienintencionados, pero no necesito melones ni grandes devaneos. —Le entregó el vaso vacío—. Sin embargo, intentaré encontrar un pasatiempo.

—Por algo hay que empezar. —Havelock echó a andar hacia la puerta y se detuvo para mirarla por encima del hombro—. Se le da muy bien escuchar a otras personas, jovencita. Pero no tanto escucharse a sí misma.

La oscuridad comenzaba a extenderse cuando Garrett acabó de pasar consulta en la enfermería del asilo para pobres. Cansada y hambrienta, se quitó el delantal blanco y se puso la chaqueta marrón oscuro ribeteada con un galón trenzado de seda y ceñida a la cintura con un cinturón de cuero.

Tras coger el bastón y el maletín, salió del asilo y se detuvo al llegar a la verja de hierro, en el camino de entrada donde la luz iba dando paso a las sombras.

Rodeada por la calurosa calma del crepúsculo estival, echó a andar hacia la calle principal. Oyó el pitido de un tren en la lejanía, el ruido de la locomotora, el silbido del vapor y el chirrido de las ruedas de metal. Aminoró el paso al comprender que no le apetecía regresar a casa. No había razón alguna que la invitara a hacerlo. Su padre estaría jugando la partida semanal de póquer cubierto con sus amigos y no la echaría de menos. Pero no se le ocurría a qué otro sitio podía ir. La clínica y los grandes almacenes estarían cerrados, y desde luego sería de pésima educación aparecer en casa de alguien sin que la hubieran invitado. Le rugió el estómago tras los confines del ligero corsé. Cayó en la cuenta de que se le había olvidado almorzar.

Una de las reglas cardinales a la hora de moverse por las zonas más peligrosas de la ciudad era parecer segura. Sin embargo, allí estaba plantada en una esquina, con los pies tan pesados como si fueran de plomo. ¿Qué estaba haciendo? ¿Qué era la terrible sensación que la abrumaba? Tristeza envolviendo un anhelo. Una sensación de vacío que ningún pasatiempo o viaje vacacional podrían llenar jamás.

Tal vez debería visitar a Helen aunque no la hubiera avisado de antemano, y al cuerno con la buena educación. Helen la escucharía y sabría qué decirle. Pero no. Porque la presionaría aún más para que conociera a Weston Ravenel, el sustituto del hombre al que realmente quería ver. Un asesino a sueldo del gobierno, amoral y con un fuerte apetito sexual que tenía un hoyuelo en una mejilla.

Su mente rememoró algunas de las conversaciones que había mantenido durante esa semana.

«Nadie sabe de qué parte está. Pero no es un hombre con el que debas relacionarte.»

«... un asesino cruel cuya alma acabará en el infierno.»

«Si os vieseis en secreto, ¿qué sucedería?»

Y la voz grave de Ransom: «No veo el menor defecto en usted.»

Mientras seguía sumida en ese misterioso y melancólico estado, oyó a una pareja discutir en una calle cercana, los rebuznos de un burro, las voces de un vendedor de berros que transitaba por la calzada con su carreta. Los sonidos de la ciudad eran incesantes mientras Londres dejaba atrás el bullicio del día y daba paso a la burbujeante emoción de la cálida noche estival. Era una ciudad cruel, grande y próspera, vestida de ladrillo y hierro, cubierta con el abrigo del espeso humo de las fábricas en cuyos bolsillos guardaba un millón de secretos. A Garrett le encantaba, de un extremo a otro, desde la cúpula de la catedral de Saint Paul hasta la última cloaca llena de ratas.

—Ojalá... —musitó, y se mordió el labio.

¿Dónde estaría Ransom en ese momento?

A lo mejor era un poco exagerado que le gustara la última cloaca llena de ratas.

«Ojalá» era una expresión que nunca usaba.

Si cerrara los ojos, una estupidez si lo hacía en un barrio con tres cárceles, tenía la impresión de que podría verlo, como la imagen atrapada en la bola de cristal de una pitonisa.

Le hizo gracia comprobar que tenía en la mano el silbato de plata. Se lo había sacado del bolsillo sin ser consciente de lo que hacía. Acarició la brillante superficie con la yema del pulgar.

Siguiendo un disparatado impulso, se lo llevó a los labios y sopló. No lo suficiente como para que el silbido alertara a algún agente de policía, solo produjo una especie de trino. Cerró los ojos y contó hasta tres mientras esperaba oír unos pasos que se acercaban.

«Ojalá, ojalá...»

Nada.

Abrió los ojos. No había nadie.

Era hora de regresar a casa. Devolvió el silbato al bolsillo con tristeza, se quitó el bastón del brazo izquierdo, donde lo llevaba colgado, y se dio media vuelta para marcharse.

Al instante, soltó una exclamación nada más estrellarse contra una pared. El maletín de piel se le cayó de la mano.

—¡Por Dios!

No era una pared. Era un hombre. Acababa de darse de bruces contra un amplio torso.

Antes de que su mente asimilara por completo lo que acababa de suceder, su cuerpo ya había reconocido a quien pertenecían esos músculos tan duros, esas grandes manos que la habían aferrado para mantenerla segura, ese olor limpio y masculino que era lo más agradable del mundo. Unos ojos azules la examinaron exhaustivamente de arriba abajo para comprobar que estaba bien.

Ransom.

La había seguido después de todo. Se le escapó una temblorosa carcajada. Una sensación de júbilo se apoderó de ella como si se la hubieran inyectado directamente en una arteria, mientras miraba ese rostro de duras facciones. Se sorprendió al comprobar lo bien que se sentía con él. Su alma daba saltos de alegría.

—Ese silbato solo es para cuando necesite ayuda —le dijo Ransom en voz baja. Había fruncido el ceño, pero sus dedos la aferraban con delicadeza, como si deseara recorrer su cuerpo y acariciarlo.

Garrett no pudo contenerse y lo miró con una sonrisa.

—Necesito ayuda —le aseguró, intentando usar un tono de voz normal—. Tengo hambre.

Percibió un atisbo de emoción debajo de esa fachada tan firme y controlada.

—*Acushla* —susurró con voz ronca—, no me haga esto.

—Es mi cumpleaños —replicó ella.

Esa abrasadora mirada puso su mundo del revés.

—¿Ah, sí?

Garrett asintió con la cabeza, al tiempo que intentaba parecer desamparada.

—Estoy sola y hambrienta, y es mi cumpleaños.

Ransom soltó un improperio con un hilo de voz y levantó una mano que posó con delicadeza en una de sus mejillas. El roce de sus dedos fue tan placentero que Garrett sintió que su cuerpo sufría una especie de transformación. Tras un ardiente escrutinio, él meneó la cabeza con severidad, como si le mara-villara ese inesperado giro del destino. Se agachó para recoger el maletín.

—Venga —le dijo.

Y ella lo obedeció sin preguntarle a dónde iban y sin que le importara.

6

Garrett se cogió del brazo de Ransom mientras caminaban. Iba vestido con la ropa de un trabajador, con un chaleco de un cuero tan fino y suave como el de un guante. Sentía la musculosa superficie de su brazo tensa bajo la mano. La guio a través de las calles flanqueadas por hileras de edificios apretujados. Pasaron por delante de cervecerías, de un bar, de una cerería y de una tienda que vendía ropa usada. La calle se fue haciendo más bulliciosa con marineros y guardiamarinas, hombres ataviados con gabanes, dependientas, vendedores ambulantes y esposas de comerciantes bien vestidas. Garrett relajó su habitual estado de alarma, a sabiendas de que ni un alma se atrevería a acercarse a ella cuando iba acompañada de un enorme bruto que, a todas luces, se sentía como en casa en esas calles. De hecho, era él quien asustaba a los demás.

Lo que le recordó el asalto a la prisión.

—No necesito preguntarle qué ha estado haciendo desde la última vez que nos vimos —comenzó—, dado que me he enterado de su última aventura por el *Police Gazette*.

—¿Qué aventura?

—Colarse en la cárcel —lo reprendió—. Atacar a esos tres soldados. Ha estado muy mal por su parte, y también ha sido innecesario.

—No los ataqué. Al principio hubo una refriega, pero solo

para conseguir su atención mientras me pasaba unos minutos leyéndoles la cartilla.

—¿Se coló en la prisión para reprenderlos? —preguntó con escepticismo.

—Les dejé muy claro que le haré pasar un infierno a cualquier hombre que intente hacerle daño. Y si descubro que han atacado a otra mujer, les dije que les... —Se interrumpió, como si hubiera pensado mejor lo que estaba a punto de decir—. En fin, les metí el miedo en el cuerpo para que no lo hicieran de nuevo.

—¿Y por eso lo describen como un asaltante desconocido? ¿Porque estaban demasiado acobardados como para identificarlo?

—Se me da bien asustar a la gente —repuso él.

—Al parecer, se ha declarado juez, jurado y verdugo. Pero todo debería haber quedado en manos del sistema de justicia británico.

—La ley no siempre funciona con hombres así. Lo único que entienden es el miedo y la venganza. —Ransom hizo una pausa—. Si tuviera conciencia, no me preocuparía por esos malnacidos. Ahora cuénteme acerca de su visita al asilo para pobres.

Mientras seguían andando, Garrett le habló de los pacientes que había visto en la enfermería y de lo mucho que le preocupaban las malas condiciones del lugar. La inadecuada dieta que consistía casi en su totalidad en gachas y pan era especialmente dañina para los niños, ya que sin los nutrientes necesarios, verían afectado su crecimiento y serían más vulnerables a las enfermedades. Sin embargo, las peticiones que les había hecho a los responsables del asilo para pobres habían caído en saco roto.

—Dijeron que si mejoraban la comida de los asilos, demasiada gente querría entrar en ellos para conseguirla.

—Dicen lo mismo de la comida en las cárceles —comentó

Ransom con sorna—. Si es demasiado buena, la gente cometerá delitos con tal de probarla, o eso dicen. Pero nadie que se haya visto al otro lado de la puerta de una cárcel diría algo semejante. Y el único crimen que se comete para acabar en uno de esos asilos es ser pobre.

—Es evidente que hace falta sentido común —dijo ella—, razón por la cual he decidido pasar por encima de ellos. Estoy recopilando un informe para el Ministerio del Interior y para el Consejo de Gobernación Local, a fin de explicar con detalle por qué los administradores de los asilos para pobres deberían adoptar un mínimo de calidad. Es un tema de salud pública.

Los labios de Ransom esbozaron un asomo de sonrisa.

—Tan inquieta como un colchón lleno de chinches —susurró él—. ¿Alguna vez tiene tiempo para divertirse, doctora?

—Me gusta mi trabajo.

—Me refiero a hacer algo por pura diversión de vez en cuando.

—He tenido una conversación parecida con el doctor Havelock hoy mismo —admitió ella con una carcajada triste—. Ha dicho que soy una aguafiestas. Supongo que debo darle la razón.

Ransom suspiró como si le hiciera gracia el comentario.

—¿Lo dice en serio? —le preguntó—. Una «aguafiestas» apaga la chispa, el fuego. Usted, en cambio, es de las que los inician.

Sus palabras la desconcertaron.

—Por supuesto, soy una seductora infame —replicó con sorna—. Salta a la vista.

—¿Cree que me estoy riendo de usted?

—Señor Ransom, una cosa es que me haga un cumplido razonable y otra muy distinta que insista en el tema como si fuera Cleopatra.

En vez de parecer contrito o avergonzado, Ransom la miró con perplejidad y cierta irritación.

—Acompáñeme —masculló él, que la sujetó del brazo y la instó a enfilar una estrecha callejuela, donde habían volcado los carros de varios vendedores ambulantes y los habían encadenado unos a otros, con los ejes hacia arriba. El fuerte olor a arenques asados y a castañas quemadas les llegó desde una pensión cercana.

—¿A un callejón oscuro? Mmmm, no.

—Prefiero no discutir el tema en plena calle.

—No hay nada que discutir. Ya he dejado clara mi postura.

—Y ahora yo quiero dejar clara la mía.

Ransom la sujetaba con fuerza del brazo. Si no trataba de soltarse, era por la curiosidad que despertaba en ella lo que tuviera que decir.

La condujo hasta las sombras de un portal vacío. Una vez allí, Ransom soltó su maletín y su bastón antes de volverse hacia ella.

—Puede pensar lo que quiera de mí —dijo con voz ronca—, pero tenga claro que jamás usaría esos jueguecitos con usted. No entiendo cómo es posible que dude de la atracción que siento por usted después de la clase en la escuela de esgrima de Baujart. ¿O no se dio cuenta de que estar cerca de usted me excitó tanto que parecía un toro de monta?

—Me di cuenta —susurró Garrett con voz seca—. Pero la erección masculina no siempre se debe al deseo sexual.

Ransom puso una cara muy rara.

—¿De qué habla?

—El priapismo espontáneo puede estar causado por rozaduras escrotales, heridas traumáticas en la zona del perineo, un ataque de gota, inflamación del conducto prostático... —La lista quedó a la mitad cuando Ransom la pegó contra él de repente.

Se alarmó al sentir que todo su cuerpo se sacudía. Solo cuando oyó una carcajada entrecortada junto a la oreja comprendió que intentaba no echarse a reír.

—¿Qué le hace tanta gracia? —preguntó con la cara pegada a su torso.

Él no contestó, era incapaz de hacerlo, solo atinaba a menear la cabeza con vehemencia mientras seguía resoplando.

Molesta, continuó:

—Como doctora, sé muy bien que las erecciones involuntarias no tienen nada de gracioso.

Esas palabras casi le provocaron un paroxismo.

—Por lo más sagrado, deje de hablar en términos médicos. Se lo suplico.

Garrett se mordió la lengua mientras esperaba a que él recuperase un mínimo de control.

—No fue por rozaduras escrotales —le aseguró Ransom a la postre, aunque todavía con un deje risueño en la voz. Tras soltar un suspiro entrecortado, le acarició la sien con la nariz—. Dado que parece que estamos llamando las cosas por su nombre, voy a decirle lo que lo provocó: abrazar a la mujer con la que sueño más de lo que debería. Estar cerca de usted basta para hacer que me suba la tensión. Pero no tengo derecho a desearla. No debería haber acudido a su llamada esta noche.

Al principio, Garrett estaba demasiado estupefacta como para responder. Ransom usaba la honestidad como un arma, pensó, mientras le daba vueltas la cabeza. No les había dejado ningún rincón en el que esconderse. Con lo adepto a los secretos que era, resultaba sorprendente.

—No tenía alternativa —dijo al cabo de un rato—. Lo he invocado. —Apoyó la mejilla en su hombro al añadir—: Mi genio del silbato.

—No concedo deseos —repuso él.

—Un genio de segunda categoría. Debería haber sabido que me tocaría uno de esos.

Una última risotada le agitó el pelo antes de que un dedo de Ransom le recorriera la oreja.

Garrett levantó la cabeza. Al darse cuenta de lo cerca que estaba su boca, y al sentir su limpio y cálido aliento, el estómago le dio un vuelco muy raro.

Ya la habían besado antes, una vez fue un médico muy simpático mientras trabajaba de enfermera en el hospital de Saint Thomas y otra fue un compañero de estudios en la Sorbona. Ambas ocasiones supusieron cierto desengaño. La sensación de la boca masculina sobre la suya no había sido desagradable, pero desde luego no logró comprender cómo era posible que alguien describiera un beso como una experiencia sublime.

Con Ethan Ransom, en cambio... podría ser bien distinto.

Estaba muy quieto y la miraba con tal intensidad que fue como si la atravesara un rayo. Iba a besarla, pensó, y se le aflojaron las rodillas por la emoción al tiempo que se le aceleraba el corazón.

Sin embargo, la soltó de repente y torció el gesto con una mueca burlona.

—Le he prometido algo de comer. Debe mantener las fuerzas para luchar.

Regresaron a la calle principal y avanzaron hacia el insistente bullicio. Al doblar una esquina, Garrett vio Clerkenwell Green delante de ellos, atestado por una multitud de personas. Todos los escaparates de las tiendas estaban iluminados y había al menos cien tenderetes temporales en la calle, colocados en doble fila. Pensado como parque con senderos, árboles y prado bien cuidado, habían reconvertido el lugar en una zona pavimentada flanqueada por casas, tiendas, posadas, industrias, tabernas y cafeterías. Cerca del centro del parque, habían dejado un claro para que se pudiera bailar al ritmo de los violines, las gaitas y los acordeones. Los cantantes ambulantes se movían entre la multitud, deteniéndose de vez en cuando para interpretar canciones cómicas o baladas románticas.

Garrett observó la escena, maravillada.

—Parece un mercado de sábado por la noche.

—Es para celebrar el nuevo tramo subterráneo de la London Ironstone. El dueño del ferrocarril, Tom Severin, está pagando de su bolsillo ferias y conciertos por toda la ciudad.

—Puede que el señor Severin se lleve el mérito de las celebraciones —repuso ella con sorna—, pero le aseguro que ni un penique ha salido de sus bolsillos.

Ransom la miró.

—¿Conoce a Severin?

—Solo de pasada —contestó—. Es amigo del señor Winterborne.

—Pero ¿suyo no?

—Lo definiría como un conocido amistoso. —Se emocionó al verlo fruncir el ceño. ¿Sería posible que estuviera celoso?—. El señor Severin es un manipulador —continuó—. Un oportunista. Lo organiza todo en su beneficio, incluso a expensas de sus amigos.

—Un hombre de negocios, en resumidas cuentas —señaló Ransom con sequedad.

Garrett se echó a reír.

—Lo es, lo es.

Rodearon la multitud y se dirigieron a una hilera de tenderetes, cada uno iluminado con lámparas de gas, de aceite o velas de juncos. Mantenían la comida caliente en enormes pucheros de lata colocados en trébedes sobre el fuego o en hornillos de hojalata o latón de los que salían deliciosos olores por los orificios de las tapas.

—¿Qué comida le apetece...? —comenzó Ransom, pero se interrumpió porque lo distrajo un altercado que se produjo cerca de un grupito de tenderetes.

Una mujer regordeta y de mejillas sonrosadas, que lucía un sombrero de fieltro festoneado con cintas de seda de colores, aferraba una alargada cesta de mimbre mientras un agente de policía pelirrojo intentaba quitársela de las manos. La gente se arremolinaba para ver el espectáculo. Algunas personas se reían, mientras que otras insultaban al agente.

—Es Maggie Friel —dijo Ransom con pesar—. Conozco muy bien a la familia, era amigo de su hermano. ¿Le importa que me ocupe de esto?

—En absoluto —se apresuró a decir Garrett.

Ransom se acercó a la pareja que discutía, mientras ella lo seguía de cerca.

—¿Qué pasa, McSheehy? —le preguntó él al agente de policía.

—Le estoy confiscando la cesta de cintas por descarada, eso pasa —masculló el agente, que le arrancó la cesta de las manos a la mujer. La cesta estaba llena de hilos, retales y un largo palo de madera en el que había rollos de encajes y de cintas.

La mujer, que empezó a sollozar, se volvió hacia Ransom.

—No puede quitarme la mercancía solo porque lo he mandado a tomar viento, ¿a que no?

—Puedo y pienso hacerlo —replicó el agente de policía. Tenía la cara colorada por la rabia y el esfuerzo, y dadas las cejas y el pelo pelirrojo, parecía más encendido que unas ascuas.

—Abusón —exclamó la mujer—. ¡Así te coma un gato y que el diablo se lo lleve!

—Ya basta, Maggie, y muérdete la lengua —le dijo Ransom en voz baja—. *Colleen*, ¿tanto te costaría hablarle con más amabilidad al hombre encargado de mantener la paz? —Al ver que ella hacía ademán de contestar, Ransom levantó una mano para que se callara y se volvió hacia el agente de policía, a quien le dijo en voz más baja—: Bill, sabes que se gana la vida vendiendo esas cintas. Quitárselas sería como quitarle el pan de la boca. Ten compasión, hombre.

—Me he cansado ya de que me ande insultando con sus motes.

—¿Como patituerto? —se burló Maggie—. ¿Te refieres a eso?

El agente entrecerró los ojos.

—Maggie, deja de pinchar al pobre hombre —le advirtió Ransom en voz baja al tiempo que le dirigía a la mujer una mirada elocuente—. De estar en tu pellejo, le tendería una rama de olivo y le daría un trozo de cinta para su novia.

—No tengo novia —masculló el agente.

—Menuda sorpresa, vamos —repuso Maggie con sorna.

Ransom le dio un golpecito en la barbilla con el índice.

Tras soltar un hondo suspiro, Maggie le dijo al agente:

—Que sí, que sí, te doy una cinta, ya está.

—¿Y qué hago con ella? —preguntó McSheehy con el ceño fruncido.

—¿Estás tonto? —preguntó ella a su vez—. ¿Es que no tienes ni idea de cómo va el asunto? Se lo das a la muchacha que te gusta y le dices que le destaca los ojos.

A regañadientes, el agente de policía le devolvió la cesta a Maggie.

—*Slán*, Éatán —dijo Maggie mientras medía un trozo de cinta.

Mientras Ransom alejaba a Garrett de la escena, le preguntó:

—¿Qué ha dicho?

—Los irlandeses somos muy supersticiosos y nunca decimos «adiós». En cambio, decimos *slán*, que significa «ve con cuidado».

—¿Y lo otro que ha dicho? «Ei-a-tán.» ¿Qué significa?

—Éatán es la pronunciación irlandesa de mi nombre.

A Garrett le pareció que esas tres sílabas eran preciosas, que tenían un tono musical.

—Me gusta —dijo con tiento—. Pero su apellido, Ransom... es inglés, ¿no?

—Los Ransom llevan viviendo en Westmeath más de trescientos años. No me obligues a demostrarte en público que soy irlandés, muchacha —añadió, enfatizando el acento y la actitud descarada—. Sería bochornoso para los dos.

—No hace falta —le aseguró con una sonrisa en los labios.

Ransom le colocó la mano en la base de la espalda mientras caminaban.

—¿Había estado antes en Clerkenwell Green?

—Hace mucho tiempo. —Garrett señaló con la cabeza una pulcra iglesia con una sola torre y una aguja, situada en la colina junto al parque—. Es Saint James, ¿verdad?

—Sí, y allí está Canonbury House, donde vivió el alcalde con su hija Elizabeth hace mucho tiempo. —Ransom señaló una mansión que se veía a lo lejos—. Cuando descubrió que Elizabeth se había enamorado del joven lord Compton, le prohibió casarse con él y la encerró en la torre. Pero Compton consiguió sacarla a escondidas de la casa y se la llevó en una cesta de panadero para casarse poco después.

—¿Cómo cupo en la cesta? —preguntó Garrett con suspicacia.

—Una cesta de panadero era lo bastante grande para que un hombre la llevara a la espalda.

—Sigo sin verlo.

—Habría sido fácil si fuera del mismo tamaño que usted. —Recorrió con la mirada su esbelto cuerpo antes de añadir—: Diminuta.

Como no estaba acostumbrada a que bromearan con ella, soltó una carcajada y se puso colorada.

Mientras se abrían paso entre los tenderetes y los carromatos, Garrett oyó una infinidad de acentos: irlandés, galés, italiano y francés. Ransom conocía a muchos de los buhoneros y hojalateros, e intercambió pullas amistosas con ellos. En más de una ocasión, le advirtieron con sorna a Garrett que no se «juntara con ese piquito de oro» o que no «la liara la cara bonita de ese rufián» y también le ofrecieron infinidad de consejos para controlar a ese problemático muchacho.

La variedad de viandas era increíble: montones de merluza rebozada frita, sopa de guisantes salpicada con tropezones de panceta, patatas humeantes cortadas y untadas de mantequilla, ostras salteadas en su concha, *buccinos* en escabeche y albóndigas de manteca del tamaño de un huevo apiladas en amplios cuencos. Había empanadas de carne con forma de media luna para que fuera más fácil llevarlas en la mano. Las salchichas picantes, las rodajas de mortadela, la lengua de vaca ahumada y los tacos de jamón con vetas de tocino se usaban a fin de preparar unos sándwiches para llevar.

Unos cuantos puestos más allá, había un montón de postres: púdines, hojaldres, bollitos decorados con gruesas líneas de azúcar, pasteles de limón, duros bizcochos de jengibre decorados con cobertura agrietada y tartaletas hechas con pasas de Corinto, grosellas, ruibarbo o cerezas.

Ransom la llevaba de un puesto a otro, comprando lo que a ella le llamara la atención: un cartucho lleno de guisantes verdes con beicon y un cono de ciruelas. La engatusó para que probara un estofado picante italiano llamado *stuffata*, que estaba tan bueno que se comió todo el cuenco. Sin embargo, nada la obligaría a probar un bocado de los llamados *spaghetti*, un plato de una especie de hilos blancos y alargados que no dejaban de moverse, sumergidos en nata.

—No, gracias —dijo, mirando el plato con inquietud.

—Es como los macarrones —insistió Ransom—, pero cortados en hilos en vez de en trocitos.

Garrett se encogió al ver la comida tan rara.

—Parecen gusanos.

—No son gusanos. Están hechos de harina y huevos. Pruébelos.

—No, no puedo. De verdad que no. —Garrett se puso blanca cuando lo vio enroscar un largo hilo en los dientes del tenedor—. Por el amor de Dios, no se lo coma delante de mí.

Ransom se echó a reír.

—¿Tan aprensiva es? ¿Usted, una doctora?

—Quítelos de mi vista —le suplicó.

Él meneó la cabeza con una sonrisa torcida.

—No se mueva. —Después de darles el plato de hojalata a dos muchachos que había junto a un puesto cercano, se detuvo para comprar algo más. Regresó junto a ella y le dio una bebida en una botella de cristal marrón.

—¿Cerveza de jengibre? —preguntó ella.

—*Brachetto rosso.*

Garrett bebió un sorbito y gimió de placer al saborear el dulce vino tinto. Siguió bebiendo de la botella mientras rodeaban a la multitud que se había concentrado en el centro del parque.

—¿A qué esperan todos? —quiso saber ella.

—Pronto lo sabrá. —Ransom la condujo hasta el extremo oeste, donde se alzaba el imponente edificio de los juzgados, con el frontón clásico y sus enormes columnas.

—La que fuera la directora de mi colegio, la señorita Primrose, se llevaría las manos a la cabeza si pudiera verme —dijo ella con una sonrisa—. Siempre repetía que comer en la calle era una muestra de mala educación.

—¿En qué colegio estudió?

—En Highgate. Mi tía Maria pagó mi matrícula en un internado experimental. Enseñaban a las niñas las mismas asignaturas que a los niños: Matemáticas, Latín y Ciencias.

—Así que ahí comenzó todo —repuso Ransom—. Nadie le ha dicho que las niñas no pueden aprender cosas de ciencia.

Garrett se echó a reír.

—La verdad es que toda mi familia paterna lo dijo. Se escandalizaron por la idea de enviarme a semejante sitio. Mi abuela dijo que la educación dañaba el cerebro femenino de forma tan brutal que me quedaría debilitada física y mentalmente para los restos. No solo eso, sino que además ¡mis hijos también nacerían debilitados! Pero mi tía Maria insistió, bendita sea. Mi padre acabó por apoyarla, pero más que nada porque yo ya tenía diez años y no sabía qué hacer conmigo.

Llegaron junto a los juzgados y Ransom la llevó a un punto resguardado entre una de las enormes columnas y la gran escalinata de piedra. Hacía fresco y estaba oscuro, y en el ambiente húmedo flotaba el olor a piedra y a óxido.

Después de soltar el maletín y el bastón, Ransom se volvió para mirarla fijamente, con marcado interés.

—¿Le gustaba el internado?

—Pues sí. Me alegraba poder recibir una educación de verdad. Me cambió la vida. —Garrett apoyó la espalda en el muro de la escalinata y bebió otro sorbo de vino antes de continuar con voz pensativa—: Por supuesto, vivir en el internado no era lo mismo que vivir con mi familia. Se desaconsejaba a las estudiantes que formaran vínculos con los profesores. Si estábamos nerviosas o tristes, nos lo callábamos y nos manteníamos ocupadas. La señorita Primrose quería que aprendiéramos a ser fuertes y autosuficientes. —Se detuvo y se mordió el labio inferior con gesto titubeante—. A veces, creo que... tal vez... me haya tomado esa lección demasiado a pecho.

—¿Por qué lo dice? —Ransom apoyó un hombro en la pared mientras la miraba, y su cuerpo, grande y en pose protectora, quedó muy cerca de ella.

Garrett se avergonzó al darse cuenta de cuánto había revelado.

—Estoy siendo muy pesada, venga a hablar de mi infancia. Cambiemos de tema. ¿Cómo ha...?

—Me gusta el tema —la interrumpió Ransom, que bajó la voz hasta que fue un susurro aterciopelado—. Cuénteme lo que iba a decir.

Garrett bebió otro sorbo para armarse de valor antes de seguir.

—Es que... suelo mantener a los demás a cierta distancia. Incluso con una gran amiga como lady Helen, me callo cosas que sé que la escandalizarían o que la inquietarían. Mi trabajo... la forma en la que me ha modelado... y tal vez haber perdido a mi madre... Parece que soy incapaz de acercarme a los demás.

—Es una costumbre, nada más. —La luz de una farola hizo que sus ojos brillaran como zafiros—. Algún día confiará lo suficiente en alguien para bajar la guardia. Y ya no habrá marcha atrás posible.

Los interrumpió una niña que pasaba por la acera delante de los juzgados, gritando:

—¡Flores! ¡Flores recién cortadas! —Se detuvo delante de ellos—. ¿Un ramillete para la dama, señor?

Ransom miró a la niña, que lucía un colorido pañuelo sobre el largo pelo oscuro y un delantal remendado sobre el vestido negro. Llevaba una cesta llena de ramilletes, con los tallos envueltos en trocitos de cintas de colores.

—No hace falta que... —comenzó Garrett, pero Ransom no le prestó atención y se puso a examinar los ramilletes de rosas, narcisos, violetas, nomeolvides y clavellinas.

—¿Cuánto? —le preguntó a la niña.

—Un cuarto de penique, señor.

Miró a Garrett por encima del hombro.

—¿Le gustan las violetas?

—Sí —contestó ella, titubeante.

Ransom le dio a la niña una moneda de seis peniques y escogió uno de los ramilletes.

—¡Gracias, señor! —La niña se alejó a toda prisa, como si temiera que pudiese cambiar de opinión.

Ransom regresó junto a Garrett con el ramillete de florecillas moradas. Le cogió una solapa de la chaqueta de paseo y engarzó con pericia el tallo del ramillete en uno de los ojales.

—Las violetas sirven para hacer un magnífico tónico purificador de la sangre —dijo ella con incomodidad, con la necesidad de rellenar el silencio—. Y son buenas para tratar la tos o la fiebre.

El esquivo hoyuelo apareció en la mejilla de Ransom.

—También les sientan de maravilla a las mujeres de ojos verdes.

Garrett agachó la cabeza con timidez para mirar el ramillete y tocó uno de los aterciopelados pétalos.

—Gracias —susurró—. Es la primera vez que un hombre me regala flores.

—Ah, preciosa... —Su penetrante mirada le recorrió la cara—. ¿Tanto intimida a los hombres?

—Pues sí, soy lo peor de lo peor —confesó Garrett, y se le escapó una carcajada traviesa—. Soy independiente y terca, y me encanta decirle a la gente qué hacer. Carezco de delicadeza femenina. Mi trabajo ofende o asusta a los hombres, a veces incluso las dos cosas a la vez. —Se encogió de hombros y sonrió—. Así que nunca me han dado ni un triste diente de león. Pero ha merecido la pena con tal de vivir a mi manera.

Ransom la miraba como si lo tuviera hechizado.

—Una reina, eso es —dijo él en voz baja—. Podría recorrer el mundo durante el resto de mi vida y no encontraría a otra mujer con la mitad de sus cualidades.

Garrett creyó que las rodillas se le habían vuelto de gelatina. En algún lugar de su errático cerebro, se le ocurrió que había un motivo por el que se sentía tan cómoda, parlanchina y calentita. Frunció el ceño y sostuvo en alto la botella de vino mientras la miraba con expresión recelosa.

—Ya he bebido bastante —afirmó al tiempo que se la daba a Ransom—. No quiero achisparme.

Él enarcó las cejas.

—Con lo que ha bebido no se achisparía ni un ratoncillo.

—No es solo el vino. El doctor Havelock me sirvió una copa de whisky para celebrar mi cumpleaños. Y tengo que mantenerme alerta.

—¿Por qué?

Se devanó los sesos en busca de un motivo, pero se quedó callada.

Ransom la internó más en las sombras. Con una mano, la instó a apoyar la cabeza en su hombro, contra el suave y flexible cuero del chaleco. Sintió cómo le acariciaba la mejilla con ternura, como si estuviera alisando el ala de un pajarillo o los delicadísimos pétalos de una amapola. Llevaba el olor dulzón de las violentas en los dedos. Durante el resto de su vida, pensó ella ensimismada, el olor le recordaría ese momento.

—Está acostumbrada a estar al mando —murmuró él— cada segundo del día. Sin nadie que la ayude si da un mal paso. —Su voz se le enroscaba en el oído y le provocó un estremecimiento—. Pero voy a darle la noche libre. Mis brazos la mantendrán firme. Beba más vino si le apetece. Luego habrá música y baile. Le compraré una cinta para el pelo y bailaré el vals con usted en el parque, a medianoche. ¿Qué me dice?

—Digo que pareceremos dos tontos —contestó ella.

Pero se permitió relajarse contra su fuerza y su calor, fundiéndose contra los duros músculos de su cuerpo.

Una cálida y sedosa caricia en la sien le puso la piel de gallina en los brazos y le erizó el vello de la nuca. El movimiento de su pecho al respirar se combinaba con el movimiento del torso de Ransom hasta que se acompasaron. Era consciente, aunque no del todo, de la presencia de otras parejas en los alrededores, disfrutando de algunas caricias y de algún que otro beso. Antes de esa noche, nunca había entendido por qué la gente cedía a esos impulsos tan impúdicos en público. Pero ya lo entendía. Las sombras no siempre ocultaban cosas a las que temer. A veces, las sombras eran el único lugar donde se podía encontrar un poco de magia.

Había personas apagando las farolas. Las luces de los escaparates de las tiendas y de los bares empezaban a extinguirse. Una mujer cantaba cerca, una de las artistas ambulantes, e interpretaba una balada en gaélico. Tenía una voz armoniosa y fresca, y tejía una complicada melodía que en el oído sonaba como un corazón al romperse.

—¿Qué canción es? —preguntó ella.

—*Dónal Og*. Una de las preferidas de mi madre.

—¿Qué dice la letra?

Ransom parecía no querer contestar. Pasó un buen rato antes de que empezara a traducirle la letra al oído, en voz baja.

—«Negra como el carbón es la pena que me envuelve. Me has robado el futuro y el pasado, me has quitado el este y el oeste. El sol, la luna y las estrellas, te lo has llevado todo... Y a Dios también, si no me equivoco.»

Garrett estaba tan emocionada que era incapaz de hablar.

Ethan Ransom nunca encajaría en el patrón que era su vida tal cual estaba en ese momento, como tampoco encajaría en cualquier patrón futuro, tuviera la forma que tuviera. Era una anomalía, cegadora y temporal.

Una estrella fugaz, que ardía por la fricción de la velocidad a la que viajaba.

Sin embargo, lo deseaba. Lo deseaba con tal intensidad que estaba empezando a considerar sensatas un sinfín de ideas desquiciadas.

La multitud que se congregaba en el parque vibraba de emoción. Con cuidado, Ransom la instó a que se diera la vuelta, desentendiéndose de sus protestas.

—Si se da la vuelta —insistió él—, podrá verlo.

—¿El qué? —preguntó, ya que deseaba quedarse pegada a él tal como estaba.

Ransom la pegó contra su torso y le rodeó la cintura con un brazo. No había pasado ni un minuto cuando un sonido agudo y sibilante resonó en el aire, seguido por un estallido de azul, que iluminó el cielo oscuro con sus destellos. Garrett dio un respingo de forma instintiva, pero Ransom la sujetó con más fuerza mientras su risa le hacía cosquillas en la oreja.

El cielo del centro de Londres explotó con el lanzamiento simultáneo de aproximadamente cincuenta cohetes de fuegos artificiales. La multitud estalló en vítores y en gritos emocionados mientras el espectáculo pirotécnico seguía resonando: atronadores cohetes con sus brillantes estelas, petardos, palmeras de colores y una lluvia de estrellas. Las mágicas luces bailoteaban sobre la multitud del parque.

Garrett se dejó caer contra Ransom y apoyó la cabeza en su hombro. La embargaba una sensación que fluctuaba entre la felicidad y el asombro, como esas telas de seda que parecían cambiar de color según les daba la luz. ¿Estaba sucediendo de verdad? En vez de estar a salvo en su cama, se encontraba en la ciudad, en mitad de la noche, respirando el aire perfumado por las violetas y por el fósforo quemado, viendo fuegos artificiales mientras un hombre la abrazaba.

Pese a las capas de ropa, percibía la dureza de su cuerpo, cómo sus músculos cambiaban de posición para adaptarse al menor movimiento que ella hacía. Ransom agachó más la cabeza, hasta que sintió una dulce y ardiente caricia en el cuello.

La recorrió un estremecimiento, tan agudo y claro como el rasgado de un arpa. La boca de Ransom dio con un punto la mar de sensible y se quedó allí, prodigándole una erótica caricia que hizo que sintiera un millar de mariposas en el estómago. Al ver que no protestaba, él deslizó los labios hacia abajo, y sintió la aspereza de su barba sobre la piel. Otro beso, dulce y cuidadoso, como si quisiera calmarle el pulso, que le latía desbocado. Una sensación electrizante le recorrió la columna y se extendió por todas las partes de su cuerpo. Se le humedecieron las palmas de las manos y las corvas, y un ardor inesperado, y bochornoso, cobró vida entre sus muslos.

Se concentró por completo en el reguero de besos que él iba dejando por su cuello. Cada latido de su corazón hacía que el fuego le corriera por las venas. Se le aflojaron las rodillas y a punto estuvieron de fallarle por completo, pero sus brazos la sujetaban con fuerza. Se tensó, se estremeció, contuvo un gemido. A la postre, él levantó la cabeza y le colocó una de las manos en la garganta. Le exploró la piel con las puntas de los dedos, provocándole una miríada de escalofríos.

Poco a poco se dio cuenta de que los últimos brillos celestiales descendían hacia el suelo. La multitud se dispersó. Algunas personas regresaron junto a los puestos de comida, mientras que otras se congregaron cerca del centro del parque, donde había empezado a tocar una banda de música. Ransom siguió abrazándola, ocultos los dos en ese rincón oscuro delante de los juzgados. Observaron a la gente aplaudir y bailar. Padres y madres subieron a sus hijos a los hombros, grupos de mujeres mayores entonaron canciones antiguas, los viejos fumaban en sus pipas y los niños correteaban en busca de aventuras. Ransom habló con voz pensativa, ausente, con la mejilla pegada a su pelo.

—Para los políticos y los aristócratas, todos somos iguales. Creen que el obrero es una mula de carga sin sesos ni alma. El dolor de la pérdida no puede afectarle igual, creen, porque está acostumbrado a las penurias. Pero hay tanta ternura y honor en estas personas como en un duque y sus congéneres. No son peones. Ninguna de estas personas se merece que la sacrifiquen.

—¿Quién las iba a sacrificar? —quiso saber.

—Malnacidos egoístas a quienes solo les importa su poder y sus beneficios.

Garrett guardó silencio mientras se preguntaba si esos «malnacidos egoístas» eran los hombres para los que él trabajaba. Tal vez se refiriese a los parlamentarios que se oponían a la independencia irlandesa. ¿En qué lado del «problema irlandés» se encontraba? ¿Simpatizaba con las organizaciones secretas como la que había planeado el atentado con bomba en el Guildhall? Costaba creer que Ransom sería capaz de conspirar para herir a personas inocentes, sobre todo después de lo que acababa de decir. Pero no podía negar que la cegaba demasiado su atracción como para ser objetiva acerca de quién o qué era él en realidad.

Se volvió para mirarlo, preguntándose si quería conocer la verdad sobre él. «No seas cobarde», se dijo y lo miró fijamente a los ojos.

—Éatán... —dijo, llamándolo por su nombre, y se percató de que la abrazaba con un poco más de fuerza—. He oído rumores sobre usted y su trabajo. No sé qué creer. Pero...

—No pregunte. —Ransom la soltó—. Sería tonta si creyera cualquier cosa que le diga.

—¿Me mentiría?

—Le miento a todo el mundo.

—Tengo que preguntarle por la noche de la recepción en el Guildhall... el hombre que murió... ¿Tuvo algo que ver con eso?

Él le puso los dedos en los labios para silenciarla.

—¿La verdad hará que piense mejor o peor de usted? —insistió ella.

—Da igual. Mañana volveremos a ser dos desconocidos. Como si lo de esta noche no hubiera sucedido jamás.

Era imposible pasar por alto la finalidad de su voz.

En el pasado, cada vez que había un conflicto entre su cabeza y su corazón, su cabeza siempre ganaba. En esa ocasión, sin embargo, su corazón se estaba defendiendo como un gato panza arriba. Era incapaz de imaginar cómo se iba a obligar a aceptar un final tan brusco para la promesa de una relación que no se parecía en nada a lo que ya conocía.

—No creo que sea posible —dijo ella.

—Los dos sabemos que no soy adecuado para las mujeres como usted —repuso él en voz baja—. Algún día tendrá un marido decente, tradicional, con el que disfrutará de noches hogareñas junto al fuego y de niños, y que la llevará a la iglesia los domingos. Un hombre que posea ternura.

—Si no le importa, ya escojo yo sola a mi compañero —replicó Garrett—. Si me caso, desde luego que no pienso hacerlo con un calzonazos.

—No confunda la ternura con la debilidad. Solo un hombre fuerte puede mostrarse tierno con una mujer.

Garrett contestó con un gesto distraído de la mano, ya que no tenía paciencia para aforismos cuando su cabeza era una vorágine de pensamientos encontrados.

—Además, no pienso tener hijos. Tengo una profesión. No todas las mujeres están destinadas a pasar de la soltería a la maternidad.

Ransom ladeó la cabeza y la miró fijamente.

—Los hombres que ejercen su misma profesión pueden tener familia. ¿Por qué usted no?

—Porque... No, no pienso dejarme enredar en una discusión para distraerme. Quiero hablar con usted.

—Estamos hablando.

La mezcla de impaciencia y deseo la volvió imprudente.

—Aquí no. En un sitio privado. ¿Vive en unos aposentos alquilados? ¿En un piso?

—No puedo llevarla a donde vivo.

—¿Por qué no? ¿Es un sitio peligroso?

Ransom se tomó su tiempo, y tardó mucho en contestar.

—Para usted lo es.

Cada centímetro de su piel empezó a arder en la oscuridad. Todavía sentía los puntos en los que la había besado en el cuello, como si sus labios hubieran dejado quemaduras invisibles.

—Eso no me preocupa.

—Pues debería.

Garrett guardó silencio. Sentía que le faltaba el aire, como si hubieran extraído el oxígeno a su alrededor. Esa noche se había convertido en una de las más felices de su vida, en un regalo que le habían dado por sorpresa. Nunca se había parado a pensar mucho en su felicidad, ya que había estado demasiado ocupada intentando alcanzar sus objetivos.

Se había convertido en un tópico, en una mujer sin amor, ya casi una solterona, que caía rendida a los pies de un guapo y misterioso desconocido. Sin embargo, con el tiempo, el atractivo peligroso y pasional de Ethan Ransom desaparecería y se volvería un ser totalmente ordinario a sus ojos. Un hombre igual a cualquier a otro.

Sin embargo, mientras miraba su rostro sumido en las sombras, pensó: «Nunca me parecería ordinario, aunque lo fuera.»

Y se oyó preguntarle:

—¿Le importa acompañarme a casa?

7

Sin importar que fuera de día o de noche o la hora en concreto, viajar en coche de alquiler era una experiencia vertiginosa que imposibilitaba cualquier conversación. Los vehículos se zarandeaban y circulaban ajenos por completo a las leyes del tráfico y de la física, y doblaban las esquinas con tal imprudencia que podía sentirse cómo las ruedas se levantaban del suelo.

Sin embargo, Garrett Gibson, que estaba bien versada en los peligros de los coches de alquiler, se mantenía imperturbable. Se había sentado bien sujeta en el rincón y contemplaba el paisaje por la ventanilla con expresión estoica.

Ethan la miraba con disimulo, incapaz de interpretar su humor. Se había sumido en el silencio después de que él se negara a contestar sus preguntas sobre la noche de la recepción en el Guildhall. Suponía que empezaba a captar lo inmoral que era, y que eso la había hecho recuperar el sentido común. Bien. A partir de ese momento, querría que se mantuviera bien alejado de ella.

Si algo le había quedado claro después de esa noche, era el peligro que Garrett suponía para él. A su lado no era él mismo. O tal vez el problema radicara en que sí era él mismo. En cualquier caso, Garrett conseguía incapacitarlo a la hora de realizar su trabajo precisamente cuando más necesitaba mostrarse desapasionado.

«El secreto para mantenerse con vida es que no te importe nada», le dijo en una ocasión William Gamble, otro de los hombres de Jenkyn.

Y era cierto. Si algo empezaba a importar, influía en las decisiones que se tomaban, aunque fuera sobre cosas tan tontas como torcer a la derecha o a la izquierda. En su trabajo, el deseo de un hombre de mantenerse con vida solía ser su perdición. Hasta la fecha, para él jamás había sido un problema ver su futuro de una manera más o menos filosófica: cuando le llegara la hora, le llegaría.

Sin embargo, de un tiempo a esa parte, esa necesaria indiferencia había empezado a abandonarlo. Se había descubierto deseando cosas que sabía muy bien que no le convenían. Esa noche se había comportado como un lunático enamorado, coqueteando y deseando a Garrett Gibson. Corriendo a su lado como un perro pastor bien adiestrado en cuanto ella hizo sonar el silbato. Acompañándola en público y viendo un castillo de fuegos artificiales mientras sus manos la exploraban. Había perdido el puñetero juicio al arriesgarse de esa manera.

Pero ¿cómo iba un hombre normal a mantenerse cuerdo cerca de semejante mujer? Garrett lo había embrujado como un hechizo de amor de la noche de San Juan. Era respetable y rebelde al mismo tiempo, mundana e inocente. Oírla decir «erección involuntaria» con esa voz tan educada y esa pronunciación tan fina había sido el momento del año.

La deseaba tanto que le había metido el miedo en el cuerpo. Esa mujer, en su cama, abierta de piernas debajo de él... Se echaba a temblar solo de pensarlo. Intentaría con todas sus fuerzas no perder la dignidad, aunque él la tentara poco a poco para que lo hiciera, besándola entre los dedos de los pies, en la suave piel de las corvas...

«Ya basta», se reprendió con severidad. No era suya. Jamás lo sería.

Se acercaban a una hilera de casas adosadas de estilo geor-giano. Era una calle habitada por familias de clase media, con una acera pavimentada y unos cuantos árboles azotados por los elementos. El coche de alquiler se detuvo acompañado por un tintineo delante de una casa de ladrillo rojo que conta-ba con una segunda entrada situada a nivel del sótano, delimi-tada por la verja de hierro, para uso de la servidumbre y de los mozos de reparto. Una de las plantas estaba iluminada y a tra-vés de la ventana abierta les llegaban unas voces masculinas. Tres hombres... No, cuatro.

Ethan se apeó del vehículo con el maletín y el bastón en una mano. La otra, la extendió para ayudar a bajar a Garrett. Aunque no necesitaba ayuda alguna, aceptó su mano y descen-dió con una agilidad que ni siquiera el corsé limitaba.

—Espera aquí —le dijo Ethan al cochero— mientras acom-paño a la dama a la puerta.

—La espera le costará un extra —le advirtió el hombre, a lo que él asintió en silencio con la cabeza.

Garrett levantó la cabeza para mirarlo con esa expresión tan seria que lo cautivaba mil veces más que cualquier puche-ro o mirada seductora. Tenía la mirada más directa que jamás había visto en una mujer.

—¿Quiere entrar conmigo, señor Ransom?

El impulso del destino se detuvo de repente. Sabía que de-bía alejarse de ella. Que debía salir corriendo a toda velocidad. En cambio, titubeó.

—Tiene invitados —replicó a regañadientes al tiempo que miraba hacia las ventanas superiores.

—Solo es mi padre jugando su partida semanal de póquer. Sus amigos y él suelen quedarse en la planta alta hasta media-noche. Mi consultorio ocupa la mayor parte de la planta baja. Podremos hablar en privado.

Ethan titubeó. Había empezado la noche con la intención de seguir a esa mujer a una distancia segura, y en ese momento estaba sopesando la idea de entrar en su casa, donde estaban su padre y los amigos de este. ¿Cómo demonios había llegado a ese punto?

—*Acushla* —masculló entre dientes—, no puedo...

—Tengo un quirófano y un pequeño laboratorio —siguió ella como si tal cosa.

La mención del laboratorio despertó su curiosidad.

—¿Qué tiene en él? —le preguntó sin poder contenerse—. ¿Ratas y conejos? ¿Placas con bacterias?

—Me temo que no. —Esbozó una sonrisilla—. Uso el laboratorio para mezclar medicamentos y esterilizar el material quirúrgico. Y para ver las muestras bajo el microscopio.

—¿Tiene un microscopio?

—El microscopio más avanzado del que se puede disponer hoy en día —contestó al ver su interés—. Con dos oculares, lentes alemanas y un condensador acromático para corregir las distorsiones. —Sonrió por la expresión que él había puesto—. Se lo enseñaré. ¿Ha visto alguna vez el ala de una mariposa ampliada cien veces?

El cochero había seguido la conversación con interés.

—Muchacho, ¿eres tonto de remate? —le preguntó desde el pescante—. ¡No te quedes ahí como un pasmarote y entra con la dama!

Tras mirarlo con los ojos entrecerrados, Ethan le entregó unas cuantas monedas para que se marchara. Acto seguido, siguió a Garrett hasta la puerta principal de la casa.

—No me quedaré mucho rato —murmuró—. Y ni se le ocurra presentarme a alguien.

—No lo haré. Aunque nos será imposible no ver a la criada.

Mientras Garrett se sacaba una llave del bolsillo de la chaqueta, Ethan le echó un vistazo a la puerta. Una placa de latón grabada con el nombre DRA. G. GIBSON se emplazaba en la parte superior de la misma. Su mirada descendió y se sorprendió al ver la cerradura de hierro al lado del tirador. No había visto una tan anticuada desde su época de aprendiz con el cerrajero de la cárcel.

—Un momento —dijo antes de que Garrett abriera la puerta. Frunció el ceño, le entregó el maletín y el bastón, y se puso en cuclillas para examinar mejor la cerradura. La antigualla era inadecuada para una puerta principal y seguramente fue instalada cuando se construyó la casa—. Esta cerradura es muy antigua —comentó con incredulidad.

—Sí, es buena y maciza —comentó Garrett, que parecía encantada.

—No. ¡De buena no tiene nada! Ni siquiera tiene guardas. Esto es lo mismo que si no hubiera cerradura. —Horrorizado, Ethan siguió examinando la antigualla—. ¿Por qué no se ha molestado su padre en cambiarla? Debería haberlo hecho.

—De momento, no hemos tenido problemas.

—Porque Dios no ha querido. —El agravio de Ethan fue en aumento a medida que pensaba que Garrett se iba a dormir todas las noches sin otra cosa que una tosca cerradura de hierro entre ella y la población criminal de Londres.

El corazón empezó a latirle con más fuerza a causa de la ansiedad. Había visto lo que le podía suceder a las mujeres que no contaban con la protección suficiente para mantenerse lejos de los depredadores que habitaban el mundo. Garrett era una figura pública que despertaba tanta admiración como controversia. Cualquiera podía entrar en la casa sin la menor dificultad y hacerle lo que quisiera. Esa idea le resultaba insoportable.

Garrett lo miraba con una sonrisa escéptica y parecía pensar que estaba exagerando.

En esa agonía provocada por la preocupación, Ethan fue incapaz de encontrar las palabras para hacérselo entender. Todavía acuclillado delante de la puerta, señaló el sombrerito de Garrett, que era poco más que un pequeño círculo de terciopelo adornado con una cinta y unas cuantas plumas.

—Démelo.

Ella enarcó las cejas.

—¿El sombrero?

—El alfiler que lo sujeta. —Extendió las manos con las palmas hacia arriba.

Desconcertada, Garrett se quitó el largo alfiler que sujetaba el sombrerito a su recogido. El extremo superior estaba coronado por un pequeño medallón de bronce.

Ethan cogió el alfiler y dobló la punta hasta que estuvo en un ángulo de cuarenta y cinco grados. Lo introdujo en la cerradura y lo giró con destreza. Cinco segundos después, la cerradura se abrió. Tras sacar la improvisada ganzúa, se puso de pie y le devolvió el alfiler.

—Creo que ha abierto la cerradura más rápido con ese alfiler que yo con mi llave —comentó Garrett, que miraba el alfiler doblado con el ceño fruncido—. ¡Qué habilidoso!

—Eso no es lo importante. Cualquier ladrón torpe podría hacer lo que yo he hecho.

—¡Oh! —exclamó con un rictus pensativo en los labios—. ¿Tal vez sería mejor que invirtiera en una cerradura nueva?

—Sí. ¡Una de este siglo!

Para su exasperación, Garrett no parecía alarmada en absoluto. Lo miró con expresión alegre.

—Es muy amable al preocuparse por mi seguridad. Pero mi padre es un antiguo agente de policía.

—Es demasiado mayor como para saltar por encima de una verja —replicó él, indignado.

—Y yo soy capaz de defenderme bastante...

—No —la interrumpió con voz amenazadora, seguro que de que iba a explotar como le soltara otro de sus confiados discursitos acerca de lo capaz que era de defenderse sola, de lo indestructible que era y de que no tenía nada que temer porque sabía cómo manejar un bastón—. Hay que cambiar esta cerradura de inmediato y quitar esa placa de la puerta.

—¿Por qué?

—Porque su nombre está escrito en ella.

—Pero todos los médicos tienen una —protestó—. Si la quito, mis pacientes no podrán encontrarme.

—¿Y si pone en la puerta un anuncio que diga «Mujer indefensa con ingredientes farmacéuticos gratis»? —Antes de que ella pudiera responder, añadió—: ¿Por qué no están las ventanas del sótano y de la primera planta protegidas con rejas de hierro?

—Porque intento atraer pacientes —contestó Garrett—, no espantarlos.

Ethan se frotó el mentón con gesto pensativo.

—Desconocidos entrando y saliendo —murmuró—, sin nada que les impida hacer lo que les apetezca. ¿Y si permite la entrada de un loco a su casa?

—Los locos también necesitan atención médica —respondió ella, echando mano de la lógica.

Él la miró con gesto elocuente.

—¿Tienen las ventanas pestillos al menos?

—Creo que algunas sí... —contestó sin estar muy segura. Al oír el improperio que él soltó, añadió para tranquilizarlo—: De verdad que no debe preocuparse. No es que guardemos las joyas de la corona aquí dentro.

—Tú eres la joya —masculló él.

Garrett lo miró con los ojos como platos, sin parpadear, mientras el momento adoptaba un cariz íntimo e incómodo.

Nadie desde que se había convertido en adulto lo conocía de verdad, ni siquiera Jenkyn. Pero allí delante de la puerta de la casa de Garrett Gibson, atrapado en su curiosa mirada, comprendió que no podía ocultarle nada. Todo lo que sentía quedaba expuesto a sus ojos.

«¡Que me aspen!»

—Entre —dijo ella en voz baja.

Ethan la siguió, preocupado por lo que pudiera decir o hacer. Después de cerrar la puerta, se detuvo en el vestíbulo con la gorra en la mano y observó, fascinado, cómo ella se quitaba los guantes dándose tironcitos de los dedos. Sus preciosas manos emergieron de debajo de la piel de cabritilla tintada, esos dedos largos y de elegante precisión, como los instrumentos de un relojero.

Unos pasos anunciaron la llegada de alguien procedente del sótano. Apareció una mujer joven, ataviada con una cofia y un delantal blancos, rolliza y tetona, con mejillas rubicundas y alegres ojos castaños.

—Buenas noches, doctora Gibson —dijo al tiempo que le quitaba los guantes y el sombrero a Garrett de las manos—. Esta noche llega tarde. —Miró a Ethan y abrió los ojos de par en par—. Señor —dijo casi sin aliento mientras lo saludaba con una genuflexión—, ¿sería tan amable de darme su gorra?

Ethan respondió negando con la cabeza.

—Me marcharé en breve.

—Este hombre es un paciente —le informó Garrett a la criada al tiempo que se quitaba el ramillete de violetas del ojal de la chaqueta y le entregaba la prenda—. Lo he traído para realizar una consulta. Por favor, asegúrate de que nadie nos moleste.

—Una consulta ¿de qué? —preguntó la muchacha con astucia mientras su mirada descendía de la cabeza de Ethan a los pies, y vuelta hacia arriba—. No me parece que esté muy pachucho.

Garrett frunció el ceño.

—Sabes muy bien que no debes hacer alusión a la apariencia de los pacientes.

La criada se inclinó hacia ella y replicó lo bastante alto para que él la oyera:

—Quería decir que espero que haga todo lo que pueda por este pobre hombre tan enfermo.

—Eso es todo, Eliza —dijo Garrett con firmeza—. Puedes retirarte.

Ethan, que encontraba graciosa la desfachatez de la criada, clavó la mirada en el suelo y trató de contener una sonrisa.

Una vez que Eliza se fue a la planta inferior, Garrett dijo contrita:

—Normalmente no es tan impertinente. Bueno, da igual, sí que lo es. —Lo guio hasta una estancia situada a la derecha de la entrada—. Esta es la sala de espera para los pacientes y sus familias.

Mientras ella cerraba las contraventanas, Ethan deambuló por la espaciosa estancia, que estaba amueblada con un sofá bajo y largo, un par de butacas y dos mesitas. La chimenea tenía la repisa pintada de blanco. Había un escritorio y un alegre cuadro, un paisaje rural. Todo estaba tan limpio que la madera pulida relucía y el cristal de las ventanas brillaba. En su opinión, casi todas las casas resultaban agobiantes e incómodas, atestadas de muebles y con las paredes cubiertas por papel de motivos recargados. Pero ese era un lugar sereno y acogedor. Se acercó al cuadro para verlo con más detalle. Unos cuantos gansos rollizos pasaban por delante de la puerta de una casita.

—Algún día podré permitirme el lujo de comprar arte de verdad —dijo Garrett, que se acercó a él—. Hasta entonces, tendremos que conformarnos con esto.

La mirada de Ethan se desvió hacia las diminutas iniciales pintadas en una esquina del paisaje: G. G. Esbozó una lenta sonrisa.

—¿Lo ha pintado usted?

—Clase de arte, en el internado —confesó—. No se me daba mal hacer bosquejos, pero a la hora de pintar solo me salían bien los gansos. En un momento dado, traté de ampliar mi repertorio a los patos, pero me bajaron la nota, así que decidí limitarme a los gansos.

Ethan sonrió al imaginársela como una estudiosa colegiala con largas trenzas. La luz de una lámpara de tulipa redonda de cristal se reflejaba en su pelo, arrancándole destellos rojizos y dorados. Nunca había visto una piel como la suya, tenía cutis de porcelana con un suave brillo, como si fuera una rosa de color pálido.

—¿Cómo se le ocurrió pintar gansos? —le preguntó.

—Enfrente del internado había una charca con gansos —contestó ella, que había clavado la mirada en el cuadro—. A veces veía a la señorita Primrose en los ventanales, observando el paisaje con unos binoculares. Un día, me atreví a preguntarle qué le parecía tan interesante de los gansos y me dijo que su capacidad para el afecto y la tristeza rivalizaba con la de los humanos. Se emparejaban de por vida, me dijo. Si una hembra sufría una herida, su pareja se quedaba con ella aunque el resto de la bandada estuviera volando hacia el sur. Cuando moría un miembro de una pareja, el otro perdía el apetito y se mantenía alejado de los demás, sumido en la tristeza. —Encogió esos delgados hombros—. Me han gustado los gansos desde entonces.

—A mí también —replicó Ethan—. Sobre todo asados y rellenos de castañas.

Garrett soltó una carcajada.

—En esta casa, las aves no son un tema a tratar a la ligera. —Sus ojos lo miraron sonrientes mientras le hacía un gesto con un dedo para que la siguiera—. Le enseñaré el resto del consultorio.

Atravesaron la estancia hasta entrar en la sala de consulta, situada en la parte posterior de la casa. Había un fuerte olor en el aire: ácido carbólico, alcohol, benceno y otros compuestos químicos que no supo identificar. Garrett encendió unas cuantas lámparas de gas, hasta que la brillante luz eliminó las sombras del suelo embaldosado y de las paredes de cristal, y rebotó en los reflectores colocados en el techo. El centro de la estancia estaba ocupado por una mesa de operaciones emplazada sobre un mueble alargado con cajones. En un rincón descansaba un artefacto de metal con una serie de brazos a los que se habían acoplado espejos y bolas, y que parecía un pulpo mecánico.

—Uso los métodos desarrollados por sir Joseph Lister —dijo Garrett, que observó la estancia con orgullo—. Asistí a sus clases en la Sorbona y lo ayudé en algunas de sus operaciones. Su trabajo se basa en la teoría de Pasteur, según la cual las heridas supuran porque los gérmenes penetran en el cuerpo y se multiplican. Todo mi instrumental médico está esterilizado y cubro las heridas con antiséptico y gasas. Eso hace que mis pacientes tengan más probabilidades de sobrevivir.

Ethan se preguntó por qué aceptaba con tan buena disposición la responsabilidad de la vida y la muerte, aun a sabiendas de que a veces el resultado sería trágico.

—¿Cómo soporta la presión? —le preguntó en voz baja.

—Uno se acostumbra. En ocasiones, el riesgo y los nervios me ayudan a alcanzar unos niveles que en principio me parecían imposibles de lograr.

—Lo entiendo —murmuró él.

—Sí, estoy segura de que lo hace.

Sus miradas se encontraron y lo invadió una repentina calidez. Era muy hermosa, con esos pómulos afilados que dulcificaban la fuerza del mentón. Y el rictus erótico de sus labios...

—Doctora —dijo con dificultad—, creo que debería...

—El laboratorio está por aquí —lo interrumpió Garrett, que se alejó hacia un extremo de la estancia para apartar un biombo plegable. Encendió otra de esas lámparas de gas y su luz iluminó un espacio que incluía un lavabo de cerámica con agua caliente y fría, un horno de cobre esterilizador con quemadores, mesas metálicas y encimeras de mármol, y una serie de estanterías con latas, platos, frascos y extraños instrumentos, todo meticulosamente ordenado.

Garrett se acercó al lavabo y abrió el grifo. Ethan se acercó a ella con renuencia. Acababa de colocar el ramillete de violetas que él le había regalado en un tubo de ensayo con agua. Una vez que colocó el tubo de ensayo en la gradilla de madera, sacó un microscopio de la caja de palisandro donde lo guardaba y lo dejó al lado de la lámpara.

—¿Ha usado alguno antes? —le preguntó.

—Una vez. En el laboratorio de un químico, en Fleet Street —respondió él.

—¿Para qué?

—Necesitaba examinar unas pruebas. —Ethan la observó mientras ella ajustaba las lentes y los espejitos—. En aquel entonces, pertenecía aún a la división K y estaba tratando de resolver un asesinato. Un hombre que supuestamente se había suicidado con su cuchilla de afeitar, que encontraron al lado del cadáver. Pero la cuchilla era de las plegables y estaba casi cerrada. No tenía sentido que hubiera intentado plegar la hoja después de rebanarse el pescuezo.

Ethan se arrepintió al instante de lo que acababa de decir. No era una conversación apropiada, dada la compañía y las circunstancias.

—¿El corte era muy profundo? —le preguntó Garrett, sorprendiéndolo.

—Tenía seccionadas tanto las carótidas como las yugulares.

—Mortal al instante —replicó ella—. Si hubiera sido un suicidio, no habría tenido tiempo ni de plegar la hoja.

Ethan empezaba a disfrutar de la novedad de poder hablar de esos temas con una mujer.

—El principal sospechoso era un cuñado de la víctima —siguió—, con motivo y oportunidad. Unas horas después de que se cometiera el crimen, lo encontraron con una mancha de sangre en la manga de la chaqueta. Afirmaba que esa misma tarde había visitado una carnicería y se había manchado al pasar la manga por el mostrador. No había manera de comprobar si la sangre era animal o humana. El caso se abandonó y las pruebas se guardaron en los archivos de la comisaría de la división. Después de leer el informe del caso, le llevé la cuchilla y una muestra de la tela manchada a un químico, que las examinó con un microscopio. Descubrió dos tipos de fibras en el borde serrado posterior de la cuchilla. Una de ellas pertenecía a una chaqueta azul de lana.

—¿Y la otra?

—Un pelo de un caniche blanco. Daba la casualidad de que el cuñado tenía uno y el pelo del animal pasó de la chaqueta al arma del crimen. Al final, se derrumbó durante el interrogatorio y confesó.

—Fue muy inteligente por su parte abordar el caso desde una perspectiva científica.

Ethan se encogió de hombros, intentando disimular el placer que le provocaba la mirada de admiración de Garrett.

—Le interesará saber que ya por fin hay una manera de distinguir la sangre animal de la sangre humana —le informó—. La sangre de los pájaros, de los peces y de los reptiles tiene corpúsculos ovalados, mientras que la de los mamíferos, entre los que nos incluimos los humanos, tiene corpúsculos circulares. Además, los de los humanos tienen un diámetro mayor que los del resto de criaturas.

—¿Cómo sabe tanto sobre las células de la sangre?

—Estoy intentando aprender todo lo posible. —Su expresión se ensombreció—. Mi padre tiene una enfermedad sanguínea.

—¿Es grave? —le preguntó Ethan en voz baja.

Ella respondió asintiendo levemente con la cabeza. Le dieron ganas de consolarla al saber el dolor que le esperaba y al comprender que era muy consciente de lo que la aguardaba en un futuro no muy lejano. Quiso abrazarla y prometerle que estaría a su lado para ayudarla a superarlo. La ira, la más accesible de sus emociones, lo había abandonado... y darse cuenta de ese hecho hizo que tensara los músculos.

Ambos miraron hacia la puerta de la consulta al oír pasos y crujidos en la escalera. Se escucharon varias voces procedentes del vestíbulo de entrada. Al parecer, los hombres que habían estado jugando a las cartas con el padre de Garrett se marchaban.

—Eliza —dijo uno de ellos—, ¿por qué no ha subido como siempre la doctora Gibson para saludarnos?

—La doctora ha llegado tarde esta noche, señor —respondió la criada al punto.

—¿Dónde está? Al menos debería darle las buenas noches.

La criada respondió, con voz más aguda:

—Señor Gleig, lo siento pero no puede. Está con un paciente.

—¿A esta hora? —preguntó otro hombre, que parecía molesto.

—Sí, señor Oxley. —En un momento de inspiración, Eliza añadió—: El pobre muchacho se ha roto la *tibla*.

Al oír un término desconocido para él, Ethan miró a Garrett con gesto interrogante.

—La tibia —dijo ella, que le apoyó la frente en un hombro, derrotada.

Ethan sonrió y la rodeó con un brazo. Olía a ropa recién lavada con un toque salado de fondo. Ansiaba seguir ese olor por la delicada piel de su cuello y descender por su corpiño.

Al otro lado de la puerta, Eliza procedió a explicar lo peligrosas que eran las heridas en la «tibla», las cuales podían acarrear «espasmos de rodilla», «torcedura tubular» e incluso «imputaciones». Garrett se removió, molesta por la documentada lección de la criada.

—Nos está cubriendo las espaldas —susurró Ethan, a quien la situación le resultaba graciosa.

—Pero ahora ellos repetirán todas las paparruchas que está diciendo —replicó ella, que también hablaba en voz baja—. Y antes de que me dé cuenta, tendré la sala de espera llena de pacientes aquejados con problemas «tiblares».

—Es un nuevo campo de la medicina. Será una pionera.

Oyó que ella sofocaba una carcajada contra su hombro mientras el trío de agentes de policía expresaba su conmiseración por el desafortunado paciente. Al final, se marcharon tras despedirse a pleno pulmón. Ethan descubrió que su otro brazo también había rodeado a Garrett por iniciativa propia. Separarse de ella era como tratar de estirar un muelle.

—Debería subir para ver a su padre —dijo con dificultad.

—Eliza lo cuidará mientras yo le enseño unas cuantas muestras. Tengo alas de insectos, granos de polen, pétalos de flores... ¿Qué le gustaría ver?

—El interior de un coche de alquiler —respondió en voz baja—. No puedo estar a solas contigo, preciosa —añadió, olvidando las formalidades.

Garrett le acarició los bordes del chaleco y se aferró al cuero.

—Ethan —le dijo con las mejillas sonrojadas, un rubor semejante a la luz que se filtraba por un cristal rosa esmerilado—, no quiero ponerle fin a esto. Podemos... podemos vernos en secreto, de vez en cuando. Nadie tendría que enterarse. Podríamos hacerlo sin comprometernos. Solo... para disfrutar.

La dificultad con la que pronunciaba las palabras, en vez de hacerlo con la precisión que la caracterizaba, lo dejó desolado. Imaginaba lo mucho que le había costado abandonar de esa manera el orgullo. No estaba seguro de lo que le estaba ofreciendo, ni siquiera sabía si ella lo tenía claro. Pero tampoco le importaba. Quería, ansiaba, necesitaba cualquier cosa que Garrett estuviera dispuesta a darle. Pero debía hacerla entender que era imposible. Y que, aunque no lo fuera, sería indigno para ella.

—¿Alguna vez has hecho ese tipo de arreglo con un hombre? —se obligó a preguntarle.

Sus ojos eran del verde del verano, de las plantas en pleno crecimiento.

—Soy una mujer que toma sus propias decisiones y que se enfrenta a las consecuencias.

—Eso es un no —repuso Ethan con delicadeza y, al ver que ella no replicaba, siguió—: Sería un riesgo para tu reputación. Para tu carrera.

—Créeme, yo lo sé mejor que tú.

—¿Te has acostado alguna vez con un hombre? ¿Una vez al menos?

—¿Qué importancia tiene eso?

Su evasiva respuesta le provocó un ramalazo de placer en la boca del estómago.

—Eso es un no —repitió en voz aún más baja. Tomó una honda bocanada de aire para intentar tranquilizarse mientras su sangre corría a toda velocidad por la certeza de que había estado esperándolo.

Estaba hecha para él. Dios, la deseaba más allá de todos los límites divinos o humanos. Pero su bienestar era infinitamente más importante que lo que él deseara.

—Garrett... soy un hombre problemático. Cuando juré que no permitiría que nada malo te ocurriese, me incluí en la lista.

Ella lo miró con el ceño fruncido. Se aferró con más fuerza a su chaleco con los puños bien cerrados.

—No tengo miedo de ti ni de tus problemas. —Había entrecerrado esos ojos verdes, que lo miraban con intensidad mientras tiraba de él—. Bésame —le ordenó con un hilo de voz.

—Tengo que irme —se apresuró a decir él, decidido a apartarse mientras pudiera.

Sin embargo, Garrett se movió con él y levantó las manos para aferrarle la cabeza, tal como la había enseñado a hacer en la escuela de esgrima de Baujart. La fuerza de sus dedos lo recorrió como una descarga eléctrica.

—Bésame —le ordenó— o te rompo la nariz.

La amenaza le arrancó una carcajada entrecortada. Meneó la cabeza mientras miraba a esa mujer de talento formidable a la que le encantaban los gansos, pero que tenía miedo de los *spaghetti* y que era capaz de manejar un escalpelo para llevar a cabo una complicada operación quirúrgica o usarlo como un arma arrojadiza.

Siempre había tenido una vena fría, pero en ese momento no fue capaz de encontrarla, justo cuando más la necesitaba. Se estaba quebrando por dentro. Jamás sería el mismo después de eso.

—Por Dios, me has arruinado —susurró.

Sus brazos la rodearon y una de sus manos aferró el sedoso moño trenzado que llevaba en la nuca. Garrett lo instó a bajar la cabeza y él perdió la batalla. La voluntad lo abandonó por completo cuando empezó a besarla como si el mundo estuviera a punto de llegar a su fin.

Porque para él, eso era lo que sucedería.

8

En realidad, el beso empezó siendo un poco raro. Garrett frunció los labios de forma inocente, como si fuera a pegarlos contra la mejilla de alguien. De no estar tan excitado, Ethan habría sonreído. Le acarició los labios fruncidos con la boca, jugueteando con suavidad, instándola a seguir su guía sin palabras... «Así», le dijo con los labios, hasta que ella los entreabrió, vacilante.

Todas las carencias, todos los años de amarga lucha, lo habían conducido a ese momento. Las cicatrices que su alma había usado a modo de armadura se desintegraban con las caricias de Garrett. Ella le permitió la tierna invasión de su lengua, emitió un sonido de placer y, para su eterno asombro, intentó succionarla. Esas elegantes manos que tanto admiraba le tomaron la cabeza, y esos dedos delgados le acariciaron detrás de las orejas y se le enredaron en el pelo, y la caricia fue tan exquisita que casi gimió de placer.

El beso tomó un cariz peligroso y soñador, era una forma de comunicación básica y deliciosa, tierna y ávida a la vez. Se moría de deseo por ella, la había adorado y deseado mucho tiempo, pero jamás creyó que podría tenerla entre los brazos. Jamás se imaginó que ella se rendiría de esa manera, con una respuesta tan natural y abrasadora. Nada lo debilitaba como ella lo hacía. La pegó todavía más contra él, como si intentara protegerla con todo el cuerpo, y ella gimió en voz baja y se aferró a él mientras las rodillas le fallaban, como si las tuviera de gelatina.

La levantó sin esfuerzo y la sentó en el borde de una mesa metálica antes de abrazarla con fuerza, guiándole la cabeza con las manos para que la apoyara en su hombro. Garrett se amoldó a él sin protestar, con las piernas separadas debajo de las faldas. Respiraba de forma jadeante, como el aleteo de un gorrión.

«Hazla tuya ahora», fue el pensamiento provocado por la lujuria. Podía conseguir que ella lo deseara. Podía conseguir que le suplicara que la hiciera suya allí, sobre la mesa. Sería maravilloso, mejor que cualquier cosa que hubiera experimentado. Merecía la pena correr el riesgo.

—No confíes en mí —consiguió advertirle con voz entrecortada.

El aliento de Garrett le rozó el cuello cuando soltó algo entre una carcajada y un resoplido.

—¿Por qué? —susurró ella—. ¿Vas a seducirme en mi consultorio?

Era evidente que no tenía ni idea de lo cerca que estaba de hacer precisamente eso.

Ethan apoyó los labios en su pelo recogido mientras recorría con la mirada las estanterías llenas de objetos con aspecto amenazante y de frascos con líquidos misteriosos.

—¿Qué hombre no se volvería loco en semejante situación? —preguntó con sequedad. Aunque el momento sí tenía cierto erotismo, en esa estancia de atmósfera científica con sus duras y frías superficies, y la preciosa criatura de ojos verdes que tenía entre los brazos. Ella era lo único suave de ese lugar.

—La ciencia es romántica —convino Garrett con voz soñadora, ya que no captó el sarcasmo—. Hay secretos y maravillas por descubrir en este lugar.

Ethan esbozó una sonrisilla mientras le recorría la columna con la palma de la mano.

—La única maravilla aquí presente eres tú, *acushla*.

Garrett se apartó lo suficiente para mirarlo, y le rozó la punta de la nariz con la suya.

—¿Qué significa eso?

—¿*Acushla*? Es una palabra para... amiga.

Tras una breve consideración, Garrett esbozó una sonrisa escéptica.

—No, no lo es.

Fue instintivo besarla de nuevo, la respuesta a un impulso antes de que llegara a su cerebro siquiera. La boca de Garrett se amoldó a la suya con una presteza que le arrancó un gruñido satisfecho. Sintió cómo ella apretaba de forma inocente los muslos contra sus caderas y lo abrumó un deseo abrasador.

Ethan se maldijo mientras buscaba con los dedos los botones del corpiño. Unos cuantos minutos más y podría vivir toda la vida de los recuerdos. El corpiño se abrió y dejó al descubierto una camisola atada con un diminuto lazo de seda y un sencillo corsé blanco con paneles elásticos, como los que usaban las mujeres para montar a caballo o hacer ejercicio. Con sumo tiento, desató el lazo e introdujo un dedo por la abertura de la camisola. Cuando rozó con el nudillo un pecho, la oleada de excitación lo dejó sin aliento. Bajó la fina tela de algodón para dejar al aire un pezón rosado, que se alzaba por encima del borde del corsé.

Se inclinó sobre ella y la instó a echarse hacia atrás, apoyada en su brazo, antes de deslizar los dedos por debajo de las ballenas del corsé para levantar el firme y sedoso pecho. Agachó la cabeza. Se metió el pezón rosado en la boca y lo succionó hasta dejarlo enhiesto. Garrett jadeó y se estremeció, y le apretó varias veces el hombro, como una gata que lo frotara con las patas.

Para él, el sexo siempre había sido una transacción o un arma. Lo habían adiestrado para ser capaz de seducir a cualquiera, hombre o mujer, a fin de que le revelara sus más profundos secretos. Conocía infinitas maneras de estimular, atormentar y satisfacer, de conseguir que alguien se volviera loco de deseo. Había hecho cosas, y le habían hecho cosas, que la mayoría de la gente consideraría indecentes. Pero jamás había experimentado algo parecido a la intimidad de ese instante.

Dejó un reguero de besos hasta llegar al otro pecho y se tomó su tiempo para saborear la increíble suavidad de su piel. Cuando sus labios llegaron al borde de la camisola, Garrett se afanó por bajarse la prenda. Incluso tan excitado como estaba, Ethan sonrió al ver su impaciencia. Le rodeó un pecho con una mano y besó la blanca curva, evitando a propósito la rosada areola. Garrett le enterró los dedos en el pelo e intentó guiarlo hacia donde lo quería. Él se resistió y sopló con suavidad sobre el endurecido pezón. Ella se estremeció, frustrada, mientras él se detenía sobre el otro pezón durante un larguísimo y angustioso momento, haciéndolos esperar a ambos. A la postre, cedió y chupó el enhiesto pezón, lo succionó y lo acarició con la lengua.

Fue todo lo que soportó antes de tener que apartar los labios. Garrett se estiró para besarlo, pero él meneó la cabeza y la mantuvo apartada. Jamás había estado más excitado, la tenía tan dura que cada latido era una tortura.

—Tengo que parar —dijo con voz ronca. En ese instante, mientras pudiera.

Ella le rodeó el cuello con los brazos.

—Quédate conmigo esta noche.

Presa de la lujuria y del anhelo, Ethan le acarició la sonrojada mejilla con la punta de la nariz.

—Ay, preciosa —susurró—, no te conviene que me quede. No sería tierno. Te llevaría al borde del éxtasis y te mantendría suspendida, en vilo, hasta que empezaras a maldecir y a gritar de placer y todos los vecinos te oyeran. Y después de enloquecerte llevándote al orgasmo, te echaría sobre mis rodillas y te daría una azotaina por ser tan escandalosa. ¿Eso es lo que quieres? ¿Pasar la noche en la cama con un canalla cruel?

Ella contestó con la cabeza apoyada en su hombro.

—¡Sí!

Casi se le escapó una carcajada al oírla.

Garrett tenía las piernas colgando por el borde de la mesa. Medias de algodón blancas, botas de paseo robustas. Esa postura, con las piernas separadas, debería hacerla parecer una descarada, pero más bien le recordó a una marimacho. No podía creer que se expusiera de forma tan vulnerable a él.

Se inclinó hacia delante y la besó en la boca. Garrett se estremeció y separó los labios para dejar que la saboreara. Los definidos músculos de sus muslos se tensaron cuando ella se dio cuenta de que le había metido una mano por debajo de las faldas, una mano que ascendía por la pierna.

Los calzones femeninos, incluso los más recatados, tenían una abertura en la entrepierna. Si bien la prenda resultaba muy decorosa cuando la mujer estaba de pie, se abría por completo cuando estaba sentada. Al llegar a la abertura, dejó que el pulgar descansara contra la delicada piel de la cara interna del muslo.

Garrett se apartó de sus labios y le enterró la cara en el cuello.

Ethan le abrazó la espalda con más fuerza mientras su pulgar ascendía, lentamente y trazando círculos, hacia los rizos de su sexo. Rozó la parte superior de los rizos, agitándolos con caricias que despertaron ecos de sensaciones en la piel.

Le susurró con ternura al oído, justo detrás del lóbulo de la oreja, con lo que creía que podía excitar o intrigarla.

—En la India, antes de que un hombre se case, se le instruye para complacer a su esposa según las enseñanzas de los textos antiguos sobre las artes amatorias. Aprende cuáles son los abrazos, los besos, las caricias y los mordiscos que provocan el éxtasis.

—¿Mordiscos? —preguntó ella, aturdida.

—Mordiscos de amor, preciosa. Nada que pudiera dolerte. —Para demostrárselo, se inclinó y le mordisqueó el cuello con suavidad. Ella emitió un gemido nervioso y se arqueó hacia él—. Se dice que la unión de dos personas que encajan es una unión propicia —siguió en un susurro—. Y si el amor los intoxica de tal manera que deja marcas en la piel, su pasión no se extinguirá ni en cien años.

Garrett preguntó con voz temblorosa:

—¿Aprendiste alguna de esas artes amatorias?

Sonrió contra su piel al oírla.

—Sí, pero sigo siendo un novato. Solo conozco ciento veinte posturas.

—Ciento... —Garrett dejó la frase en el aire cuando sintió que le introducía dos dedos entre los suaves pliegues de su sexo, acariciándola hacia delante y hacia atrás. Tras tragar saliva con muchísima dificultad, consiguió decir—: Dudo mucho de que sea anatómicamente posible.

Ethan le acarició la barbilla con los labios.

—Tú eres la experta en medicina —se burló con suavidad—. ¿Quién soy yo para llevarte la contraria?

Garrett se estremeció cuando uno de sus dedos se abrió paso entre los rizos de su sexo y se detuvo sobre un punto muy sensible.

—¿Quién te enseñó? —atinó a preguntar ella.

—Una mujer en Calcuta. No la había visto antes. Durante las dos primeras noches, no hubo contacto físico entre nosotros. Nos sentamos en esterillas de bambú, en el suelo, y hablamos.

—¿De qué? —Lo miraba fijamente con las pupilas dilatadas, cada vez más sonrojada, mientras él seguía acariciando la sedosa y misteriosa entrada de su cuerpo.

—La primera noche, me habló del «kama», una palabra que designa el deseo y el anhelo. Pero también hace referencia al bienestar del alma y de los sentidos... a la apreciación de la belleza, del arte y de la naturaleza. La segunda noche, hablamos de los placeres carnales. Dijo que si un hombre era masculino de verdad, lograría dominar su voluntad para adorar a la mujer, para satisfacerla de forma tan plena que ella no podría desear a otro.

Durante la tercera noche, la mujer lo desnudó y le cogió una mano para llevársela al cuerpo al tiempo que susurraba: «Las mujeres, al ser más delicadas por naturaleza, quieren comienzos tiernos.» Eso fue lo más difícil para él, demostrarle ternura. Demostrarle ternura a otra persona. Siempre había temido cualquier signo de debilidad. Sin embargo, no tuvo alternativa, se había comprometido a hacer todo lo necesario para convertirse en lo que Jenkyn quería que fuera.

Esa noche, en cambio, era distinto. Garrett lo poseía por completo, poseía su ternura y su violencia, todo lo bueno y todo lo malo.

Inclinó la cabeza y la besó durante largos y apasionados minutos, mientras descubría qué la hacía estremecerse y qué le alteraba la respiración. Mientras tanto, dejó que sus dedos siguieran jugando entre sus muslos. Con el pulgar y el índice, acarició cada labio mayor como si estuviera liberando el perfume de los pétalos de una flor. Garrett gimió al tiempo que se arqueaba para que la acariciara con más firmeza. Ethan rodeó el protuberante clítoris, cerca pero sin tocarlo, y masajeó el capuchón que lo cubría.

—Por favor, por favor —susurró ella, retorciéndose por la lenta tortura.

Trazó círculos más pequeños, acercándose en espiral hasta que llegó al clítoris y le prodigó unas cuantas caricias. Garrett gimió de nuevo y le apretó las caderas con los muslos. Cuando ella alzó las caderas y se quedó paralizada al borde del clímax, él apartó la mano. Garrett se aferró a su cuello casi con rabia en un intento por acercarlo de nuevo.

—Tranquila, preciosa —dijo Ethan con una carcajada entrecortada, aunque estaba sudando y el deseo lo tenía dolorido—. No va a servir de nada que me estrangules.

Ella frunció el ceño y bajó los puños para aferrarle el chaleco.

—¿Por qué has parado?

Ethan pegó la frente a la suya.

—Me enseñaron que satisfacer como es debido a una mujer debe durar al menos lo que se tarda en hacer la masa del pan.

Garrett se retorció, impotente.

—¿Cuánto tiempo es?

—¿No lo sabes? —preguntó él con un deje travieso.

—No, no sé cocinar. ¿Cuánto se tarda?

Sonrió y le acarició la mejilla con los labios.

—Si te lo dijera, seguro que me cronometrabas.

Extendió un brazo y le separó los labios con los dedos, acariciándola hasta que sintió la humedad. Sentir ese sedoso elixir femenino, tan fresco y ardiente, hizo que el deseo le corriera por las venas. Le acarició la entrada de su cuerpo y le introdujo la punta de un dedo. Al sentir que sus músculos se tensaban para impedirle la entrada, le susurró palabras dulces y le murmuró tonterías al oído, para tranquilizarla al más puro estilo irlandés, y la penetró con mucho tiento. Ella se quedó inmóvil al sentir que la penetraba. Que la invadía.

—Tranquila —le susurró—, relájate y podré llegar a sitios que te darán placer.

Garrett lo miró con expresión confundida.

—¿Qué sitios? He estudiado el aparato reproductor y no hay... —Se interrumpió con un gritito cuando él le dio un pellizco inesperado en un pezón.

Los músculos internos se cerraron en torno a su dedo por la sorpresa. En cuanto dichos músculos se relajaron, aprovechó la oportunidad de penetrarla más y se apoderó de sus labios. Garrett separó más las piernas bajo las faldas, arqueando el cuerpo hacia él.

Su interior estaba húmedo y prieto, y sus músculos se afanaban por arrastrarlo más adentro. Humedeció el pulgar en esa calidez tan femenina y le acarició los pliegues, atormentándola con movimientos circulares mientras el dedo que la penetraba se movía despacio, imitando la forma en la que deseaba penetrarla.

La tenía durísima, tan dura como el mármol, pegada contra el borde de la mesa metálica. Le metió la otra mano por debajo las faldas y jugueteó con ella, acariciándola con golpecitos que parecían gotas de lluvia. Después de acariciar los pliegues henchidos, rozó el punto central una y otra vez. Daba igual que ella intentara que se diera prisa, fue implacable y deliberado mientras la acariciaba despacio para aumentar su placer, torturándose tanto como la torturaba a ella. Garrett empezó a gimotear. Le separó los labios y bebió sus gemidos, deleitándose con los estremecimientos que la recorrían, provocados por sus caricias.

Garrett estaba demasiado excitada para resistirse a lo que le hacía, se debatía para que todo fuera más rápido, más intenso, para tenerlo más cerca, pero él la acarició con más lentitud y demostró una paciencia infinita mientras prolongaba la tensión. Las oleadas de placer comenzaron y Garrett se estremeció con un intenso clímax, apretándole las caderas con los muslos. Ethan se apoderó de su grito y la acarició y estimuló mientras ella apoyaba la cabeza en su hombro, como si no tuviera fuerzas para sostener su peso. Garrett emitía suspiros de placer y alivio, y eran los sonidos más maravillosos que había oído nunca.

A la postre, apartó las manos de su sexo y la abrazó con fuerza.

—Te amaría noche y día si pudiera —le susurró—. No habría límites entre nosotros. Ni vergüenza. Tú y yo, en la oscuridad... es lo único que siempre he deseado.

Con cuidado, deslizó una mano entre ellos para acariciarle un pecho antes de besárselo y devolverlo a los confines del corsé. Repitió la operación con el otro pecho y luego empezó a abrocharle el corpiño.

Garrett se quedó sentada en silencio. Cuando Ethan terminó de abrochar el último botón, le puso una mano sobre el corazón.

—Ven a verme otra vez —le pidió ella en voz baja—. Encuentra la manera de hacerlo.

Ethan abrazó su cuerpo delgado y relajado contra él, y apoyó la mejilla en su cabeza.

—No puedo.

—Podrías si quisieras.

—No. —Habría sido mejor que ella lo creyera un desalmado, sobre todo después de su impulsivo comportamiento de esa noche. Pero no soportaba la idea de engañarla, fuera como fuese. Era la única persona a quien no quería mentirle—. Garrett... estoy a punto de convertirme en un hombre marcado. He traicionado a alguien que ha sido un mentor para mí. Cuando lo descubra, mi vida no valdrá nada.

Ella se quedó callada un instante, jugueteando con uno de los botones de su camisa.

—Te refieres a sir Jasper.

—Sí.

—¿Tiene algo que ver con la noche de la recepción en el Guildhall? ¿Y con el hombre que murió? ¿El señor Prescott?

Era una suposición tan acertada que Ethan esbozó una sonrisa torcida. Si tuviera la oportunidad, pensó, sería capaz de destripar todos sus secretos como si de un pescado se tratase.

Al tomarse el silencio como una respuesta afirmativa, Garrett preguntó con tono neutro:

—¿Lo mataste?

—Si te lo digo, dejaría mi vida en tus manos.

—Estoy acostumbrada a cargar con esa responsabilidad.

Era cierto, pensó él, no sin cierta sorpresa. Era más que probable que ella lidiara con asuntos de vida o muerte con más frecuencia que él. Clavó la mirada en su cara expectante y dijo en voz baja:

—Ayudé a fingir su muerte y lo saqué del país a cambio de información.

—¿Información sobre qué?

Ethan titubeó.

—Una conspiración en la que hay implicados altos funcionarios. Si consigo exponerlos a la opinión pública, Dios mediante, valdrá la pena el coste.

—No, si el coste es tu vida.

—La vida de un solo hombre no importa si está en juego la vida de muchos otros.

—No, —replicó Garrett con ansiedad al tiempo que le aferraba la pechera de la camisa—. Cada vida es preciosa y hay que luchar por ella.

—Tu trabajo consiste en creer eso. El mío, en creer lo contrario. Créeme, soy dispensable.

—No digas eso. Dime lo que piensas...

—Garrett —la interrumpió en voz baja al tiempo que le tomaba las manos—, no tengo por costumbre decir adiós. Pero me llevaré un beso.

—Pero...

La besó en los labios. Tenía la sensación de llevar corriendo miles de noches llenas de violencia y sombras, y de haber tropezado de repente con un lugar sereno, una preciosa mañana de primavera. Ella lo había acercado a la felicidad más que ninguna otra cosa en el mundo. Pero como todos los momentos de placer supremo, se veía atemperado por la agridulce certeza de su temporalidad.

—Olvídate de mí —le susurró cuando sus labios se separaron.

Y se marchó a toda prisa, sin mirar atrás.

A la mañana siguiente, Garrett se despertó tras haber pasado la noche dando vueltas en la cama y empezó el día como de costumbre. Despertó a su padre y le dio su medicina, y luego desayunó una tostada con mantequilla y té mientras leía el periódico. En cuanto llegó a la clínica de Cork Street, comprobó cómo habían pasado la noche los pacientes ingresados, hizo anotaciones en sus historiales, les dio instrucciones a las enfermeras y empezó a recibir a los pacientes que tenían citas concertadas.

A simple vista, era la rutina de siempre. Pero en el fondo se sentía desdichada, emocionada y avergonzada, todo a la vez. El esfuerzo de intentar encontrar un equilibrio era agotador.

¿Volvería a ver a Ethan Ransom? Por Dios, ¿cómo iba a poder olvidarlo después de todo lo que le había hecho? Cada vez que pensaba en esas hábiles manos tan masculinas, en sus lentos besos y en sus cálidos susurros, se derretía por entero.

«Tú y yo, en la oscuridad... es lo único que siempre he deseado.»

Podría volverse loca pensando en él si se lo permitía.

Nada salió bien. El tono de voz de las enfermeras cuando le decían «Buenos días» la puso de uñas. Los armaritos y estantes de las medicinas estaban desorganizados. El personal hablaba demasiado alto en los pasillos y en las salas de espera. A la hora del almuerzo, comió en la sala de personal y el alegre bullicio que siempre le había gustado la irritó muchísimo. Ajena a las conversaciones que la rodeaban, picoteó del plato de trozos de pollo frío, de la ensalada de pepino y berro, y de un trocito minúsculo de pudin de cerezas.

Tenía más pacientes por la tarde, varias cartas y varias facturas pendientes, y luego llegó el momento de volver a casa. Derrotada y cansada, descendió del coche de alquiler, se dirigió a la puerta de entrada y... se quedó mirándola con el ceño fruncido por la sorpresa.

La placa tan familiar seguía en su sitio, pero una robusta

cerradura de bronce había reemplazado a la anticuada que tenía antes. Había un nuevo tirador de bronce y también una aldaba con forma de cabeza de león, cuyas fauces sostenían un pesado aro. A diferencia del diseño habitual, con expresión y mirada feroces, ese león parecía bastante amistoso y sociable. Habían cambiado y reforzado el marco de la puerta. Las viejas bisagras habían dado paso a unas nuevas más resistentes. Habían añadido un burlete en la parte baja de la puerta para evitar que entraran corrientes de aire.

Garrett extendió una mano titubeante hacia la aldaba. El aro golpeó la preciosa placa de bronce grabado, produciendo un sonido muy satisfactorio. Antes de llamar una segunda vez, la puerta se abrió sin hacer ruido y apareció una sonriente Eliza para cogerle el maletín y el bastón.

—Buenas tardes, doctora Gibson. ¡Mire qué puerta! La más bonita de todo King's Cross, estoy segura.

—¿Quién la ha puesto? —consiguió preguntar ella mientras entraba en la casa.

Eliza pareció desconcertada.

—¿No ha contratado usted a un cerrajero?

—Desde luego que no. —Garrett se quitó los guantes y el sombrero, y se los dio a la muchacha—. ¿Qué nombre te ha dado? ¿Cuándo ha venido?

—Esta mañana, después de que usted se fuera. Fui con su padre al parque para su paseo reconstituyente. Estuvimos fuera poco más de una hora, pero cuando volvimos, ya había un hombre trabajando en la puerta. No le pregunté el nombre. El señor Gibson y él se saludaron y estuvieron charlando mientras terminaba el trabajo, luego nos dio un juego de llaves y se marchó.

—¿Fue el hombre de anoche? ¿Mi paciente?

—No, este era mayor. De pelo canoso y hombros encorvados.

—Un desconocido entra en la casa y cambia la cerradura,

pero ¿ni mi padre ni tú le preguntáis el nombre? —interrogó con el ceño fruncido, presa de la incredulidad—. Por el amor de Dios, Eliza, podría habernos dejado con lo puesto.

—Creía que usted estaba al tanto —protestó la muchacha, que la siguió a la sala de consulta.

Garrett se aprestó, ansiosa, a comprobar que no le faltaran material ni medicinas. Parecía que no habían tocado nada. Plegó el biombo que separaba la consulta del laboratorio y comprobó que el microscopio siguiera a salvo en su funda. Se dio la vuelta, recorrió los estantes con medicinas y se quedó helada.

Alguien había llenado los tubos de ensayo que descansaban en la gradilla de madera con violetas. Los pétalos azulados brillaban como piedras preciosas en la espartana sala. Percibía perfectamente el abrumador aroma de la hilera de ramilletes.

—¿De dónde han salido? —preguntó Eliza, que se colocó junto a ella.

—Nuestro misterioso cerrajero los habrá dejado a modo de broma. —Garrett cogió un ramillete y se lo llevó a la mejilla y a los labios. Le temblaban los dedos—. Ahora me han contaminado todos los tubos de ensayo —dijo, intentando parecer enfadada.

—Doctora Gibson, ¿va a... va a echarse a llorar?

—Claro que no —protestó Garrett, indignada—. Sabes que nunca lloro.

—Pues está muy colorada. Y le brillan los ojos.

—Una reacción inflamatoria. Soy muy sensible a las violetas.

Eliza se asustó.

—¿Las tiro?

—No... —Carraspeó y habló con más suavidad—. No, quiero quedármelas.

—¿Va todo bien, doctora?

Garrett soltó el aire muy despacio e intentó contestar con normalidad.

—Solo estoy cansada, Eliza. No tienes por qué preocuparte.

No podía desahogarse con nadie. Por el bien de Ethan, tenía que guardar silencio. Haría lo que le había pedido y se olvidaría de él. Solo era un hombre.

El mundo estaba lleno de hombres. Encontraría a otro.

«Un marido decente, tradicional, con el que disfrutará de noches hogareñas junto al fuego y niños...»

¿Querría Ethan tener hijos algún día? ¿Y ella? No había motivos lógicos para que ella tuviera hijos, ni siquiera para que se casara, pero se sorprendió al darse cuenta de que era una posibilidad a considerar.

Se le pasó por la cabeza algo que la llevó a poner los pies en el suelo: «Cuando conozcas al hombre adecuado, la lista de cosas imposibles de hacer se acortará muchísimo de repente.»

9

La puerta del despacho de Jenkyn estaba entreabierta. Ethan se detuvo para llamar en la jamba, mientras intentaba mantener una apariencia relajada pese al mal presentimiento que le atenazaba la boca del estómago. Su habilidad para silenciar las emociones, uno de sus recursos más útiles, había desaparecido. Era todo nervios y deseo. Se sentía tan transparente como el cristal, y había demasiadas mentiras que debía seguir manteniendo.

Llevaba así gran parte de la semana, desde la noche que pasó con Garrett Gibson. Llevaba su recuerdo grabado en la mente, en el centro de todo pensamiento y emoción, que parecía existir solo como recipiente que la contuviera.

La vida era mucho más fácil cuando no tenía nada que perder. No ir en su busca lo estaba matando. Lo único que lo detenía era la necesidad de mantenerla a salvo.

—Adelante —oyó que decía Jenkyn con voz serena.

Ethan lo obedeció. Había entrado en el nuevo edificio gubernamental por la puerta trasera, usada por criados y funcionarios de bajo rango. Aunque la discreción no hubiera sido necesaria, habría preferido entrar por dicha puerta en vez de hacerlo por la principal, con sus labrados de bronce, tras lo cual tendría que atravesar la zona de recepción, con sus molduras doradas y esas columnas de mármol que se elevaban desde el suelo de color azul. Lo encontraba agobiante. El ostentoso interior se había diseñado para proclamar el poder y la grandeza de un imperio que regía sobre casi un cuarto de la superficie total de la Tierra y que se negaba a ceder ni un centímetro de su territorio.

Había sido por insistencia de Jenkyn que las oficinas contiguas emplazadas bajo el techo del nuevo edificio construido en Whitehall fueran independientes las unas de las otras. El Ministerio del Interior mantenía siempre sus puertas cerradas, de manera que nadie podía acceder del Ministerio del Exterior al Ministerio de las Colonias o al de la India. En cambio, los visitantes debían salir a la calle, caminar por la acera que bordeaba el edificio y subir por su correspondiente escalera. La libre comunicación entre los distintos ministerios habría dificultado las intrigas y las maquinaciones de Jenkyn.

El despacho estaba situado en la esquina del edificio, de manera que desde las ventanas se veía un edificio cercano donde, en sus orígenes, se celebraban peleas de gallos. Ethan sospechaba que Jenkyn preferiría que todavía se celebraran. Era el tipo de hombre que disfrutaba de los pasatiempos sangrientos.

En el interior hacía tanto calor que se podría asar un capón. Jenkyn siempre mantenía el fuego encendido, incluso en verano. El jefe del servicio de espionaje tenía un porte elegante, era esbelto y delgado, y estaba sentado en un sillón orejero de cuero situado delante de la chimenea.

El resplandor anaranjado de las llamas se reflejaba sobre su ralo pelo rubio y sus rasgos austeros mientras lo miraba a través de las volutas de humo del puro. Tenía los ojos de un tono castaño que debería haber resultado cálido, pero que de alguna manera no lo era.

—Ransom... —lo saludó con voz agradable al tiempo que le ofrecía un puro de una caja—, tenemos muchas cosas de las que hablar esta tarde.

Ethan odiaba el sabor del tabaco, pero cuando Jenkyn ofrecía un puro era un gesto que nadie rechazaba. De manera que cogió un puro de la caja de ébano labrada. Consciente del escrutinio al que estaba siendo sometido, realizó el ritual con cuidado. Jenkyn siempre enfatizaba la importancia de los detalles. Un caballero sabía cómo encender un puro, cómo montar a caballo y cómo hacer presentaciones de la forma adecuada.

«Jamás pasarás por un caballero educado —le había dicho en una ocasión—. Pero al menos podrás mezclarte con las clases altas sin llamar la atención.»

Después de cortar el extremo con un cortapuros de plata labrada, Ethan encendió una larga cerilla y procedió a calentar la capa exterior del puro. Acto seguido, se lo llevó a los labios, lo giró con delicadeza mientras acercaba la llama y después soltó el humo con facilidad.

Jenkyn sonrió, un gesto poco habitual en él, tal vez consciente de que sus sonrisas lo hacían parecer un depredador hambriento.

—Hablemos de negocios. ¿Has hablado con Felbrigg?

—Sí, señor.

—¿Qué bicho le ha picado ahora? —preguntó Jenkyn con desdén.

Entre Fred Felbrigg, el comisario jefe de la Policía Metropolitana, y Jenkyn existía una viciosa rivalidad. Jenkyn y los ocho hombres que conformaban su servicio secreto se habían convertido en la competencia directa de Felbrigg y su reducido grupo de detectives sin uniformar. Jenkyn trataba a Scotland Yard con abierto desprecio y se negaba a colaborar o a compartir información.

Había dicho públicamente que la policía de Londres era un cuerpo incompetente, un grupo de tontos. En vez de servirse de ellos en sus investigaciones, había ordenado que desplazaran agentes de la policía de Dublín.

Para añadir más sal a la herida, la posición que Jenkyn ocupaba en el Ministerio del Interior ni siquiera era legal. Él y su servicio secreto no habían sido aprobados por el Parlamento. Así que la furia de Scotland Yard y de Fred Felbrigg estaba justificada.

Sin embargo, Jenkyn acumulaba poder con la misma facilidad con la que respiraba. Su influencia se extendía por doquier y llegaba incluso a puertos extranjeros y consulados. Había creado una red internacional de espionaje, tanto de agentes como de informadores, que solo respondía ante él.

—Felbrigg se queja de que no ha visto información procedente de una sola embajada desde hace un año —contestó Ethan—. Dice que la información va directamente de los consulados a sus manos y que usted no la comparte.

Jenkyn adoptó una expresión ufana.

—Cuando está en riesgo la seguridad nacional, tengo la autoridad para hacer lo que crea conveniente.

—Felbrigg va a reunirse con el ministro del Interior y su secretario, para tratar el asunto.

—Qué idiota. ¿Acaso cree que va a hacerle algún bien lloriquear delante de ellos como si fuera un colegial?

—Hará algo más que lloriquear —le aseguró Ethan—. Dice que posee información que demuestra que está usted poniendo en peligro a la ciudadanía británica al retener información crucial.

Jenkyn le echó una mirada que bien podría haberlo escaldado.

—¿Qué información?

—Un informe según el cual una goleta zarpó de El Havre a Londres hace dos días, cargada con ocho toneladas de dinamita y veinte cajas de mecha detonante. Felbrigg va a decirles al ministro y a su secretario que usted lo sabe, pero que se lo ha callado. —Ethan guardó silencio, le dio una calada al puro y soltó el humo antes de seguir con voz inexpresiva—: La policía portuaria de Londres ni siquiera fue informada. Y ahora el cargamento ha desaparecido misteriosamente.

—Mis hombres se están encargando del asunto. La policía portuaria no tiene por qué estar al tanto, se habrían limitado a estropear la operación que ya estaba en marcha. —Un breve silencio—. ¿Quién le ha pasado la información a Felbrigg?

—Un oficial portuario de El Havre.

—Quiero su nombre.

—Sí, señor.

Siguió un silencio durante el cual Ethan agradeció tener un puro en la mano, porque de esa manera tenía algo que hacer, algo a lo que mirar y con lo que juguetear. Jenkyn siempre había sido capaz de leerle el pensamiento con tanta precisión que le resultaba casi imposible ocultarle algo. Le estaba costando la misma vida no enfrentarse con él por el tema de la dinamita. Ese malnacido estaba planeando hacer una masacre con ella, y esa certeza lo asqueaba y lo enfurecía.

Pero otra parte de su corazón estaba dolorida. Porque Jenkyn y él habían formado un vínculo durante los últimos seis años. Un joven que necesitaba un mentor, un hombre de más edad en busca de alguien a quien moldear a su imagen y semejanza.

Ethan se concentró en los recuerdos de los primeros años, la época en la que adoraba a Jenkyn, a quien tenía por aquel entonces como una fuente de conocimiento y de sabiduría. Pasó por numerosas horas de entrenamiento con distintos instructores que lo formaron en tácticas para recabar información y tácticas de combate, así como en el manejo de armas de fuego, robo, sabotaje, técnicas de supervivencia, radiotelegrafía, códigos y cifrado. Pero también hubo momentos en los que Jenkyn lo instruyó en persona sobre cosas como la cata del vino, las reglas de la etiqueta, cómo jugar a las cartas, cómo relacionarse con los ricachones de las clases altas. En aquel entonces se mostró... paternal.

Recordaba el día en que Jenkyn lo llevó a una sastrería en Savile Row que requería la referencia de un cliente conocido antes de poder poner un pie en ella.

—Que tus chalecos tengan siempre cuatro bolsillos —le dijo Jenkyn, a quien parecía hacerle gracia el entusiasmo y la emoción de Ethan por la idea de llevar prendas hechas a medida por primera vez en la vida—. Este bolsillo superior sirve para guardar los billetes del tren y las llaves. El del otro lado para las monedas. Los bolsillos inferiores son para el reloj, el pañuelo y los billetes. Recuerda, un caballero jamás lleva los billetes en el mismo bolsillo que las monedas.

Ese recuerdo, junto con muchos otros, suscitaba un agradecimiento que ni ocho toneladas de dinamita podían destruir del todo. Se aferró a ese sentimiento de forma deliberada y dejó que lo relajara.

En ese momento, oyó la voz sarcástica de Jenkyn.

—¿No me vas a preguntar qué he hecho con el explosivo?

Ethan levantó la cabeza y lo miró fijamente al tiempo que esbozaba una sonrisilla.

—No, señor.

Jenkyn, al parecer reconfortado por la respuesta, se acomodó en su sillón.

—Buen chico —murmuró.

Ethan detestaba la emoción que le provocaban esas palabras.

—Tú y yo vemos el mundo de la misma forma —siguió Jenkyn—. La mayoría de la gente es incapaz de afrontar la cruda realidad que supone el sacrificio de algunas vidas por el bien mayor.

Eso quería decir que la dinamita se utilizaría para otro ataque terrorista, algo similar a lo que habían planeado hacer en el Guildhall.

—¿Y si las víctimas resultan ser inglesas? —preguntó.

—No seas obtuso, muchacho. Nuestros compatriotas deben ser los objetivos, cuanto más preeminentes, mejor. Si el atentado del Guildhall hubiera salido bien, habría consternado y enfurecido a todo el país. La opinión pública se habría puesto en contra de los radicales irlandeses que se habían atrevido a atacar a ciudadanos británicos inocentes, y eso habría acabado de raíz con este asunto de la independencia de Irlanda.

—Pero los responsables no fueron los radicales irlandeses —señaló Ethan, hablando despacio—. Fuimos nosotros.

—Yo diría que fue un proyecto conjunto. —Jenkyn dejó que la ceniza del puro cayera en un cenicero de cristal—. Te aseguro que hay una gran abundancia de insurgentes políticos irlandeses capaces de recurrir a la violencia. Y si no seguimos alentando sus esfuerzos, al final acabarán convirtiendo en ley alguna disparatada propuesta de autogobierno. —Le dio una calada al puro, y el extremo del mismo relució como si fuera un malévolo ojo rojo—. Cualquiera que piense que los irlandeses son capaces de gobernarse solos está más loco que una cabra. Son una raza ignorante que no respeta ley alguna.

—La respetarían más si no fuera tan dura con ellos —comentó Ethan, incapaz de resistirse—. Los irlandeses pagan mayores impuestos que los ingleses y reciben la mitad de la justicia. El deber es más duro si la recompensa es injusta.

Jenkyn soltó el humo.

—Tienes razón, por supuesto —admitió al cabo de un momento—. Ni los opositores más firmes al autogobierno irlandés pueden afirmar que Irlanda ha sido gobernada de forma justa. Sin embargo, la independencia no es la respuesta. El daño que sufriría el Imperio británico sería incalculable. Nuestro único interés es el bienestar de Inglaterra.

—Vivo para servir a mi país y a mi reina, ya lo sabe —dijo Ethan con desdén.

Jenkyn lo miró fijamente, sin dejarse engañar.

—¿Es un lastre para tu conciencia que se pierdan vidas inocentes a causa de nuestros esfuerzos?

Ethan le dirigió una mirada sarcástica.

—En mi opinión, la conciencia es como una corbata. Tal vez esté obligado a llevar una en público, pero en privado no la necesito.

Jenkyn rio entre dientes.

—Esta semana quiero que ayudes a Gamble a establecer ciertas medidas de seguridad. Va a celebrarse una velada benéfica en la residencia privada del ministro del Interior a la que asistirán algunos miembros del Parlamento y algunos ministros. Dado el inestable clima político que tenemos, toda precaución es poca.

Ethan sintió que se le aceleraba el pulso. La residencia de lord Tatham, el ministro del Interior, era el lugar al que más le interesaba acceder. Sin embargo, frunció el ceño al escuchar la mención a William Gamble, otro agente del servicio secreto que no dudaría en dispararle si le daban la orden. Jenkyn solía emparejarlos para que se enfrentaran, como si fueran un par de bull terriers entrenados para pelear.

—La seguridad no es el fuerte de Gamble —comentó Ethan—. Preferiría encargarme yo solo.

—Ya lo he puesto a él al mando. Sigue las órdenes que él te dé al pie de la letra. Quiero que te concentres en el exterior del edificio, y que le entregues a Gamble un informe sobre las estructuras o elementos adyacentes que podrían representar un riesgo.

Ethan lo miró con expresión beligerante, pero no rechistó.

—Ambos asistiréis a la velada —siguió Jenkyn— y, por supuesto, con los oídos y los ojos bien abiertos. Gamble se hará pasar por el asistente del mayordomo.

—¿Y yo? —preguntó Ethan con recelo.

—Tú serás un constructor inmobiliario de Durham.

Esa respuesta aplacó en parte a Ethan. A lo mejor se lo pasaba bien mangoneando a Gamble durante la velada. Sin embargo, las siguientes palabras de Jenkyn aplastaron esa momentánea satisfacción.

—Puesto que eres un joven emprendedor recién llegado a

la ciudad, asistirás a la velada acompañado por una dama respetable. Eso hará más creíble tu disfraz. Es posible que busquemos a alguien para que te acompañe. Una mujer atractiva y educada, de una posición social que no sea tan elevada como para que esté fuera de tu alcance.

Las palabras no encerraban una amenaza específica, pero hicieron que se le cayera el alma a los pies. Sin pensar siquiera, empezó a regular la respiración tal como le había enseñado el gurú en la India.

«Que cada respiración fluya relajadamente... Inspira y cuenta hasta cuatro. Espira y cuenta hasta cuatro.»

—No conozco a ninguna dama —dijo sin perder la calma.

—¿Ah, no? —Oyó que preguntaba Jenkyn, fingiendo cierta sorpresa—. Creía que últimamente te habías dejado ver en compañía de una dama muy interesante. La doctora Garrett Gibson.

En ese momento, no solo se le cayó el alma a los pies. Tuvo la impresión de que se la habían arrancado y la habían arrojado por la ventana, atravesando el cristal. Una vez que Jenkyn conocía el nombre completo de una persona y que lo mencionaba en una conversación, su esperanza de vida disminuía considerablemente.

Gracias a algún lugar situado en los engranajes helados de su cerebro, se percató de que Jenkyn seguía hablando.

—Ransom, no aplastes nunca un buen puro de esa manera. No merece una muerte tan violenta. Déjalo que se consuma con dignidad. No has respondido a mi pregunta.

Ethan clavó la vista en el puro que ni siquiera había sido consciente de aplastar contra el cenicero. Mientras las volutas de humo se colaban por su nariz, preguntó con voz inexpresiva:

—¿Qué pregunta?

—Obviamente, quiero que me expliques cuál es tu relación con la doctora Gibson.

Sintió que se le tensaban los músculos de la cara, como si

se la hubieran cubierto con yeso y lo hubieran dejado secar. Necesitaba esbozar una sonrisa, algo que pareciera genuino, de manera que se devanó los sesos, sorteando el caos hasta dar con la expresión «rozaduras escrotales». Eso bastó para que la sonrisa surgiera de forma espontánea. Se relajó en el sillón y enfrentó la mirada de Jenkyn, que parecía sorprendido por su autocontrol. Bien.

—No hay relación alguna —le aseguró Ethan con total tranquilidad—. ¿Quién le ha dicho que la hay?

Jenkyn pasó por alto la pregunta.

—Has estado siguiendo a la doctora Gibson hasta Clerkenwell. La acompañaste a un mercado nocturno y después visitaste su casa. ¿Cómo llamarías a eso?

—Me estaba divirtiendo con ella. —Tuvo que echar mano de toda su fuerza de voluntad para permanecer tranquilo tras comprender que lo habían estado siguiendo, otro agente, sin lugar a dudas. Probablemente Gamble, ese cretino traidor.

—La doctora Gibson no es el tipo de mujer con la que divertirse —adujo Jenkyn—. Es única. La única mujer que ejerce la medicina en Gran Bretaña. ¿Qué hace falta tener para lograr algo así? Una mente superior, un talante sereno y un valor semejante al de cualquier hombre. Por si eso no bastara, es bastante atractiva. Una belleza, diría yo. En algunos círculos se considera una santa y en otros, la encarnación del diablo. Debes de sentirte fascinado con ella.

—Es una curiosidad, nada más.

—Oh, no me vengas con esas —replicó Jenkyn a modo de jocosa reprimenda—. Es mucho más que eso. Incluso los detractores más radicales de la doctora Gibson admitirían que es extraordinaria.

Ethan negó con la cabeza.

—Es muy orgullosa. Dura como el pernal.

—Muchacho, no me desagrada que te intereses por ella. Al contrario.

—Siempre ha dicho que las mujeres son una distracción.

—Y lo son. Sin embargo, nunca te he pedido que vivas como un monje. Un hombre debe satisfacer sus pasiones naturales con moderación. Un celibato prolongado provoca irritabilidad.

—No estoy irritable —le soltó Ethan—. Y la doctora Gibson me interesa tanto como contemplar un cubo de arena.

Jenkyn pareció contener una sonrisa.

—La dama protesta demasiado. —Al ver que Ethan no lo entendía, le preguntó—: ¿No has leído el ejemplar de *Hamlet* que te regalé?

—No lo he acabado —murmuró Ethan.

Jenkyn pareció molesto.

—¿Por qué no?

—Hamlet se pasa el tiempo hablando. No hace nada. Es una obra basada en la venganza donde no hay venganza.

—¿Cómo lo sabes, si no la has acabado?

Ethan se encogió de hombros.

—Me da igual cómo acabe.

—La obra presenta a un hombre obligado a enfrentar la depravación del ser humano. Vive en un mundo fallido, donde el bien y el mal son lo que él decide. Nada hay bueno ni malo en sí mismo, sino en función de sus pensamientos. Suponía que tendrías la suficiente imaginación como para ponerte en el lugar de Hamlet.

—Si estuviera en su lugar —replicó Ethan, contrariado—, haría algo en vez de ir por ahí soltando discursos.

Jenkyn lo miró como lo haría un padre exasperado. Esa mirada preocupada y cariñosa tenía algo que atravesó a Ethan y le llegó a ese lugar del corazón que siempre había anhelado un padre. Y le dolió.

—La obra es un espejo donde se mira el alma de un hombre —siguió Jenkyn—. Lee el resto y cuéntame qué reflejo ves.

Lo último que le apetecía a Ethan era ver el reflejo de su

alma. Que Dios lo ayudara, porque podía parecerse mucho al hombre que tenía delante.

Pero también estaba la influencia de su madre. De un tiempo a esa parte, se descubría pensando cada vez más en el bochorno de su madre por los pecados que las circunstancias la habían obligado a cometer y en sus esperanzas de que se convirtiera en un buen hombre. Al final de su vida recurrió a la religión y se preocupaba constantemente por la salvación, no solo por la suya propia, sino también por la de su hijo. Murió de cólera poco después de que Ethan se uniera a la división K.

Uno de los últimos recuerdos que guardaba de ella era cuando se echó a llorar al verlo vestido con el uniforme azul. Pensó que esa sería su salvación.

¡Cómo habría aborrecido a sir Jasper Jenkyn!

—En cuanto a la doctora Gibson —siguió su mentor—, te alabo el gusto. Una mujer con cerebro te mantendrá interesado tanto fuera de la cama como dentro.

Si pensaba que le interesaba Garrett, la usaría como peón para manipularlo. Tal vez recibiera amenazas o la hirieran. Era posible que algún día incluso desapareciera, como por arte de magia, y que no volvieran a verla jamás a menos que él hiciera la barrabasada que Jenkyn quisiera.

—Prefiero una mujer que sea fácil de conquistar y de descartar —repuso con brusquedad—. A diferencia de la doctora Gibson.

—Te equivocas —fue la gélida réplica de Jenkyn—. Tal y como los dos sabemos, Ransom... todo el mundo es descartable.

Tras abandonar Whitehall a pie, Ethan puso rumbo norte y tomó un atajo hacia Victoria Embankment, un paseo y una calzada que discurrían junto al Támesis. Se esperaba que la nueva calzada, construida al lado del terraplén con su parapeto de granito, aliviaba el tráfico diurno en Charing Cross, Fleet Street y la calle Strand, pero no parecía haber surtido el menor efecto. Por la noche, no obstante, era un lugar relativamente tranquilo. Las volutas de vapor que de vez en cuando ascendían a través de las rejillas de ventilación del suelo les recordaban a los viandantes el mundo subterráneo que existía bajo sus pies: los túneles, los cables del telégrafo, las vías del metro y las tuberías del gas y del agua.

Una vez que llegó cerca de un muelle donde se descargaban carbón y forraje, se internó en un laberinto de callejuelas atestadas con maquinaria para excavar y con multitud de almacenes provisionales de constructores. Se escondió detrás de una gigantesca perforadora de piedra y esperó.

Menos de dos minutos después vio una silueta en el callejón.

Tal y como esperaba, se trataba de Gamble. Ese rostro de facciones alargadas y sus afiladas cejas eran inconfundibles aun en la oscuridad. Al igual que él, era alto, pero no tanto como para destacar entre la multitud. Dado que tenía brazos musculosos y un pecho ancho, su fuerza bruta radicaba en la parte superior del torso.

Había mucho que admirar en William Gamble, pero poco que gustase. Era agresivo en el enfrentamiento físico, capaz de tolerar castigos brutales y de regresar en busca de más. Su tenacidad lo había motivado a recibir un entrenamiento más exhaustivo que el que habían recibido los demás agentes de Jenkyn. Jamás se quejaba ni se inventaba excusas, jamás exageraba ni alardeaba. Esas eran las cualidades que Ethan admiraba.

El problema era que Gamble había nacido en el seno de una familia de mineros en Newcastle, y la pobreza extrema que había sufrido en su infancia había generado en él una ferocidad que eclipsaba cualquier cualidad que demostrase. Reverenciaba a Jenkyn con una intensidad rayana en el fanatismo. Carecía de sentimientos y de empatía, una característica que en otra época Ethan había tildado de punto fuerte, pero que había resultado una debilidad. Gamble tendía a pasar por alto las pequeñas pistas y los detalles que la gente dejaba caer de forma inconsciente durante una conversación. En consecuencia, no siempre hacía las preguntas adecuadas y solía malinterpretar las respuestas.

Totalmente quieto, Ethan observó a Gamble internarse en la callejuela que discurría entre los toldos. Esperó hasta que le dio la espalda y después se abalanzó sobre él como si estuviera impulsado por un resorte, tan rápido como una cobra. Tras rodearle el grueso cuello con un brazo, tiró de él hasta apoyarlo contra su torso. Pasó por alto los violentos intentos de Gamble por liberarse y tras aferrarse el bíceps izquierdo con la mano derecha, usó la izquierda para empujarle la cabeza hacia delante y aumentar así la presión que ejercía sobre el cuello. La combinación del dolor y la falta de oxígeno funcionó en cuestión de segundos. Gamble se rindió y dejó de forcejear.

Ethan masculló en voz baja y feroz junto a su oído:

—¿Cuánto tiempo llevas informando a Jenkyn de mis movimientos?

—Semanas —contestó Gamble a duras penas mientras aferraba el brazo que le presionaba la garganta—. Me lo has puesto muy fácil... so imbécil.

—Pues este imbécil está a punto de aplastarte la laringe. —Apretó más el brazo para presionarle la tráquea—. Has puesto en peligro a una inocente. Como le pase algo, te muelo a palos y después te cuelgo como si fueras un cerdo en la carnicería.

Gamble no replicó, concentrado como estaba en respirar.

El deseo de matarlo lo abrumó por un instante. Sería muy fácil aumentar la fuerza y seguir oprimiéndolo hasta ahogarlo.

Al final, lo soltó mientras maldecía y lo alejó de un empujón.

Gamble se volvió para mirarlo, resollando.

—Si le pasa algo —repitió con voz ronca—, será culpa tuya. ¿No se te ocurrió pensar que Jenkyn lo descubriría? De no haber sido yo, habría sido cualquier otro.

—Si crees que Jenkyn te querrá más después de haberte convertido en un soplón, es que eres tonto de remate. —Al ver que Gamble adoptaba una postura defensiva y tensaba los músculos para repeler un ataque, añadió con desdén—: Si quisiera matarte, ya estarías muerto.

—Deberías haberlo hecho.

—Yo no soy el enemigo —le recordó Ethan, exasperado—. Por el amor de Dios, ¿por qué pierdes el tiempo luchando contra mí?

—Elimina a un rival sin contemplaciones o el día menos pensado intentará reemplazarte —replicó Gamble.

Ethan resopló, ya que no lo había impresionado.

—Citar a Jenkyn te hace parecer más tonto de lo que eres.

—Desde que conozco a Jenkyn, no lo he visto equivocarse nunca. Antes de que nos marcháramos a la India, predijo que algún día uno de nosotros mataría al otro. Le dije que yo sería el vencedor.

Ethan esbozó una sonrisa carente de humor.

—A mí me dijo lo mismo. Lo mandé a la mierda. Es un cabrón manipulador. ¿Por qué tenemos que convertirnos en un par de monos bailarines cada vez que él toca el organillo?

—Porque en eso consiste el trabajo.

Ethan meneó la cabeza despacio.

—No, Gamble —lo contradijo con voz cáustica—. Porque queremos ser su preferido. Nos eligió porque sabía que haríamos cualquier cosa para ganar su aprobación, por vil o espantosa que fuera. Pero yo ya me he cansado. Esto no es un trabajo, es un pacto con el diablo. No es que yo haya leído mucho, pero tengo la impresión de que nunca acaba bien.

Había sido una semana horrorosa. Garrett había sorteado los días de forma mecánica, sintiéndose desolada y vacía. La comida carecía de sabor. Las flores no tenían olor. Le picaban los ojos y le escocían por la falta de sueño. Era incapaz de prestarle atención a alguien o a algo. Parecía que el resto de su vida sería una sucesión infinita de monótonos días.

El peor momento sucedió el martes por la tarde, cuando estuvo pasando consulta como siempre en el asilo para pobres de Clerkenwell y se atrevió después a usar el silbato plateado llena de esperanza.

No obtuvo respuesta.

Aunque Ethan estuviera cerca, sin quitarle la vista de encima... no pensaba acercarse.

La certeza de que posiblemente nunca volviera a verlo la arrojó a un abismo de tristeza.

Su padre no entendía el motivo de su desánimo, pero le aseguró que todo el mundo sufría un episodio de melancolía tarde o temprano. La mejor cura, según él, era relacionarse con personas de talante alegre.

—¿Alguna otra opción? —le preguntó Garrett sin mucho interés—. Porque en este momento lo único que me apetece hacerle a una persona alegre es empujarla a la calzada justo antes de que pase un carruaje.

Sin embargo, a la mañana siguiente por fin pudo sentir otra cosa distinta del desánimo. Sucedió durante una cita con uno de los nuevos pacientes de la clínica, la esposa de un relojero, la señora Notley, que había dado a luz ocho meses antes y mucho se temía que estaba de nuevo embarazada. Tras examinarla, Garrett le dio las buenas nuevas de que no lo estaba.

—No tiene ningún síntoma de embarazo —le dijo—. Aunque su preocupación es comprensible, no es extraño que la menstruación sea irregular durante la época de la lactancia.

La señora Notley experimentó un gran alivio.

—Alabado sea el Señor —dijo, al tiempo que se enjugaba

las lágrimas con un pañuelo—. Mi marido y yo no sabíamos qué hacer. Ya tenemos cuatro niños y no podemos mantener a otro tan pronto. Vivimos constantemente aterrados por la llegada del siguiente.

—¿Qué método preventivo utilizan?

La mujer se sonrojó y pareció incómoda por la franqueza de Garrett.

—Contamos los días después de mi periodo.

—¿Su marido se retira antes de eyacular?

—¡No, doctora! Nuestro párroco dice que es un pecado que un hombre haga eso fuera del cuerpo de su esposa.

—¿Ha pensado en usar métodos anticonceptivos como las duchas o las esponjas? —quiso saber Garrett.

La señora Notley pareció espantada.

—Eso va en contra de la naturaleza.

Garrett sintió que la consumía la impaciencia, pero se las arregló para mantener una expresión agradable.

—A veces, debemos poner medios para frenar a la naturaleza o de lo contrario no tendríamos inventos como el agua corriente o zapatos con cordones. Como mujeres modernas que somos, no debemos tener más hijos que aquellos que podamos alimentar, vestir y criar de forma adecuada hasta que se conviertan en adultos decentes. Permítame explicarle algunas opciones seguras que pueden reducir la posibilidad de sufrir un embarazo no deseado.

—No, gracias.

Garrett frunció el ceño.

—¿Le importa explicarme por qué no?

—Nuestro párroco dice que una familia numerosa es una bendición y que no debemos rechazar los regalos de Dios.

Cualquier otro día, estando de otro humor, Garrett podría haber intentado convencerla para que viera el asunto desde otra perspectiva. En cambio, se descubrió replicando con mordacidad:

—Le sugiero que le diga a su párroco que no es de su incumbencia la cantidad de hijos que usted tenga, a menos que se ofrezca a mantenerlos. Dudo mucho de que la voluntad del Señor sea que usted y toda su familia acaben en el hospicio.

Sorprendida y ofendida, la señora Notley se levantó aferrando todavía el pañuelo húmedo.

—Debería haberme esperado semejante blasfemia de una mujer que ejerce la medicina —le soltó, tras lo cual salió hecha una furia de la consulta.

Garrett apoyó la frente en su mesa, hirviendo por la frustración y la culpa.

—Por Dios —murmuró.

Antes de que pasaran cinco minutos, el doctor Havelock se asomó por la puerta. Su expresión le dejó claro a Garrett que ya estaba al tanto de lo sucedido.

—No debería verme en la necesidad de recordarle que nuestros pacientes no son criaturas mecánicas —dijo como si tal cosa—. Vienen a vernos con problemas físicos y espirituales. Y usted tiene la obligación de tratar con respeto sus opiniones, y también sus sentimientos.

—¿Qué hace el párroco de la señora Notley ofreciendo consejo médico? —preguntó ella a la defensiva—. Debería limitarse estrictamente a hacer su trabajo y dejar que yo me ocupe del mío. Yo no voy a su iglesia a dar sermones, ¿verdad?

—Un hecho del que sus feligreses se sienten muy agradecidos —le aseguró Havelock.

Garrett bajó la vista y se frotó la cara con gesto cansado.

—Mi madre murió durante el parto porque no recibió la atención médica adecuada. Me gustaría que mis pacientes femeninas supieran cómo protegerse por sí mismas. O, al menos, que entiendan cómo funciona su aparato reproductor.

La voz grave de Havelock se suavizó al decir:

—Como muy bien sabe, a las niñas se les enseña desde pequeñas que cualquier interés en su propio cuerpo es deshonroso. A las jovencitas se las halaga y admira por su desconocimiento sobre todo lo relacionado con el sexo hasta la noche de bodas, momento en el que son introducidas en las relaciones conyugales entre el dolor y la confusión. Algunas de mis pacientes femeninas se muestran tan renuentes a hablar de su anatomía que se limitan a señalar la zona que les duele en una muñeca. No alcanzo a imaginar lo difícil que debe de ser para una mujer el hecho de responsabilizarse de su salud física cuando siempre le han dicho que carece del derecho moral o legal para hacerlo. Lo que sí tengo claro es que ni usted, ni yo, debemos juzgarla. Cuando le hable a una mujer como la señora Notley, recuerde que bastante paternalismo recibe ya por parte de los médicos de sexo masculino... No las trate usted también con esa superioridad.

Arrepentida y apocada, Garrett murmuró:

—Le escribiré una nota disculpándome.

—Eso estaría bien. —Un largo silencio—. Lleva toda la semana de mal humor. Sean cuales sean sus problemas personales, no tienen cabida en el trabajo. Váyase de vacaciones si es necesario.

¿Que se fuera de vacaciones? ¿Adónde creía que podía irse? ¿Qué iba a hacer?

Havelock la miraba muy serio.

—En vista de su actual estado de ánimo, no sé si mencionar el tema, pero... me gustaría que me acompañara a una velada que va a celebrarse en la residencia del ministro del Interior, por requerimiento de un colega que conozco desde hace muchos años. El doctor George Salter.

—No, gracias. —Garrett apoyó de nuevo la frente en la mesa.

—El doctor George Salter —repitió Havelock—. ¿El nombre no le resulta familiar?

—Pues no —contestó ella, y su voz sonó amortiguada.

154

—Ha sido nombrado recientemente director del equipo médico del Consejo de Estado. Tras enterarse del informe que está usted escribiendo sobre las condiciones existentes en los asilos para pobres, Salter me ha pedido que me acompañe a la velada.

—Antes me prendo fuego.

—¡Por el amor de Dios, muchacha, Salter es consejero de la reina! Ayuda a moldear la legislación en materia de sanidad pública y de administración de todo el Imperio británico. Le gustaría incluir una perspectiva femenina en estos temas, sobre todo en los referentes a las mujeres y los niños. No hay una mujer más cualificada que usted para ofrecerle opiniones y recomendaciones fundamentadas. Es una oportunidad única.

Garrett sabía que debería sentirse emocionada. Pero la idea de arreglarse para asistir a un evento formal y relacionarse con una multitud de políticos la entristecía. Levantó la cabeza y lo miró con desgana.

—Preferiría no conocerlo en unas circunstancias tan frívolas. ¿Por qué no puedo visitarlo en su despacho? Es difícil ofrecer una imagen seria mientras se baila una polca.

Havelock frunció el ceño, haciendo que sus pobladas cejas blancas se unieran sobre la nariz.

—Bastante seriedad transmite usted ya. Intente mostrar un poco de encanto para variar.

—Uno de los motivos por los que decidí ejercer la medicina fue para no tener que mostrar encanto alguno.

—Un objetivo que, sin duda, ha alcanzado con éxito —le aseguró Havelock con acritud—. Sin embargo, insisto en que me acompañe a la velada e intente mostrarse agradable.

—¿La señora Havelock vendrá con nosotros?

—No, está en Norwich visitando a su hermana. —Se sacó un pañuelo del bolsillo y se lo ofreció.

—No me hace falta —le aseguró Garrett con deje irritado.

—Sí que le hace falta.

—No estoy llorando.

—No, pero tiene virutas de haber afilado el lápiz en la frente. —Aunque lo dijo con gesto inexpresivo, no pudo disimular la satisfacción que transmitía su voz.

10

Ningún hada madrina habría sido más eficaz que lady Helen Winterborne, que se dedicó con entusiasmo a la tarea de conseguir que Garrett estuviera preparada para la velada. Había solicitado la ayuda de la encargada del departamento de modistas de los grandes almacenes, la señora Allenby, para que modificara un vestido que todavía no había estrenado, y se negó a que Garrett lo pagara.

—Has hecho mucho por mi familia y por mí —insistió Helen—. No me niegues el placer de hacer algo por ti. Tengo la intención de darte un vestido que te haga justicia.

En ese momento, la noche en cuestión, Garrett estaba sentada delante del tocador del espacioso vestidor de Helen, que le había pedido a su doncella que le arreglara el pelo.

A diferencia de muchas doncellas que adoptaban nombres franceses y acentos falsos para complacer a sus señoras, Pauline era francesa de verdad. Era una mujer atractiva de altura media, delgadísima como un palo y con la mirada sabia y penetrante de alguien que había sufrido mucho en su juventud. Mientras Garrett charlaba con ella en francés, Pauline le contó que de pequeña había sido costurera en Francia y que había estado a punto de morir de hambre mientras trabajaba durante dieciocho horas diarias cosiendo camisas de mala calidad. Una modesta herencia de un primo lejano le permitió mudarse a Londres y buscar trabajo como criada, hasta que consiguió formarse para el puesto de doncella.

Para Pauline, los preparativos para una velada fuera de casa eran algo muy serio. Después de inspeccionar a Garrett a conciencia, cogió unas pinzas, usó dos dedos para estirarle la frente y empezó a depilarle las cejas.

Garrett dio un respingo cada vez que sentía que le arrancaba un pelo.

—¿Es necesario?

—*Oui*. —Pauline siguió depilándola.

—¿No son ya lo bastante finas?

—Son como rayas —repuso Pauline, que esgrimía las pinzas sin piedad.

Helen dijo para tranquilizarla:

—Pauline solo te está quitando algunos pelitos dispersos, Garrett. A mí me hace lo mismo.

Al observar las elegantes y delgadas cejas de Helen, que acababan en definidas puntas, Garrett se dejó hacer con cierta inquietud. Una vez que decidió que ya había acabado con las díscolas cejas, Pauline usó una brocha muy suave para dejar una fina capa de polvos perlados sobre la cara, dándole un acabado satinado y uniforme.

Garrett frunció el ceño cuando vio que Pauline dejaba unas tenacillas sobre una lámpara de alcohol, en una base de hierro fundido.

—¿Qué piensas hacer con eso? No puedo llevar tirabuzones. Soy médico.

Pauline no le hizo el menor caso y le dividió el pelo en varias secciones con la ayuda de unas cuantas pinzas, cepilló un largo mechón y se lo enrolló con la ayuda de un papel. Una voluta de vapor ascendió hacia el techo cuando enroscó con pericia el mechón alrededor de las tenacillas. Garrett se mantuvo inmóvil, como si su vida dependiera de ello y como si temiera que cualquier movimiento repentino pudiera provocar una quemadura en la frente. Pasados unos diez segundos, Pauline retiró las tenacillas y el papel.

Garrett se quedó blanca al ver el largo y enroscado tirabuzón.

—Por el amor de Dios, me vas a convertir en María Antonieta.

—Creo que voy a pedir que nos traigan vino —dijo Helen con una sonrisa, y se acercó al cordón de la campanilla.

Pauline procedió a convertir cada mechón de la melena de Garrett en una preciosa espiral mientras Helen la distraía con su conversación. Cuando el reloj dio las ocho, la hermanastra de Helen, Carys, entró en la habitación. La niña de seis años iba vestida con un camisón blanco con volantes y llevaba el pelo rubio recogido con bigudíes.

Carys, que extendió un brazo para tocar con cuidado uno de los largos tirabuzones, preguntó:

—¿Va a un baile?

—A una velada, en realidad.

—¿Qué es una velada?

—Un evento formal con música y refrigerios.

Carys se sentó en las rodillas de su hermana mayor.

—Helen, ¿los príncipes azules van a las veladas? —preguntó la niña con seriedad.

Helen la rodeó con los brazos y la pegó a ella:

—A veces asisten, cariño. ¿Por qué lo preguntas?

—Porque la doctora Gibson todavía no ha pescado un marido.

Garrett soltó una carcajada.

—Carys, prefiero pescar un resfriado a un marido. No deseo casarme con nadie.

Carys la miró con expresión seria y sensata.

—Lo hará cuando sea mayor.

Helen ocultó la sonrisa entre el pelo recogido de la niña.

Pauline giró la banqueta de Garrett de modo que le daba

la espalda al espejo del tocador y empezó a recogerle el pelo mechón a mechón. Usó un peine de dientes finos para cardar la raíz de cada tirabuzón antes de girarlo y colocarlo en su sitio con la ayuda de una horquilla.

—*C'est finie* —pronunció la doncella a la postre al tiempo que le daba a Garrett un espejo de mano con el que poder mirarse por delante y por detrás.

Garrett se llevó la agradable sorpresa de comprobar que el recogido era precioso. La parte delantera tenía suaves ondas, con unos cuantos mechones sueltos en el nacimiento del pelo. El resto conformaba una corona de rizos y ondas en la coronilla, dejándole la nuca y las orejas al descubierto. Como toque final, Pauline había colocado unas cuantas horquillas adornadas con cuentas de cristal, que relucían entre los mechones de pelo.

—¿Hay rastro de María Antonieta? —preguntó la doncella con expresión ufana.

—No, ni rastro —contestó Garrett con una sonrisa avergonzada—. *Merci*, Pauline. Has hecho un trabajo magnífico. *Tu es un artiste.*

Con sumo cuidado, la doncella ayudó a Garrett a ponerse un elegante vestido de seda en color azul verdoso con una brillante sobrefalda transparente. El vestido no necesitaba más adornos que un ribete, un volantito, en el escote. Las faldas estaban recogidas en la parte trasera de modo que resaltaban su estrecha cintura y sus caderas, y los pliegues de la tela caían conformando una elegante cascada hasta el suelo. A Garrett le preocupaba que el escote fuera tan revelador, aunque tanto Helen como Pauline le habían asegurado que no era en absoluto indecente. Las mangas eran transparentes y de farol, a través de las cuales se le veían los hombros y los brazos. Se levantó las faldas con cuidado y se puso los zapatos de tacón de seda azul, adornados con cuentas de cristal cosidas a la tela.

Garrett se acercó al espejo de cuerpo entero y puso los ojos como platos al contemplar esa nueva versión de su persona. Se sentía muy rara al verse vestida con algo tan vistoso, deslumbrante y espléndido, y con la piel del cuello, del canalillo y de los brazos al aire. ¿Estaba cometiendo un error al salir así vestida?

—¿Parezco una idiota? —preguntó, presa de la incertidumbre—. ¿Es inapropiado?

—Por el amor de Dios, no —le aseguró Helen con sinceridad—. Nunca te he visto más guapa. Eres... como la prosa convertida en poesía. ¿Por qué te preocupa parecer una idiota?

—Cuando me vean así vestida, la gente dirá que no parezco un médico de verdad. —Hizo una pausa antes de añadir con sequedad—. Claro que ya lo dicen, aunque lleve un gorro de cirujano y una bata.

Carys, que jugaba con las cuentas que había sobre el tocador, dijo con inocencia:

—A mí siempre me parece un médico.

Helen miró a su hermana pequeña con una sonrisa.

—Carys, ¿sabías que la doctora Gibson es la única mujer médico de Inglaterra?

Carys meneó la cabeza y miró a Garrett con los ojos muy abiertos y con mucho interés.

—¿Por qué no hay más?

Garrett sonrió.

—Muchas personas creen que las mujeres no son aptas para trabajar en la profesión médica.

—Pero las mujeres pueden ser enfermeras —repuso Carys con la lógica tan sencilla de un niño—. ¿Por qué no pueden ser médicos?

—Hay muchas doctoras, de hecho, en países como Estados Unidos y Francia. Por desgracia, las mujeres no pueden estudiar medicina aquí. Todavía.

—Pero eso no es justo.

Garrett miró la carita de la niña y sonrió.

—Siempre hay gente que dirá que tus sueños son imposibles. Pero no podrán detenerte a menos que tú lo permitas.

Cuando llegó a la residencia de los Winterborne, el doctor Havelock la miró con aprobación y declaró que estaba «bastante presentable» antes de marcharse con ella en su carruaje particular. Se dirigían a la residencia del ministro del Interior emplazada en Grafton Street, en el extremo norte de Albermarle. Muchas de las mansiones eran las residencias de altos funcionarios que insistían en la necesidad de vivir como hombres de la alta sociedad a expensas de los contribuyentes. «El trabajo de salón forma parte de las obligaciones del cargo», decían y, por lo tanto, esos eventos sociales tan opulentos se realizaban en beneficio de los ciudadanos. Tal vez fuera verdad, pensó Garrett, pero más bien parecía que estaban disfrutando del privilegio de su posición como altos funcionarios.

Los recibieron en la lujosa mansión, cuyas estancias estaban repletas de piezas de arte y enormes arreglos florales, y cuyas paredes estaban tapizadas con sedas o con papeles pintados a mano. Enseguida, quedó patente que habían invitado a unas cuatrocientas personas, pero que la mansión solo estaba preparada para acoger a la mitad de invitados. La infinidad de personas hacía que el ambiente estuviera cargado y fuera sofocante, haciendo que las damas sudaran por debajo de sus vestidos de seda y satén, y que los caballeros se cocieran por culpa de los fracs. Los criados se abrían paso entre la marea de hombros y codos con bandejas de champán helado y sorbetes fríos.

La esposa del ministro del Interior, lady Tatham, insistió en tomar a Garrett bajo el ala. La mujer, de pelo canoso y que lucía costosas joyas, la condujo entre la multitud mientras le presentaba a un sinfín de invitados, uno tras otro. A la postre, llegaron a un grupito de unos seis caballeros de edad avanzada, todos con expresiones muy serias y algo nerviosas, como si estuvieran junto a un pozo en el que se acabara de caer alguien.

—Doctor Salter —dijo lady Tatham, y un caballero de bigote canoso se volvió hacia ellas.

Era un hombre menudo y corpulento, con una cara afable y risueña y una cuidada barba.

—Esta maravillosa criatura es la doctora Garrett Gibson —siguió lady Tatham.

Salter titubeó, como si no supiera cómo saludar a Garrett, pero luego pareció tomar una decisión. Extendió un brazo y le estrechó la mano como si acabaran de presentarle a otro hombre. Un gesto entre iguales.

Garrett lo quiso con locura en ese instante.

—Una de los protegidos de Lister, ¿no? —preguntó Salter, con un brillo travieso tras la montura octogonal de sus anteojos—. Leí un informe en el *Lancet* acerca de la operación que realizó el mes pasado. Una ligadura doble de la arteria subclavia, la primera vez que se ha realizado con éxito. Su pericia es excelente, doctora.

—Tuve la suerte de poder usar los nuevos hilos de sutura que está desarrollando sir Joseph —repuso Garrett con modestia—. Ayudan a reducir el riesgo de sepsis y de hemorragias.

—He leído algo acerca de ese material —dijo Salter—. Está hecho con fibras de intestinos de animales, ¿no es así?

—Sí, señor.

—¿Qué sensaciones tiene al trabajar con ese material?

Mientras seguían hablando de los últimos avances en cirugía, Garrett se sintió muy cómoda en presencia del doctor Salter. Era afable y tenía una mente abierta, no era la clase de hombre que la trataba con superioridad. De hecho, le recordaba un poco a su antiguo mentor, sir Joseph. En ese momento, se arrepintió de haberse mostrado tan huraña cuando el doctor Havelock insistió en que asistiera a esa velada. Tendría que confesarle que había acertado y que ella se había equivocado.

—Si no le importa —dijo Salter a la postre—, me gustaría robarle un poco de tiempo de vez en cuando, para que me contara su opinión acerca de temas de salud pública.

—Será un placer ayudarlo en lo que sea —le aseguró Garrett.

—Excelente.

Lady Tatham los interrumpió al colocarle una mano llena de anillos a Garrett en el brazo.

—Me temo que debo llevarme a la doctora Gibson, doctor Salter. Está muy demandada y los invitados hacen cola para conocerla.

—No los culpo —repuso Salter con galantería antes de hacerle una reverencia a Garrett—. Espero ansioso nuestra reunión en mi despacho de Whitehall, doctora.

A regañadientes, Garrett dejó que la dama la alejara de allí. Le habría encantado continuar la conversación con el doctor Salter y le irritaba la insistencia de lady Tatham en alejarla de él. Su comentario al asegurar que los invitados hacían cola para conocerla, alentaba a pensar que se habían agolpado tras ella con tal fin, algo que no era cierto ni mucho menos.

Lady Tatham la guio con paso firme hacia un enorme espejo de pared, con marco dorado, que decoraba el espacio entre dos ventanas.

—Hay un caballero al que tiene que conocer sin falta —dijo la mujer con voz risueña—. Un socio muy cercano y un querido amigo de mi marido. Sería imposible exagerar su importancia en temas de seguridad nacional. Y es un hombre con una inteligencia desmesurada, mi pobre cerebro apenas es capaz de seguir sus razonamientos.

Se acercaron a un hombre rubio que estaba junto al espejo de pared. Era alto y delgado, como sacado de un retablo de arte medieval francés. Tenía algo arrebatador, algo repelente pero intrigante a la vez, aunque Garrett no alcanzaba a ponerle nombre. Su única certeza era que el estómago le había dado un vuelco por el pánico cuando sus miradas se encontraron. Los ojos de ese hombre, penetrantes y con un brillo ambarino, casi metálico, como los de una víbora, se hundían en los estrechos planos de su rostro.

—Sir Jasper Jenkyn —dijo lady Tatham—, le presento a la doctora Gibson.

Jenkyn hizo una reverencia mientras analizaba cualquier cambio en la expresión de Garrett con la mirada.

Garrett se alegró al sentir que una fría y férrea determinación se apoderaba de ella, como cada vez que se enfrentaba a una operación quirúrgica especialmente complicada o a una emergencia médica. Sin embargo, tras la fachada, su mente era un hervidero de actividad. Ese era el hombre que suponía un peligro mortal para Ethan Ransom. El que creía que lo mandaría asesinar. ¿Por qué lady Tatham se había encargado de presentarlos? ¿Había descubierto Jenkyn de alguna manera que ella conocía a Ethan? De ser así, ¿qué quería de ella?

—Sir Jasper es uno de los hombres que cuentan con la confianza de mi marido —anunció lady Tatham con voz cantarina—. Debo confesar que nunca sé muy bien cómo describir su trabajo, solo atino a decir que oficialmente es el consejero oficioso de mi marido.

Jenkyn rio entre dientes. Su sonrisa era forzada, como si los músculos de su cara no estuvieran preparados para sonreír.

—Es una descripción tan válida como cualquier otra, milady.

«¿Qué tal traidor malnacido?», pensó Garrett, pero mantuvo la expresión serena al decir con voz comedida:

—Un placer, sir Jenkyn.

—Me moría por conocerla, doctora Gibson. Es usted una criatura excepcional. La única mujer que ha recibido el honor de ser invitada a esta velada por méritos propios en vez de acudir como el complemento de un caballero.

—¿Un complemento? —repitió Garrett, que enarcó las cejas—. No creo que las damas presentes se merezcan semejante descripción.

—Es el papel que la mayoría de mujeres elige.

—Únicamente por falta de oportunidades.

Lady Tatham soltó una risilla nerviosa al tiempo que le daba un golpecito a Jenkyn en el brazo con el abanico, un gesto reprobatorio bastante infantil.

—A sir Jasper le gusta bromear —le dijo la mujer a Garrett.

Jenkyn le ponía los pelos como escarpias. Había algo en él, una energía perversa, que la gente podría interpretar por magnetismo en vez de por corrupción.

—Tal vez le haga falta un complemento, doctora Gibson —dijo él—. ¿Le parece que le busquemos un trofeo joven y viril para pasearlo del brazo?

—Ya tengo acompañante.

—Sí, el estimado doctor Havelock. Lo veo al otro lado de la estancia. ¿Le apetece que la acompañe hasta él?

Garrett titubeó. No quería pasar un segundo más en compañía de Jenkyn, ni tampoco quería verse en la tesitura de tocarle el brazo. Por desgracia, el protocolo indicaba que una mujer no podía cruzar la estancia sin ir acompañada en un evento social.

—Le estaría muy agradecida —repuso a regañadientes.

Jenkyn miró por encima de su hombro.

—Ah, un momento... se acerca un conocido mío que parece decidido a que se la presente. Permítame.

—Preferiría que no lo hiciera.

Lady Tatham se inclinó para hablarle a Garrett al oído, irritándola y provocándole un escalofrío.

—Pero tiene que conocer a este joven, querida. Puede que no proceda de una buena familia, pero es un soltero con posibles. Un constructor inmobiliario de Durham. Y es increíblemente apuesto. Sus ojos azules roban el sentido, en palabras de una amiga mía.

Una extraña sensación se apoderó de Garrett. Clavó la mirada en el enorme espejo de pared, que acababa de llenarse de manchas de color, como un cuadro de Monet. Se vio en el vasto mosaico de reflejos, con el reluciente vestido azul verdoso y la cara blanca bajo el recogido. Una figura ataviada de negro se abría paso entre la multitud hacia ella, con una elegancia letal y controlada que solo había visto en un hombre.

Alarmada por la violencia del pulso que le latía en las muñecas y en el cuello, cerró los ojos un instante. De algún modo, sabía muy bien quién sería ese hombre de ojos azules que robaban el sentido, estaba segura, y si bien su cerebro le advirtió de que algo iba muy mal, sus sentidos estaban desbocados por la emoción.

Sintió que le subía por el cuerpo una oleada de calor, una mezcla de emoción y deseo. Era incapaz de contenerla. La habitación era un horno. Se estaba asando viva. Para empeorar la situación, le habían apretado el corsé un centímetro más de lo habitual a fin de amoldarse a la constitución más delgada de Helen, y aunque no había tenido problemas hasta ese momento, de repente tuvo la sensación de que no podía respirar como era debido.

Alguien se colocó tras ella, un cuerpo grande que se detuvo entre la multitud de personas hasta que hubo espacio para situarse junto a ella. La piel le cambió, se le puso la carne de gallina pese al abrumador calor.

Sintió una miríada de escalofríos y se le revolvió el estómago por los nervios cuando se volvió para mirar a esa versión desconocida de Ethan Ransom, la viva imagen de la acerada perfección masculina, ataviado con el traje de gala blanco y negro, con cada centímetro de su cuerpo acicalado de forma impecable.

—¿Qué hace aquí? —le preguntó él en voz baja, con ese acento inglés que se le antojaba impostado una vez que conocía su verdadera forma de hablar.

Desconcertada y presa de la incertidumbre, porque se suponía que eran desconocidos, Garrett le preguntó con voz débil:

—¿Nos-nos conocemos?

Algo en sus pétreas facciones se suavizó.

—Sir Jasper sabe que nos conocemos. Me asignó a la seguridad de esta noche, pero se le olvidó mencionar que estaría usted aquí. Y por algún motivo, no han incluido su nombre en la lista de invitados. —Ethan miró a Jenkyn con expresión adusta.

—Les pedí a lord y a lady Tatham que se aseguraran de la asistencia de la doctora Gibson —adujo Jenkyn con voz sedosa—. Creía que animaría la velada... sobre todo en tu caso, Ransom. Me encanta ver cómo los jóvenes se divierten.

Ethan apretó los dientes.

—Al parecer, se le olvidó que tengo un trabajo que hacer.

Jenkyn sonrió.

—Estoy convencido de que eres capaz de hacer más de una cosa a la vez. —Apartó la vista de la cara de Ethan para clavarla en el rostro sonrojado de Garrett—. Tal vez puedas llevar a la doctora Gibson a la sala de refrigerios a por una copa de champán. Parece bastante desconcertada por mi sorpresilla.

Ethan sostuvo la mirada del otro hombre un buen rato, mientras la tensión crepitaba en el ambiente como una corriente eléctrica. Garrett se acercó a él, inquieta, al darse cuenta de que Ethan luchaba por mantener el control. La sonrisilla tonta de lady Tatham desapareció. Incluso Jenkyn pareció aliviado cuando Ethan se volvió hacia ella. Garrett aceptó el brazo que le ofrecía y cerró los dedos sobre la costosa y elegante tela de su frac.

—Ha sido un placer conocerla, doctora Gibson —oyó que

decía Jenkyn—. Como esperaba, es una mujer de gran intelecto. —Tras una brevísima pausa, añadió—: Y de lengua muy afilada.

De no haberse sentido tan confundida por estar junto a Ethan Ransom, le habría ofrecido alguna réplica mordaz. En cambio, se limitó a responder con un gesto distraído de la cabeza y permitió que Ethan la alejara de allí.

No tuvieron la oportunidad de hablar mientras se abrían paso entre una multitud tan apretujada como unas aceitunas en un bote de cristal. Claro que daba igual, porque no se creía capaz de articular más de tres o cuatro palabras con algo de sentido. No podía creer que estuviera con él. Su mirada voló hacia la elegante curva de su oreja. Quería besarla. Quería posar los labios allí donde comenzaba su pulcra barba y descender por el cuello, donde sentiría su respiración. Sin embargo, Ethan parecía muy inflexible, inalcanzable en su gélida rabia, tanto que no creía que él le respondiera en consecuencia.

En silencio, Ethan la condujo de una estancia a otra hasta llegar a los pies de una escalera situada en un rincón adornado con unas palmeras de interior en macetas. Las palmeras estaban dispuestas de forma que ocultaban una sencilla puerta que, sin duda, conducía a las dependencias de la servidumbre de la mansión.

Con mucho esfuerzo, Garrett consiguió preguntar:

—¿Es el hombre a quien te referiste como tu mentor? ¿Por qué quería que yo asistiera esta noche?

—Me está enviando una advertencia —contestó Ethan con sequedad, sin mirarla.

—¿Una advertencia? ¿Por qué?

La pregunta pareció atravesar la fachada controlada de Ethan.

—Sabe que en lo que a ti respecta, siento... cierta... preferencia.

Ethan apartó las palmeras y abrió la puerta, tras lo cual la arrastró al descansillo de la escalera del servicio. El repentino silencio, después de tanto bullicio, fue un enorme alivio. La escalera estaba fresca y poco iluminada, y el olor a cerrado y a humedad quedaba mitigado por la suave brisa que entraba por las rejillas de ventilación.

—Preferencia —repitió Garrett con voz cauta—. ¿Qué quiere decir eso? ¿A qué te prefieres?

Se detuvieron en un rincón, de manera que la cabeza y los anchos hombros de Ethan quedaron recortados por la luz de la lamparita situada en la pared de enfrente. Garrett empezó a temblar por tenerlo allí, tan cerca, tan grande y tan peligroso, y se le disparó el pulso por su presencia.

—Te prefiero a todo lo demás —respondió él con voz ronca, y se inclinó para apoderarse de su boca..

11

Mientras Ethan la besaba con brusquedad, Garrett se derritió contra él y un gemido se le quedó atascado en la garganta. Demasiado placer, demasiadas sensaciones y, sin embargo, ansiaba más. Parecía incapaz de asimilarlo todo con la rapidez que le gustaría. Su cuerpo era sólido y musculoso, puro poder físico envuelto con la capa civilizada del atuendo de gala. Deslizó las manos hasta introducirlas por debajo del frac y siguió el esbelto contorno de su cintura hacia arriba, pasando por las costillas hasta llegar al pecho. Ethan se tensó y se estremeció por su contacto, tras lo cual cambió el ángulo de la cabeza a fin de que sus bocas encajaran mejor. Pero seguía sin ser suficiente. Tenía que sentirlo por completo, lo quería todo con él. En un arranque de atrevimiento, bajó las manos hasta sus caderas y tiró para acercarlo más, momento en el que jadeó al sentir la presión de su erección.

Ethan le puso fin al beso con un gruñido, y el calor de su aliento le rozó la oreja mientras él se la mordisqueaba con suavidad. Las ascuas de la pasión la abrasaron y se extendieron a las zonas más sensibles de su cuerpo. Se sentía mareada y débil. Los acelerados latidos del corazón acompasaban el ritmo enloquecido de su respiración.

Ethan levantó la cabeza de repente y le colocó un dedo sobre los labios.

Garrett estaba callada, tratando de oír algo por encima del rugido de la sangre en los oídos.

Pasos y el eco de dichos pasos que subían por la escalera. Oyó el tintineo del cristal y la porcelana, los gruñidos de protesta de algún criado que subía una pesada bandeja desde la cocina.

Garrett sintió que se le paraba el corazón de repente al caer en la cuenta de que estaba a punto de ser sorprendida durante un tórrido abrazo en mitad de la escalera de servicio. Sin embargo, Ethan la empujó hacia el rincón y la ocultó con su cuerpo. Ella le enterró la cara en el pecho al tiempo que se aferraba a las solapas del frac.

Los pasos se acercaron y después se detuvieron.

—Adelante —dijo Ethan por encima del hombro, con voz serena—, nosotros no tardaremos en subir.

—Sí, señor. —El criado pasó junto a ellos.

Ethan esperó hasta que el hombre desapareció por la puerta antes de murmurar contra el pelo de Garrett, de manera que su aliento agitó varios mechones:

—Cada vez que te veo estás más hermosa. No deberías haber venido.

—Yo no...

—Lo sé. Jenkyn lo ha orquestado.

Garrett ladeó la cabeza para mirarlo con la cara demudada por la preocupación. No por ella, sino por él.

—¿Cómo ha descubierto que nos conocemos?

—Uno de sus hombres me siguió y nos vio en el mercado nocturno. A partir de ahora, Jenkyn tratará de usarte para manipularme. Se tiene por un maestro del ajedrez y nos ve a los demás como a sus peones. Sabe que soy capaz de hacer cualquier cosa con tal de protegerte.

Garrett parpadeó al oír sus palabras.

—¿Deberíamos fingir que nos hemos distanciado?

Ethan negó con la cabeza.

—Sabrá que es un engaño.

—Entonces, ¿qué hacemos?

—Empieza marchándote de la velada. Dile a lady Tatham que te ha dado un soponcio y yo saldré a buscarte un carruaje.

Garrett se apartó de él y lo miró, indignada.

—«Soponcio» es el término con el que se conoce a un ataque de nervios. ¿Te imaginas lo que sucedería con mi carrera profesional si la gente pensara que me puede dar un soponcio en mitad de una operación quirúrgica? Además, ahora que sir Jasper está al corriente de nuestra relación, en mi casa estaría igual de segura que aquí.

Ethan la miró fijamente.

—¿Nuestra relación?

—¿Cómo llamarías tú si no a esto que estamos haciendo en la escalera de servicio? —le preguntó ella a su vez con sequedad—. Por supuesto que es una relación, aunque yo carezco de tu habilidad para decir cosas bonitas. —Habría seguido, pero Ethan se apoderó de sus labios.

Le aferró la cara con una mano y sus dedos se extendieron sobre una mejilla mientras extraía el placer de lo que parecía una fuente infinita emplazada en su interior. Garrett le echó los brazos al cuello y se puso de puntillas para responder al beso con ardor.

El pecho de Ethan se expandió mientras tomaba aire un par de veces y después se apartó de ella al tiempo que trataba de zafarse de sus manos.

—Tienes que irte, Garrett —le dijo entre jadeos.

Ella trató de recuperar la compostura.

—¿Por qué no puedo quedarme?

—Tengo algo importante que hacer.

—¿El qué?

Ethan, que no estaba acostumbrado a confiar en otra persona, titubeó antes de contestar:

—Tengo que conseguir un objeto. Sin que nadie se dé cuenta.

—¿Ni siquiera Jenkyn?

—Él en especial.

—Te ayudaré —se ofreció ella al instante.

—No necesito ayuda. Necesito que tú estés bien lejos de aquí.

—No puedo marcharme. Parecería raro, y mi reputación está en juego. Además, mi presencia te da una excusa para escabullirte y robar lo que sea que busques. Llévame contigo y sir Jasper pensará que nos hemos ido a algún lado para... En fin, para hacer lo que estábamos haciendo.

La cara de Ethan parecía esculpida en granito. Pero sus dedos se mostraron delicados mientras le acariciaba una mejilla con los nudillos.

—¿Alguna vez has oído la expresión «Coger a un lobo por las orejas»?

—No.

—Significa que estás en problemas ya sigas sujetándolo o ya lo sueltes.

Garrett se frotó la mejilla contra su mano.

—Si tú eres el lobo, seguiré agarrándote.

Consciente de que le iba a ser imposible lograr que se fuera, Ethan masculló una maldición y la estrechó con fuerza, de manera que acabó de puntillas. La besó en el cuello y después hizo algo a caballo entre un mordisco y un beso, sin hacerle daño, pero rozándola con los dientes. La acarició con la lengua, y ella jadeó al sentir un deseo palpitante entre los muslos.

—Esta noche soy Edward Randolph —lo oyó decir en voz baja—. Un constructor de Durham.

Garrett tardó un instante en comprenderlo, pero aceptó gustosa participar en el engaño.

—¿Qué le trae a Londres desde Durham, señor Randolph?

—Debo persuadir a unos cuantos miembros del Parlamento para que voten en contra de una ley que regule la construcción. Y de paso quiero visitar los monumentos de la ciudad.

—¿Qué le apetece ver en primer lugar? ¿La Torre? ¿El Museo Británico?

Él levantó la cabeza.

—Lo tengo delante ahora mismo —contestó él, y su mirada la abrasó durante unos segundos antes de acompañarla de vuelta a la sala de refrigerios.

12

Una incesante cacofonía flotaba en el aire: conversaciones; risas; el crujido del suelo bajo los pies; el tintineo de los cubiertos, de la vajilla y de la cristalería; el golpe de las bandejas; el abrir y cerrar de abanicos. Los invitados rodeaban las largas mesas en su intento por conseguir una limonada o un helado. Al ver que un criado entraba en la estancia con una bandeja de postres, Ethan alargó el brazo para coger un plato antes de que el hombre llegara a su destino. Fue un gesto tan hábil y rápido que el criado ni se dio cuenta.

Tras llevar a Garrett hasta un rincón con una alta palmera en una maceta de barro, Ethan le dio el plato de cristal. Había una deliciosa porción de helado de limón, con una cucharilla de nácar a un lado. Garrett lo aceptó, encantada, y se comió una cucharadita del ácido y cremoso helado. Se le deshizo en la boca al punto y su lustrosa frialdad le bajó por la garganta.

La asaltó la sensación de que todo era irreal cuando clavó la mirada en la cara de Ethan Ransom. Su espartana perfección le resultaba un tanto inquietante.

Tras comer otro poco de helado de limón, preguntó con voz titubeante:

—¿Qué tal te ha ido desde la última vez que nos vimos?

—Se puede decir que bien —contestó él, aunque en su cara quedaba claro que no había ido nada bien.

—He intentado imaginarme qué hacías, pero no tengo ni idea de la rutina que sigues en tu día a día.

Sus palabras parecieron hacerle gracia.

—No tengo una rutina.

Garrett echó la cabeza hacia atrás para mirarlo a la cara.

—¿Te importaría tenerla? Me refiero a si te molestaría tener que ceñirte a una rutina concreta.

—Si el trabajo fuera interesante, no estaría mal.

—¿A qué te dedicarías si pudieras elegir?

—Seguramente a algo relacionado con las fuerzas de seguridad. —Recorrió la estancia con la mirada y una expresión inescrutable—. Tengo una afición en la que no me importaría invertir más tiempo.

—¿Sí?

—Diseño cerraduras —afirmó él.

Garrett lo miró con expresión interrogante.

—¿Estás interpretando el papel del señor Randolph?

Ethan esbozó una sonrisilla al mirarla.

—No, llevo jugando con cerraduras desde que era pequeño.

—Con razón criticaste tanto mi puerta principal —dijo Garrett, que resistió el impulso de acariciarle el hoyuelo que había aparecido en su mejilla—. Gracias por las mejoras que hiciste, por la cerradura y las bisagras, y por la aldaba con forma de cabeza de león. Me gusta mucho.

Ethan le preguntó en voz baja:

—¿Te gustaron las violetas?

Ella titubeó antes de negar con la cabeza.

—¿No? —dijo él, en voz más baja si cabía—. ¿Me puedes explicar por qué no?

—Me recordaron que tal vez nunca volvería a verte.

—Después de esta noche, seguramente sea cierto.

—Dices lo mismo cada vez que nos vemos. Sin embargo, no dejas de aparecer de repente como el muñeco de una caja sorpresa, así que cada vez soy más escéptica. —Hizo una pausa antes de añadir con timidez—: Y cada vez tengo más esperanzas.

Ethan le acarició el rostro con la mirada.

—Garrett Gibson... mientras siga vivo, querré estar allí donde tú estés.

No pudo contener la sonrisa torcida.

—Pues eres el único. Llevo dos semanas con un humor de perros. He ofendido a casi todos mis conocidos y he asustado a un par de pacientes.

La voz de Ethan sonó ronca y aterciopelada a la vez.

—Me necesitabas para dulcificarte el carácter.

Garrett fue incapaz de mirarlo cuando admitió en voz baja:

—Sí.

Guardaron silencio, muy conscientes de la presencia del otro, mientras las terminaciones nerviosas les enviaban señales inaudibles, como si sus cuerpos se comunicaran mediante un semáforo. Garrett se obligó a comerse el resto del helado de limón, apenas una cucharadita, pero el placer le había provocado tal nudo en la garganta que casi no podía tragar.

Ethan le quitó el plato de las manos con delicadeza y se lo dio a un criado que pasó junto a ellos. Luego la acompañó de vuelta al salón, donde se unieron a un grupo de seis damas y caballeros. Ethan demostró ser un maestro en cuanto al protocolo se refería y lo vio ejecutar con soltura las reverencias que se esperaban de un caballero al presentarse. A Garrett no le pasó desapercibido el hecho de que atrajera las miradas de casi todas las damas que había cerca. Las mujeres irguieron la espalda y adoptaron poses coquetas al verlo, y una incluso se abanicó el escote en un intento por llamar su atención. Aunque intentó tomárselo a broma, como haría una mujer sofisticada, pronto empezó a irritarse.

La conversación se interrumpió cuando el ministro del Interior, lord Tatham, apareció por una de las puertas del salón. Anunció que las damas y los caballeros ya podían pasar al salón para la velada musical. Los húmedos y acalorados cuerpos empezaron a moverse como un rebaño. Ethan se quedó retrasado con Garrett y dejó que los demás invitados pasaran junto a ellos.

—Solo quedarán los peores asientos en las filas del fondo —le advirtió ella—, si acaso quedan asientos libres.

—Exacto.

En ese momento, se dio cuenta de que Ethan pensaba robar lo que fuera que tenía en mente mientras los invitados estaban ocupados.

Una voz ronca y familiar la sacó de sus pensamientos.

—Parece que me han reemplazado como su acompañante, doctora Gibson. —Era el doctor Havelock, que parecía estar de muy buen humor—. Pero dado que se encuentra en compañía del señor Ravenel, renunciaré a mi papel con buen perder.

Garrett parpadeó, sorprendida, porque nunca antes el inteligentísimo doctor Havelock había cometido un error semejante. Se apresuró a mirar la cara inexpresiva de Ethan antes de clavar la vista una vez más en su colega.

—Doctor Havelock, este caballero es el señor Randolph de Durham.

Perplejo, el doctor Havelock miró a Ethan con atención.

—Discúlpeme, señor. Habría jurado que es usted un Ravenel. —Se volvió hacia Garrett—. Se parece al hermano menor del conde, ¿no cree usted?

—No sabría decirle —contestó Garrett—, porque todavía no he conocido al señor Ravenel, aunque lady Helen ha prometido que me lo presentará.

—El señor Ravenel se pasó por la clínica —dijo el doctor Havelock— para visitar a lady Pandora tras la operación. ¿No se lo presentaron en aquel momento?

—Por desgracia, no.

El doctor Havelock se encogió de hombros y miró a Ethan con una sonrisa.

—Randolph, ¿no? Un placer. —Se estrecharon la mano—. Por si no se ha dado cuenta, querido amigo, está junto a una de las mujeres más capacitadas y habilidosas de toda Inglaterra. De hecho, diría que la doctora Gibson tiene el cerebro de un hombre y el cuerpo de una mujer.

Garrett esbozó una sonrisa torcida al oír esas palabras, ya que sabía que su colega quería que fueran un halago.

—Gracias, doctor.

—Pese al poco tiempo que hace que conozco a la doctora Gibson —repuso Ethan—, debo decir que su cerebro me parece absolutamente femenino.

El comentario hizo que Garrett se tensara un poco, ya que esperaba una ristra de palabras mordaces. Algo acerca de que la mente de una mujer era muy voluble o superficial, algún tipo de tópico. Sin embargo, Ethan continuó sin el menor atisbo de burla en la voz.

—Agudo, sutil y ágil, con la inteligencia atemperada por la compasión... Sí, sin duda tiene el cerebro de una mujer.

Desconcertada, Garrett lo miró sin dar crédito.

En ese brevísimo e íntimo momento, Ethan parecía preferirla a cualquier otra cosa en el mundo. Como si pudiera verla al completo, las cosas buenas y las malas, y no quisiera cambiar nada.

Oyó la voz del doctor Havelock como si le llegara desde muy lejos.

—Su nuevo amigo tiene un piquito de oro, doctora Gibson.

—Ya lo creo —dijo ella, que consiguió apartar la mirada de la de Ethan—. ¿Le importa si me quedo en compañía del señor Randolph?

—Claro que no —le aseguró Havelock—. Así no tengo que oír la actuación musical, porque prefiero darme el gusto de fumarme un puro con amigos en el salón de fumadores.

—¿Un puro? —preguntó Garrett, que fingió sorpresa—.

¿Después de todas las veces que me ha dicho que el tabaco es un «lujo venenoso»? No hace mucho, me dijo que no había fumado ni una sola vez desde su boda.

—Pocos hombres tienen mi fuerza de voluntad —repuso Havelock—. Pero por Dios que he recaído.

Después de que el doctor Havelock se marchara, Garrett miró a Ethan fijamente.

—Tiene razón en algo: te pareces a los Ravenel. Sobre todo en los ojos. No sé cómo he podido pasarlo por alto. Qué cosa más rara.

Ethan no hizo el menor comentario al respecto, pero sí frunció el ceño mientras preguntaba:

—¿Por qué lady Helen quiere presentarte a Weston Ravenel?

—Es de la opinión de que congeniaríamos, pero no he tenido tiempo para que me lo presente.

—Bien. No te acerques a ese malnacido.

—¿Por qué? ¿Qué ha hecho?

—Es un Ravenel. Con eso basta.

Garrett enarcó las cejas.

—¿Le guardas rencor a toda la familia?

—Sí.

—¿Incluso a lady Helen? Es la mujer más dulce y amable que he conocido. Ninguna persona en sus cabales podría tenerle rencor.

—No detesto a nadie en particular —dijo Ethan en voz baja—, sino a todos en general. Y si alguna vez te relacionas con Ravenel, lo estrangularé con mis propias manos.

Garrett se quedó de piedra al oír esas palabras, luego lo miró con desdén y desaprobación.

—Entiendo. Bajo ese elegante traje de gala solo hay un bruto celoso sin capacidad alguna para reprimir sus instintos. ¿Es eso?

Ethan la miró con expresión pétrea, pero al cabo de un

momento, ella vio el brillo travieso en sus ojos. Tras inclinarse sobre ella, le murmuró:

—Seguramente sea mejor para los dos, *acushla*, que nunca descubras qué hay bajo mi traje de gala.

Garrett jamás había sido de las mujeres que se ruborizaban con facilidad, si acaso lo hacía alguna vez, pero se puso roja como una amapola. Apartó la vista e intentó controlar el repentino rubor que la cubría por entero.

—¿Cómo puedes odiar a toda la familia? —le preguntó—. Es imposible que todos te hayan hecho algo.

—No tiene importancia.

Saltaba a la vista que no era verdad. Sin embargo, lady Helen no había mencionado una sola palabra acerca de un posible enfrentamiento entre los Ravenel y Ethan Ransom. ¿Por qué diantres sería tan hostil hacia la familia? Decidió que volvería a sacar el tema más adelante.

Se quedaron en la sala de refrigerios hasta que la mayor parte de los invitados se marchó al salón y ellos aprovecharon para salir con los más retrasados. La voz de lady Tatham se oía a lo lejos, mientras anunciaba a los primeros en actuar. Las serenas notas de la *Polonesa en mi bemol mayor*, de Chopin, interpretada al piano, resonaron por el pasillo como el agua fresca de un arroyo. En vez de dirigirse hacia el sonido, Ethan la condujo por un pasillo hasta el otro extremo de la casa y la instó a bajar unas escaleras.

—¿Adónde vamos? —preguntó Garrett.

—Al gabinete privado de Tatham.

Descendieron hasta la planta baja, cruzaron el vestíbulo principal y enfilaron un silencioso pasillo. Llegaron a una puerta que había al final y Ethan giró el pomo, pero no se abrió.

Ethan se acuclilló y examinó la cerradura.

—¿Puedes abrirla? —susurró ella.

—¿Una cerradura tan fácil? —preguntó él a su vez, como si la respuesta fuera obvia. Se sacó unas herramientas metálicas del bolsillo interior del frac. Con tiento, metió una vara metálica con un gancho en el extremo en el ojo de la cerradura y usó la otra herramienta para tocar los dientes, levantándolos uno a uno. Clic. Clic. Clic. En cuestión de segundos, el pestillo se deslizó y la puerta se abrió.

Tras invitarla a entrar en el oscuro gabinete, Ethan se sacó una diminuta caja de cerillas del bolsillo y encendió un aplique que estaba en la pared. Una llama corta y ancha llenó el cristal de la lámpara y derramó su brillo blanquecino por la estancia.

Garrett dio una vuelta sobre sí misma para examinar la habitación, y dio un respingo al ver un setter irlandés sentado tan tranquilo junto a la chimenea, pero luego se dio cuenta de que el perro había pasado por las manos de un taxidermista. El gabinete estaba atestado de objetos decorativos: plumas de pavo real que brotaban de un jarrón de cuello estrecho, estatuas de bronce, figuritas y cajas ornamentales. La mayor parte de las paredes estaba cubierta con altísimos muebles llenos de estantes y de cajones, algunos con cerraduras. El poco espacio de pared libre estaba ocupado por cuadros de perros y escenas de caza, así como por pequeños objetos expuestos tras un cristal enmarcado. Las ventanas adornadas con gruesas cortinas de terciopelo estaban protegidas por el exterior con rejas y celosías ornamentadas.

Ethan se encontraba al otro lado del escritorio y pasaba los dedos sobre una parte de la pared a la altura del friso.

—¿Qué buscas? —preguntó ella en voz baja.

—Libros de cuentas. —Hizo presión sobre una moldura y se liberó un pestillo oculto. El panel se abrió y dejó al descubierto un objeto bastante curioso, una enorme esfera de acero colocada sobre un pedestal de hierro.

Garrett se colocó tras él.

—¿Qué es?

—Una caja fuerte de bala de cañón.

—¿Por qué no tiene forma rectangular?

—Así es más segura. No puedes volar la puerta, porque no hay sitio para introducir los explosivos. No hay cerraduras, bisagras ni tornillos que se puedan quitar, ni hay uniones sobre las que hacer palanca. —Se agachó hasta quedar en cuclillas y examinó la curiosa ruleta de latón con números y muescas que había en el borde. Lo habían pegado al centro de la placa frontal—. Una cerradura sin llave —musitó antes de que Garrett pudiera preguntarle. Se metió la mano en el frac y sacó un disco de latón. Con una sacudida, el objeto adoptó una forma cónica.

Era una trompetilla telescópica plegable, muy parecida a la que usaban sus pacientes de avanzada edad. Anonadada, Garrett lo vio colocarse la trompetilla en la oreja e inclinarse para aguzar el oído mientras hacía girar la ruleta de latón.

—Tengo que dar con la secuencia que abre la cerradura —le explicó Ethan—. Los chasquidos del mecanismo interior me indicarán cuántos números componen la combinación. —Se concentró de nuevo en la tarea que tenía entre manos, haciendo girar la ruleta con la trompetilla pegada a la caja fuerte—. Tres números —dijo a la postre—. Ahora viene lo difícil: averiguar qué números son.

—¿Puedo ayudarte de alguna forma?

—No, es... —Dejó la frase en el aire cuando se le ocurrió algo—. ¿Sabes cómo plasmar los marcadores en una gráfica?

—Eso espero —contestó Garrett, que se arrodilló junto a él—. No sería capaz de organizarme con los informes de mis pacientes si no supiera hacerlo. ¿Prefieres que los puntos estén conectados por líneas o que estén dispersos?

—Que estén conectados —respondió Ethan. Meneó la cabeza un poco al mirarla, y el hoyuelo de su mejilla casi apareció por completo. Se metió una mano en el bolsillo y sacó un pequeño cuaderno de notas, con las hojas marcadas con cuadrículas. Se lo dio—. Empieza a colocar los números en el eje horizontal. Los puntos de contacto van en el vertical. Cuando empiece a probar números en la ruleta, te diré cuál debes anotar.

—No tenía ni idea de que los ladrones de cajas fuertes usaran papel de coordenadas —dijo Garrett, que aceptó el diminuto lápiz que le ofrecía.

—No los usan. Todavía. Ahora mismo, seguramente sea el único hombre en toda Inglaterra capaz de abrir esta cerradura. Es un mecanismo con reglas particulares. Ni siquiera los fabricantes son capaces de abrirla.

—¿Y quién te enseñó a ti?

Ethan titubeó un momento antes de contestar:

—Ya te lo explicaré luego. —Se inclinó para concentrarse en la tarea y pegó de nuevo la trompetilla a la caja fuerte. Mientras le daba vueltas a la ruleta, oía los chasquidos y le murmuraba a Garrett una serie de números que ella apuntaba con diligencia. No pasaron ni diez minutos y ya la tenían.

Garrett le devolvió el cuaderno de notas y el lápiz. Ethan analizó las dos líneas irregulares que mostraba el gráfico y marcó los puntos en los que convergían.

—Treinta y siete... Dos... Dieciséis.

—¿En qué orden?

—Es una cuestión de ensayo y error. —Marcó los números, de mayor a menor, sin resultados. A continuación, repitió la operación de menor a mayor. Como por arte de magia, un chasquido mecánico brotó de las entrañas de la caja fuerte.

—¡Qué satisfactorio es! —exclamó Garrett con expresión triunfal.

Aunque Ethan intentaba mantener la concentración, fue como si no pudiera contener la sonrisa.

—Tiene lo necesario para convertirse en un cerebro criminal, doctora —dijo con tono guasón, tras lo cual se puso de pie y empujó el asa superior de la caja fuerte hacia abajo. Una puerta circular, de más de diecisiete centímetros de grosor, se abrió sin hacer ruido para revelar el interior.

El final fue un poco anticlimático, ya que el contenido consistía en un montón de documentos y en una especie de libros de cuentas o de diarios. Pero a Ethan se le había acelerado la respiración y había fruncido el ceño, concentrado al máximo. Garrett era consciente de que la mente de Ethan era un hervidero de actividad cuando lo vio sacar el montón de documentos y dejarlo en el escritorio. Rebuscó entre los papeles y encontró lo que quería antes de proceder a abrirlo sobre la mesa. Acto seguido, comenzó a hojear el diario, captando el contenido de decenas de entradas a la vez.

—No tardarán mucho en descubrirnos —anunció sin levantar la cabeza—. Ve a la puerta y vigila a través de la rendija. Avísame cuando se acerque alguien.

Hablaba con voz seca y sus movimientos eran bruscos, aunque comedidos, mientras revisaba el montón de documentos.

Garrett sintió un nudo en el estómago por los nervios. Se acercó a la puerta cerrada y descubrió que quedaba el espacio justo entre la jamba de la puerta y la hoja para ver. Con estupefacción, se dio cuenta de que Ethan era tan consciente de los detalles, de todo lo que sucedía a su alrededor, que se percataba de cosas como una rendija de menos de un centímetro en una puerta.

Pasaron tres o cuatro minutos durante los cuales Ethan estuvo repasando el libro de cuentas. Se sacó una navaja plegable de un bolsillo y la abrió. La hoja brilló a la luz mientras cortaba varias páginas del libro.

—¿Has terminado? —le preguntó ella en voz baja.

Él respondió con un gesto casi imperceptible de cabeza y con expresión pétrea. Se maravilló por la pasmosa tranquilidad que Ethan demostraba cuando a ella se la comían los nervios.

Al mirar de nuevo hacia el pasillo, captó un movimiento y le dio un vuelco el corazón.

—Viene alguien —susurró. Al no oír respuesta, miró por

encima del hombro y vio a Ethan colocando los documentos y los libros de cuentas en un montón—. Viene...

—Ya lo he oído.

Miró por la rendija de nuevo. La silueta lejana había crecido a pasos agigantados, el hombre ya estaba junto a la puerta. Dio un respingo y retrocedió varios pasos cuando el pomo empezó a moverse.

Miró, espantada, a Ethan y vio que él ya había devuelto el montón de documentos a la caja fuerte y que estaba moviendo la ruleta.

Oyó que el hombre introducía la llave en la cerradura de la puerta.

El corazón le latía desbocado en el pecho, parecía querer salírsele por la boca como si lo hubieran disparado con un cañón antes de descender de golpe para ser lanzado hacia arriba de nuevo. Por el amor de Dios, ¿qué se suponía que debía hacer? ¿Cómo debería reaccionar? En mitad del ataque de pánico, oyó la voz de Ethan.

—No te muevas.

Lo obedeció, se quedó paralizada y tensó todos los músculos.

Con una rapidez que desafiaba las leyes físicas, Ethan cerró la caja fuerte y volvió a ocultarla con el panel de la pared. Se metió las hojas dobladas en el bolsillo interior del frac. Justo cuando la llave giraba en la cerradura, Ethan saltó por encima del escritorio con una agilidad pasmosa, apenas rozando la superficie de madera con la punta de los dedos.

Garrett se volvió hacia él sin pensar cuando Ethan aterrizó con una elegancia felina. En un abrir y cerrar de ojos, sintió que la abrazaba. Se le escapó un gritito de pánico que él silenció con los labios.

Ethan le echó la cabeza hacia atrás mientras la besaba con pasión y brusquedad, pero le puso una mano en la nuca para que no se hiciera daño. La punta de su lengua se coló entre sus labios como una llama y fue incapaz de no rendirse a su asalto. Ethan la abrazó con más fuerza y el beso se volvió más carnal, hasta que sintió que se le derretían los huesos y empezaba a darle vueltas la cabeza. Se moría por relajarse en la oscuridad, por entregarse a las sensaciones.

La mano de Ethan le acarició la cara al tiempo que se apartaba de sus labios despacio, y después la invitó a apoyar la cabeza en su hombro. Esa ternura tan protectora contrastaba muchísimo con la amenaza velada de su voz al dirigirse al hombre que acababa de entrar en el gabinete.

—¿Qué quieres, Gamble?

13

—No se puede entrar en esta estancia —dijo una voz áspera con deje acusatorio—. ¿Qué haces aquí?

—¿No es evidente? —replicó Ethan con mordacidad.

—Informaré de esto a Jenkyn.

Garrett, que estaba protegida contra el pecho de Ethan, se atrevió a echarle una miradita al intruso, que iba ataviado con el uniforme de mayordomo, o de asistente de este, pero que no se comportaba como tal ni mucho menos. Compartía la actitud siempre alerta de Ethan, aunque su físico era más delgado y enjuto. Tenía el pelo negro y lo llevaba casi rapado, lo que enfatizaba el rictus agresivo de su frente. Su piel era joven, sin arrugas, aunque se distinguían unas cuantas marcas de viruela en las mejillas y en la barbilla. Su cuello, excesivamente grueso, presionaba el cuello de la camisa, que se abría algo más de la cuenta. Garrett descubrió unos ojos duros como el acero y lo calificó como el tipo de hombre con el que evitaba cruzarse por la calle.

Al sentir que se tensaba, Ethan le acarició el suave pelo de la nuca. Sus caricias la relajaron al transmitirle un mensaje de tranquilidad.

—Con todas las habitaciones que podrías haber elegido —dijo Gamble—, ¿por qué el gabinete de Tatham?

—Se me ocurrió ayudarlo a archivar documentos —contestó Ethan con ironía.

—Se supone que debes ayudarlo con la seguridad.

—Y tú también.

La tensión crepitaba en el aire. Garrett se removió, intranquila, pero también segura entre los duros brazos de Ethan. Poco antes le había advertido de que estaba agarrando a un lobo por las orejas. Bueno, en ese momento tenía la impresión de estar con dos lobos, ambos en actitud agresiva.

Gamble miró a Garrett como si estuviera ajustando el alza de un rifle.

—Te he estado observando —dijo.

Al principio, creyó que se refería a la velada. Pero después, añadió:

—Entra y sale a su antojo, a cualquier hora del día o de la noche. Realiza el trabajo de un hombre cuando debería estar en casa con la cesta de la costura. Contribuiría más al mundo si hiciera eso en vez de intentar convertirse en un hombre.

—No tengo el menor deseo de convertirme en un hombre —replicó ella con frialdad—. Eso sería una involución. —Al sentir la tensión en el brazo de Ethan que le rodeaba la cintura, le clavó los dedos en el duro músculo, pidiéndole en silencio que no mordiera el anzuelo que había lanzado Gamble.

Su mirada regresó a Gamble y siguió evaluándolo. El cuello almidonado de la camisa, cuyos picos no quedaban a la misma altura. Se apreciaba una hinchazón por encima del borde.

—¿Cuánto hace que tiene ese bulto en el cuello? —le preguntó.

Gamble abrió los ojos de par en par por la sorpresa.

Ante su falta de respuesta, Garrett añadió:

—Puesto que está tan cerca de la glándula tiroidea, dicho abultamiento sugiere que padece usted de bocio. De ser así, se puede remediar fácilmente tomando gotas de yodo.

Gamble la miró con patente animosidad.

—Métase en sus asuntos.

Ethan gruñó por lo bajo y estuvo a punto de abalanzarse sobre él, pero Garrett se dio media vuelta y le colocó las palmas de las manos en el pecho.

—No, Ethan —murmuró—. No es una buena idea.

Sobre todo cuando llevaba en el bolsillo del frac la información robada de la caja fuerte privada del ministro del Interior.

Sintió que relajaba los músculos poco a poco bajo sus manos.

—Si no se trata ese bulto —dijo Ethan con voz esperanzada—, ¿cuánto tiempo tardará en asfixiarlo?

—Lárgate de aquí —le soltó Gamble— o será mi puño lo que te asfixie a ti cuando te lo meta por la garganta.

Después de salir del despacho, Ethan acompañó a Garrett por el pasillo y la instó a detenerse debajo del hueco de la escalinata. Se cobijaron entre las sombras, y percibieron la frialdad del aire y el ligero olor a moho. Ethan la miró de arriba abajo, admirando esa apariencia tan femenina y elegante, con ese vestido tan resplandeciente y el pelo adornado con las cuentas de cristal.

Pese a la delicadeza de su aspecto, poseía un aire recio, una fuerza inquebrantable que admiraba más de lo que ella creía. La vida que había elegido iba acompañada por la obligación de demostrar continuamente lo que era una mujer y lo que no, y lo que una mujer podía llegar a ser. La gente no le permitía ni margen de error ni fragilidad humana. Bien sabía Dios que él no habría soportado lo que ella soportaba.

Al pensar en las palabras con las que había puesto a Gamble en su sitio, dijo con cierta timidez:

—El bulto que Gamble tiene en el cuello... es posible que yo sea el responsable.

—¿Cómo?

—La otra noche, cuando descubrí que me había estado siguiendo para informar después a Jenkyn, lo sorprendí en un callejón y le hice una llave para estrangularlo.

Garrett chasqueó varias veces la lengua en señal de desaprobación, algo que a él le gustó muchísimo.

—Más violencia.

—Por su culpa estás en riesgo y, además, me ha traicionado en el proceso —protestó Ethan.

—Sus actos no tenían por qué convertirte en un bruto. Hay otras alternativas además de la revancha.

Aunque podría haber esgrimido varios motivos que justificaban la validez de una revancha agresiva, inclinó la cabeza en señal de contrición y la miró con disimulo para ver cómo reaccionaba.

—En cualquier caso —siguió ella—, tú no has provocado el bulto que el señor Gamble tiene en la garganta. No me cabe duda de que es bocio. —Se asomó al pasillo para comprobar que nadie se acercaba y después se volvió para mirarlo—. ¿Has dejado alguna prueba delatora en el despacho?

—No. Pero se darán cuenta de que la cerradura está manipulada cuando intenten abrir la caja fuerte. He modificado la combinación para proteger los libros de cuentas.

Garrett se acercó a él.

—¿Y qué pasa con las hojas que has cogido? —susurró.

Las páginas robadas que llevaba en el bolsillo interior del frac parecían estar quemándole la piel. Tal como Nash Prescott le había dicho, los libros de cuentas contenían información de valor incalculable.

Los secretos que llevaba encima podían salvar vidas o acabar con ellas. Un nutrido grupo de personas estaría dispuesto a acabar con él en ese mismo momento si se descubriera lo que acababa de hacer.

—He descubierto evidencias de que Jenkyn, Tatham y otros miembros del Ministerio del Interior han conspirado con radicales políticos para cometer ataques con explosivos contra la ciudadanía británica.

—¿Qué vas a hacer ahora?

Ethan ya le había dicho más de la cuenta y la había involucrado hasta un extremo que lo horrorizaba. Pero si se apresuraba a entregar la información a las manos adecuadas, tal vez evitaría que Garrett se convirtiera en un objetivo.

—Llevaré los documentos a Scotland Yard —dijo—. El director no desaprovechará la oportunidad de librarse de Jenkyn. Mañana se desatará el infierno en Whitehall.

Una de las manos de Garrett se posó con delicadeza sobre una solapa del frac.

—Si todo sale como debería salir, ¿podremos tú y yo...?

—No —la interrumpió Ethan en voz baja—. Ya te lo he dicho, no soy bueno para ti. —Al ver la expresión desconcertada de su rostro, se devanó los sesos en busca de la mejor forma de hacerle entender sus limitaciones, las cosas que ella desearía y que él no le podría dar. Jamás sería lo bastante civilizado para ella—. Garrett, no he tenido una vida con campanillas que anuncian la cena, relojes en las repisas de la chimenea y mesas de té. Me paso media noche deambulando y duermo durante la mayor parte del día. Vivo en un piso de alquiler en Half Moon Street con la despensa vacía y sin alfombras en el suelo. El único objeto decorativo es un cuadro, un mono de circo con chistera que monta en bicicleta. Lo dejó el último inquilino del piso. Estoy demasiado acostumbrado a estar solo. He visto lo peor que una persona puede hacerle a otra y es una imagen que nunca me abandona. No confío en nadie. Lo que tengo en la cabeza... Que Dios me ayude si alguna vez lo descubres.

Garrett, que parecía pensativa, guardó silencio durante un buen rato.

—Yo también he visto algunas de las peores cosas que un ser humano puede hacerle a otro —dijo ella a la postre—. Me atrevo a decir que quedan pocas cosas en este mundo capaces de sorprenderme. Soy consciente del tipo de vida que has llevado y no se me ocurriría tratar de convertirte en una criatura doméstica.

—A esas alturas es difícil cambiarme.

—¿Con lo joven que eres? —Garrett enarcó las cejas.

Ethan se sentía ofendido y al mismo tiempo le hacía gracia su forma de hablarle, como si fuera un muchacho arrogante que se creyera más experimentado de la cuenta.

—Tengo veintinueve años —señaló.

—Ahí lo tienes —replicó ella, como si eso demostrara algo—. No puedes ser un caso tan difícil a esa edad.

—La edad no tiene nada que ver. —La conversación era una fina capa de barniz que cubría la verdadera discusión que estaban manteniendo. Sintió que se le tensaban las entrañas por el deseo y el miedo mientras se permitía pensar en lo que ella le estaba pidiendo, en lo que podía prometerle durante un momento de locura—. Garrett —dijo con brusquedad—, nunca encajaré en una vida convencional.

Una extraña sonrisa apareció en los labios de Garrett.

—¿Crees que mi vida es convencional?

—Comparada con la mía, sí.

Ella pareció examinarlo hasta el fondo, evaluarlo por completo. Se quedó paralizado, inmovilizado por esos ojos verdes que resultaron tan eficaces como el ancla de un barco. Se sentía embargado por el pesar de todos los momentos que no podría vivir con ella. Dios, el deseo era intolerable. Pero los hombres como él siempre acababan saldando sus cuentas.

—Entonces, ¿no recibiré nada más de ti? —le preguntó ella—. ¿Unas cuantas violetas guardadas entre las hojas de un libro y una cerradura nueva en la puerta? ¿Eso serán los únicos recuerdos que tenga de ti?

—¿Qué te gustaría tener? —se aprestó a preguntarle—. Dímelo. Robaré cualquiera de las joyas de la corona por ti.

194

La mirada de Garrett se suavizó mientras extendía una mano para acariciarle la mejilla.

—Antes prefiero el cuadro del mono.

Ethan la miró sin dar crédito y pensó que no la había escuchado bien.

—Me gustaría que me lo llevaras después de que te hayas ocupado de tus otros asuntos —añadió Garrett—. Por favor.

—¿Cuándo?

—Esta noche.

Ethan no salía de su asombro. Garrett parecía de lo más inocente, como si no estuviera proponiéndole algo totalmente contrario a los principios morales que regían la sociedad.

—*Acushla* —logró decir—, no puedo pasar la noche contigo. Ese derecho solo le pertenece al hombre con el que te cases.

Garrett lo desarmó con esa mirada tan directa.

—Mi cuerpo me pertenece y puedo compartirlo con quien me apetezca o negárselo a quien quiera. —Se puso de puntillas y lo besó con delicadeza en los labios. Esas manos tan delgadas le rodearon el rostro y sus pulgares le presionaron el mentón—. Enséñame lo que sabes hacer —susurró—. Creo que me gustaría probar algunas de esas ciento veinte posturas.

Ethan estaba demasiado excitado como para mantenerse erguido. Inclinó la cabeza hasta colocar la frente sobre la de Garrett. Ese era el único lugar donde podía tocarla. Si dejaba que sus manos la rozaran, perdería el control por completo.

Replicó con voz ronca:

—No son apropiadas para una virgen.

—Pues entonces enséñame cómo le haces el amor a una virgen.

—Maldita seas, Garrett —murmuró. Había cosas sobre ella que no quería conocer. Las curvas de su cuerpo desnudo, los olores secretos y las texturas de su piel. Los colores de sus partes más íntimas. El roce de su aliento en el cuello cuando la penetrara, el ritmo acompasado de sus cuerpos unidos. Descubrir todas esas cosas convertiría el dolor de separarse de ella en una agonía. Convertiría la vida sin ella en algo peor que la muerte.

Claro que, pensándolo bien, posiblemente acabara dentro de un saco en el fondo del Támesis antes de que esa semana llegara a su fin.

Garrett lo observaba con una mirada desafiante.

—Mi dormitorio está en la segunda planta, a la derecha de las escaleras. Dejaré una lámpara encendida. —Esbozó una sonrisilla—. Dejaría la puerta principal sin echarle la llave, pero tratándose de ti, no es necesario.

14

Ethan se marchó de la velada y fue directo a una elegante residencia de Belgravia donde vivía Fred Felbrigg, el comisario jefe de la Policía Metropolitana. Llevarle las pruebas robadas a Felbrigg era lo más lógico, dado que él tenía la autoridad y las ganas de llevar a los conspiradores dentro del Ministerio del Interior ante la justicia.

Cuando salieran a la luz los crímenes de Tatham y de Jenkyn, tendrían lugar algunos sucesos muy desagradables: arrestos, dimisiones, comisiones de investigación, audiencias y juicios. Sin embargo, si podía confiar en alguien para que hiciera lo correcto, ese era Felbrigg, un hombre muy devoto y religioso que valoraba la rutina y el orden. Además, el comisario jefe de la policía detestaba a Jenkyn. Era vox pópuli en Scotland Yard que a Felbrigg le horrorizaba el puesto oficioso que ocupaba el jefe del servicio de espionaje en el Ministerio del Interior, así como los métodos tan poco éticos que empleaban sus agentes para recabar información.

Irritado por tener que salir de la cama en mitad de la noche, Felbrigg bajó a su gabinete ataviado con la bata y la ropa de dormir. Con el bigote pelirrojo, la constitución delgada, su escasa estatura y el gorrito caído con la borla colgando por detrás de la cabeza, parecía un duende. Un duende muy irritado.

—¿Qué es esto? —preguntó el comisario jefe mientras miraba con el ceño fruncido las hojas que Ethan había dejado sobre el escritorio de su gabinete.

—Pruebas del vínculo entre el Ministerio del Interior y los que atentaron en el Guildhall —contestó Ethan en voz baja.

Felbrigg se quedó sentado en silencio, estupefacto, y Ethan le habló de la caja fuerte del ministro del Interior y de los informes sobre los fondos reservados del gobierno que se habían desviado a manos de enemigos y de radicales.

—Aquí hay una entrada referente al cargamento de explosivos perdidos en El Havre —continuó Ethan, que le acercó una de las hojas—. La dinamita se le entregó a un grupo de fenianos con base en Londres. También les dieron dinero en efectivo y una invitación a la galería de visitantes de la Cámara de los Comunes.

Felbrigg se quitó el gorrito y se secó el sudor de la cara con él.

—¿Por qué querrían ir a la Cámara de los Comunes?

—Es posible que estuvieran reconociendo el terreno. —Al ver que el comisario jefe no captaba lo que trataba de decirle, Ethan añadió con sequedad—: Para un futuro ataque en Westminster.

Con razón Jenkyn se quedaba siempre por encima de ese hombre, pensó Ethan. Llamarlo «zoquete» no sería del todo justo, pero desde luego que no se podía decir que fuera un lumbreras.

Felbrigg se inclinó sobre las hojas y empezó a leer despacio.

Algo le dio mala espina mientras veía cómo el comisario jefe repasaba las pruebas. Estaba seguro de que Felbrigg no haría la vista gorda si tenía sospechas de que Jenkyn participaba en una conspiración para matar a los ciudadanos inocentes a los que había jurado proteger. Felbrigg detestaba a Jenkyn.

Bastantes desplantes e insultos había soportado de su parte. Tenía motivos de sobra, tanto personales como profesionales, para usar esa información contra Jenkyn.

Sin embargo, el instinto le decía a Ethan que había algo raro. Felbrigg estaba sudando, parecía tenso y nervioso; y si bien esas reacciones se podrían atribuir a la sorpresa, su reacción no se le antojaba natural. Había esperado que se escandalizara e incluso que se alegrara al recibir las pruebas que provocarían la caída de su enemigo. Pero la inmovilidad y el rostro demudado de Felbrigg lo estaban sacando de quicio.

Claro que ya estaba hecho. Era imposible echarse atrás. Algo se había puesto en marcha, fuera lo que fuese, y ya no le quedaba más remedio que quedarse entre las sombras hasta que Felbrigg diera algún paso.

—¿Dónde estará mañana? —quiso saber Felbrigg.

—Por ahí.

—¿Cómo podremos ponernos en contacto con usted?

—Tiene pruebas de sobra para abrir una investigación y pedir órdenes judiciales —repuso Ethan mientras lo observaba con atención—. Me pondré en contacto con usted cuando sea necesario.

—¿Los libros de cuentas siguen en la caja fuerte de lord Tatham?

—Siguen allí —contestó Ethan, que se negó a decirle que había cambiado la combinación que la abría. Mantuvo los ojos clavados en Felbrigg, a quien le costó mantener su mirada más de un par de segundos.

«¿Qué me estás ocultando, desgraciado?»

—Nos encargaremos de este asunto como es debido y con rapidez —le aseguró Felbrigg.

—Sabía que sería así. Todo el mundo opina que es usted un hombre honrado. Juró delante de un juez en Westminster que llevaría a cabo los deberes de su puesto «con fidelidad, imparcialidad y honestidad».

—Y eso he hecho —replicó Felbrigg, bastante molesto—. Ahora que me ha levantado de la cama, Ransom, le deseo buenas noches mientras yo lidio con este dichoso desastre que ha traído a mi casa.

Eso hizo que Ethan se sintiera un poco mejor.

Regresó a su piso de alquiler y se puso la ropa de un obrero: pantalones de algodón, chaqueta, camisa de trabajo y botines de cuero. Deambuló un momento por las habitaciones vacías y se preguntó por primera vez por qué había estado viviendo como un ermitaño durante tanto tiempo. Paredes desnudas y muebles toscos, cuando se podía permitir una buena casa. Sin embargo, había escogido ese lugar. Su trabajo exigía anonimato, aislamiento, y a Jenkyn en el centro de su universo. Había escogido ese por motivos que no comprendía y que tampoco quería analizar.

Se detuvo delante del cuadro del mono y lo miró detenidamente. ¿Qué le parecería a Garrett? Era la ilustración de un anuncio, con el nombre del producto recortado. Un sonriente mono con una chistera que pedaleaba en círculos delante de un grupo de espectadores, que mantenían las distancias. Los ojos del mono tenían una expresión melancólica, o maníaca, no terminaba de decidirse. ¿Había un maestro de ceremonias fuera de plano, que lo había vestido y le mandaba que hiciera eso? ¿Se le permitía al mono descansar cuando se agotaba?

¿Por qué Garrett le había pedido que le diera ese dichoso cuadro? Tal vez pensaba que le revelaría algo sobre él, pero por Dios que no lo haría. Decidió que nunca le pondría los ojos encima, se moriría de la vergüenza si se lo enseñaba. ¿Por qué lo había dejado contra la pared? ¿Por qué le había hablado de él?

Lo mejor para los dos sería que desapareciera esa noche de una vez por todas. Podría marcharse a la otra punta del mundo, cambiarse el nombre y convertirse en otra persona. Bien sabía Dios que así aumentaría su esperanza de vida. Garrett alcanzaría gran renombre, tal vez incluso construiría un hospital, daría clases e inspiraría a los demás. Podría casarse y tener hijos.

Sin embargo, para él siempre viviría como un sueño en los rincones de su memoria. Ciertas palabras siempre hacían que pensara en ella. Así como el sonido del silbato de la policía. Y el olor de las violetas, y unos ojos verdes, y el cielo iluminado por los fuegos artificiales, y el sabor del helado de limón.

Hizo ademán de coger el cuadro, masculló un improperio y apartó la mano.

Si iba a verla... Dios... Las posibilidades lo llenaron de un asombro aterrador. Y de esperanza, que era una emoción letal para alguien con su ocupación. ¿Qué precio pagaría por una noche? ¿Qué les costaría a ambos?

Garrett se despertó poco a poco por una cálida caricia en la cara, como si unos pétalos calentados por el sol le cayeran en la piel. Sintió el roce del aliento, ardiente, en la mejilla. Ethan. Sonrió y se desperezó mientras disfrutaba de la maravillosa sensación de despertar delante de otra persona por primera vez en la vida. Olía a la brisa nocturna y a niebla. Con un susurro adormilado, se incorporó a medias hacia la caricia aterciopelada y atrapó su dulce y firme boca. Sintió un millar de mariposas revoloteando en el estómago.

—No te he oído llegar —susurró. Tenía el sueño muy ligero y el suelo de madera crujía... ¿Cómo había llegado hasta la cama sin hacer ruido?

Ethan estaba inclinado sobre ella y con una mano le acariciaba el pelo que ella se había dejado sin trenzar, pero que se había recogido con una cinta en la nuca. Ethan entornó los ojos mientras le recorría con la mirada el cuerpo, cubierto por un sencillo camisón blanco con pequeñas alforzas en el canesú. Con mucho tiento, Ethan le colocó una mano sobre el pecho y le acarició con la punta del dedo corazón la hendidura de la clavícula, allí donde el pulso le latía con fuerza. Volvió a mirarla a la cara.

—Garrett... hacerlo solo empeorará las cosas.

Ella posó los labios en su barbilla e inspiró su delicioso aroma antes de besar su áspero mentón.

—Desnúdate —le susurró y sintió cómo se estremecía bajo sus labios.

Ethan tomó una entrecortada bocanada de aire y se incorporó.

Mientras Garrett se sentaba en la estrecha cama para observarlo, Ethan se desvistió sin prisas. Una a una, fue despojándose de las prendas y las dejó tiradas en el suelo.

Tenía el cuerpo más hermoso que había visto en la vida, de extremidades largas y musculosas, con los hombros y el pecho anchos, y los músculos tan endurecidos como el acero tras años de brutal ejercicio. La luz de la lamparita de cristal ahumado se derramaba sobre las curvas de dichos músculos mientras él se movía, y los reflejos plateados salpicaban su poderoso cuerpo. Ya sabía que estaba bien dotado, pero no era lo mismo que verlo al natural. Ah, era increíble. Era hermoso. Un hombre viril en su máximo esplendor, cómodo con su desnudez.

Mientras que ella, a quien apenas le desconcertaba la desnudez, se sentía nerviosa, avergonzada y trémula por el deseo.

Antes de regresar a la cama, Ethan recorrió con la mirada los objetos personales que tenía en el tocador y en el vestidor: un juego de tocador de nácar, un paño bordado que había confeccionado en el colegio, la cajita para las horquillas con cubierta de ganchillo (un regalo de la señorita Primrose) y un tarrito de porcelana con ungüento de aceite de almendras. Se detuvo para mirar más de cerca lo que había enmarcado en un cuadro en la pared, un par de manoplas de bebé, adornadas con florecillas en el dorso.

—Mi madre los tejió —dijo ella con timidez—. A lo mejor es una tontería tenerlos colgados en la pared, pero tengo muy pocos recuerdos de ella. Era muy habilidosa con las manos.

Ethan se sentó en la cama. Le cogió las manos y se las llevó a los labios para besarle los dedos y las palmas.

—Así que lo has heredado de ella.

Garrett se inclinó hacia delante para apoyar la mejilla en su lustroso pelo.

—¿Me has traído el cuadro? —le preguntó.

—Lo he dejado junto a la puerta.

Apoyó la barbilla en su hombro un instante y, por encima, vio el paquete rectangular envuelto en papel que había apoyado contra la pared.

—¿Puedo verlo?

—Luego —contestó Ethan—. A saber lo que te parecerá. El mono parece tener tendencias homicidas.

—Seguro que tiene sus motivos —repuso ella al tiempo que se apartaba un poco para mirarlo a la cara—. Los sillines de las bicicletas pueden causar rozaduras y entumecimiento en la zona perianal.

Por algún motivo, el comentario pareció hacerle más gracia de la debida a Ethan. Una expresión risueña apareció en sus ojos, al tiempo que lo hacía el hoyuelo en la mejilla. Garrett fue incapaz de resistirse a tocar ese tentador hoyuelo con un dedo. Se inclinó hacia delante para acariciarlo con los labios.

—Cada vez que lo veo, quiero besarlo —le dijo.

—¿Qué quieres besar?

—Tu hoyuelo.

Ethan parecía totalmente desconcertado.

—No tengo hoyuelos.

—Sí que tienes. Te sale uno cuando sonríes. ¿Nadie te lo ha dicho nunca?

—No.

—¿No lo has visto en el espejo?

Ethan entrecerró los ojos.

—No suelo sonreírle al espejo.

Ethan le puso una mano en la nuca y se apoderó de su boca con un beso cálido y voraz. Ella se rindió ante la sedosa invasión de su lengua, y el exquisito sabor de sus labios hizo que le diera vueltas la cabeza. La instó a tumbarse en la cama, besándola con lentitud, mientras iba avivando el fuego de sus sentidos. Sus manos la recorrieron con ternura por encima del camisón, aprendiendo el contorno de su cuerpo a través de la fina tela.

Con manos temblorosas, ella le acarició el vello rizado del pecho, que se le enredó en los dedos. Le rodeó el cuerpo con los brazos y puso los ojos como platos al percatarse de lo bien definidos que tenía los músculos de la espalda.

—Madre del amor hermoso.

Ethan levantó la cabeza y la miró con expresión interrogante.

—Tus trapecios y tus deltoides son impresionantes —dijo con voz soñadora mientras lo exploraba con las manos—. Y tu músculo dorsal ancho está perfectamente definido.

A Ethan se le escapó una carcajada mientras le desabrochaba el camisón.

—Vas a sacarme los colores como sigas regalándome semejantes cumplidos.

Ethan apoyó parte del peso de su cuerpo sobre ella y la instó a separar las piernas con los muslos, y Garrett sintió sus labios en el pecho, recorriéndole la piel que acababa de dejar al descubierto. Se le aceleró la respiración y se le desbocó el pulso mientras sus manos la acariciaban por todas partes, dándole tirones al camisón y colándose por debajo de la tela. En un abrir y cerrar de ojos estuvo desnuda, mientras la miríada de texturas que componían el cuerpo de Ethan, su dureza y su suavidad, su aspereza y su sedosidad, la cubría con ternura.

Ethan mantenía un férreo control mientras la guiaba por un universo donde él era el maestro y ella, la aprendiz.

Sus fuertes manos le recorrieron el cuerpo con livianas caricias.

—Hace mucho tiempo que sueño con este momento —murmuró él—. La primera vez que te vi, mi cabeza dijo: La quiero.

Garrett sonrió contra el vello de su pecho. Le acarició con la nariz la rugosa y oscura piel de un pezón antes de rozarlo con la lengua.

—¿Y por qué no viniste a por mí?

—Sabía que eras demasiado buena para mí.

—No —protestó en voz baja—. No soy una dama de alcurnia, soy una vulgar plebeya.

—No hay nada vulgar en ti. —Ethan empezó a juguetear con sus largos mechones, peinándole el pelo con los dedos y llevándose las puntas a los labios y a las mejillas—. ¿Quieres saber por qué te regalé violetas? Porque son hermosas y pequeñas, pero lo bastante resistentes como para crecer entre las grietas del pavimento de la ciudad. En más de una ocasión, he estado en algún lugar oscuro y las he visto florecer cerca de un bordillo roto o en la base de un muro de ladrillos, brillantes como piedras preciosas. Incluso sin sol y sin buena tierra, aparecen para hacer el trabajo de toda flor. —Se inclinó para posar los labios sobre un pecho, como si pudiera saborear la luz en su piel—. No tenías que dejar la lámpara encendida —susurró—. Te encontraría en cualquier parte, de día o de noche. —Derramó un lento reguero de besos y fuego entre sus pechos, humedeciéndole la piel que luego secó con su cálido aliento. Le acarició el ombligo con la lengua y luego sopló... y después se detuvo al captar un aroma inesperado—. Limón —murmuró mientras buscaba de dónde procedía.

—Es... una esponja —dijo Garrett con voz trémula, mientras el rubor le cubría la garganta y la cara. Uno de los métodos para evitar embarazos era introducir un trozo de esponja humedecida con zumo de limón—. Va... va en...

—Sí, lo sé —dijo Ethan al tiempo que le acariciaba el abdomen con la nariz.

—¿Lo sabes?

Sintió que Ethan sonreía contra su piel.

—No soy un jovenzuelo imberbe.

Ethan le separó las piernas con ternura y empezó a acariciarla arriba y abajo, desde los muslos a las rodillas. Arriba y abajo... Las caricias eran hipnóticas, livianas, como si la estuviera atormentando con delicados tentáculos. Cuando agachó la cabeza y deslizó los labios por la ingle, la aspereza de su barba le provocó una sensación electrizante mientras le acariciaba la sensible piel y bajaba todavía más. Muy despacio, acarició los rizos que cubrían su sexo, masajeándolo al tiempo que le separaba los labios con los pulgares. Acto seguido, le prodigó un sinuoso y lánguido lametón.

Garrett se tensó y jadeó al tiempo que lo instaba a levantar la cabeza.

Ethan se apoyó en los codos y la miró con un brillo tierno y guasón en los ojos.

—¿Te he escandalizado, amor mío?

Le costaba pensar con claridad. Tenía el cuerpo en llamas.

—Un poco —contestó con voz entrecortada—. Es mi primera vez.

—Pero antes parecías muy aventurera, con toda esa palabrería acerca de las posturas. —Empezó a juguetear con ella de forma indecente, acariciándole el vello púbico.

El deseo la abrasó de tal forma que le sorprendió no ver volutas de humo salir de su cuerpo.

—Es-esperaba que empezáramos de un modo más civilizado para pasar luego a las cosas más osadas.

Ethan esbozó una sonrisilla lánguida.

—No me has invitado a tu cama con la esperanza de encontrarte a un amante civilizado. —Le acarició con el pulgar la entrada a su cuerpo y se deleitó con la humedad que encontró.

Garrett se estremeció por el placer que brotó desde lo más hondo de su cuerpo.

Él la miró con esos ojos azulísimos, por encima de su piel ruborizada, y fue como si leyera sus pensamientos, como si estos estuvieran escritos en el aire.

—Querías descubrir hasta qué punto te hacía sentir. Querías saber lo que se siente al perderse en el placer y descubrirte a salvo, entre mis brazos, después. Pues aquí estoy, y voy a amarte con todo lo que soy.

Le separó los labios con los dedos, abriéndose camino entre los suaves pétalos con ternura. Hipnotizada, lo vio agachar la cabeza, vio cómo flexionaba esos fuertes hombros. Empezó a darse un lento festín con ella, y fue una sensación tan placentera que creyó estar a punto de desmayarse. Ethan la engatusó y la atormentó con la lengua, acariciándola y lamiéndola. Se humedeció todavía más, su cuerpo se volvió más resbaladizo, y los labios menores se hincharon al tiempo que sus músculos internos se cerraban a pesar de estar vacíos. «Por favor, por favor, por favor», se moría por suplicar, pero su garganta solo consiguió emitir un quedo gemido. El deseo que Ethan despertaba en ella no dejaba lugar a la dignidad.

Nada podría haberla distraído de él ni de lo que le estaba haciendo. Ya podría aparecer una banda de música al completo en la habitación que no se daría ni cuenta. Se había convertido en un ser físico que se retorcía, ajena al mundo, hasta que Ethan le pasó los brazos por debajo de los muslos y la sujetó con fuerza para que no pudiera moverse. Se había concentrado en su clítoris, que lamía y chupaba con delicadeza. A la desesperada, Garrett intentó aferrarlo de los brazos, pero sus músculos estaban tan duros que ni siquiera pudo clavarle las uñas.

Ethan marcó otro ritmo con la lengua, acariciando el sensible punto con lametones firmes, como si estuviera pasando las páginas de un libro con los dedos. Una sensación muy intensa cobró vida por todo su cuerpo, instándola a sacudir las caderas entre sus brazos. Esa hábil lengua no le dio tregua, sino que la llevó hasta una vertiginosa vorágine de emociones. Arqueó la espalda al llegar a la cima y dejó de respirar mientras su corazón bombeaba con tanta fuerza que no distinguía un latido del siguiente. El placer la asaltó en sucesivas oleadas... una vez... y otra... hasta que la tensión restante se disolvió en un mar de estremecimientos. Ethan la calmó con los labios durante unos instantes que se le escaparon, hasta que la serenidad se apoderó de ella, hasta que quedó tan vacía como un bolso vuelto del revés. A la postre, Ethan se colocó a su lado y la estrechó entre sus brazos. Garrett emitió un gemido entrecortado contra su hombro, lo que le arrancó una carcajada.

—Te ha gustado —dijo él con evidente satisfacción.

Ella asintió con la cabeza, aturdida.

Con mucho tiento, Ethan bajó los brazos y la colocó de forma que sus caderas quedaban pegadas mientras los dos estaban de costado.

—Debes estar relajada para que te penetre —murmuró.

Sintió su erección contra el abdomen, dura y pesada, ardiente. La prueba de su deseo la excitó y despertó nuevamente la necesidad de que la poseyera... de que la penetrara... de que la hiciera suya. Le rodeó el hombro con un brazo e intentó arrastrarlo con ella mientras se ponía de espaldas, pero él los mantuvo de costado y la instó a colocar una pierna sobre su cadera. Luego se inclinó hacia ella y le besó el cuello antes de darle un mordisquito en ese punto tan sensible. Acto seguido, le deslizó una mano por el cuerpo, acariciándola y enardeciéndola. Estaba pegada a su duro cuerpo y sus pechos se rozaban contra el sedoso vello de su torso.

Ethan deslizó una mano entre sus cuerpos y ajustó el ángulo de su erección, de modo que la ancha punta se frotara contra la vulnerable abertura situada entre sus muslos. Garrett se tensó. Sin embargo, él no la penetró de golpe, sino que se limitó a ejercer una presión constante, como una presencia ardiente junto a la entrada de su cuerpo. Mientras tanto, la atormentó con los labios, jugueteando con su boca, invadiéndola con la lengua en traviesas caricias. Le tomó un pecho con la mano y se lo acarició con la palma antes de pellizcarle el enhiesto pezón con los dedos.

Garrett fue incapaz de mantenerse inmóvil bajo esas perversas y habilidosas caricias, y agitó las caderas, frotándose contra su erección. Sintió cierto escozor en la entrada de su cuerpo mientras lo acogía en su interior. Parecía demasiado grande. Asustada, intentó quedarse quieta, pero la diestra mano de Ethan descendió por su cuerpo y empezó a acariciarle los labios, jugueteando con ellos. El deseo cobró vida en su interior y sintió el impulso de abandonarse a esas eróticas y candentes caricias. Ethan se movió despacio, dejando que lo aceptara a su ritmo... Ah, esos dedos eran tan maravillosos...

—Respira —susurró él.

Jadeó al tiempo que cedía a la dolorosa invasión de su cuerpo. Ethan la ayudó con movimientos cortos, penetrándola muy lentamente, poseyéndola con infinita paciencia. Pasaron varios minutos mientras sus húmedos dedos la acariciaban, la masajeaban y la mimaban hasta que, por increíble que pareciera, el placer se apoderó de ella una vez más. En esa ocasión, se sentía tan llena que sus músculos internos apenas podían contraerse.

Cuando los últimos coletazos de su clímax desaparecieron, Ethan cambió de postura. Se incorporó, levantándola con facilidad, de modo que ella quedó sentada sobre su regazo, rodeándole la cintura con las piernas. Le tomó el trasero con las manos y controló con sumo cuidado sus movimientos, para no hacerle daño.

Sorprendida, Garrett le rodeó el cuello con los brazos.

Los ojos de Ethan parecían más oscuros y algo velados mientras la miraba.

—Estar dentro de ti... Nunca creí que podría sentir tanto sin morir en el proceso.

Garrett apoyó la frente en la suya y sus alientos entrecortados se entremezclaron.

—Dime qué tengo que hacer.

—No te muevas. Quédate así. Siente lo mucho que te deseo.

Él jadeó y se estremeció, y sus fuertes muslos se tensaron bajo ella. Ese leve movimiento hizo que viera un millar de estrellas. Ethan ajustó el ángulo de sus caderas hasta que ella sintió que tocaba algo en su interior, algo muy sensible, acariciándolo con un ritmo constante.

Garrett se apoderó de sus labios y él la recompensó con un ardiente y apasionado beso. Devoró sus quedos gemidos y siguió moviendo las caderas mientras ella se tensaba sobre su rígida erección. El cuerpo de Ethan era pura fuerza bajo ella, a su alrededor... Podría aplastarla casi sin proponérselo, pero la abrazaba con mimo, con ternura, acunándola, como si ella fuera algo exquisito que temiera romper.

Le besó un hombro y saboreó el salado sudor tan masculino. Lo sentía muy adentro. Su cuerpo se había relajado lo bastante como para aceptarlo por completo. Mientras se frotaba contra sus caderas, solo sintió un delicioso hormigueo, la sensación más maravillosa del mundo. Los fuertes músculos de la espalda de Ethan se tensaron de placer cuando ella le acarició la piel con ternura, dejando sus invisibles marcas de posesión.

Ethan dejó de respirar un instante cuando por fin llegó al clímax y perdió el ritmo. A ciegas, le acarició el cuello y emitió un quedo gemido, como el de una criatura solitaria y salvaje. Ella le rodeó la cabeza con los brazos y frotó los labios contra su sedoso pelo mientras él se derramaba en su interior y sentía la cálida humedad.

Se dejaron caer sobre el colchón, desmadejados y adormilados mientras seguían acariciándose y la noche daba paso a las primeras luces del alba. Cuando los primeros rayos del sol asomaron por el horizonte, Ethan se desperezó y se sentó, con los pies en el suelo.

Garrett se puso de rodillas y lo abrazó desde atrás, apoyándole el pecho en la espalda.

«No te vayas», ansiaba suplicarle; en cambio, dijo en voz baja:

—Vuelve conmigo en cuanto puedas.

Ethan se sumió en el silencio durante un buen rato.

—Lo intentaré, *acushla*.

—Si las cosas no salen como deberían... si tienes que irte a alguna parte... prométeme que me llevarás contigo.

Ethan se volvió para mirarla.

—Amor mío... —Meneó la cabeza—. Nunca te haría eso. Tienes familia y amigos, pacientes que atender, tu consulta... Todo está aquí. Si te vas, tu vida quedaría arruinada.

—La ruina sería no tenerte. —En cuanto esas palabras brotaron de sus labios, Garrett se dio cuenta de que era verdad—. Puedo ejercer la medicina en cualquier parte. Y tengo un poco de dinero ahorrado. En cuanto nos instalemos en algún sitio, podré ganar lo suficiente para los dos hasta que encuentres una ocupación adecuada. Nos las apañaremos. Me temo que tendríamos que llevarnos a mi padre con nosotros, pero...

—Garrett. —Un sinfín de emociones se reflejó en el rostro de Ethan al tiempo que esbozaba una sonrisa muy rara. Le tomó la cara entre las manos y le dio un beso fugaz y brusco en la boca—. No tendrás que mantenerme. Tengo suficiente para... En fin, da igual. No será necesario. —La instó a apoyar la cabeza en su pecho y la acunó mientras le besaba el pelo—. Vendré a buscarte si puedo. Te lo juro.

Garrett cerró los ojos, aliviada, y lo abrazó con fuerza.

La noche siguiente, Ethan atravesaba a pie el puente de Blackfriars, una estructura que se ceñía a los márgenes inferiores del Támesis como la correa de una maleta. Cinco arcos de hierro forjado sobre enormes pilones rojos soportaban la pronunciada inclinación del puente. Daba igual la dirección en la que los vehículos o los peatones se acercaran al puente, era una tarea titánica pasar al otro lado.

Aunque se estaba poniendo el sol, en el ambiente aún flotaban los ruidos de las fábricas, el bullicio de los muelles y el traqueteo ensordecedor de un puente ferroviario cercano.

Ethan pasó junto a una serie de hornacinas con forma de púlpito en las que dormían vagabundos tapados con periódicos sucios. Ni uno solo se movió o emitió sonido alguno cuando pasó junto a ellos. Se detuvo en un sitio libre junto a la barandilla para dar buena cuenta de la cena que había comprado en una freiduría de Southwark. Por un penique, los clientes podían comprar una cena tan buena como cualquier ricachón de Londres: un filete de merluza o de bacalao del día, rebozado con pan rallado y frito en aceite hirviendo en un caldero de hierro colocado sobre el fuego. Una vez que el interior estaba firme y blanco, y el exterior bien crujiente y tostado, el pescado se envolvía en un trozo de papel de estraza con una rodaja de limón caliente y un puñado de crujiente perejil frito.

Se apoyó en la curva barandilla y comió despacio mientras sopesaba su situación. Se había mantenido en movimiento todo el día, mezclándose sin llamar la atención con los deshollinadores y los barrenderos, con los hombres anuncio que llevaban carteles delante y detrás del cuerpo, con los limpiabotas, los mozos de cuadras, los vendedores ambulantes y los ladronzuelos. Estaba agotado, pero se sentía más a salvo en la calle que encerrado entre las cuatro paredes de su piso de alquiler.

Tras hacer una bola con el papel de estraza, lo dejó caer al río y lo vio descender los más de doce metros hasta que tocó las sucias aguas. Pese a los numerosos esfuerzos (una legislación más dura y nuevas redes de alcantarillado, así como estaciones de bombeo) para reducir las sustancias nocivas que se derramaban en el Támesis, los niveles de oxígeno del agua eran demasiado bajos como para albergar peces o mamíferos acuáticos.

La bola de papel se hundió despacio en la superficie opaca. Ethan clavó la mirada en la cúpula de Saint Paul, la estructura más alta de Londres. Más allá, un irregular manto de nubes brillaba con una luz lechosa, mientras que algunos rayos rosados y anaranjados se filtraban en varios puntos, como venas llenas de luz.

Pensó en Garrett, como siempre hacía en los momentos de tranquilidad. A esa hora del día, solía estar en casa. No lejos de ese lugar, a poco menos de cinco kilómetros. Una parte de su cerebro siempre calculaba su probable ubicación, la distancia que los separaba. Pensar en ella lo calmaba y lo complacía, hacía que se diera cuenta de su propia humanidad como ninguna otra cosa.

Un estruendo ensordecedor anunció la llegada de un tren que cruzaba las vías entre los puentes de Blackfriars y Southwark. Aunque estaba acostumbrado al ruido del tren, dio un respingo por los violentos crujidos metálicos de las vías, de los travesaños y de los enganches entre vagones. La ensordecedora y continua salida de vapor iba acompañada a intervalos constantes por el rugido del combustible en la caldera. Se apartó de la barandilla y echó a andar de nuevo por el paseo para peatones.

De repente, se quedó de piedra por el abrumador dolor que sintió en el pecho, como si alguien lo hubiera golpeado con un garrote. Cayó de espaldas y acabó sentado de culo, sin aliento. Intentó llenar los pulmones de aire entre jadeos y toses. Una extraña sensación le corría por dentro.

Le costó la misma vida ponerse en pie. Las piernas no le funcionaban como era debido, y los músculos le temblaban en respuesta a las confusas órdenes de su cerebro. Esa extraña sensación se convirtió en algo insoportable y terrible, más ardiente que el fuego. Parecía imposible que el cuerpo humano pudiera soportar tanto dolor. Incapaz de identificar el motivo, Ethan se miró, estupefacto. Una mancha húmeda se extendía por la pechera de su camisa.

Le habían disparado.

Alzó la vista, entumecido, y observó cómo William Gamble se acercaba a él, con un revólver de bolsillo en la mano.

El ensordecedor paso del tren continuó mientras Ethan retrocedía hasta la barandilla del puente y se apoyaba en ella para no caer al suelo.

—Contabas con el honor de Felbrigg, ¿verdad? —preguntó Gamble cuando el ruido cesó—. Es un burócrata. Siempre seguirá al hombre que tenga por encima. Tatham y Jenkyn lo convencieron de que sus planes buscaban el bien mayor.

Ethan lo miró con expresión atolondrada. «Madre del amor hermoso», pensó. El comisario jefe de la policía iba a permitir que muchísimos inocentes, entre los que habría mujeres y niños, fueran masacrados y heridos... todo por conseguir réditos políticos.

—... robar la caja fuerte de Tatham cuando yo vigilaba, qué cabrón —masculló Gamble, irritado—. Si Jenkyn no me ha metido una bala en la cabeza es porque fue él quien lo fastidió todo al invitar a la doctora Gibson a esa velada. —Se le acercó despacio—. No quería acabar contigo de esta manera. Quería que fuera una pelea justa.

—Ha sido bastante justa —consiguió decir él—. Debería... haberte visto venir. —Sentía un líquido salado en la garganta. Tosió y escupió sangre en el suelo. Cuando se inclinó hacia delante, miró entre los balaustres de piedra la superficie negra que había debajo. Se incorporó y apoyó todo el peso en la barandilla.

Era imposible ganar. No podía sobrevivir.

—Deberías, sí —convino Gamble—. Pero llevas semanas distraído, pensando únicamente en esa bruja de ojos verdes. Ella ha sido tu tumba.

Garrett.

No sabría que sus últimos pensamientos habían sido para ella. Nunca sabría lo que había significado para él. Morir sería mucho más fácil si se lo hubiera dicho. Pero le iría bien sin él, tal como le había ido hasta el momento. Era una mujer fuerte, capaz de resistir los golpes, una fuerza de la naturaleza.

Su única preocupación era que nadie le regalaría flores.

Qué raro que, mientras su vida se precipitaba hacia el final, no sintiera rabia ni miedo, solo un amor abrumador. Se disolvía en él. No quedaba nada más que lo que ella le hacía sentir.

—¿Merecía la pena esa mujer? —preguntó Gamble con desdén.

Ethan se aferró con ambas manos a la barandilla que tenía detrás y esbozó una sonrisa torcida.

—Sí.

Acto seguido, se echó hacia atrás y dejó que la inercia le levantara las piernas, de modo que giró en el aire antes de caer al agua con los pies por delante. Durante la vertiginosa caída, apenas fue consciente de que había más disparos. Contuvo la respiración y se preparó para el impacto.

El mundo se convirtió en una asquerosa explosión negra y helada, como el infierno después de que apagaran las llamas y se agotara el azufre. Una muerte líquida. Intentó debatirse, incapaz de ver o de respirar. A la postre, su cuerpo fue incapaz de soportar todo el daño sufrido.

Un insistente y frío silencio lo arrastró al fondo, donde no había tiempo, ni luz, ni conciencia. Desapareció bajo el gran

río y la ciudad de millones de habitantes y su cielo inescrutable, con el cuerpo convertido en partículas de mortalidad efí-
mera. Su corazón herido latía al compás de un solo nombre:
Garrett... Garrett. Ella estaba en alguna parte. No muy lejos. Se
aferró a ese pensamiento mientras la corriente de ese río, tan
antiguo como el tiempo, lo arrastraba hasta su destino.

15

—Eliza —dijo Garrett con voz cansada mientras se frotaba los ojos—, que mi padre quiera algo no significa que tengas que dárselo.

La criada la miró a la defensiva. Estaban en la cocina y en el aire flotaba el delicioso y fuerte aroma de una empanada de carne picada.

—Le he dado un trocito muy pequeño, no más ancho que un dedo. Mire, le enseñaré la empanada para que...

—No quiero ver la empanada. Quiero que sigas al pie de la letra el menú semanal que te he dado.

—No soporta comer como si fuera un inválido.

—Es un inválido.

Garrett había vuelto a casa después de trabajar horas en la clínica y había descubierto que Eliza había decidido por su cuenta preparar uno de los platos preferidos de su padre, un enorme pastel de carne picada que era demasiado graso y pesado para su delicado aparato digestivo. Y también era carísimo, ya que la receta necesitaba dos kilos y medio de grosellas y pasas, un kilo y medio de manzanas, un kilo y medio de manteca, un kilo de azúcar, un kilo de carne de ternera, medio litro de vino y otro medio de brandi, y un sinfín de especias. Todo ello se mezclaba, se introducía en el horno entre dos capas de masa de harina y se horneaba hasta que el interior se transformaba en una masa pegajosa y oscura. No se oían ruidos en el dormitorio de su padre. Eliza acababa de llevarle un trozo de empanada y seguramente lo estaba devorando sin pérdida de tiempo.

—Dentro de una hora o dos empezará a quejarse porque le duele el estómago —dijo Garrett—. La empanada de carne lleva todo lo que le sienta mal, desde la manteca hasta el azúcar.

Eliza protestó, medio arrepentida y medio desafiante:

—El señor Gibson solía comerla todos los domingos. Ahora no puede probar ni un bocadito. ¿Qué placeres le quedan al pobre? No tiene mujer, no puede probar los dulces, apenas puede andar, tiene tan mal la vista que no puede leer... Se pasa las horas sentado en su dormitorio, contando los días que faltan hasta la siguiente partida de póquer. Pues yo creo que de vez en cuando no es malo que disfrute un poco.

Garrett tenía una réplica impaciente en la punta de la lengua, pero se la mordió mientras sopesaba las palabras de la criada.

Eliza tenía razón. Stanley Gibson, otrora un hombre vigoroso y activo, un agente de la policía de Londres, se pasaba los días en un dormitorio silencioso. Un dormitorio alegre y cómodo, pero de todas formas debía de sufrir momentos en los que le pareciera una cárcel. ¿Qué daño podía hacerle un capricho de vez en cuando? Pese a su preocupación por mantener en la medida de lo posible la poca salud que le quedaba, no debía negarle los pequeños placeres que hacían la vida tolerable.

—Tienes razón —admitió a regañadientes.

Eliza se quedó boquiabierta por la sorpresa.

—¿Ah, sí?

—Estoy de acuerdo en que todos merecemos un poco de alegría de vez en cuando.

—Doctora, me alegra que diga algo tan sensato.

—Sin embargo, si este «pequeño placer» hace que se pase la noche con dolor de estómago, vas a ayudarme a aliviarlo.

La doncella esbozó una sonrisa satisfecha.

—Sí, doctora.

Después de subir para ver a su padre, que parecía muy ufano e insistió con tenacidad en que la empanada de carne no le causaría el menor problema, Garrett bajó a la sala de espera. Se sentó en el escritorio, ojeó la correspondencia y cogió el trozo de empanada que Eliza le había llevado. No pudo darle más de dos bocados. Nunca le habían gustado los platos dulces y a la vez salados y desde luego jamás había compartido la afición de su padre por ese en concreto. En su opinión, la empanada de carne era un batiburrillo de ingredientes que no estaban pensados para mezclarse. Era un plato graso, pesado y en absoluto apropiado para las enzimas digestivas.

Ya antes de probar la empanada tenía el estómago revuelto. Llevaba todo el día preocupada porque Ethan había llevado la información incriminatoria a Scotland Yard. La maquinaria de la justicia ya estaba en marcha y tanto lord Tatham como sir Jasper seguramente se pusieran a la defensiva e intentaran salvar sus pellejos. Se tranquilizó porque Ethan conocía Londres como la palma de su mano, y era un hombre avispado y seguro de sí mismo. Era capaz de cuidarse solo.

Iría a verla al cabo de unos días, cuando los conspiradores estuvieran a buen recaudo entre rejas. Pensar en él llamando a la puerta era una imagen que la alegraba. Tan corpulento y guapo, tal vez un poco nervioso mientras lo invitaba a entrar. Discutirían sobre el futuro... el futuro compartido... y lo convencería de que, pese a sus temores, serían más felices juntos que estando separados. Y si él no era capaz de proponerle matrimonio, tendría que proponérselo ella.

¿Cómo se proponía matrimonio?

En las novelas, las parejas paseaban a la luz de la luna, una vez comprometidas, dejando el momento a la imaginación del lector. Según había oído, el pretendiente hincaba una rodilla en el suelo, algo que ella no pensaba hacer a menos que estuviera ayudando a subir a Ethan a la camilla de una ambulancia.

Puesto que las frases románticas no eran su fuerte, sería mejor que fuese Ethan quien le propusiera matrimonio. Seguro que decía algo bonito y poético con ese acento irlandés tan seductor. Sí, encontraría la forma de obligarlo a hacerlo.

¿De verdad estaba considerando el matrimonio con un hombre al que conocía tan poco? Si fuera otra mujer la que estuviera en sus circunstancias, le aconsejaría que esperase hasta conocer más a fondo al potencial marido. La probabilidad de que las cosas salieran mal era más alta que la probabilidad de que salieran bien.

«Pero he tenido que esperar para conseguir tantas cosas en la vida...», pensó. Había pasado años estudiando y trabajando mientras otras muchachas eran cortejadas. Convertirse en doctora había sido su sueño y su vocación. Nunca había pensado en un futuro en el que pudiera mantener una relación estable con una pareja cariñosa que cuidara de ella. No quería depender de otra persona por necesidad.

Pero no se arrepentía de nada. Esa era la vida que siempre había querido. Aunque... estaba un poco cansada de ser cauta y responsable. Anhelaba sumergirse en la experiencia de sentirse amada, deseada, conquistada y querida. Ethan Ransom era el único hombre que había despertado en ella el deseo de arriesgarse a mantener una relación íntima, no solo en el plano físico, sino también en el emocional. Con él, sería seguro compartir sus pensamientos y sentimientos más íntimos porque nunca se burlaría de ella ni le haría daño, ni tampoco le exigiría más de lo que podía darle. Claro que al mismo tiempo sería un amante exigente que no le permitiría ocultarle nada, y eso le resultaba tan aterrador como emocionante.

La aldaba con cabeza de león golpeó con insistencia la puerta de repente, sacándola de sus cavilaciones. Era demasiado tarde para recibir visitas o para que fuera un mozo de reparto. Al cabo de cinco segundos los golpes de la aldaba resonaron de nuevo por toda la casa.

Eliza apareció a la carrera para abrir, poniendo verde entre dientes a la gente que llamaba a la puerta con tanta fuerza como para despertar a los muertos.

—Buenas noches —dijo la criada—. ¿Qué se le ofrece?

Tras el saludo se produjo una breve conversación.

Garrett, que no alcanzaba a oírla, frunció el ceño y se volvió en la silla para mirar hacia la puerta de la sala de espera.

Eliza apareció en ese momento, llevando en las manos una nota doblada. Frunció el ceño y se mordió los labios antes de decir:

—Es uno de los lacayos de lord Trenear, doctora. Me ha pedido que le entregue esto mientras él espera.

Garrett extendió la mano para que la criada le entregara la nota. Tras romper el sello de lacre, vio unas cuantas líneas escritas a la carrera, con una letra inclinada. La te solo tenía barra a la derecha y había una letra i sin punto. Era de Kathleen, lady Trenear, la esposa del conde.

Doctora Gibson:

Si puede, le suplico que venga a Ravenel House lo antes posible. Un invitado ha sufrido un accidente. Puesto que el asunto es delicado, le pido la mayor discreción para poder mantener este asunto en privado.

Gracias, amiga mía.

K.

Garrett se levantó tan deprisa que estuvo a punto de volcar la silla.

—Hay alguien herido —dijo—. Me marcho a Ravenel House. Asegúrate de que mi material quirúrgico está en el maletín y tráeme el abrigo y el sombrero.

Eliza, bendita fuera, no perdió el tiempo haciendo preguntas y se marchó a toda prisa. La había ayudado en muchas ocasiones en las que la rapidez era esencial para atender al paciente.

Aunque Garrett era la doctora de lady Helen y de Pandora, el resto de los Ravenel usaba los servicios del médico de confianza de la familia. ¿Por qué no lo habían avisado a él? ¿Estaría ocupado o habían decidido que ella estaba mejor preparada para lidiar con la situación?

El lacayo, un hombre alto y rubio, la obedeció al instante cuando le indicó con un gesto que la siguiera a la sala de consulta.

—¿Quién está herido? —le preguntó Garrett con brusquedad.

—Me temo que no lo sé, señorita... señora. Doctora. Un desconocido.

—¿Hombre o mujer?

—Hombre.

—¿Qué le ha pasado? —Al verlo titubear, añadió con impaciencia—: Debo conocer la naturaleza de la herida para poder llevar el material necesario.

—Un accidente con arma de fuego.

—Muy bien —se apresuró a replicar mientras cogía una cesta de alambre llena de chismes y arrojaba su contenido al suelo. Después, corrió hacia una estantería y empezó a elegir frascos que fue metiendo en la cesta. Cloroformo, éter, ácido carbólico, yodo, colodión, solución de bismuto, algodón, gasas, rollos de vendas, glicerina, hilo de sutura, alcohol isopropílico, sales metálicas...

—Coja esto —dijo al tiempo que le entregaba la cesta al lacayo—. Y esto. —Levantó una garrafa de agua esterilizada y se la dio.

El lacayo la sostuvo con el brazo libre y se tambaleó un poco.

—Venga —le ordenó Garrett, que echó a andar hacia la entrada, donde la esperaba Eliza con el sombrero y el abrigo—. No sé cuánto tardaré en regresar —le dijo a la criada mientras se ponía el abrigo—. Si mi padre se queja de dolor de estómago, dale una dosis del tónico digestivo que está en el armario de su dormitorio.

—Sí, doctora. —Eliza le entregó el pesado maletín de cuero y el bastón.

El lacayo corrió hacia la puerta principal y trató de abrirla a pesar de tener los brazos ocupados, hasta que Eliza se percató y se apresuró a ayudarlo.

Garrett se detuvo en la acera al ver el sencillo carruaje negro, carente de blasón que pudiera identificarlo. Tras mirar al lacayo con recelo, le preguntó:

—¿Dónde está el blasón? El carruaje de los Ravenel lleva el escudo familiar en el lateral.

—Lord Trenear lo ha querido así. Me ha dicho que se trata de un asunto privado.

Garrett no se movió.

—¿Cómo se llaman los perros de la familia?

—*Napoleón* y *Josefina*. Son dos spaniels.

—Dígame una de las palabras de lady Pandora.

Pandora, una de las gemelas, a menudo usaba palabras como «frustrágeno» o «populoso» cuando las palabras normales no le servían. Pese a sus intentos por abandonar esa costumbre, se le escapaba alguna de vez en cuando.

El lacayo pensó un instante.

—¿Lanmesia? —sugirió a la postre con la esperanza de que la satisficiera—. La dijo cuando lady Trenear cambió de sitio la cesta con sus ovillos de lana.

Eso parecía típico de Pandora. Garrett asintió con la cabeza.

—Vamos.

El trayecto desde King's Cross a Ravenel House, situada

en South Audley, era de algo más de cinco kilómetros y medio, pero a Garrett le parecieron quinientos. Hervía de impaciencia con el maletín en el regazo y una mano en la cesta, que no dejaba de sacudirse, lo que hacía que los frascos tintinearan. Haría cualquier cosa por los Ravenel, que siempre habían sido amables y generosos con ella, y que jamás se habían dado aires de grandeza pese a su elevado estatus social.

En ese momento, era Devon quien ostentaba el título de lord Trenear, un primo lejano de la familia que lo había heredado de forma inesperada tras el fallecimiento de los dos últimos condes, que habían muerto uno tras otro. Aunque Devon era joven y carecía de experiencia a la hora de gestionar una inmensa propiedad y de hacerse cargo de sus correspondientes obligaciones financieras, llevaba la responsabilidad de forma admirable. También tomó bajo su protección a las tres hermanas Ravenel, Helen, Pandora y Cassandra, todas solteras cuando él aceptó la herencia, aunque bien podía haberlas arrojado a los leones.

Por fin vio a lo lejos la mansión de estilo jacobino, con su planta cuadrada fastuosamente adornada con una profusión de molduras, pilastras, arcos y parapetos. Pese a su gran tamaño, la residencia era agradable y acogedora, cómodamente adaptada al paso de los años. Tan pronto como el carruaje se detuvo, apareció un lacayo que abrió la portezuela mientras otro ayudaba a Garrett a apearse.

—Coja esto —dijo ella sin preámbulo al tiempo que le entregaba la cesta con el material médico—. Tenga cuidado. Muchos son productos químicos abrasivos y muy inflamables.

El lacayo la miró con cara de susto apenas disimulado y aferró la cesta con cuidado.

Garrett bajó sola del carruaje y recorrió prácticamente a la carrera el camino de losas de piedra que llevaba hasta la entrada.

Dos mujeres la esperaban en el vano de la puerta. El ama de llaves, la señora Abbott, una mujer regordeta de pelo canoso, y lady Cassandra, una joven rubia de ojos azules y con un rostro que parecía sacado de un camafeo. Detrás de ellas el vestíbulo era un hervidero de frenética actividad. Los criados corrían de un lado para otro con cubos de agua y lo que parecían ser toallas y paños sucios.

Garrett frunció el ceño al captar el olor que impregnaba el aire, una nota de podredumbre orgánica mezclada con algún producto químico abrasivo... Fuera lo que fuera, era un olor pútrido.

El ama de llaves la ayudó a quitarse el sombrero y el abrigo.

—Doctora Gibson —dijo lady Cassandra con su precioso rostro demudado por la preocupación y la ansiedad—, gracias a Dios que ha llegado tan pronto.

—Dígame qué ha pasado.

—No estoy muy segura. La policía del río ha traído a un hombre, pero nos han pedido que lo mantengamos en secreto. Lo tiraron al río y dicen que cuando lo sacaron, lo dieron por muerto, pero de repente empezó a toser y a gemir. Lo han traído aquí porque llevaba una de las tarjetas de visita del primo West en la cartera y no se les ocurría otro lugar donde dejarlo.

—Pobre hombre —replicó Garrett en voz baja. Hasta un hombre joven y sano podía contraer una enfermedad después de haber estado expuesto a las tóxicas aguas del Támesis—. ¿Dónde está?

—Lo han llevado a la biblioteca —le informó la señora Abbott, que señaló en dirección a un pasillo cercano—. Ahí dentro está todo hecho un desastre. Lord y lady Trenear han intentado limpiar toda la suciedad que el hombre traía en el cuerpo y ponerlo más cómodo. —Meneó la cabeza y murmuró, inquieta—: Las alfombras, los muebles... no me cabe duda de que no tienen arreglo.

—¿Por qué iban a atender personalmente un conde y una condesa a un desconocido? —preguntó Garrett, extrañada.

Una nueva voz se sumó a la conversación, la de un hombre que se acercaba desde el pasillo.

—No es un desconocido. —Era una voz ronca y afable, de acento refinado.

Cuando Garrett se volvió para mirarlo, se sintió invadida por la confusión y la emoción hasta el punto de quedarse sin aliento.

«Ethan», pensó.

Unos ojos azulísimos, el pelo negro, la complexión atlética y fuerte... pero no era él. La desilusión la abrumó, seguida por un mal presentimiento que le provocó un escalofrío.

—Soy West Ravenel. —El recién llegado miró a Cassandra—. Querida —murmuró—, permíteme unos momentos a solas con la doctora.

La muchacha se marchó al instante, acompañada por el ama de llaves. Ravenel miró de nuevo a Garrett y le dijo en voz baja:

—El herido es un conocido suyo. De hecho, está usted aquí porque él la ha mandado llamar.

El miedo clavó unos gélidos dardos en el pecho de Garrett. Lo poco que había comido de la empanada de carne picada pareció subirle por el esófago. Tragó para controlar las náuseas y se obligó a preguntar:

—¿Es el señor Ransom?

—Sí.

Más dardos afilados se le clavaron en el pecho y le atravesaron el desbocado corazón. Sintió que torcía el gesto a causa de un espasmo.

Ravenel siguió hablando con voz serena, despacio, a fin de darle tiempo para que asimilara la información.

—Tiene una bala en el pecho. Ha perdido una gran cantidad de sangre. La herida ya no parece sangrar, pero está en pésimas condiciones. Se sume a ratos en la inconsciencia y se vuelve a despertar. Hemos enviado en su busca no con la esperanza de que lo salve, sino porque él quería verla por última vez.

Garrett intentó pensar por encima del nauseabundo espanto. Ansiaba gritar, llorar, derrumbarse. Pero al recordar a los hombres responsables del daño que había sufrido Ethan, la invadió la rabia, llevándose la desesperación consigo.

«¿Cómo se atreven a hacerle algo así?»

La repentina furia la estabilizó y le dio fuerzas. Apretó la mano en torno al asa del maletín de cuero.

—Lléveme con él —se oyó decir con voz sosegada—. Lo salvaré.

16

—No creo que comprenda la gravedad de su situación —dijo Ravenel mientras la conducía a la enorme biblioteca—. Está vivo por los pelos.

—Comprendo su situación perfectamente —repuso Garrett, que recorría el pasillo con grandes zancadas—. Cualquier herida perforante del pecho es de extrema gravedad. Además, el Támesis está contaminado con bacterias, nitratos y químicos tóxicos. Hay que hacer de todo para desinfectarlo y puede que no baste.

—Pero ¿cree que hay probabilidades de salvarle la vida? —preguntó él con escepticismo.

—Voy a salvarlo. —Garrett meneó la cabeza con impaciencia al oír el temblor en su propia voz.

Entraron en la biblioteca, que consistía en dos espaciosas estancias unidas y flanqueadas con interminables estanterías de madera de caoba. El interior estaba decorado con unos cuantos muebles macizos y elegantes, entre los que se incluía una larga mesa dispuesta en el centro y un amplio diván. Un trozo de alfombra persa estaba lleno de toallas y recipientes con agua. Un hedor espantoso pugnaba con el olor del jabón carbólico, que se usaba normalmente para la higiene de los caballos y también para la limpieza doméstica más difícil.

La esbelta figura de Kathleen, lady Trenear, y la figura mucho más corpulenta de su marido, Devon, se inclinaban sobre un cuerpo inmóvil, tumbado en el diván.

A Garrett le latía tan fuerte el corazón que tenía la sensación de que las luces de la estancia parpadeaban delante de sus ojos.

—Buenas noches —dijo en un intento por parecer tranquila, aunque no lo consiguió.

El matrimonio se volvió hacia ella.

Lady Trenear, una pelirroja de una belleza delicada y casi felina, la miró con preocupación.

—Doctora Gibson —susurró.

—Condesa —replicó ella, con voz distraída, antes de saludar con la cabeza al alto conde de pelo oscuro—. Lord Trenear. —Clavó la mirada en Ethan.

De no ser por los continuos temblores que sacudían su cuerpo, habría supuesto que ya estaba muerto. Tenía la piel cenicienta, los labios azulados y los ojos cerrados y hundidos. Lo habían tapado con una colcha, pero habían dejado los hombros y un brazo al descubierto. Tenía la mano con la palma hacia arriba y los dedos, ligeramente curvados. Las uñas mostraban un color entre gris y amoratado.

Dejó el maletín en el suelo y se arrodilló en una toalla doblada junto al diván antes de cogerle la muñeca para comprobar su pulso. Era tan débil que apenas lo percibía. Tenía las venas descoloridas y planas. «¡Dios!», pensó. Había perdido demasiada sangre. Cualquier cosa que le hiciera iba a matarlo.

Ethan se sacudió cuando lo tocó. Sus larguísimas pestañas se alzaron para mostrar esos penetrantes ojos azules. Su desorientada mirada se clavó en ella, aunque con mucho esfuerzo. El asomo de una sonrisa apareció en sus labios.

—Garrett. Se me... acaba el tiempo.

—Pamplinas —repuso con firmeza—. Te curaré enseguida.

Ella empezó a apartar la colcha, pero su enorme y gélida mano la detuvo.

—Me muero, amor mío —oyó que él susurraba.

Las palabras se le clavaron en lo más hondo y la conmovieron como nada lo había hecho hasta el momento. Una parte de su cerebro se sorprendió al ser capaz de responder con coherencia.

—Si no te importa, deja que yo haga el diagnóstico.

Ethan cerró los dedos en torno a los suyos. Los sintió muy raros, carentes como estaban de su calor y de su fuerza habituales.

—Garrett...

Usó la mano libre para bajar la colcha hasta dejar al descubierto la herida de bala. Fue una sorpresa ver un círculo tan pequeño y definido. Si se tenía en cuenta la elasticidad de la piel, la bala sin duda era de mayor diámetro que el de la herida.

Ethan clavó la mirada en ella y habló con mucho esfuerzo:

—Desde que te vi, supe que serías mi porción del mundo. Siempre te he querido. Si pudiera elegir mi destino, nunca me separaría de ti. *Acushla*... latido de mi corazón, aliento de mi alma... no hay nada sobre la faz de la Tierra más hermoso y dulce que tú. Tu sombra en el suelo es el sol para mí.

Guardó silencio y se le cerraron los ojos. Su cuerpo empezó a estremecerse. El dolor le frunció el ceño como si se estuviera concentrando por entero en alguna tarea.

Con torpeza, Garrett se apartó de él para rebuscar en su maletín y luego sacó el estetoscopio. El corazón se le estaba rompiendo en mil pedazos. Quería arrojarse sobre él y llorar por la desesperación. «No soy lo bastante fuerte para esto —pensó—. No puedo soportarlo. Señor, te lo suplico, no permitas que suceda... Por favor...»

Sin embargo, en cuanto clavó la vista en la cara cenicienta de Ethan, un manto de sosegada determinación la cubrió, aplastando la angustia. ¡No iba a perderlo!

Con mucho cuidado, colocó el estetoscopio en varios lugares de su pecho, desde un punto situado por encima de la clavícula hasta la parte baja de las costillas. Si bien respiraba de forma muy rápida y superficial, no parecía que tuviera daño pulmonar. Se aferró a esas buenas noticias, por insignificantes que fuera, y rebuscó en su maletín la caja donde guardaba la aguja hipodérmica para preparar una inyección de morfina.

—Ethan —dijo en voz baja—, ¿puedes decirme con qué clase de arma te han disparado? ¿A qué distancia estaba el tirador?

Él entreabrió los párpados y la miró sin comprender.

Devon, lord Trenear, que estaba su espalda, contestó:

—A juzgar por las manchas de pólvora, parece que le dispararon a bocajarro. No hay orificio de salida. Supongo que fue un arma de gran calibre y poca velocidad.

Ojalá tuviera razón: el recorrido interno de un proyectil pesado abriría una brecha mayor, de modo que extraer la bala sería más fácil.

—Dijo que ha sido uno de los hombres de Jenkyn —siguió lord Trenear—. Un asesino profesional usaría las balas más modernas, de forma cónica en vez de redonda. De ser así, el proyectil iría en una vaina de cobre o de acero.

—Gracias, milord. —Un proyectil puntiagudo tenía más probabilidades de haber seguido un curso recto en vez de rebotar en su interior. Y si dicho proyectil tenía una vaina dura, el plomo no se habría fragmentado.

Trenear la miró con expresión astuta al comprender que iba a operar a Ethan allí mismo, en un esfuerzo desesperado por salvarle la vida. Sus ojos eran azules y tenía unas larguísimas pestañas negras... «Los ojos de Ethan», se dijo. ¿Se estaba volviendo loca? No, no pensaría en nada más que en el trabajo que tenía por delante.

—¿Qué necesita? —preguntó Kathleen, tras colocarse junto a ella—. Tenemos tres cubos grandes con agua hervida y más

231

agua en los fogones. La hemos usado para lavarlo con jabón carbólico.

—Excelente —aseguró Garrett—. El criado ha entrado con una cesta llena de productos químicos necesarios para una operación. Si no le importa, milady, busque un bote etiquetado como hipoclorito de sodio y eche el contenido entero en uno de los cubos. Use el agua para desinfectar hasta el último rincón de la mesa de la biblioteca y luego cúbrala con una sábana de lino. Voy a necesitar todas las lámparas que pueda proporcionarme. —Se volvió hacia lord Trenear—. Milord, ¿puede enviar a alguien a buscar al doctor Havelock?

—Iré en persona a buscarlo.

—Gracias. Asegúrese de que traiga el transfusor de Roussel. No querrá hacerlo, pero no le permita venir sin él.

Siguió arrodillada junto al diván y desinfectó el brazo de Ethan con una solución antiséptica. Levantó la jeringuilla con pericia y expulsó todo el aire del pequeño recipiente de cristal hasta que una gota de líquido brotó de la aguja hueca.

Ethan se despertó y parpadeó, incluso pareció que recuperaba la conciencia.

—Garrett —dijo con voz entrecortada, como si la reconociera pero no recordara bien el nombre. Desvió la mirada hacia la aguja hipodérmica que ella tenía en la mano—. No lo necesito.

—Te alegrarás cuando empiece a buscar la bala.

El pecho de Ethan se agitó con la trémula respiración.

—Ni se te ocurra abrirme como si fuera... una lata de jamón cocido.

—Vas a recibir tratamiento médico adecuado —le informó.

—Si sobrevivo a la operación, la fiebre me matará.

—Vas a sobrevivir a la operación y desde luego que vas a tener fiebre. Altísima. Después de estar nadando en ese río pestilente, estás infestado de microbios inflamatorios. Por suerte, he traído un sinfín de soluciones antisépticas. En un abrir y cerrar de ojos, te tendré más limpio que una patena.

—Por el amor de Dios, mujer... ¡Ay, maldita sea! ¿Qué es eso?

—Morfina —contestó al tiempo que presionaba el émbolo para liberar despacio la medicina en su musculoso brazo.

Ethan se rindió al darse cuenta de que era imposible detenerla.

—No tienes ni un solo hueso romántico en el cuerpo —masculló él.

Eso parecía algo tan típico en él que Garrett casi sonrió.

—Cuando estudiaba medicina, monté un esqueleto desarmado al completo. Los huesos románticos no existen.

Ethan volvió la cara para no mirarla.

A Garrett la abrumó el amor y la más absoluta preocupación. Le temblaron los labios y los apretó con fuerza. Sabía que Ethan comprendía muy bien que estaba a las puertas de la muerte y también sabía que se había resignado a lo que consideraba inevitable. Quería pasar sus últimos minutos lúcido y consciente, en los brazos de su amada.

En vez de acariciarlo, sus manos estarían usando instrumentos quirúrgicos. En lugar de mirarlo con adoración, examinaría sus contusiones y laceraciones internas.

No, no sería nada romántico.

Claro que ella tampoco sería la mujer a quien él amaba si no empleaba toda su habilidad en un esfuerzo por salvarlo.

Guardó la aguja hipodérmica y clavó la vista en su perfecta oreja. Se inclinó para acariciar el delicado lóbulo con los labios.

—Éatán —susurró—, escúchame. Esto es lo que hago. Estaré a tu lado durante todo el camino y te cuidaré. Estaré junto a ti cada minuto. Confía en mí.

Ethan movió la cabeza hacia ella, y se dio cuenta de que no la creía. La luz de sus ojos se había apagado salvo un débil brillo, como el cabo de una vela que acabaran de apagar.

233

—Dime que me quieres —susurró él.

El pánico hizo que las palabras brotaran y rebotaran en su interior: «Te quiero, te necesito. Por Dios, quédate conmigo.» Sin embargo, tuvo la aterradora premonición de que si las pronunciaba en voz alta, él dejaría de luchar. Como si así le hubiera dado permiso para morir en paz en vez de luchar por su vida.

—Después —le dijo en voz baja—. Cuando despiertes de la operación, te lo diré.

Cuando por fin llegó el doctor Havelock, Ethan ya estaba sobre la enorme mesa de la biblioteca. West Ravenel y tres criados fornidos lo movieron con todo el tiento del mundo, por temor a dislocar algún fragmento de hueso o de plomo, o de causarle más daño. Ethan estaba delirando y solo emitía algún gruñido o una exclamación inarticulada.

Con la ayuda de lady Trenear, Garrett había limpiado el cuerpo de Ethan de la cabeza a los pies con una solución desinfectante y le había rasurado la zona de la herida a fin de prepararlo para la operación. Le habían colocado una toalla sobre las caderas por pudor y luego lo habían arropado con mantas de algodón limpias. La palidez azulada de su piel le confería la engañosa perfección de una estatua de mármol, esculpida y pulida hasta obtener una pátina brillante.

Por algún motivo, se le antojaba más espantoso si cabía ver a un hombre tan robusto y saludable reducido a esa condición. La morfina había surtido efecto, pero Ethan seguía presa del dolor y ella no se atrevía a administrarle otra dosis con la presión sanguínea tan baja.

Jamás se había sentido tan aliviada como cuando vio llegar al doctor Havelock. Su presencia hizo que creyera que, juntos, podían salvarle la vida a Ethan. El doctor Havelock llevaba la inconfundible mata de pelo canoso peinada a toda prisa, y en las mejillas y en la barbilla se apreciaba el asomo de la barba canosa. Su colega examinó a Ethan con silenciosa eficiencia y respondió a los murmullos incoherentes del herido con unas cuantas palabras de ánimo.

Cuando terminó su examen, Garrett lo acompañó al extremo más alejado de la biblioteca para conferenciar en privado.

—Está al borde del colapso circulatorio —anunció Havelock con voz queda y expresión seria—. De hecho, nunca he visto a un paciente con semejante capacidad para aguantar una hemorragia tan extensa. La bala le ha penetrado el músculo pectoral izquierdo. No me sorprendería que le hubiera seccionado una arteria por completo.

—Yo también lo creía, pero de ser así, debería haber muerto casi en el acto. ¿Por qué se ha detenido la hemorragia? Si tuviera una hemorragia interna, sus pulmones no funcionarían como es debido, pero están bien.

—Es posible que la arteria se haya encogido sobre sí misma, y por lo tanto se haya sellado temporalmente.

—Si se trata de la arteria axilar, ¿recibiría el brazo sangre suficiente si la suturo?

—Sí, habría suficiente circulación periférica. Pero no lo recomiendo.

—¿Y qué recomendaría?

Havelock la miró fijamente un instante y su mirada se suavizó de un modo que no le gustó ni un pelo.

—Que pusiera a ese pobre desdichado lo más cómodo posible y lo dejara morir en paz.

Esas palabras fueron como un bofetón.

—¿Cómo? —le preguntó ella, estupefacta—. No, voy a salvarlo.

—No puede. Según todo lo que me ha enseñado de la medicina antiséptica, ese hombre está tan contaminado, por dentro y por fuera, que no hay esperanza. Someterlo a una cirugía innecesaria es una idiotez y también un acto egoísta. Si consiguiéramos retrasar su muerte un par de días, sufriría una agonía indescriptible. Su cuerpo se consumiría por la sepsis hasta provocar el fallo de los órganos internos. No cargaré con ese peso en la conciencia y tampoco quiero que lo haga usted.

—Ya me preocuparé yo por mi conciencia. Usted limítese a ayudarme, Havelock. No puedo hacerlo sola.

—Operar cuando los datos médicos no lo aconsejan, cuando lo único que se va a conseguir es causarle al paciente un dolor innecesario, es mala praxis, se mire por donde se mire.

—Me da igual —replicó ella, sin pensar siquiera.

—No le dará igual si esto destruye su carrera. Sabe que hay mucha gente dispuesta a aprovechar cualquier oportunidad para revocarle la licencia médica. La primera mujer doctora de Inglaterra, expulsada de la profesión por el escándalo y la mala praxis... ¿Qué consecuencias tendrá eso para todas las mujeres que sueñan con seguir sus pasos? ¿Qué pasará con los pacientes a los que ya no podrá ayudar?

—¡Si no hago nada por este hombre, nunca más podré ayudar a otro! —exclamó Garrett, que se estremecía por la fuerza de sus emociones—. Me atormentará durante toda la vida. No podré vivir con la idea de que había una oportunidad de salvarlo y, sin embargo, no quise arriesgarme. Usted no lo conoce. Si él estuviera en mi lugar, haría cualquier cosa con tal de salvarme. Tengo que luchar por él. ¡Debo hacerlo!

El doctor Havelock la miró como si no la reconociera.

—No está pensando con claridad.

—Jamás he pensado con más claridad.

—Es el hombre a quien conoció en casa de lord Tatham la otra noche.

Garrett se ruborizó, pero no apartó la mirada mientras admitía:

—Ya nos conocíamos. Es mi... Es... importante para mí.

—Entiendo. —Havelock se quedó callado mientras se acariciaba el bigote canoso, mientras se consumían unos preciosos segundos de la vida de Ethan.

—¿Ha traído el transfusor? —le preguntó Garrett de repente, impaciente por decidir la mejor manera de ayudarlo.

Havelock se puso muy serio.

—He intentado la transfusión de sangre en siete ocasiones y en todos los casos, salvo en uno, acabó en *shock*, dolor y un ataque al corazón o un fallo cardíaco. Nadie ha descubierto todavía por qué unas veces la sangre es compatible y por qué otras no lo es. Usted no ha visto lo que sucede cuando el procedimiento fracasa. Yo sí. No volveré a infligirle semejante agonía a otro paciente a sabiendas.

—¿Lo ha traído? —insistió ella.

—Sí —masculló él—. Que Dios los ayude, a usted y a ese pobre desgraciado, si intenta usarlo. Dígame la verdad, doctora Gibson: ¿actúa en beneficio de su paciente o del suyo propio?

—¡En beneficio de los dos! Lo hago por los dos.

Supo, a juzgar por la expresión de su colega, que era la respuesta incorrecta.

—No puedo ayudarla a hacer algo que va contra sus intereses y contra los intereses de su paciente —le dijo Havelock—. Esto es una locura, Garrett.

Nunca la había llamado por su nombre de pila.

Mientras ella permanecía muda por la sorpresa, el doctor Havelock la miró con una expresión suplicante a la par que severa tras lo cual salió de la biblioteca.

—¿Se va? —le preguntó, totalmente anonadada.

Él atravesó el vano de la puerta sin mediar palabra. Garrett se sentía vacía y entumecida. El doctor William Havelock, su colega, su consejero, su defensor y su confidente, un hombre con la capacidad innata de distinguir el bien del mal incluso en las situaciones más complejas, acababa de darle la espalda. No colaboraría en lo que ella iba a hacer. No porque él se equivocara, sino porque ella lo hacía. El doctor Havelock se estaba ciñendo a sus principios, mientras que ella...

No tenía principios en lo referente a Ethan Ransom. Simplemente lo amaba.

Temblorosa, desesperada, parpadeó para controlar la neblina que le nublaba la vista. Se ahogaba con su propio aliento.

Maldición, ¡maldición!, encima se había echado a llorar.

Alguien estaba en la puerta. Se trataba de West Ravenel, que tenía apoyado un ancho hombro en la jamba mientras la observaba con expresión serena y calculadora. Sus ojos azules resaltaban muchísimo con el intenso bronceado de su piel. Garrett agachó la cabeza y tragó saliva varias veces en un intento por contener el demoledor dolor que sentía en la garganta. No le quedaban defensas. Seguro que sentía desdén por ella, o lástima; fuera como fuese, bastaría una sola palabra para destruirla.

—No dude más, inténtelo —oyó que decía Ravenel con voz tranquila—. Yo la ayudaré.

Garrett levantó la cabeza con mucho esfuerzo. Lo miró, desconcertada. Tardó un segundo en darse cuenta de que se estaba ofreciendo para ayudarla durante la operación. Después de carraspear dos veces, los músculos agarrotados se soltaron lo suficiente para hablar.

—¿Tiene alguna noción médica?

—Ninguna. Pero haré todo lo que me diga.

—¿Tiene problemas al ver la sangre?

—Por Dios, no, soy granjero. En el campo se ve sangre por todas partes, tanto animal como humana.

Lo miró con expresión dubitativa al tiempo que se secaba las mejillas con el puño de la camisa.

—¿Hay mucha sangre en el campo?

Ravenel sonrió.

—No he dicho que se me diera bien. —Esa sonrisa se parecía tanto a la de Ethan que sintió cómo se le encogía el corazón al verla. Él se sacó un pañuelo del bolsillo de la chaqueta y se acercó para dárselo.

Avergonzada por el hecho de que la hubiera visto llorar, Garrett se secó las mejillas y los ojos antes de sonarse la nariz.

—¿Cuánto ha oído?

—Casi todo. La biblioteca tiene una buena acústica.

—¿Cree que Havelock tiene razón?

—¿En qué?

—En que debería hacer que el señor Ransom estuviera lo más cómodo posible durante sus últimos momentos en la tierra en vez de torturarlo con una operación.

—No, ya se las ha apañado usted para arruinar una conmovedora escena en el lecho de muerte. Me moría por escuchar lo que seguía a «tu sombra en el suelo es el sol para mí», pero en ese momento empezó usted a dar órdenes como un sargento de instrucción. Bien puede operar a Ransom: esta noche no va a regalarnos más líneas tan buenas.

Garrett lo miró con el ceño fruncido, desconcertada. Ese hombre no sabía que era muy inapropiado bromear en esas circunstancias o no le importaba en lo más mínimo. Sospechaba que se trataba de lo último. Claro que esa actitud arrogante y despreocupada le resultó muy reconfortante. Tenía la sensación de que West Ravenel podía ser un tipo duro cuando le convenía, un hombre de los que no sucumbían a la presión, y en ese momento era justo lo que ella necesitaba.

—Muy bien —dijo—. Vaya a la cocina y lávese el torso y los brazos con jabón carbólico y agua caliente. Asegúrese de frotarse bien por debajo de las uñas. —Le miró las manos, de elegantes dedos largos y limpísimas. Tenía las uñas cortadas casi a ras, con una porción mínima de blanco en las puntas.

—¿Qué me pongo? —le preguntó Ravenel.

—Una camisa de lino o de algodón blanqueada con lejía. No toque absolutamente nada después, sobre todo nada de mesas ni de pomos de puertas, y vuelva enseguida.

Él asintió con un gesto brusco de la cabeza y se alejó con paso firme. Oyó cómo decía en el pasillo:

—Señora Abbott, voy a la cocina a lavarme. Avise a las criadas para que se cubran los ojos y no vean mi viril torso.

Kathleen, lady Trenear, se acercó a ella.

—¿A qué criadas se estará refiriendo? —dijo la condesa con sorna—. Porque las nuestras se pelearán por conseguir el mejor puesto de observación.

—¿Es de fiar? —le preguntó Garrett.

—Es firme como una roca. West administra las granjas de la propiedad y las tierras arrendadas, y tiene experiencia en todo, desde el parto de las ovejas hasta cuidar del ganado enfermo. Es capaz de hacerse cargo de cualquier cosa, por más asquerosa que sea. Yo también suelo ser así, pero... —Kathleen hizo una pausa y siguió con expresión tímida—. Estoy embarazada de nuevo y tengo el estómago revuelto a todas horas.

Garrett miró a la condesa con preocupación al darse cuenta de que estaba sudando, de que tenía el rostro ceniciento y de que parecía algo mareada. El espantoso hedor del agua contaminada seguro que la había hecho vomitar.

—No le conviene exponerse a tanta contaminación —le dijo—. Debe bañarse enseguida y tumbarse en una habitación bien ventilada. Además, que la cocinera le prepare una infusión de jengibre fresco. Eso la ayudará a calmar las náuseas.

—Lo haré. —Kathleen le sonrió—. Contará con West y con los criados para ayudarla. Mi marido se encargará de que el señor Ransom se aleje de Londres en cuanto sea posible. Hay que trasladarlo a un lugar seguro hasta que se recupere.

—Me temo que tal vez confíe demasiado en mi habilidad —repuso Garrett con seriedad.

—¿Después de cómo operó a Pandora? No nos cabe la menor duda de que sus manos son capaces de obrar muchos milagros.

—Gracias. —Para su irritación, se le llenaron los ojos de lágrimas otra vez.

Las pequeñas manos de Kathleen le cogieron las suyas y le dieron un afectuoso apretón.

—Hágalo lo mejor que sepa y que el destino siga su curso. No podrá culparse de lo que suceda si sabe que hizo todo lo que estuvo en su mano.

Garrett consiguió esbozar una trémula sonrisa.

—Perdone que se lo diga, milady, pero... no sabe mucho de los médicos.

—Pinzas hemostáticas —dijo Garrett al tiempo que señalaba el brillante instrumental esterilizado que había sobre una bandeja cubierta con un paño de lino—. Pinzas de torsión. Pinzas para curaciones. Pinzas de sutura. Cuchillo de amputaciones. Cuchillo de amputaciones de doble filo. Bisturí. Bisturí de resección. Escalpelo de punta centrada, escalpelo curvo, tijeras rectas y curvas...

—Tendrá que decírmelo sobre la marcha. Me he quedado en blanco después de ese «cuchillo de amputación».

West Ravenel estaba de pie junto a Garrett, al lado de la mesa de la biblioteca, donde un Ethan inconsciente yacía cubierto con sábanas limpias y una manta de algodón. Garrett había administrado cloroformo gota a gota en un inhalador cilíndrico lleno de hebras esterilizadas, mientras que Ravenel sujetaba una especie de máscara que cubría la boca y la nariz, conectado a un tubo cubierto de seda, sobre la cara de Ethan.

Con mucho cuidado, Garrett bajó la sábana para dejar al descubierto los poderosos contornos de su torso, hasta el ombligo.

—Menudo espécimen —fue el frívolo comentario de Ravenel—. Tiene músculos donde yo ni sabía que había músculos.

—Señor Ravenel —le dijo Garrett al tiempo que cogía un irrigador bastante grande—, le pido que reduzca sus comentarios a la mínima expresión.

Con cuidado, irrigó la herida con una solución de cloruro de zinc antes de soltar la jeringa que había empleado.

—Deme la sonda exploratoria, la que tiene la bolita de porcelana deslustrada en la punta.

Después de introducir la sonda, descubrió que la trayectoria de la bala era recta y un poco ascendente, hacia el borde exterior de la primera costilla. La punta de la sonda dio con algo duro. Garrett retiró la sonda y miró la marca azul que vio en el extremo.

—¿Qué pasa? —preguntó Ravenel.

—La porcelana se vuelve azul cuando entra en contacto con el plomo.

La bala había terminado alojada en una zona llena de venas, arterias y nervios, todo protegido por una abundancia de músculos duros y resistentes.

Mientras estudiaba medicina, sus profesores insistieron con especial hincapié en que nunca debía operar a un pariente o a alguien con quien tuviera una relación emocional. Un cirujano necesitaba ser objetivo. Sin embargo, mientras miraba el semblante de Ethan, se dio cuenta de que estaba a punto de empezar una de las operaciones quirúrgicas más difíciles de toda su carrera y que lo iba a hacer con el hombre del que estaba enamorada. «Que Dios me ayude», suplicó, no como una blasfemia, sino como una plegaria.

—Necesito el escalpelo con la hoja curvada —dijo.

Ravenel le dio el instrumento con mucho cuidado. Mientras ella se preparaba para practicar la incisión justo por debajo del hueso de la clavícula, lo oyó preguntarle:

—¿Tengo que ver esta parte?

—Me gustaría que me diera el instrumental que le pido cuando se lo pida —contestó con sequedad— y para ello necesito que mantenga los ojos abiertos.

—Solo era una pregunta —repuso él—. Los tengo abiertos.

Garrett hizo una incisión con cuidado, dividiendo el tejido fibroso y la fascia, y luego pinzó los bordes de la incisión.

Tenía la bala alojada en la arteria axilar, junto con lo que parecía un trocito de tela de la camisa o del chaleco. Tal como Havelock había sospechado, los bordes de la arteria seccionada se habían contraído y sellado. El otro extremo estaba bloqueado por el proyectil de plomo.

—Debería haberse desangrado en cuestión de minutos —murmuró ella—. Pero la bala ha bloqueado temporalmente la arteria. Eso, junto con la coagulación, hace de tapón. —Sin apartar la mirada de la herida en ningún momento, preguntó—: ¿Sabe enhebrar una aguja?

—Sí.

—Bien, use unas pinzas para coger uno de los hilos de sutura de ese frasco y úselo para enhebrar la aguja más fina de la bandeja. —Colocó el brazo de Ethan de modo que formara un ángulo recto con el pecho.

Cuando Ravenel se dio cuenta de que se estaba preparando para realizar una segunda incisión, le preguntó:

—¿Por qué va a rajarlo por la axila cuando tiene la herida en el pecho?

—Primero tengo que pinzar el extremo distal de la arteria. Por favor, tengo que concentrarme.

—Lo siento. Estoy acostumbrado a las operaciones en los animales de granja. Si fuera una vaca apestada, sabría perfectamente qué está pasando.

—Señor Ravenel, como no deje de hablar, voy a dormirlo con cloroformo y seguiré sola.

Él la obedeció y cerró la boca.

A lo largo de varios minutos, Garrett llevó a cabo la delicada labor de ligar la arteria en dos puntos diferentes, poniendo especial cuidado en no dañar los nervios o las venas de la región axilar. Extrajo la bala y el trocito de tela, retiró el tejido dañado e irrigó la herida a fin de eliminar cualquier resto y las bacterias. Siguiendo sus directrices, Ravenel usó una legra para refrescar las incisiones abiertas con una solución antiséptica. Después, ella colocó los tubos de drenaje, que cosió diligentemente con seda esterilizada con fenol y cubrió las heridas con gasas impregnadas en ácido bórico.

—¿Ha terminado? —le preguntó Ravenel.

Garrett estaba demasiado ocupada examinando el estado de Ethan como para contestar de inmediato.

Le habían salido manchas blanquecinas en los pies y en las rodillas, y su cara había perdido todo el color. El pulso le había bajado a cuarenta pulsaciones por minuto.

Lo estaba perdiendo.

—Todavía no —contestó mientras intentaba tranquilizarse. Tenía el estómago revuelto—. Necesito... necesitamos a otra persona. Una que done sangre y la otra que me ayude. El... El aparato de Roussel... ¿Dónde está?

—¿Se refiere a una transfusión de sangre? —quiso saber Ravenel—. ¿Suelen funcionar?

No lo miró mientras contestaba con sequedad:

—Al menos la mitad de los pacientes muere en menos de una hora.

La voz queda de lord Trenear les llegó desde un extremo de la estancia.

—Tengo el aparato aquí mismo.

Garrett no se había dado cuenta de que el conde había estado observando la operación, su concentración había sido tal que no se había percatado de su llegada.

Devon se adelantó y depositó un reluciente estuche de palisandro en la mesa de la biblioteca.

—¿Qué puedo hacer?

—Abra el estuche, pero no toque nada del interior. Necesito que uno de los dos done sangre y que el otro me ayude con el transfusor.

—Acepte mi sangre —dijo el conde sin demora.

—No —protestó Ravenel—, insisto en ser el donante. Si

vive, eso lo irritará muchísimo más. —Esbozó una sonrisa torcida mientras clavaba los ojos en Garrett.

Su presencia le resultaba tan relajada y firme que aplacó parte del pánico que la embargaba.

—Muy bien. —Garrett tomó una honda bocanada de aire—. Lord Trenear, haga el favor de lavarse las manos en la palangana que hay al otro lado de la mesa y límpieselas con la solución carbólica. Señor Ravenel, quítese la camisa y siéntese en la mesa de modo que su brazo izquierdo quede junto al brazo derecho del señor Ransom.

El transfusor ya estaba esterilizado. Era un objeto muy extraño, un conjunto de conductos de caucho que brotaban de una rígida copa de cristal, como una especie de criatura marina mecánica. Uno de los conductos estaba conectado a un aspirador de agua, otro a una especie de diminuto grifo y a una cánula con una aguja, y un tercero a una perilla que funcionaba de bomba reguladora.

El pesado artilugio se sacudió en las manos de Garrett cuando lo sacó con cuidado del estuche. Aunque había actuado como ayudante en una transfusión, el cirujano que realizó la operación había usado un aparato mucho más simple y anticuado.

Ojalá Havelock se hubiera quedado, maldito fuera, para aconsejarla y decirle cómo funcionaba ese dichoso artefacto.

Cuando Garrett levantó la vista del transfusor, parpadeó al ver a un West Ravenel descamisado mientras se sentaba en la mesa con un movimiento ágil. Pese a su broma acerca del cuerpo tan atlético de Ethan, desde luego que no era ningún alfeñique. Sin embargo, lo más sorprendente fue descubrir que tenía el torso tan broceado como la cara. En su totalidad.

¿Qué caballero se exponía al sol durante tanto tiempo sin camisa?

Ravenel esbozó una sonrisilla ladina al verle la cara. Sus ojos adquirieron un brillo ufano y socarrón.

—El trabajo de la granja —dijo con voz seria—. Y también el de la mina.

—¿Trabaja medio desnudo? —le preguntó Garrett con descaro al tiempo que dejaba el transfusor sobre un trozo de tela limpio.

—He estado cargando carros con piedras —explicó él—. Algo que encaja a la perfección con mi capacidad intelectual. Pero hace demasiado calor para llevar camisa.

Aunque ella no sonrió, sí apreció la broma, ya que la ayudó a mantener a raya el ataque de nervios. Un error, una sola burbuja de aire en la vena, acabaría con Ethan en poquísimo tiempo.

El conde se le acercó.

—¿Y ahora? —le preguntó.

Le dio un recipiente de cristal esterilizado.

—Llénelo de agua hervida.

Mientras el conde se encargaba de esa tarea, Garrett auscultó a Ravenel con el estetoscopio y le comprobó el pulso. Tenía el corazón de un toro, con unos latidos fuertes y regulares. Llenó el aspirador de agua del transfusor y le rodeó el firme músculo del brazo con una venda fuerte, bien apretada.

—Cierre el puño, por favor. —El bronceado brazo se tensó—. Una mediana basílica perfecta —dijo al tiempo que limpiaba la flexura del codo con alcohol isopropílico—. Podría encontrarla sin atarle la venda al brazo.

—Me encantaría regodearme en su admiración por mi vena —repuso Ravenel—, pero para ello tendría que dejar de ver esa aguja de casi diez centímetros sujeta a uno de esos tubos.

—Tendré todo el cuidado del mundo —le aseguró—, pero me temo que va a ser incómodo.

—Al lado de una bala en el pecho, supongo que no me puedo quejar sin parecer un blandengue.

Su hermano mayor le dijo con voz pausada:

—Todos sabemos que eres un blandengue. Anda, quéjate.

—Tal vez quiera apartar la vista, señor Ravenel —murmuró ella— y no deje de apretar el puño.

—Llámeme West.

—No lo conozco lo suficiente para llamarlo por su nombre de pila.

—Me está sacando la esencia vital de la mediana basílica —repuso él—. Yo acostumbro a llamar por su nombre de pila a mujeres que me han hecho muchísimo menos. ¡Me cago en diez! —El improperio se le escapó cuando Garrett le introdujo en la vena la aguja hueca y curvada, de dos milímetros de grosor en la punta. Miró la sangre que corría por el tubo de caucho hasta el aspirador—. ¿Cuánta va a necesitar?

—Seguramente poco más de un cuarto de litro. Le rellenaremos las venas lo justo para que su pulso se recupere. —Garrett ató una venda alrededor del laxo brazo de Ethan y buscó una vena. No había una sola visible—. Lord Trenear, haga el favor de hacer presión en su brazo aquí y aquí...

El conde colocó los dedos donde le había indicado e hizo presión.

Nada. No había vena.

Ni pulso.

Ethan exhaló su último aliento como si de un suspiro se tratara.

Había muerto.

—Ah, no, de eso nada —dijo Garrett, furiosa, al tiempo que le desinfectaba el brazo y cogía un escalpelo—. Joder, no me vas a hacer esto, ¡hijo de puta insensible! —Levantó con pericia un pliegue de piel fría e hizo una rápida incisión para dejar al descubierto la vena vacía—. Deme las pinzas de mosquito —masculló. Al ver que Devon titubeaba junto a la bandeja de instrumental médico, añadió con brusquedad —: Las puntiagudas.

El conde las cogió y se las dio al punto.

En cuestión de segundos, Garrett levantó la vena con las pinzas, hizo un corte transversal con el escalpelo e insertó una cánula. Mientras lord Trenear mantenía la cánula en su sitio, ella la conectó con el transfusor y usó las bombas y el aspirador para absorber todo el aire del tubo y lavarlo con agua esterilizada. Aunque nunca había usado ese tipo de transfusor, sus manos parecían saber qué hacer, guiadas por una parte de su cerebro que pensaba diez veces más rápido de lo normal. Bastó un giro del grifo plateado para que la sangre empezara a llenar la vena.

Los dos hombres estaban conectados por un canal sellado herméticamente.

Garrett empezó a usar la perilla para que la sangre llegara al brazo de Ethan poco a poco y así evitar que el corazón se colapsara. Movía los labios mientras repetía una plegaria muda y constante: «Vuelve conmigo, vuelve conmigo, vuelve conmigo...»

Después de un minuto, un milagroso cambio se obró en la forma inerme de Ethan. Volvió a tener pulso. Su color mejoró a pasos agigantados. Su pecho se hinchó una vez, dos, y empezó a respirar de forma profunda y entrecortada. Tras otro minuto, empezó a sudar y a moverse.

Garrett soltó un suspiro aliviado que se pareció, para su vergüenza, demasiado a un gemido. Al darse cuenta de que tenía los ojos llenos de lágrimas, se los cubrió con una mano e intentó recuperar el control. Soltó unos cuantos improperios cuando una lágrima resbaló por su mejilla.

—Insulta usted de maravilla —oyó que decía Ravenel con sorna—. Pocas mujeres lo hacen con tanta naturalidad.

—Aprendí en la Sorbona —le explicó Garrett sin apartarse la mano de los ojos—. Debería oírme decir improperios en francés.

—Prefiero no hacerlo o tal vez acabe enamorado de usted.

Por cierto, ¿Ransom ya tiene sangre suficiente? Lo digo porque empieza a darme vueltas la cabeza.

Después de que Garrett limpiara el instrumental médico y el transfusor, comprobó las constantes vitales de Ethan por enésima vez. Pulso: cien. Temperatura: treinta y nueve. Respiraciones por minuto: treinta. Sudaba muchísimo y se agitaba, inquieto, a medida que la anestesia dejaba de hacerle efecto.

Lo dejó al cuidado de la señora Abbott y se alejó, tambaleante, hasta un rincón de la biblioteca, donde se sentó en una pequeña escalera labrada. Se inclinó hacia delante y apoyó la cabeza en las rodillas. Una parte de su cabeza se percató de que temblaba como si estuviera sufriendo un ataque de algún tipo. No alcanzaba a pensar en lo que debía hacer, solo atinaba a quedarse allí, encorvada y temblorosa, hasta que le castañetearon los dientes.

Alguien se colocó a su lado y se puso en cuclillas. Una mano cálida y grande le tocó la espalda. Lo miró con el rabillo del ojo y vio que se trataba de West Ravenel. No hubo comentario jocoso, solo una calma amistosa y sosegada que la tranquilizó. Su caricia le recordaba al modo en el que Ethan a veces le acariciaba o le sujetaba la nuca. Empezó a relajarse y los temblores remitieron. Él se quedó así, acariciándola con suavidad, reconfortándola, hasta que ella soltó un tembloroso suspiro y se incorporó.

Ravenel apartó la mano. Sin mediar palabra, le ofreció una copa con un poco de whisky o de brandi, algún tipo de licor, y ella la aceptó, agradecida. Sus dientes chocaron contra el cristal cuando bebió un sorbo. El fuego líquido la ayudó a eliminar los últimos vestigios de los temblores, provocados por la tensión nerviosa.

—Ha pasado casi una hora —dijo Ravenel—. La transfusión ha sido un éxito, ¿verdad?

Garrett bebió otro sorbo.

—No morirá por el daño causado por la bala —repuso ella con voz apagada mientras aferraba la copa con ambas manos—. Morirá por todo lo que la trayectoria de la bala introdujo en su cuerpo. Virus, bacterias, microbios letales y contaminación química. Preferiría haberlo sumergido en veneno antes que en ese río. El Támesis le revolvería el estómago al mismísimo Neptuno en menos de cinco minutos.

—No creo que la muerte sea una conclusión inapelable —dijo él—. Ransom viene de una familia dura. De una larga estirpe de brutos malnacidos. Como ya ha demostrado, es capaz de sobrevivir a cosas ante las que otros hombres sucumben.

—¿Conoce a su familia? —le preguntó ella.

—Eso quiere decir que no se lo ha dicho. Los Ravenel somos su familia. Su padre era el difunto conde. Si Ransom no hubiera nacido como bastardo, en este momento sería lord Trenear en lugar de mi hermano.

17

West esbozó una breve sonrisa mientras los ojos verdes de Garrett Gibson lo miraban asombrados.

—Eso explica el parecido —dijo después de un largo silencio.

Qué pequeña parecía, allí acurrucada en un rincón de la biblioteca con las rodillas dobladas contra el pecho. Durante la última hora y media había sido una figura imponente que irradiaba energía, de mirada severa y dura como el acero. Había trabajado sobre una superficie milimétrica, haciendo suturas diminutas en venas y en tejido muscular con una precisión asombrosa. Aunque él no sabía nada sobre cirugía, era consciente de estar presenciando el trabajo de una persona con un don poco habitual.

En ese momento y derrotada por el cansancio, la brillante cirujana parecía una colegiala nerviosa que se había equivocado en el camino de regreso a casa.

Le gustaba mucho, pensó West. De hecho, se arrepentía de haber rechazado los esfuerzos de Helen por presentarlos. Había imaginado a la doctora como a una solterona seria, seguramente hostil hacia el sexo masculino, y por más que Helen le había asegurado que la doctora Gibson era muy guapa, no había acabado de convencerlo. A Helen, con ese afecto injustificado hacia la humanidad en general, le encantaba sobrevalorar a la gente.

Sin embargo, Garrett Gibson era mucho más que guapa. Era deslumbrante. Una mujer inteligente y capaz, con un aura de ternura esquiva y oculta que lo intrigaba sobremanera.

La noche había estado plagada de sorpresas, empezando con la llegada de una pareja de aterrados agentes de policía que llevaban a Ethan Ransom medio muerto y que dejaron bien claro que no querían saber nada del problema. Después de haber detenido su bote patrulla debajo del puente de Blackfriars para beber un sorbo de whisky de una petaca, algo que tenían prohibido hacer, oyeron sobre ellos el desarrollo del crimen. Una vez que el asesino abandonó el puente, lograron sacar del agua al herido y registraron sus bolsillos, donde no descubrieron nada que pudiera identificarlo, salvo la tarjeta de visita de West. Sin embargo, lo que habían oído bastaba para saber que informar del incidente les supondría unos problemas que preferían no afrontar.

—¿Quién ha sido? —le preguntó West a Ransom, que yacía acurrucado y cubierto enteramente por la suciedad del río en el canapé.

—Uno de los hombres de Jenkyn —susurró Ransom, luchando por mantenerse consciente y con los ojos vidriosos.

—¿Jenkyn lo ha ordenado?

—Sí. No confíes en la policía. Felbrigg. Cuando me encuentren...

—No te encontrarán.

—Vendrán a por mí.

«Que lo intenten», pensó West, lívido al ver lo que le habían hecho a su primo lejano.

Kathleen se había inclinado sobre el moribundo, y había usado un paño limpio y suave para quitarle parte de la mugre de la cara. Ransom perdió la conciencia unos segundos, y se despertó después con un gemido.

—¿Quiere que envíe en busca de alguien? —le preguntó su cuñada, y él respondió con una sarta de palabras ininteligibles que de alguna manera ella logró descifrar. Tras volverse hacia él con expresión perpleja y triste, le dijo—: Quiere a la doctora Gibson.

—Gibson está en King's Cross, ¿no? Podemos avisar al médico de la familia que vive mucho más cerca.

—No la quiere como médico —apostilló Kathleen en voz baja—. Quiere tener a su lado a la mujer que ama.

West pensó que formaban una pareja muy extraña, la doctora y el agente secreto. Pero después de haberlos visto juntos, comprendió que el vínculo que los unía no tenía por qué estar claro para nadie salvo para ellos mismos.

Una vez que se enderezó y miró el tenso rostro de Garrett, vio que había llegado al límite de sus fuerzas. Lo miraba con expresión vacía, demasiado exhausta y abrumada como para hacer siquiera una pregunta.

—Doctora —le dijo con suavidad—, acabo de hablar con mi hermano, que lo ha dispuesto todo para trasladar a Ransom a Hampshire. Partiremos dentro de unas horas.

—No debe moverse.

—Aquí no está seguro. De hecho, nadie lo está. No hay alternativa.

Garrett se espabiló al punto y su mirada se endureció.

—Cualquier traqueteo podría matarlo. Es inviable.

—Le juro que lo trasladaremos de forma rápida y con cuidado.

—¿Por unos caminos rurales intransitables? —replicó con desdén.

—Viajará en un vagón de tren privado. Llegaremos a la propiedad familiar al amanecer. Es un lugar tranquilo y aislado. Allí podrá recuperarse en la intimidad.

West estaba deseando regresar a Eversby Priory. Empezaba a odiar Londres y su deshumanizado caos de calles, edificios, carruajes y trenes, suciedad, humo, oropeles y esplendor. Oh, sí, de vez en cuando echaba de menos la gran ciudad, pero al cabo de unos días de haberla pisado, lo embargaba el ansia de regresar a Hampshire.

La antigua casa solariega de los Ravenel se emplazaba sobre una colina desde la cual se podía ver a cualquiera que se acercase a kilómetros de distancia. Las miles de hectáreas de la propiedad habían pertenecido a la familia desde la época de Guillermo el Conquistador. Y parecía apropiado que Ethan Ransom, que estaba incluido en una de las ramas del árbol genealógico familiar aunque fuera un bastardo, se refugiara en el hogar de sus antepasados para defenderse de sus enemigos. Garrett Gibson y él estarían a salvo allí. Ya se encargaría West de que así fuera.

Garrett negó con la cabeza.

—No puedo dejar a mi padre... Es un anciano enfermo...

—Lo llevaremos con nosotros. Vamos, dígame lo que Ransom necesitará para el traslado.

West estaba seguro de que en circunstancias normales, Garrett le pondría pegas al plan. Pero lo miró en silencio, aparentemente paralizada.

—Si usted no quiere acompañarnos —dijo al cabo de un momento—, contrataré a una enfermera para Ransom. En realidad, creo que eso sería lo mejor. Usted podrá quedarse en Londres y mantener las apariencias, mientras que...

—Necesitaremos una ambulancia de la clínica para trasladarlo de aquí a la estación —lo interrumpió Garrett, que había fruncido el ceño— y de la estación de Hampshire a su casa. Tendremos que llevárnosla con nosotros.

—¿Que nos vamos a llevar una ambulancia completa? —preguntó West, que no veía muy claro cómo iban a meter semejante carruaje en un vagón de tren—. ¿No podemos apañarnos con una camilla y un buen colchón?

—Las ambulancias tienen un sistema de suspensión especial, con unas ballestas elásticas, que absorben los impactos. De no ser así, las suturas que le he practicado en la arteria no resistirán tanto traqueteo y sufrirá una hemorragia. También necesitaremos garrafas de agua, hielo, faroles, cubos, paños de lino y toallas...

—Haga una lista con todo —le dijo West.

—También tendremos que llevarnos a mi criada, para que cuide a mi padre.

—Lo que sea necesario.

Esos ojos verdes lo miraron con los párpados entornados.

—¿Por qué está haciendo esto? Al señor Ransom no le gustan los Ravenel. Una simple mención del apellido basta para enfurecerlo.

—Eso es porque el viejo conde, Edmund, trató muy mal a Ransom y a su madre. —West se remangó la manga ancha de la camisa y empezó a quitarse el apósito que Garrett le había colocado sobre la heridita que le había dejado la aguja de la transfusión. A esas alturas ya no le sangraba y la gasa le estaba provocando picores—. Estoy dispuesto a ayudar a Ransom porque en el pasado fue muy amable con Helen y con Pandora. Y también porque, le guste o no, es un Ravenel, y quedamos muy pocos, maldita sea. Mi hermano y yo nos quedamos huérfanos siendo muy jóvenes, y en el fondo siempre he albergado la ridícula fantasía de celebrar multitudinarias cenas familiares con niños y perros correteando por toda la casa.

—Dudo mucho de que el señor Ransom quiera formar parte de eso.

—Tal vez no. Pero nosotros los hombres no somos tan simples como parecemos. Una bala en el pecho puede lograr que un hombre reconsidere alguna de sus opiniones.

Garrett apenas fue consciente de los vertiginosos preparativos que se llevaron a cabo a su alrededor. Se quedó con Ethan en la que fuera la elegante biblioteca de los Ravenel, que en ese momento era un caos de tapicerías mojadas y sucias y de alfombras manchadas. La situación parecía haberse escapado de su control. Lord Trenear y West Ravenel estaban tomando decisiones sin contar con ella, pero estaba tan cansada que se veía incapaz de tratar de intervenir.

Ethan se despertó poco a poco después de la operación, sumido en un intenso dolor, desorientado y con muchas náuseas por culpa de la anestesia y de las tóxicas aguas del Támesis. Apenas la reconoció y respondió a sus preguntas con monosílabos. Garrett hizo todo lo que pudo para aliviar sus molestias, le inyectó otra dosis de morfina, le refrescó la cara con un paño húmedo y le colocó un cojín debajo de la cabeza. Después, se sentó a la mesa y apoyó la cabeza sobre los brazos cruzados. Cerró los ojos un momento y se dejó arrastrar por el sueño.

—Doctora —oyó que la llamaba Kathleen con delicadeza.

Garrett levantó la cabeza al instante e intentó ubicarse.

—¿Cómo se encuentra, milady?

—Mucho mejor, gracias. Hemos enviado a dos lacayos para que ayuden a su criada a hacer su equipaje y el de su padre. Lord Trenear y yo tenemos una propuesta que nos gustaría que considerara.

—¿Sí?

—Hace tiempo que decidimos pasar el verano lejos de Londres. Pero antes de instalarnos en Eversby Priory, hemos aceptado la invitación de los suegros de Pandora, los duques de Kingston, para pasar una quincena con ellos en Sussex. Tienen una preciosa mansión a orillas del mar con una playa de arena privada y espacio más que de sobra para alojar invitados. Creo que a su padre le vendría muy bien acompañarnos, y tal vez darse algunos baños de agua marina y tomar un poco el sol. De esa manera, usted podría concentrarse en la recuperación del señor Ransom sin tener que dividir su atención.

—Milady, sería una imposición inaceptable, por no mencionar las molestias para los duques...

—Después de que salvara la vida de Pandora como lo hizo, estarán encantados de acoger a su padre en su hogar. Lo tratarán a cuerpo de rey.

Garrett se frotó los doloridos ojos y replicó, un tanto distraída:

—Mi padre es mi responsabilidad. No creo que...

—También está la cuestión de su seguridad —señaló Kathleen con sutileza—. Si la presencia del señor Ransom suscitara algún problema en Eversby Priory, estoy segura de que preferiría usted mantener a su padre lejos del peligro.

—Tal vez tenga razón. Tendré que preguntarle a mi padre para saber qué prefiere. De todas formas, dudo mucho de que le guste la idea de pasar una temporada entre desconocidos.

—Su criada puede acompañarlo, por supuesto. —Kathleen la miraba con expresión afectuosa y preocupada—. Lo traeré para que lo vea en cuanto llegue, y así podrán hablar.

—Querrá irse conmigo —le aseguró Garrett—. Soy lo único que tiene.

Sin embargo, cuando Stanley Gibson llegó a Ravenel House y le explicaron las dos opciones que tenía, su reacción no fue exactamente la que Garrett había pronosticado.

—¿Unas vacaciones a orillas del mar, en la casa de un duque? —preguntó su padre, atónito—. ¿Yo, un hombre que no se ha bañado en el mar en la vida? ¿Un agente de policía codeándose con los ricachones de la clase alta, cenando en platos de oro y bebiendo vino francés?

—Lo entiendo, papá —dijo Garrett—. No tienes que...

—¡Por Dios, claro que acepto! —exclamó con alegría—. Si el duque quiere mi compañía, la tendrá. Supongo que le sentará bien relacionarse con un hombre como yo, aprender un par de cosas sobre mis años de servicio.

—Papá —protestó Garrett, alarmada—, no creo que el duque haya solicitado explícitamente que...

—Bueno, pues ya está todo dicho —se apresuró a interrumpirla Eliza—. No estaría bien desilusionar a un duque, ¿verdad? Usted y yo tendremos que conformarnos e irnos a Sussex, señor Gibson, para darle el gusto a su excelencia. Mi madre siempre decía que debíamos ayudar a los demás. Vamos, el ama de llaves ha preparado un dormitorio para que usted descanse hasta que llegue la hora de salir para coger el tren de la mañana.

Antes de que Garrett pudiera pronunciar una sola palabra de protesta, la pareja abandonó la biblioteca a toda prisa.

Con una celeridad y una eficiencia que eran poco menos que milagrosas, los Ravenel consiguieron todos los objetos de la lista de Garrett. Colocaron a Ethan con mucho cuidado sobre una camilla que dos lacayos, junto con el conde en persona, trasladaron hasta la ambulancia que los esperaba detrás de las caballerizas. El cielo estaba oscuro y la única luz procedía de las farolas de la calle, que arrojaban sombras deformes sobre el suelo.

Una vez que estuvo sentada en la parte posterior de la ambulancia, que consistía en una carreta cubierta por una lona, Garrett apenas pudo vislumbrar la ruta que seguían o la dirección que habían tomado. West le había dicho que se dirigían a una estación privada situada al sur de Londres, donde podrían subir a un tren especial sin que nadie los viera, y así sortear los permisos y las restricciones habituales. Se habían tomado precauciones extraordinarias en las intersecciones de las vías y en los desvíos a fin de que el tren tuviera preferencia y pudiera circular sin detenerse en ningún momento.

La ambulancia contaba con un tiro de un solo caballo, que avanzaba con paso tranquilo. Pese a las ballestas que amortiguaban los golpes, Ethan sufría el zarandeo y las sacudidas, de manera que empezó a gemir. Incapaz de imaginar el dolor que estaría sufriendo, Garrett lo cogió de la mano y no la soltó ni siquiera cuando la apretó tanto que temió que le rompiera los dedos.

El vehículo aminoró la marcha cuando llegaron a un lugar tan oscuro y silencioso que parecían haberse internado en un bosque remoto. Al mirar por debajo de la lona que cubría la carreta, Garrett vio una alta verja cubierta de hiedra, unas fantasmagóricas esculturas de ángeles y otras de hombres, mujeres y niños con los brazos cruzados sobre el pecho en gesto resignado. Monumentos funerarios. Súbitamente horrorizada, gateó hasta llegar a la parte delantera de la carreta, en cuyo pescante viajaba West Ravenel, junto al cochero.

—¿Adónde demonios nos lleva, señor Ravenel?

Él la miró por encima del hombro, con las cejas enarcadas.

—Ya se lo he dicho. Vamos a una estación privada.

—Pues parece un cementerio.

—Es un cementerio —admitió él—. Cuenta con una línea de tren especial para trasladar féretros. Y también resulta que dicha línea conecta con la línea principal ferroviaria y con otras vías secundarias de la red de la London Ironstone Railroad, cuyo dueño no es otro que nuestro amigo Tom Severin.

—¿El señor Severin está al tanto de lo sucedido? Por Dios. ¿Podemos confiar en él?

West torció el gesto.

—Es mejor no estar en la tesitura de tener que confiar en Severin —admitió—. Pero es el único que podía obtener sin dilación un permiso especial para hacer circular un tren.

Se acercaron a un inmenso edificio de ladrillo y piedra, tras el cual estaba el andén. Sobre la entrada de carruajes se podía ver un enorme letrero de piedra que rezaba: SILENT GARDENS. Justo debajo, otra inscripción en lo que parecía un libro tallado en piedra: AD MELIORA.

—Hacia cosas mejores —tradujo Garrett en voz baja.

West miró hacia atrás, sorprendido.

—¿Ha estudiado latín?

Ella lo miró con gesto sarcástico.

—Soy médico.

West esbozó una sonrisa contrita al punto.

—Por supuesto.

La ambulancia se detuvo al llegar al andén, donde ya los aguardaban el carruaje de los Ravenel y otros dos vehículos más. En cuanto se detuvieron, los lacayos y un par de mozos se acercaron corriendo para bajar la camilla de la carreta.

—Tengan cuidado —les ordenó Garrett con brusquedad.

—Yo me encargo de ellos —le dijo West—, mientras usted sube al vagón.

—Si lo zarandean o le dan un golpe...

—Sí, lo sé. Permita que yo me ocupe.

Garrett frunció el ceño y se apeó, tras lo cual echó un vistazo a su alrededor. Junto a la puerta, una hoja de cristal tintado anunciaba la distribución de las distintas dependencias en cada planta. Mortuorios, criptas, almacenes y salas de espera de tercera clase en el sótano. Capilla, vestuarios y salas de espera de segunda clase en la planta baja. Oficinas y salas de espera de primera clase en las plantas superiores.

Una segunda señal indicaba a los dolientes el número del vagón correspondiente a los féretros de primera clase, a los de segunda y a los de tercera. Garrett examinó con detenimiento la señal y meneó la cabeza con sorna al descubrir que los muertos que viajaban en tren también estaban divididos por clases sociales, igual que los vivos. Sin embargo, para un doctor no había divisiones entre un cuerpo desnudo y otro, ya fuera vivo o muerto. Hombres y mujeres, ricos o pobres, eran iguales en su estado natural.

Una voz jocosa con acento galés se coló en sus pensamientos.

—Sí, hasta los muertos deben saber cuál es su lugar.

Garrett se volvió al punto.

—¡Señor Winterborne! —exclamó—. Nadie me ha dicho

que iba a venir usted. Siento mucho haberlo importunado.

Su jefe la miró con una sonrisa. La luz de las cercanas farolas de gas se reflejaba en sus ojos oscuros.

—No lo ha hecho, doctora. Esta es casi la hora a la que me levanto todas las mañanas. Quería asegurarme de que el tren estaba preparado cuando usted llegara.

Garrett abrió los ojos de par en par.

—¿El tren es suyo?

—El vagón es mío, pero la locomotora y el vagón de carga pertenecen a Tom Severin.

—Señor, no sé cómo podré devolverle este favor...

—Ni falta que hace. Lady Helen y yo la consideramos parte de la familia. Helen le envía un abrazo, por cierto. —Winterborne titubeó y su mirada vagó, inquieta por el andén, antes de regresar a ella—. Me han dicho que Havelock se negó a ayudarla durante la operación. Su decisión no me ha gustado en absoluto.

—Por favor, no lo culpe.

—¿Usted no lo hace?

Garrett negó con la cabeza.

—Los golpes de un amigo son leales —replicó, citando la Biblia con una sonrisa triste—. Un verdadero amigo nos dirá que nos equivocamos cuando crea que estamos cometiendo un error.

—Un verdadero amigo cometería el error con nosotros —repuso Winterborne con sequedad—. Da la casualidad de que no creo que usted cometiera un error. De haber estado en su lugar, yo habría hecho lo mismo.

—¿De verdad?

—Si existiera la menor oportunidad de salvar a un ser querido, la aprovecharía y mandaría al infierno a cualquiera que tratara de impedírmelo. —Winterborne la miró y añadió con franqueza—: Está usted al borde del agotamiento. En el vagón hay dos dormitorios, trate de descansar un poco antes de llegar a

Hampshire. —Introdujo una mano en el bolsillo interno del abrigo y sacó un pesado sobre de cuero—. Tome esto.

Garrett le echó un vistazo al contenido, que consistía en un abultado fajo de billetes de cien libras. Era más dinero del que había tenido jamás en las manos.

—Señor Winterborne, no puedo...

—El dinero no lo soluciona todo —la interrumpió él—, pero nunca hace daño. Avíseme si necesita algo. Cuando Ransom mejore, hágamelo saber.

—Sí, señor. Gracias.

Mientras Winterborne la acompañaba al tren, pasaron junto a un grupo de obreros que estaban desmontando las ruedas de la ambulancia para poder transportar mejor la carreta en el tren. La camilla ya se encontraba en el interior del vagón, que era prácticamente un palacio con ruedas. Contaba con dos dormitorios, cada uno de ellos con un aseo adyacente con agua caliente y fría, la zona de asientos para contemplar el paisaje y un salón de lectura con lámparas y butacas de terciopelo móviles.

Los carpinteros de Winterborne habían creado un sistema de suspensión para la camilla, consistente en unos travesaños unidos a la pared con resistentes muelles. Garrett se estremeció al ver los gruesos muelles que habían sido atornillados directamente a los preciosos paneles de roble inglés. Sin embargo, la estructura permitiría minimizar las sacudidas y los golpes cuando el tren se pusiera en movimiento.

Una vez que la camilla estuvo emplazada en su sitio, Garrett colocó una butaca a su lado. Comprobó el estado de Ethan poniéndole una mano en la frente, que estaba seca y caliente, y le remangó la camisa para comprobar el pulso. La fiebre lo tenía inquieto y respiraba de forma alterada.

Winterborne, que se había colocado al otro lado de la camilla, lo miraba con el ceño fruncido por la preocupación.

—Siempre me ha parecido indestructible —dijo en voz

baja—. Pero se ha buscado unos enemigos poderosos. No me gusta que se encuentre usted en la línea de fuego con él.

—A él tampoco le gusta. Intentó mantener las distancias conmigo.

Winterborne la miró con gesto irónico.

—No le puso mucho empeño por lo que se ve...

Garrett esbozó una sonrisa fugaz.

—Yo le puse las cosas difíciles. A veces puedo ser muy obstinada.

—Me he dado cuenta —replicó Winterborne, aunque lo dijo con expresión amable.

Garrett clavó la vista en Ethan y confesó:

—Él esperaba desde el principio que sucediera esto. No creía que su vida pudiera tener otro final.

—Tal vez debería demostrarle usted que se equivocaba —oyó que murmuraba Winterborne.

—Lo haré —le aseguró ella—. Si tengo la oportunidad, lo haré.

18

El tren se dirigía hacia el sudoeste, a Hampshire, y los tristones tonos grises y azulados de Londres dieron paso a una explosión de color. Un amanecer rosa y anaranjado reveló un despejadísimo cielo azul. A ojos de alguien que había nacido y se había criado en la ciudad, Hampshire parecía una tierra de cuento de hadas, con arroyos serpenteantes, bosques de vetustos árboles y pastos verdes divididos por infinitos kilómetros de setos.

Ethan se había sumido en un sueño intranquilo, mecido por el constante traqueteo del tren. Garrett tuvo que contenerse para no acercarse continuamente a su lado y tocarlo, como un artista quisquilloso que trabajara en una escultura de barro. Se concentró en West Ravenel, que estaba sentado junto a una de las ventanillas y observaba el paisaje con interés.

—¿Cómo se enteró de lo del señor Ransom? —le preguntó Garrett.

La mirada de West era afable y atrevida, muy distinta a la mirada penetrante y misteriosa de Ethan. Parecía sentirse cómodo en su piel y en su papel, algo muy raro en una época en la que los hombres de su clase se enfrentaban a la inestabilidad económica y social que amenazaba con hacerles perder su posición tradicional.

—¿De su relación con la familia? —preguntó él a su vez,

sin complejos, y siguió sin esperar la respuesta—. Hace poco me enteré de la existencia de un fideicomiso secreto relacionado con una propiedad que le había sido legada en el testamento del difunto conde. Un antiguo criado de la familia confirmó que Ransom era el hijo bastardo que Edmund tuvo con una muchacha irlandesa, que seguramente fuera prostituta. —Torció el gesto—. Dado que Edmund se negó a mantenerla a ella o al bebé, acabó casándose con un carcelero de la prisión de Clerkenwell. No me cabe la menor duda de que fue una vida dura. El hecho de que Edmund fuera capaz de echar a los lobos a la madre y al hijo, y viviera con eso en su conciencia, debería dejarle claro la clase de hombre que era.

—Tal vez dudara de la paternidad del niño.

—No. Edmund le confesó a su ayuda de cámara que el niño era suyo. Y Ransom lleva el evidente sello de su padre. —West hizo una pausa y meneó la cabeza—. Por Dios, nunca imaginé que llevaría a Ransom a Hampshire. Cuando lo conocí en Londres hace unas pocas semanas, no pudo mostrarse más hostil. No quería tener nada que ver con nosotros.

—Adoraba a su madre —dijo ella—. Es posible que crea que formar lazos con los Ravenel sea traicionar su recuerdo.

West sopesó sus palabras con el ceño fruncido.

—Sin importar lo que el difunto conde les hiciera a Ransom y a su madre, lo lamento. Pero Ransom debería saber que los abusos no se limitaron a él. Los hijos de Edmund eran sus víctimas preferidas. Pregúnteles a cualquiera de sus hijas, le contarán que vivir con él no fue un camino de rosas.

Una sacudida del tren hizo que Ethan gimiera en sueños. Garrett le apartó el pelo de la cara, un pelo que solía ser sedoso pero que en ese momento estaba más tieso que el de un perro.

—Pronto llegaremos —dijo West—. Me muero por hacerlo. Estuve a punto de abandonar Londres hace unos días, de tanto que lo echaba de menos.

—¿Qué ha echado de menos?

—He echado de menos cada nabo, cada bala de heno, cada gallina del gallinero y cada abeja del panal.

—Parece un granjero de toda la vida —comentó ella con cierta sorna—. Pero es de sangre azul.

—¿Ah, sí? —West la miró en ese momento, y las arruguitas de sus ojos se acentuaron—. Aunque intenté no mirar, me pareció bastante roja. —Estiró las largas piernas para ponerse cómodo y entrelazó los dedos a la altura del abdomen—. Mi hermano y yo descendemos de una alejada rama de la familia Ravenel. Nadie esperó jamás que mancilláramos con nuestra presencia la puerta de Eversby Priory, mucho menos que Devon heredara el título y todo lo que eso conllevaba.

—¿Cómo recayó en usted la tarea de administrar las tierras y a los arrendatarios?

—Alguien tenía que hacerlo. A Devon siempre se le ha dado mejor encargarse de los temas legales y financieros. En aquel momento, creía que llevar una granja consistía en disponer las balas de heno en montoncitos ordenados. Al final, resultó que era un poco más complicado de lo que yo pensaba.

—¿Qué le gusta de su trabajo?

West meditó la respuesta mientras el tren soltaba su columna de humo y ascendía con brío la ladera de una colina cubierta de doradas aulagas en flor.

—Me gusta desbrozar un campo nuevo y oír cómo crujen las raíces mientras veo cómo las hojas de la azada arrancan las plantas. Me gusta saber que después de plantar una fanega de trigo en media hectárea de terreno, la mezcla adecuada de sol, lluvia y abono me dará sesenta y cuatro fanegas. Después de vivir tanto tiempo en Londres, había llegado a un punto en el que necesitaba que algo tuviera sentido. —Sus ojos adoptaron una expresión ausente, soñadora—. Me gusta vivir las estaciones. Me encantan las tormentas de verano procedentes del mar y el olor de la buena tierra y del heno recién cortado. Me encantan los desayunos copiosos con huevos recién puestos pasados por agua de modo que la yema se cuaja un poco, pero sigue blanda y con panecillos calientes con mantequilla y miel, y con tiras de beicon frito y lonchas de jamón de Hampshire, y con cuencos de moras maduras recién cogidas de los setos...

—Por favor —suplicó Garrett con voz espesa y el estómago revuelto por el traqueteo del tren—, no hable de comida.

West sonrió.

—Después de que haya descansado y haya pasado un par de días en el campo, recuperará el apetito.

En vez de detenerse en la estación pública de la ciudad de Alton, el tren especial siguió hasta una parada privada que se situaba al este de la extensa propiedad en la que se encontraba Eversby Priory.

La parada consistía en un solitario andén cubierto por un techo de madera y hierro forjado. La cabina de cambio de agujas de dos plantas estaba hecha de ladrillos y de madera, con enormes ventanales y un tejado verde. Dado que se había construido para darle servicio a la cercana mina de hierro ubicada en tierras de los Ravenel, la estación privada incluía un sinfín de pequeños edificios e instalaciones para el transporte de mercancías. También había vagones para el mineral de hierro, vías que conducían a la mina, taladros de vapor y equipos de bombeo y de perforación.

Una leve brisa de media mañana se coló en el vagón del tren cuando West abrió la puerta.

—Tardarán unos minutos en descargar y montar la ambulancia —anunció él. Tras una pausa, se disculpó—: Debería inyectarle algo más para el dolor durante este último trayecto del viaje. No todos los caminos están pavimentados.

Garrett frunció el ceño.

—¿Acaso intenta matarlo? —le preguntó con un susurro gélido.

—Es evidente que no, porque de lo contrario lo habría dejado en Londres.

Después de que West saliera del vagón, Garrett se acercó a Ethan, que había empezado a agitarse. Tenía los ojos amoratados y hundidos; y los labios más secos que el polvo de talco.

Le pegó un tubo flexible de caucho a los labios y él bebió unos sorbos de agua helada. Ethan entreabrió los ojos y su mirada se clavó en ella un instante.

—Todavía aquí —dijo en un susurro ronco, aunque no parecía muy contento por ese hecho.

—Pronto te vas a poner bien. Ahora solo tienes que dormir y curarte.

Ethan parecía estar rumiando las palabras como si estuvieran en otro idioma, como si intentara descifrar su significado. Tenía cierta fragilidad, como si su espíritu y su cuerpo se estuvieran desligando. Se estremecía por la fiebre a pesar de que tenía la piel muy seca y ardiente al tacto. «Inflamación traumática», apuntó la parte clínica de su cerebro. Fiebre causada por la herida. Pese a la cantidad de fluidos antisépticos, la infección había hecho acto de presencia. A los temblores pronto les seguiría una rápida subida de la temperatura.

Lo animó a beber otro sorbo de agua.

—Estoy mal —susurró Ethan después de tragar—. Necesito algo.

Solo Dios sabía lo que le había costado quejarse.

—Te daré morfina —le dijo, y procedió a preparar otra inyección.

Cuando por fin le hizo efecto, la ambulancia ya estaba montada y habían enganchado el tiro a un fuerte y tranquilo caballo de carga. El trayecto hasta Eversby Priory se le hizo interminable mientras las ruedas de caucho de la carreta giraban a trompicones sobre el irregular terreno.

A la postre, se acercaron a la enorme mansión de estilo jacobino que se alzaba en una amplia colina. La casa de ladrillo y de piedra estaba adornada con parapetos, arcos y ventanas emplomadas. Las hileras de recargadas chimeneas le conferían al tejado plano el aspecto de una tarta de cumpleaños llena de velas.

La ambulancia se detuvo en la entrada. Cuatro criados y un anciano mayordomo salieron por la puerta de roble. Sin preámbulos, Garrett les explicó cómo extender la camilla y sacarla de la ambulancia. Se enfadó cuando West interrumpió su explicación.

—Son criados, doctora. Un noventa por ciento de su trabajo consiste en acarrear cosas.

—Él no es una cosa, es mi... mi paciente.

—No van a tirar a su paciente —le aseguró West, que la instó a entrar por la puerta—. Ahora, doctora Gibson, esta encantadora señora con la mirada de un general de brigada es nuestra ama de llaves, la señora Church. Y todas esas competentes jóvenes son las criadas... Ya se las presentaremos después. De momento, basta con que sepa que tenemos dos Martha, así que ese es el nombre que tiene que usar si quiere algo.

El ama de llaves le hizo a Garrett una rápida genuflexión antes de ordenarles a los criados que cargaban con la camilla que llevaran al herido a la planta superior. Su corpulento cuerpo subió la escalera con una inesperada agilidad. Mientras Garrett la seguía, apenas si pudo echar un vistazo a su alrededor, pero le bastó para tranquilizarse en cuanto a cualquier problema que pudiera tener la mansión. Pese a su antigüedad, la casa parecía limpísima y bien ventilada, y en el aire flotaba el olor a la cera de abejas y al jabón de resina de pino. El blanco roto de las paredes y de los techos no mostraba signos de moho ni de humedad. Había estado en alas de hospitales con condiciones muchísimo peores.

Llevaron a Ethan a una habitación pequeña pero muy pulcra. Habían colocado una mosquitera en el hueco de la venta-

269

na abierta para impedir el paso de insectos y de polvo, pero que permitiera la entrada de la fresca brisa.

—¿Les han avisado con antelación de nuestra llegada? —le preguntó Garrett al percatarse de que habían quitado las alfombras del reluciente suelo de madera y de que la cama estaba cubierta con sábanas de lino blanco, apropiadas para la cama de un convaleciente.

—Un telegrama —contestó West sin explayarse al tiempo que ayudaba a los criados a dejar la camilla en el suelo, cerca de los pies de la cama. Cuando contó hasta tres, levantaron a Ethan con sumo cuidado, manteniéndolo siempre en horizontal. Una vez que lo tuvieron tumbado en la cama, se volvió hacia ella, mientras se frotaba los músculos agarrotados de la nuca—. No ha pegado usted ojo. Deje que la señora Church lo cuide unas cuantas horas mientras descansa un poco.

—Me lo pensaré —repuso Garrett, aunque no tenía intención de hacer tal cosa. La habitación estaba limpia para una situación normal, pero no era ni mucho menos un ambiente esterilizado—. Gracias, señor Ravenel. A partir de ahora, ya me encargo yo de todo. —Lo echó de la habitación y cerró la puerta.

La señora Church la ayudó a quitar las sábanas y la manta que habían tapado a Ethan durante el viaje y a cambiarlas por ropa de cama limpia. Él llevaba una fina camisa de dormir cedida por lord Trenear. Más adelante, le pondría una de las prendas que había conseguido de la clínica, un camisón para los pacientes que quedaba abierto, ya fuera por delante o por detrás.

Ethan se despertó lo justo para mirarla con expresión cansada, y el vívido azul de sus ojos resaltaba todavía más por su piel febril. Temblaba de los pies a la cabeza.

Garrett lo cubrió con otra manta y le acarició la mejilla áspera por la barba. Nunca lo había visto sin afeitar. Más por costumbre que por necesidad, le colocó los dedos en la muñeca desnuda para buscarle el pulso. Ethan movió la mano, de modo que le tomó la suya con esos largos dedos. Lo vio parpadear una vez, dos, y luego se sumió en el sueño.

—Pobre muchacho, tan guapo —dijo el ama de llaves en voz baja—. ¿Cómo le han herido, doctora?

—Arma de fuego —contestó Garrett, que se soltó despacio de sus dedos.

La señora Church meneó la cabeza.

—El temperamento de los Ravenel —repuso la mujer, irritada—. Ha provocado la muerte de más de un joven prometedor de la familia en la flor de la vida.

Sorprendida, Garrett la miró con expresión interrogante.

—Reconozco a un Ravenel cuando lo veo —adujo el ama de llaves—. Esos pómulos afilados y la nariz, y el nacimiento del pelo en la frente. —Miró a Ethan con expresión pensativa antes de continuar—: Las indiscreciones del difunto señor Edmund no eran un secreto. Supongo que sería su hijo natural. Seguramente no sea el único.

—No soy quién para confirmarlo —murmuró Garrett mientras arropaba el cuerpo inmóvil de Ethan con las mantas. Sentía un afán protector, quería defenderlo. No solo estaba indefenso físicamente, sino que estaban hablando de su secreto mejor guardado junto a él—. Lo que sí puedo decirle es que su herida no es el resultado de un arrebato temperamental. Lo atacaron después de haber arriesgado la vida para salvar a infinidad de inocentes.

La señora Church miró a Ethan un buen rato con gesto pensativo.

—En ese caso, pobre hombre, tan valiente. Hacen falta más como él en este mundo.

—Desde luego —convino Garrett, aunque sabía que Ethan se habría reído de semejante comentario acerca de su heroísmo.

—¿Cuál es su pronóstico?

Garrett le hizo un gesto al ama de llaves para que se alejara de la cama y se reuniera con ella junto a la ventana.

—La herida está contaminada —le explicó— y le está envenenando la sangre. Le subirá la fiebre hasta que tenga una crisis. Tenemos que mantenerlo muy limpio para ayudar a su sistema a eliminar la infección y también debemos evitar que la herida supure. De lo contrario... —Dejó la frase en el aire y el corazón le dio un vuelco. Se volvió hacia la ventana y clavó la vista en los pulcros senderos del jardín junto a los muros de piedra cubiertos por enredaderas. A lo lejos, una hilera de invernaderos brillaba al sol. Era otro mundo, muy distinto de Londres, tan ordenado y sereno que parecía imposible que pudiera suceder algo malo.

El ama de llaves esperó con paciencia a que continuara.

Garrett señaló con un brusco gesto de la cabeza una mesa cercana, decorada con un jarrón lleno de flores recién cortadas, un cuadro en miniatura y un montón de libros y de periódicos.

—Necesito esa mesa despejada. Además, si es tan amable, ordene que me suban toallas limpias y blanqueadas con lejía y un balde de agua caliente que haya hervido durante al menos treinta minutos. Y que los criados me traigan todas las cosas que hay en la ambulancia lo antes posible. Después de eso, nadie excepto usted podrá entrar en la habitación sin mi consentimiento. Nadie puede tocarlo a menos que se lave las manos a conciencia con jabón carbólico. Hay que lavar las paredes con una solución biclorúdica y hay que esparcir polvo desinfectante en el suelo.

—¿Le serviría el polvo de McDougall? Lo usamos en los establos.

—Sí, es perfecto.

La señora Church cogió el jarrón y el material de lectura de la mesa.

—Me encargaré de que todo se haga enseguida.

A Garrett le gustaba el ama de llaves y tenía la sensación de que su ayuda sería inestimable en los días venideros. Tal vez fuera una mezcla de esa sensación y del cansancio lo que le soltó la lengua, porque dijo:

—Se ha percatado nada más verlo de su parecido con los Ravenel, mientras que lady Helen y Pandora nunca han dicho nada del tema. Yo tampoco sumé dos y dos.

La señora Church se detuvo al llegar a la puerta y sonrió.

—Llevo sirviendo desde que tenía quince años, doctora. Es labor del criado fijarse en los detalles. Aprendemos las costumbres y las preferencias de la familia. Leemos sus caras para anticiparnos a sus necesidades antes de que las expresen. Estoy segura de que les presto más atención a los Ravenel de la que ellos se prestan unos a otros.

Una vez que la puerta se cerró, Garrett cogió la mano de Ethan de nuevo. Era fuerte y de dedos elegantes, con los nudillos y las puntas de los dedos un poco ásperos. Su piel irradiaba calor, como las piedras bajo un sol abrasador. La fiebre le subía a pasos agigantados.

En sus venas y en sus tejidos, estaban teniendo lugar procesos microscópicos, batallas invisibles entre células, bacterias y químicos. «Hay muchas cosas que se escapan a mi control», pensó, desolada.

Con mucho cuidado, le dejó la mano sobre el colchón y le colocó su propia palma en el pecho, por encima de la manta, para comprobar los rápidos y superficiales movimientos de su respiración.

Lo que sentía por él parecía no caberle en el pecho.

Se permitió pensar en lo que Ethan le había dicho antes de la operación, en esas palabras que él creyó que serían las últimas que pronunciara. No atinaba a comprender qué tenía ella, una mujer práctica con mente analítica, que inspirase semejante pasión.

Sin embargo, mientras estaba allí con la mano en su pecho,

se descubrió pronunciando unas palabras que jamás había dicho ni se le habían pasado por la cabeza en toda la vida que había llevado, siempre regida por la lógica.

—Esto me pertenece. —Extendió los dedos sobre su corazón, apropiándose de los valiosos latidos como si fueran perlas desparramadas—. Tú me perteneces, ahora eres mío.

19

Al día siguiente, la temperatura de Ethan había subido hasta los treinta y nueve grados y medio, y al siguiente ya pasaba de cuarenta. Había llegado al extremo del delirio, ya que su febril mente no paraba de repasar recuerdos y pesadillas espeluznantes que lo dejaban débil y agitado. Hablaba de forma incoherente, mientras se movía sin parar, y ni la dosis más potente de láudano lograba relajarlo. A ratos sudaba con profusión, ardiendo a causa de la fiebre, y al cabo de un rato se ponía a tiritar por culpa de los escalofríos.

Garrett salía del dormitorio lo justo para hacerse cargo de sus propias necesidades. Dormía en un sillón, al lado de la cama de Ethan, con la cabeza agachada sobre el pecho y se despertaba en cuanto oía el menor ruido o movimiento. Solo confiaba en la señora Church para que la ayudara a cambiar las sábanas y a bañar el cuerpo de Ethan con paños empapados de solución antiséptica. Cuando la fiebre pasó de los cuarenta, lo rodearon con sacos impermeables llenos de hielo y cubiertos con toallas. Le drenaba la herida y se la limpiaba con frecuencia, y lo obligaba a beber sorbos de agua y de tónico purificante. Daba la sensación de que sus heridas estaban sanando, pero de todas formas, la tercera noche pareció refugiarse en un lugar donde ella no podía alcanzarlo ni aliviarlo.

—Tengo nueve demonios en el cráneo —murmuró mientras forcejeaba por levantarse de la cama—. Sácalos, no me dejes que...

—Calla —le dijo Garrett mientras trataba de colocarle una compresa helada en la frente, pero él se alejó al tiempo que se retorcía y soltaba un gemido. La posibilidad de que todos esos movimientos le provocaran una hemorragia interna la aterraba—. Ethan, no te muevas. Por favor. —Mientras intentaba obligarlo a que colocara la cabeza en la almohada, Ethan la empujó, presa del delirio, y ella trastabilló hacia atrás.

Sin embargo, en vez de estrellarse contra el suelo, descubrió que alguien la sujetaba por detrás. Un brazo fuerte la rodeó por la cintura.

Era West Ravenel, que traía el olor del campo, a hierba y a caballo, impregnado en la ropa. Un olor que a Garrett normalmente no le habría gustado, pero que en ese momento se le antojó muy agradable y masculino. Una vez que la ayudó a recuperar el equilibrio, se acercó a la sudorosa e inquieta figura que yacía en la cama.

—Ransom —dijo con voz firme, en vez de usar el tono suave que solía oírse en la habitación de un enfermo—, aquí no hay demonios. Se han ido. Acuéstate y descansa, sé bueno. —Le puso una mano en la frente—. Estás ardiendo. Debes de tener un dolor de cabeza monumental. A mí me pasa cuando tengo fiebre. —Extendió el brazo para coger un saquito impermeable lleno de hielo que se le había caído a Ethan del pecho y lo puso con cuidado sobre su frente.

Para sorpresa de Garrett, Ethan se relajó y su respiración se tornó más profunda.

—¿Se ha lavado las manos? —le preguntó Garrett a West.

—Sí, pero le aseguro que cualquier bacteria que pueda haber traído conmigo, no es nada comparada con las suyas. —Miraba con el ceño fruncido a Ethan, que tenía la cara demacrada y con muy mal color—. ¿Cuánta fiebre tiene?

—Pasa de los cuarenta —respondió Garrett, hablando muy despacio—. Ahora mismo está en el punto álgido.

West la miró en ese momento.

—¿Cuándo fue la última vez que comió?

—Hace un par de horas me tomé un té y una tostada.

—Hace doce horas, según la señora Church. Y me han dicho que lleva sin dormir tres días, maldita sea.

—He dormido —lo contradijo Garrett con brusquedad.

—Me refiero a dormir acostada en una superficie horizontal. No es lo mismo que dormir en un sillón. Está a punto de derrumbarse.

—Soy perfectamente capaz de evaluar mi estado físico.

—Apenas puede mantener los ojos abiertos. Ha trabajado hasta llegar al borde del agotamiento cuando hay un enjambre de criadas esperando impacientes la oportunidad de refrescar la febril frente de Ethan. Como no permitamos al menos que la gobernanta lo bañe con una esponja, nos entregará su renuncia.

—¡Con una esponja! —exclamó Garrett, ofendida—. ¿Sabe la cantidad de bacterias dañinas que hay en una esponja? Por lo menos...

—Por favor. Ya tengo demasiada información sobre las bacterias. —West la observó, exasperado, mientras ella se dirigía al sillón—. Doctora, se lo suplico, y le aseguro que no lo hago con intención libidinosa ni mucho menos, acuéstese. Una hora aunque sea. Yo lo cuidaré.

—¿Qué experiencia tiene a la hora de velar enfermos?

West titubeó.

—¿Cuenta una oveja con meteorismo espumoso?

Garrett se sentó de nuevo en el sillón.

—Me espabilaré en cuanto me tome una taza de té bien fuerte —insistió—. No puedo dejarlo ahora. Está en plena crisis.

—Igual que usted. Pero está tan exhausta que no se da ni

cuenta. —Soltó un suspiro exasperado—. De acuerdo. Llamaré para que le traigan el té. —Tras mandar llamar al ama de llaves, con la que mantuvo una breve conversación en voz baja en la puerta, West regresó junto a la cama—. ¿Cómo está la herida de la operación? —preguntó al tiempo que pasaba un brazo en torno a uno de los postes de la cama—. ¿Está sanando?

—Eso parece —contestó Garrett—, pero puede tener otras fuentes de infección en cualquier lugar del cuerpo.

—¿Hay algún indicio de que eso suceda?

—Todavía no. —Estaba sentada con la vista clavada en la figura que yacía en la cama, al borde del agotamiento físico y mental.

Una vez que le llevaron el té, dio las gracias y cogió la taza entre las manos sin molestarse en aceptar el platillo. Se lo bebió sin apenas degustarlo.

—¿Qué está usando para vendar la herida? —quiso saber West, que en ese momento inspeccionaba la colección de frascos de la mesilla.

—Glicerina y gotas desinfectantes, más una capa de muselina de algodón aceitada.

—Y lo mantiene cubierto de hielo.

—Sí, además intento que beba un sorbo de agua al menos una vez cada hora. Pero no... —Guardó silencio porque la habitación empezó a darle vueltas. Cerró los ojos, todo un error, y la habitación pareció ladearse.

—¿Qué pasa? —oyó que le preguntaba West, cuya voz parecía proceder de muy lejos.

—Mareada —murmuró—. Necesito más té o... —Abrió los ojos y tuvo que luchar para que no se le cerraran de nuevo.

West estaba delante de ella, quitándole la taza de porcelana de las manos antes de que la dejara caer al suelo. Su inquisitiva mirada la recorrió de arriba abajo y fue en ese momento cuando ella comprendió lo que había hecho.

—¿Qué llevaba el té? —preguntó al borde del pánico mientras intentaba levantarse del sillón—. ¿Qué le ha echado? —El dormitorio empezó a girar. Sintió que él la rodeaba con los brazos.

—Nada, salvo una pizca de valeriana —contestó West con voz serena—. Que no tendría un efecto tan fuerte si no estuviera a punto de caerse redonda por el agotamiento.

—Voy a matarlo —gritó ella.

—Sí, pero para hacerlo antes tiene que tomarse un buen descanso, ¿no es verdad?

Garrett intentó golpearlo con un puño, pero él se agachó sin dificultad, de manera que el brazo le pasó por encima, tras lo cual la cogió en volandas justo antes de que le fallaran las piernas.

—¡Suélteme! Tengo que cuidarlo... Me necesita...

—Soy capaz de proporcionarle los cuidados básicos mientras usted duerme.

—No, no puede hacerlo —protestó Garrett con un hilo de voz, y oyó espantada el sollozo que brotaba de su garganta—. Sus pacientes tienen cuatro patas. Él solo tiene dos.

—Lo que significa que me dará la mitad de problemas —repuso West con aire sensato.

Garrett hervía por la furia y la impotencia. Ethan se encontraba en su lecho de muerte y ese hombre estaba tomándose a la ligera la situación. Y, además, contenía sus forcejeos con una facilidad desquiciante.

Mientras la llevaba por el pasillo, intentó con todas sus fuerzas dejar de llorar. Sentía que los ojos le ardían. Tenía un dolor palpitante en la cabeza, que de repente le pesaba tanto que tuvo que apoyarla en uno de sus hombros.

—Muy bien —lo oyó murmurar—. Solo serán unas horas. Cuando se despierte, podrá vengarse de mí.

—Voy a diseccionarlo. —Un sollozo—. Lo haré cachitos diminutos.

—Sí —replicó West—. Piense en el instrumento con el que

lo hará. Quizá con ese escalpelo de doble hoja que tiene el mango tan raro. —La llevó hasta un dormitorio muy bonito, con las paredes cubiertas por un papel de flores—. Martha —dijo—, las dos. Atended a la doctora Gibson.

Ninguna visión mística del infierno, con sus simas apestando a azufre y los cuerpos carbonizados reducidos a brasas podía ser peor que el lugar donde Ethan estaba atrapado. Unos demonios de garras afiladas lo atacaban en la oscuridad. Se debatía con todas sus fuerzas para tratar de liberarse, pero cada movimiento hacía que dichas garras se le clavaran más en la carne. Lo arrastraron hasta las llamas y lo asaron sobre ascuas candentes mientras se reían a carcajadas y él los maldecía.

A veces, era consciente de que se encontraba en una cama mientras un ángel de rostro sereno atendía las heridas de su torturado cuerpo, provocándole nuevas oleadas de dolor. Casi prefería a los demonios. Su atribulada mente era incapaz de recordar su nombre, pero la conocía. Insistía en amarrarlo a la tierra con esas manos delgadas e inexorables. Ansiaba decirle que ya estaba demasiado lejos, que no podía regresar, pero la fuerza de voluntad que ella demostraba era mayor que su debilidad.

Una lengua de fuego se alzó del suelo y su calor azul lo engulló. Gimoteó y jadeó mientras trataba de huir, de alejarse de esas intensas llamaradas. Vio un círculo de luz sobre él, un hombre que venía para ayudarlo. Al reconocer los musculosos brazos y las manos deformadas de su padre, extendió los brazos hacia él.

—Papá —musitó—, fuego... Sácame... No dejes que arda.

—Ya estás fuera. Estás conmigo. —Le aferró la mano con fuerza.

—No te vayas, papá.

—No me iré. Duerme tranquilo. —Su padre lo levantó y

lo ayudó a tumbarse de espaldas, tras lo cual le pasó algo fresco por la cara y el cuello—. Tranquilo. Lo peor ya ha pasado. —Nunca lo había visto ser tan amable, su brusco temperamento se había convertido en un sereno vigor.

Ethan se relajó y se estremeció al sentir que lo invadía una maravillosa frescura mientras el paño fresco que lo acariciaba se detenía. Se aferró a la muñeca de su padre e instó a esa mano enorme a que volviera a su cara. El paño empezó a acariciarlo de nuevo, y su exhausta mente se sumió en la tranquilidad.

Al despertarse descubrió la brillante luz de la mañana detrás de los párpados mientras alguien le tiraba de las vendas para quitárselas como si estuviera pelando una pieza de fruta. Sintió un líquido ardiente sobre el hombro, que alguien aplicaba gota a gota. Oía la voz de un hombre hablando. No con él, sino a él. Un soliloquio sereno que no necesitaba de su participación.

Le resultó muy irritante.

—... Es la primera vez que toco tanto el cuerpo de otro hombre. Por cierto, que tampoco creo haber tocado tanto el cuerpo de una mujer. Es posible que me meta a monje después de esto.

El hombre le estaba colocando un vendaje en torno al pecho y se inclinaba sobre él para levantarlo un poco cada vez que tenía que pasárselo por la espalda.

—... Pesas como un cerdo de Hampshire, que tiene más carne magra que otras razas, de ahí que pesen más de lo que parece. Te lo digo yo, serías un ejemplar de primera categoría. Y lo digo como un halago, por cierto.

Ethan lo apartó de un empujón al tiempo que gruñía con hostilidad. El repentino ataque hizo que el hombre perdiera el equilibrio, de manera que trastabilló hacia atrás. Tras una rápida mirada a su entorno, Ethan se giró hacia la mesilla y cogió un utensilio metálico. Pasó por alto los dolorosos pinchazos que sentía en el hombro y se mantuvo de costado mientras miraba al hombre.

Era West Ravenel, que lo observaba con la cabeza ladeada.

—Estamos mejor hoy, ¿no? —dijo con una alegría forzada.

—¿Dónde estoy? —preguntó Ethan, cuya voz sonaba ronca.

—En nuestros sagrados y ancestrales dominios, en Eversby Priory. —West miró el vendaje de Ethan, que había empezado a aflojarse. Extendió una mano para sujetar el extremo suelto—. Déjame que acabe de...

—Como vuelvas a tocarme —masculló Ethan—, te mato con esto.

West apartó la mano al punto y clavó la vista en el utensilio con el que Ethan lo amenazaba.

—Eso es una cuchara.

—¡Ya lo sé!

West esbozó una sonrisa torcida, pero retrocedió un par de pasos.

—¿Dónde está Garrett? —exigió saber Ethan.

—Después de realizar la operación quirúrgica, de viajar hasta Hampshire y de velarte durante treinta y seis horas seguidas, se ha visto obligada a descansar un poco. Esta noche por fin te ha bajado la fiebre, algo que la alegrará sobremanera cuando se despierte. Entretanto, te he estado cuidando yo. —West hizo una pausa—. Que sepas que me caías mejor cuando estabas inconsciente.

Ethan sintió que lo consumía la humillación al pensar que ese hombre lo había estado atendiendo durante su delirio. Por Dios... El sueño sobre su padre... los momentos de ternura paternal que siempre había ansiado vivir con el hombre que lo crio. Y cuando lo cogió de la mano... ¿Lo había imaginado o...?

—Relájate —le dijo West con voz normal, aunque tenía un brillo jocoso en los ojos—. Somos familia.

Era la primera vez que mencionaba abiertamente la relación de Ethan con los Ravenel. Lo miró con recelo y se negó a replicar.

—De hecho —siguió West—, ahora que llevas mi sangre en las venas, somos prácticamente hermanos.

Ethan meneó la cabeza, perplejo.

—Una transfusión —le explicó West—. Has recibido un cuarto de litro de sangre Ravenel del cuarenta y nueve... una cosecha muy decente al parecer, ya que te devolvió a la vida después de que se te parara el corazón durante la operación. —Sonrió al ver la cara que ponía Ethan—. Alégrate, es posible que ahora hasta desarrolles sentido del humor.

Sin embargo, la expresión de Ethan no era de espanto ni de resentimiento... estaba asombrado. De las transfusiones solo sabía que pocos pacientes sobrevivían. Y West Ravenel, ese idiota arrogante, se había sometido a las molestias y al peligro solo por él. No solo a la hora de donarle sangre, sino también al llevarlo a Eversby Priory y al cuidarlo, consciente de los riesgos que eso implicaba.

Al mirar esos ojos azules, tan parecidos a los suyos, vio que West esperaba un comentario brusco y desagradable por su parte.

—Gracias —le dijo sin más.

West parpadeó, sorprendido, y lo miró fijamente como si quisiera asegurarse de su sinceridad.

—De nada —replicó con el mismo tono de voz que había empleado él. Tras un silencio incómodo, aunque no hostil, añadió—: Si quieres, intentaré ponerte presentable antes de que regrese la doctora Gibson. Antes de que te niegues, deberías saber que tu barba parece de alambre de acero y que hueles como una cabra de angora... y te aseguro que sé de lo que hablo. Si prefieres que te asee otra persona, supongo que puedo esterilizar a mi ayuda de cámara. Aunque no estoy seguro de que se muestre muy dócil durante el proceso.

Garrett despertó sumida en una especie de entumecimiento. Mucho antes de que su mente se percatara, su cuerpo ya había percibido la magnitud de la catástrofe.

Los intensos rayos del sol de la mañana se colaban por las rendijas de las contraventanas, extendiéndose por el suelo. Clavó la vista en la extensión blanca del techo de escayola.

A esas alturas, el proceso natural de la fiebre de Ethan habría llegado a su fin.

Tendría las pupilas dilatadas y no responderían a la luz. Su temperatura corporal habría bajado y sería igual que la de su entorno. Podría abrazar su cadáver, pero su espíritu estaría en algún lugar inalcanzable.

Jamás perdonaría a West Ravenel por haberla privado de los últimos minutos de la vida de Ethan.

Salió de la cama moviéndose como una anciana. Le dolían todos los músculos y todas las articulaciones. Cada centímetro de piel. Entró en el aseo contiguo para hacer sus necesidades y lavarse, tomándose su tiempo. Las prisas no eran necesarias.

Le habían dejado una bata verde estampada que no era suya sobre un sillón, con unas chinelas a juego. Tenía el vago recuerdo de dos doncellas que la ayudaron a ponerse un camisón y le deshicieron el recogido del pelo. No veía su ropa por ningún lado y tampoco había ni rastro de las horquillas en el tocador. Se envolvió con la bata y se la ató a la cintura. Las chinelas le quedaban pequeñas.

Salió descalza del dormitorio y se dirigió al abismo de dolor que la aguardaba. La caída al vacío sería infinita. Ethan había pasado por su vida abrasándolo todo a su paso y había desaparecido antes siquiera de poder asimilar la pérdida que iba a llorar.

El sol entraba a raudales por las ventanas y se reflejaba en el suelo. La actividad de los criados, ocupados con sus tareas diarias, la molestaba. Por fin comprendía por qué la gente cerraba a cal y canto sus casas durante el luto. Cualquier tipo de estímulo resultaba desgarrador.

Sus pasos aminoraron cuando oyó retazos de conversación procedentes del dormitorio de Ethan. West Ravenel, haciendo gala de su habitual irreverencia, estaba hablando como si tal cosa delante de un muerto.

Sin embargo, antes de que la ira pudiera enraizarse, Garrett abrió la puerta y vio una figura sentada en la cama. Su cuerpo se tensó como si fuera la varilla de un paraguas. Se aferró a la jamba de la puerta con la mano libre para mantener el equilibrio.

Ethan.

El aire estalló y un millar de chispas cayeron sobre ella, introduciéndose en sus ojos y en sus pulmones. No veía nada, y tampoco podía respirar. La sangre corría por sus venas saturada de miedo y alegría. ¿Era real? No se fiaba de sus sentidos.

Miró a West, aunque no alcanzaba a verlo. Se vio obligada a parpadear y parpadear antes de lograr verlo, si bien su figura solo era una mancha borrosa. Cuando habló, lo hizo con voz ronca.

—¿Le ha bajado la fiebre y no me ha despertado?

—¿Para qué? Usted necesitaba dormir y yo estaba seguro de que él seguiría igual de vivo por la mañana.

—¡Pues usted no va a estar precisamente vivo si me salgo con la mía! —gritó Garrett.

West enarcó las cejas y su expresión se tornó ufana.

—¿Mientras dure su visita voy a recibir todas las mañanas amenazas de muerte por parte de los dos?

—Eso parece —respondió Ethan desde la cama.

El sonido de su voz, tan familiar, tan ronca y tan clara... Temblando, Garrett se obligó a mirarlo, aterrada por la posibilidad de que desapareciera.

Ethan estaba sentado, con la espalda apoyada en los cuadrantes, afeitado y aseado. Su aspecto era bastante normal, teniendo en cuenta que pocas horas antes había estado a las puertas de la muerte.

Su mirada la recorrió y se detuvo en su pelo suelto, en la

bata verde de terciopelo y en los dedos de los pies que asomaban, descalzos, por debajo de la prenda. Esos ojos azules, tan azules como el borde del horizonte, como las profundidades de los océanos, rebosaban calidez, preocupación, ternura... por ella, solo por ella.

Echó a andar hacia él como si estuviera vadeando un río cuyas aguas le llegaran por la cintura. Las piernas apenas la sostenían. Cuando llegó a su lado, él le aferró un brazo y tiró de ella con delicadeza hasta que quedó suspendida sobre el borde del colchón.

—*Acushla*. —Le colocó la mano en la cara y le acarició la mejilla con el pulgar—. ¿Estás bien?

—¿Que si estoy...? —Sorprendida porque lo primero que había hecho era interesarse por su bienestar, Garrett se derrumbó como si fuera una frágil montaña de papel.

Ethan la acercó a su cuerpo despacio, y la invitó a apoyar la cabeza sobre su hombro sano. Para consternación de Garrett, descubrió que se echaba a llorar por el alivio en vez de mantener una fachada de dignidad tal como le habría gustado. Tampoco la ayudó mucho que Ethan la hubiera rodeado con un brazo y le hubiera empezado a acariciar el pelo suelto mientras le murmuraba al oído:

—Sí, prepárate para lo que te espera, amor mío. Me querías, y ahora me vas a tener.

Sus palabras de consuelo la dejaron tan débil y vulnerable como un recién nacido.

—Estamos demasiado cerca —protestó cuando por fin pudo hablar al tiempo que intentaba alejarse de él—. Te puedo provocar una hemorragia secundaria y...

Él la estrechó con más fuerza.

—Yo decido cuándo estás demasiado cerca. —Una mano comenzó a explorar su espalda con delicadeza y Garrett se derritió contra él mientras Ethan la consolaba con sus palabras y sus caricias.

—Creo que estoy de más —anunció West desde la puerta—. Supongo que ha llegado el momento de que me vaya. Pero antes, doctora, seguramente le interese saber que la herida del paciente ha sido limpiada y vendada con gasas limpias esta mañana. De momento no supura. Le hemos ofrecido agua de cebada, que él ha rechazado, y después agua de tostada, tras lo cual nos ha exigido con gran vehemencia tostadas de verdad, hasta el punto de que hemos acabado cediendo. También nos ha obligado a traerle té para poder bajar las tostadas. Espero no haber metido la pata.

—¿Algún daño que destacar? —preguntó Garrett, cuya voz se oyó amortiguada.

—No, no me ha hecho daño —contestó West—, pero me amenazó con una cuchara.

—Le preguntaba a Ethan.

El aludido esbozó una sonrisa mientras la miraba y le enterraba los dedos en el pelo.

—No puedo quejarme, salvo por el agua de cebada. —Miró al hombre que se encontraba en el vano de la puerta. Aunque habló con un tono de voz que nadie calificaría de afectivo, sí tenía un deje amigable—. Gracias, Ravenel. Siento mucho haberme comportado como lo hice el día que nos conocimos.

West se encogió de hombros para restarle importancia.

—Recuerda, algo más que deudo y menos que amigo.

La cita llamó la atención de Ethan, y Garrett se percató de que por un instante su pecho se detenía al dejar de respirar.

—Eso es de *Hamlet*, ¿verdad? ¿Tienes alguna copia aquí?

—Todas las obras de Shakespeare están en la biblioteca —contestó West—, incluyendo *Hamlet*. ¿Por qué te interesa tanto?

—Jenkyn me dijo que lo leyera. Dice que es el espejo donde se refleja el alma de un hombre.

—Por Dios. Con razón lo odio.

Garrett se apartó para mirar a Ethan a la cara. Estaba pálido y cansado, y su expresión dejaba claro que se encontraba dolorido.

—Lo único que vas a hacer durante esta semana será seguir acostado y descansar —le advirtió—. *Hamlet* es una lectura demasiado emocionante para ti.

—¿Emocionante? —repitió West con un resoplido desdeñoso—. Si es una obra sobre la desidia.

—Es una obra sobre la misoginia —lo corrigió Garrett—. De todas formas, voy a ponerle una inyección de morfina al señor Ransom para que pueda dormir.

—Buenas noches, dulce príncipe —se despidió West con alegría y salió de la habitación.

Ethan le aferró a Garrett la pierna a la altura del muslo, por encima del camisón y de la bata, para evitar que se levantara de la cama.

—No me pongas la morfina todavía —le dijo—. Llevo días sumido en la inconsciencia.

Estaba pálido y cansado, sus pómulos parecían más definidos y sus ojos tenían un azul asombroso. Era muy guapo. Vivía, respiraba y era suyo. Esa energía tan familiar que existía entre ellos cobró vida de nuevo, al igual que lo hizo ese vínculo invisible que jamás había experimentado con otra persona.

—Ravenel me ha contado parte de lo que pasó —dijo Ethan—, pero quiero que tú me lo cuentes todo.

—Si me ha descrito como una arpía insoportable —replicó—, no digo que esté equivocado.

—Me ha dicho que fuiste tan valiente y lista como Atenea. Te admira mucho.

—¿Ah, sí? —Eso la sorprendió—. Nunca me he sentido tan insegura como durante estos últimos días. Ni he tenido tanto miedo. —Lo miró, nerviosa—. Una vez que la herida de la operación se cure, puedes descubrir que tienes menos fuerza en ese brazo y menos rango de movimiento. Aunque tu forma física es mejor que la de la media, tal vez pasen meses antes de que puedas levantar el brazo sin sentir dolor. Sé que no estás acostumbrado a ningún tipo de vulnerabilidad. Si te enzarzas en una pelea y alguien te golpea la zona de la herida...

—Tendré cuidado. —Ethan esbozó una sonrisa irónica y añadió—: Bien sabe el demonio que no pienso buscar pelea alguna.

—Nos quedaremos aquí hasta que estés más fuerte. No puedes ir a ningún sitio hasta dentro de un mes al menos.

—No puedo esperar tanto —repuso él en voz baja.

Ambos guardaron silencio, conscientes de todo lo que debían discutir, pero accedieron tácitamente a que ya hablarían en otro momento.

Garrett introdujo una mano con cuidado por la abertura delantera de la camisa de dormir de Ethan, a fin de comprobar que el vendaje estaba bien asegurado. Él cubrió la mano con la suya y la atrapó contra su pecho cálido y salpicado de vello. Ese vello rizado y suave, al que Garrett no le había prestado atención durante la fiebre, le parecía en ese momento muy íntimo mientras le cosquilleaba en los nudillos y le provocaba el aleteo de un millar de mariposas en el estómago. Con la mano libre, le sujetó la nuca y la atrajo hacia él.

Consciente de su condición, Garrett se propuso que el beso fuera dulce y breve. Los labios de Ethan estaban secos y calientes, pero no por la fiebre... Era la calidez de un hombre sano que tan bien recordaba. No pudo evitar separar los labios bajo esa delicada presión, momento en el que detectó la dulzura del té y el incitante sabor de Ethan. ¡Por Dios, jamás había pensado que lo degustaría de nuevo! Sus labios la besaron con más insistencia, y un placer erótico envolvió sus sentidos como el terciopelo. Intentó ponerle fin al beso, pero esos brazos se negaron a soltarla, y no se atrevió a darle un empujón en el pecho por temor a hacerle daño. Los minutos pasaron acompañados por una sensación vertiginosa mientras los labios de Ethan conquistaban los suyos con besos tiernos y seductores.

Aturdida, Garrett se separó lo justo para murmurar:

—Por el amor de Dios, hace pocas horas estabas al borde de la muerte.

Ethan entrecerró los ojos mientras clavaba la mirada en su cuello, donde se atisbaba la frenética velocidad de su pulso. Un dedo con afán curioso exploró despacio el hueco situado entre sus clavículas y lo acarició con delicadeza.

—Estoy contigo en una cama. Tendría que estar muerto para no reaccionar.

Garrett miró de soslayo la puerta, ligeramente entreabierta, preocupada por la posibilidad de que algún criado que pasara por el pasillo pudiera verlos.

—Un aumento de la presión sanguínea podría matarte. Por tu bien, toda actividad sexual está prohibida.

20

Ethan tardó unas dos semanas en seducirla.

Garrett había prescrito un calendario muy preciso para su recuperación. El primer día, podría sentarse en la cama, apoyado en los cuadrantes. El cuarto y el quinto día, podría levantarse de la cama y sentarse en un sillón durante una hora, una vez por la mañana y otra vez por la tarde. Tardaría un mes, le dijo ella, en poder andar por la casa sin ayuda.

Pasaban la mayor parte del tiempo los dos solos, ya que West estaba ocupado con los problemas que habían surgido durante su estancia en Londres. Debía ocuparse de los arrendatarios y de los problemas que tenían con sus tierras, así como de la supervisión del uso de la maquinaria recién adquirida para el heno. Era habitual que se marchara al amanecer y no regresara hasta la cena.

Dada la ausencia de las responsabilidades habituales de Garrett, tenía más tiempo libre, incluso más que cuando era niña. Se pasaba casi cada minuto del día con Ethan, que se recuperaba con una rapidez asombrosa. Su herida se estaba curando y cerrando sin rastros de infección, y había recuperado el apetito por completo. La comida de convaleciente que mandaban desde la cocina, como caldo de carne, manjar blanco, gelatinas y púdines, fueron rechazados de plano, prefiriendo la comida normal.

Al principio, Ethan dormía muchísimo, sobre todo porque los opiáceos que le administraba para combatir el dolor le provocaban somnolencia y lo relajaban. Durante las horas que estaba despierto, ella se sentaba a su lado y le leía *Hamlet*, así como los ejemplares más recientes del *Times* y el *Police Gazette*. Se descubrió embargada por un estado de alegría apenas contenida al poder hacer cosas por él, como arreglarle la ropa de cama, comprobar todo lo que comía y bebía, o prepararle tónico en tacitas medidoras. A veces, se sentaba junto a la cama por el mero hecho de verlo dormir. No podía evitarlo. Después de haber estado a punto de perderlo, sentía una inmensa satisfacción al tenerlo a salvo, en la cama, limpio, cómodo y bien alimentado.

Estaba segura de que a Ethan le resultaban asfixiantes sus atenciones, a cualquier hombre se lo habrían parecido, pero no rechistó. Muy a menudo lo sorprendía observándola con una sonrisilla mientras ella se afanaba en sus tareas: reorganizar el material, enrollar vendas recién esterilizadas o rociar una solución carbólica por la estancia. Ethan parecía comprender lo mucho que le gustaba, y necesitaba, la sensación de tenerlo todo controlado.

Sin embargo, durante la segunda semana Ethan empezó a impacientarse tanto por el confinamiento que le permitió, a regañadientes, levantarse de la cama y sentarse en el exterior, en una pequeña terraza del segundo piso con vistas a los inmensos jardines. Descamisado y con la herida cubierta por una gasa, se quedaba tumbado como un tigre que dormitaba al sol. A Garrett le hizo gracia descubrir que unas cuantas criadas se reunían junto a la ventana de un saloncito de la planta superior desde la que se veía la terraza privada, si bien la señora Church se aprestó a sacarlas de allí. Claro que no se las podía culpar por querer ver a un Ethan medio desnudo, tan guapo como era y con un cuerpo tan maravillosamente formado.

A medida que se sucedían los lánguidos y soleados días, Garrett tuvo que acomodarse al relajado ritmo de Eversby Priory. No le quedó más remedio. El tiempo pasaba a otra velocidad en esa mansión, cuyos gruesos muros habían albergado en otra época a no menos de doce monjes y cuyas habitaciones comunes tenían chimeneas tan grandes que cabría una persona adulta de pie en ellas. El clamor de las locomotoras en las vías del tren, omnipresente en Londres, apenas se oía. En cambio, se percibían los trinos de los mosquiteros comunes y de los gorriones en los setos, el golpeteo de los pájaros carpinteros en el bosque cercano y los relinchos de los caballos de tiro. También se oían cómo serraban y clavaban tablones, ya que los carpinteros y los obreros trabajaban en la fachada sur de la mansión, pero no se parecía ni por asomo al ruido que generaban las obras públicas de Londres.

Había dos comidas oficiales en Eversby Priory: un copioso desayuno y una suculenta cena. Entremedias, siempre había disponible un buen surtido de platos dispuestos en un aparador. Se podía disfrutar de una inagotable cantidad de nata, mantequilla y queso procedentes de vacas que se alimentaban únicamente de hierba. Servían beicon jugoso y tierno, y también jamón ahumado, en casi todas las comidas, solo o troceado en ensaladas y deliciosos platos. Siempre había una ingente variedad de hortalizas del huerto en la cocina, y fruta madura de la huerta. Acostumbrada como estaba a las rápidas y espartanas comidas que hacía en casa, Garrett tenía que obligarse a comer despacio y a permanecer sentada a la mesa. Dado que no tenía que seguir un horario y que carecía de responsabilidades, no había necesidad de correr.

Mientras Ethan dormía por las tardes, ella adquirió la costumbre de dar un paseo diario por los jardines formales de la propiedad. Los parterres, llenos de flores veraniegas, estaban muy bien cuidados, pero les habían conferido un aire descuidado a propósito, de modo que ofrecían un encanto silvestre, aunque el diseño en sí estuviera milimétricamente planeado.

Estar en un jardín tenía algo que favorecía el pensar. No pensar en el sentido más común de la palabra, sino algo más profundo, más parecido a filosofar. «Este es el motivo», pensó un día durante el paseo, por esa razón Havelock le había aconsejado que se tomara unas vacaciones.

Al pasar junto a una estatua de bronce con querubines juguetones y un parterre de crisantemos blancos con los tallos entrelazados, recordó algo más que Havelock le dijo aquel día: «Nuestra existencia, nuestro intelecto incluso, depende del amor. Sin él, no seríamos nada.»

Pues ya había seguido ambos consejos: se había ido de vacaciones, aunque desde luego no había empezado el viaje de esa manera, y había encontrado el amor.

Era todo extraordinario. Había pasado gran parte de su vida huyendo del sentimiento de culpa por haber causado la muerte de su madre, sin detenerse a pensar en lo que podía estar desperdiciando, sin importarle siquiera que pudiera estar perdiéndose algo. Eso era lo único con lo que nunca había contado. El amor había aparecido por arte de magia, había echado raíces como las violetas silvestres en las grietas del pavimento de la ciudad.

Havelock seguramente le aconsejara que fuera con cuidado, ya que no conocía a Ethan lo suficiente como para confiar en él, ni siquiera para confiar en lo que ella misma sentía. La mayoría de la gente diría que todo había sucedido demasiado deprisa. Pero había ciertas cosas de Ethan Ransom de las que estaba totalmente segura. Sabía que él aceptaba sus defectos de la misma manera que ella aceptaba los suyos; eran capaces de tolerar los defectos del otro y, sin embargo, eran incapaces de tolerar los propios. Y sabía que Ethan la amaba sin ambages. Habían llegado a una encrucijada en sus vidas y era su oportunidad de ir juntos en una nueva dirección, siempre que tuvieran el valor necesario para hacerlo.

De regreso a la casa, Garrett enfiló un sendero serpenteante que daba un rodeo por los jardines de la cocina y el gallinero. Este último no era un cobertizo normal cercado con alambre de espino. No, las gallinas de Eversby Priory vivían en un auténtico palacio. La estructura central de ladrillos y madera pintada estaba coronada por un tejado de pizarra con parapetos calados, y también contaba con una columnata blanca frontal. Dos aleros se extendían hacia los lados para cubrir un patio pavimentado y un pequeño estanque para uso de las aves.

Garrett rodeó el edificio y vio que la cerca de alambre estaba flanqueada por árboles frutales. En uno de los postes situados en las esquinas, un anciano jardinero hablaba con un hombre más joven, que estaba en cuclillas, arreglando uno de los laterales de la alambrada.

El más joven era muy corpulento y estaba en plena forma, y movía con destreza las manos mientras unía los alambres rotos con unas tenazas. Antes incluso de verle la cara que ocultaba el maltrecho sombrero, supo que se trataba de West Ravenel por el timbre grave de su voz.

—Que el Señor me ayude, porque no sé qué necesitan esas dichosas plantas —dijo con voz cansada—. Prueba a sacarlas del vivero y a meterlas de nuevo en el invernadero.

El jardinero dijo algo en voz baja y aturullada.

—¡Orquídeas! —West pronunció la palabra como si fuera una maldición—. Haz lo que puedas. Yo me responsabilizo del resultado.

El jardinero asintió con la cabeza y se alejó.

Al percatarse de la presencia de Garrett, West se puso en pie y se llevó una mano al ala del sombrero a modo de saludo, con las tenazas en la mano. Vestido con unos pantalones de trabajo y una camisa arrugada y remangada hasta los codos, se parecía mucho más a un granjero experimentado que a un caballero de alcurnia.

—Buenas tardes, doctora.

Garrett lo miró con una sonrisa. Aunque West demostró ser muy déspota al echarle valeriana al té, reconocía muy a su pesar que lo hizo con buenas intenciones. Dado que Ethan se estaba recuperando muy bien, decidió que había llegado el momento de perdonarlo.

—Buenas tardes, señor Ravenel. Por favor, no quiero interrumpirlo, solo quería echarle un vistazo al gallinero. Es espectacular.

West agachó la cabeza para secarse el sudor de la cara con la manga de la camisa.

—Cuando nos vinimos a vivir a Eversby Priory, el gallinero estaba en mejores condiciones que la casa. Es evidente que por estos lares las gallinas son más importantes que los humanos.

—Si no le importa la pregunta, ¿para qué son los pabellones?

—Nidos de puesta.

—¿Cuántas...? —empezó Garrett, pero un repentino coro de graznidos furiosos, acompañados del batir de varias alas, la silenció: una pareja de enormes gansos se abalanzaba sobre ella con las alas desplegadas, graznando de forma ensordecedora. Aunque las agresivas aves se encontraban al otro lado de la cerca, el instinto la llevó a apartarse de un salto.

West se apresuró a interponerse entre ella y las furiosas criaturas, y la agarró de los brazos para asegurarse de que no se caía.

—Lo siento —le dijo él, con un brillo travieso en los ojos azules, y después se volvió hacia los gansos para ordenarles—: Como nos os vayáis ahora mismo, os usaré a los dos para rellenar colchones. —Tras alejar a Garrett un poco de la cerca, los gansos se calmaron, pero siguieron fulminándola con la mirada—. Le pido que disculpe a esos ordinarios —siguió él—. Son hostiles hacia cualquier desconocido que no sea una gallina.

Garrett se enderezó el bonete de paja, consistente en un casquete diminuto sujeto por unas delgadas cintas y unas florecillas a un lado.

—Ah, entiendo. Gansos guardianes.

—Eso mismo. Los gansos son territoriales y tienen un sentido de la vista muy desarrollado. Cuando un depredador se acerca, hacen sonar la alarma.

Ella soltó una risilla.

—Doy fe de su efectividad. —Mientras paseaba junto a la cerca, cuidándose mucho de no acercarse a los gansos, dijo—: No he podido evitar oír su conversación con el jardinero. Ojalá que no tenga problemas con las orquídeas de Helen.

Uno de los cuatro invernaderos de la propiedad había albergado en otro tiempo una amplia colección de bromelias, al cuidado de Helen. Habían trasladado casi todas las plantas exóticas a Londres, ya que Winterborne había construido un invernadero en el tejado para Helen, en su hogar. Sin embargo, algunas de las orquídeas se habían quedado en Eversby Priory.

—Por supuesto que tenemos problemas con ellas —repuso West—. Cuidar orquídeas consiste en hacer un esfuerzo desesperado por retrasar el inevitable final de acabar con palos secos clavados en macetas. Le dije a Helen que no dejara esas dichosas plantas aquí, pero se negó a hacerme caso.

—Seguro que Helen no protestará —le aseguró Garrett, a quien le hacía mucha gracia la situación—. Nunca la he oído decirle una mala palabra a nadie.

—No, se limitará a poner esa expresión tan suya, como si se hubiera llevado una decepción. A mí personalmente no me molesta, pero detesto ver a todo el personal de jardinería llorando. —Se inclinó para coger un martillo de la caja de herramientas de carpintero que descansaba junto al poste de la cerca—. Supongo que irá a ver a Ransom cuando vuelva a la casa.

—No, acostumbra a dormir una siesta por las tardes mientras yo doy un paseo.

—Pues no es lo que ha estado haciendo últimamente.

Ella lo miró con expresión interrogante.

—Desde hace tres días —añadió West—. Ransom pidió los planos completos de la casa, con las cotas del terreno para comprobar las elevaciones, incluidas las alteraciones y la reconstrucción que hemos llevado a cabo hasta la fecha. Y los planos originales con el trazado de la planta original. Cuando le pregunté con toda la razón del mundo el motivo, se enfadó y me dijo que ya me lo contaría si era necesario que yo supiera algo. —Hizo una pausa—. Ayer interrogó a una de las criadas sobre los dormitorios de la servidumbre, las habitaciones comunes y la ubicación de la armería.

—¡Se supone que tiene que descansar! —exclamó Garrett, airada—. Todavía corre peligro de sufrir una hemorragia secundaria.

—La verdad es que me preocupa más lo que quiere hacer con la armería.

Garrett soltó un breve suspiro.

—Intentaré averiguarlo.

—No me haga quedar como el que se ha ido de la lengua —le pidió West—, porque lo negaré todo con muchísima indignación. No quiero que Ransom se enfade conmigo.

—Está convaleciente —le recordó Garrett por encima del hombro—. ¿Qué va a hacerle?

—Ese hombre ha sido adiestrado para asesinar a gente con utensilios domésticos —le gritó él, y Garrett tuvo que contener una sonrisa mientras se alejaba.

Después de regresar del paseo, Garrett se puso un liviano vestido de color amarillo claro, sacado del armario de Kathleen. La señora Church le había llevado toda una colección de prendas al ver los dos vestidos de paño de lana que Eliza había metido en su equipaje.

—Se va a asar con esa ropa tan gruesa y oscura —le soltó el ama de llaves sin rodeos—. El paño es horroroso para el verano en Hampshire. Su ilustrísima insistiría en que usara unos cuantos de sus vestidos.

Garrett los había aceptado muy agradecida y al punto se enamoró de las frescas y vaporosas creaciones de seda y de muselina estampada.

Fue a la habitación de Ethan y llamó antes de entrar. Tal como esperaba, se lo encontró en la cama con un montón de enormes pliegos de papel cubiertos con complicados diagramas y especificaciones.

—Se supone que tienes que estar descansando —le dijo ella.

Una de las hojas cambió de posición. Ethan esbozó una sonrisa al verla.

—Estoy en la cama —repuso él.

—Como diría mi padre, eso y nada es lo mismo.

Garrett entró en la habitación y cerró la puerta tras ella. El corazón le dio un vuelco al verlo, tan relajado, lánguido y masculino, con el pelo castaño oscuro sobre la frente. Estaba descalzo, y llevaba una camisa y unos pantalones que le había prestado West. Dos tirantes de cuero le cruzaban la espalda y le bajaban por el pecho para sujetarle la cinturilla. Una necesidad, dado que los pantalones le quedaban un poco anchos y no se le quedarían en su sitio de otra forma.

Estaba bebiendo una tisana fría de hierbas curativas: madreselva y cardo mariano. Mientras la recorría por entero con la mirada, brillantes filamentos cobraron vida por todo su cuerpo y la asaltó una absurda timidez.

—Estás tan preciosa como un narciso con ese vestido —dijo él—. Acércate y deja que te vea bien.

La prenda amarilla, compuesta por finas capas de seda, era un vestido de tarde para «estar en casa», que se cerraba con unos cuantos botones y cintas. Lo habían diseñado de forma que pareciera que llevaba un corsé debajo, pero en realidad le permitía ir sin él. Se había peinado con un estilo menos formal que de costumbre, ya que una criada que aspiraba a ser doncella le había preguntado si podía peinarla para practicar. La criada le había marcado unas suaves ondas y le había recogido el pelo en una coleta suelta con una cinta de seda tras lo cual le hizo un moño francés en la parte posterior.

Cuando se colocó junto a la cama, Ethan extendió una mano para tocar la seda amarilla con los dedos.

—¿Qué tal el paseo, *acushla*?

—Muy agradable —contestó—. He pasado por el gallinero en el camino de vuelta.

—Cerca del jardín de la cocina.

—Sí. —Miró los planos con una sonrisa interrogante—. ¿Por qué estás estudiando los planos de la propiedad?

Ethan tardó en responder mientras recogía los pliegos de papel con demasiada ceremonia.

—Para buscar puntos débiles.

—¿Te preocupa que alguien intente entrar a hurtadillas en la mansión?

Ethan encogió un hombro, como para restarle importancia.

—Es un milagro que no los hayan dejado con lo puesto a estas alturas. Nadie parece cerrar las puertas con llave.

—Es por todas las reparaciones que están haciendo —adujo Garrett—. Hay tantos canteros y mamposteros entrando y saliendo que es más fácil dejar las puertas abiertas de momento. El señor Ravenel me ha dicho que tuvieron que levantar los suelos para instalar cañerías modernas y que tuvieron que reemplazar paredes enteras que estaban podridas por un mal desagüe. De hecho, toda el ala este está cerrada hasta que puedan reconstruirla en un futuro.

—Sería mucho más fácil derruirlo todo y construir una casa nueva. ¿Por qué intentar resucitar un viejo y ruinoso montón de piedras?

Garrett esbozó una sonrisilla al oír cómo describía la elegante e histórica propiedad.

—¿Por orgullo de casta? —sugirió.

Ethan resopló.

—Que yo sepa los ancestros de los Ravenel tienen poco de lo que enorgullecerse.

Garrett se sentó en el borde del colchón, sobre una pierna doblada.

—También son tus ancestros —le recordó—. Y es una familia ilustre.

—Eso a mí no me importa —repuso Ethan, irritado—. No tengo derecho a usar el apellido Ravenel ni deseo alguno de proclamar mi parentesco con ellos.

Garrett intentó hablar con voz neutra, pero fue incapaz de enmascarar del todo la preocupación que sentía.

—Tienes tres hermanastras. Seguro que querrás conocerlas.

—¿Por qué iba a querer hacerlo? ¿Qué voy a sacar yo?

—¿Una familia?

Ethan entrecerró los ojos.

—Te gustaría ese vínculo con ellos, ¿verdad? Pues deberías haber dejado que lady Helen te presentara a West Ravenel. A estas alturas serías un miembro de la familia de pleno derecho.

Sorprendida por lo rápido que había cambiado su estado de ánimo, Garrett respondió con serenidad.

—Por Dios, sí que te has enfadado. No deseo al señor Ravenel, te deseo a ti. Me da igual tu apellido o tus contactos. Si te hace infeliz relacionarte con los Ravenel, no lo haremos. Tus sentimientos me importan mucho más que cualquier otra cosa.

Ethan la miró con expresión obnubilada mientras la frialdad de sus ojos desaparecía y, acto seguido, extendió los brazos para pegarla a él con un quedo gemido.

Muy consciente del vendaje que tenía bajo la camisa, Garrett protestó.

—Por favor... Ten cuidado con la herida...

Sin embargo, los músculos de sus brazos se siguieron tensando hasta que a ella no le quedó más remedio que apoyarse en su fuerte torso. Los dedos de Ethan se enterraron en su pelo, aflojándole el ya de por sí suelto recogido, mientras le frotaba la cabeza con la nariz. Se quedaron así, abrazados, respirando juntos.

A la postre, Ethan dijo:

—¿Cómo voy a decir que Angus Ransom no era mi padre? Se casó con mi madre y me crio como si fuera hijo suyo, y nunca me hizo pensar siquiera que fuera el bastardo de otro. Un hombre decente, así era él, por mucho que empinara el codo más de la cuenta y le gustara calentarme el trasero. Me dio de comer y me enseñó el oficio, y más que nada, se encargó de que aprendiera a leer y a descifrar códigos. Tenía cosas que yo detestaba, pero lo quería.

—En ese caso, debes honrar su recuerdo —dijo Garrett, emocionada por esa muestra de lealtad—. Haz lo que consideres mejor. Pero recuerda que no es justo echarles la culpa al señor Ravenel y a lord Trenear por cosas en las que ellos no participaron. Lo único que han hecho ha sido ayudarte. El señor Ravenel incluso llegó al extremo de darte su sangre. —Añadió en voz baja—: Eso merece cierta gratitud, ¿no?

—Sí —reconoció Ethan con voz gruñona antes de quedarse callado, mientras seguía acariciándole el pelo con los dedos—. En cuanto a la transfusión... —dijo al cabo de un momento—. ¿Altera a un hombre... cambia su naturaleza de alguna forma... si recibe la sangre de otro?

Garrett levantó la cabeza y lo miró con una sonrisilla tranquilizadora.

—Los científicos están debatiendo el tema. Pero no, no lo creo. Aunque la sangre es un fluido vital, no tiene nada que ver con nuestra personalidad, de la misma manera que el corazón no tiene nada ver con nuestras emociones. —Levantó un brazo y le dio unos golpecitos en la sien con un dedo—. Todo lo que eres, todo lo que piensas y sientes, está aquí.

Ethan la miró desconcertado.

—¿A qué te refieres con el comentario del corazón?

—A que es un músculo hueco.

—Es mucho más que eso.

Ethan parecía bastante escandalizado, como un niño al que le acabaran de decir que Santa Claus no existía.

—Simbólicamente, sí. Pero las emociones no proceden de él.

—Claro que sí —insistió Ethan. Le cogió la mano y se la llevó al pecho para que presionara la palma sobre los fuertes latidos—. El amor que siento por ti... lo siento justo aquí. Mi corazón late más rápido por ti él solo. Sufre cuando estamos separados. Nada le dice que debe hacerlo.

Si a Garrett le quedaban defensas, se derrumbaron en ese instante como un castillo de naipes alrededor de su corazón. En vez de debatir de fisiología o de explicar la influencia del cerebro en la acción muscular, se incorporó para besarlo con ternura.

Su intención era que fuese un contacto breve, pero Ethan respondió de forma apasionada y pegó sus bocas. Siguió sujetándole la mano contra su corazón, y ella recordó aquella primera noche de su llegada a Eversby Priory, cuando se quedó junto a su cama, contando los latidos de su corazón contra la palma de su mano.

Ethan la consumió, le invadió la boca con la lengua con movimientos cada vez más exigentes, lamiendo y chupando como si estuviera extrayendo el néctar de la madreselva. El beso duró unos acalorados minutos, un beso aterciopelado que fue avivando la llama, hasta que Garrett se percató de que el cuerpo masculino que tenía debajo estaba preparado para una actividad en la que no debería participar de momento. Al sentir el duro relieve de su erección bajo las capas de ropa, su cerebro gritó una advertencia que atravesó la neblina de deseo. Intentó apartarse de él, pero Ethan le sujetó las caderas para mantenerla donde estaba.

Apartó los labios de los de Ethan y susurró:

—Suéltame... Voy a hacerte daño...

—Eres más ligera que una pluma.

En un nuevo intento por liberarse, Garrett se deslizó hacia abajo, pero el movimiento le provocó una oleada de deseo más poderosa. Se quedó quieta, con la pelvis pegada a la de Ethan y los nervios y los músculos tensos, al borde del clímax. Temblorosa, no dejaba de pensar en lo mucho que deseaba frotarse con movimientos circulares contra su duro miembro.

Miró a Ethan, en cuyos ojos vio un brillo socarrón. Se puso muy colorada al darse cuenta de que él sabía muy bien lo que le pasaba.

Ethan deslizó una mano por su espalda hasta sujetarle el trasero con firmeza. Alzó las caderas, arrancándole un jadeo.

—Deja que te ayude, *agra* —susurró él.

—Puedes ayudarme si descansas, no si te reabres la herida por un sobreesfuerzo.

Ethan le acarició el cuello con la nariz y tuvo el descaro de decir:

—Todavía me quedan ciento dieciocho posturas que enseñarte.

Garrett le apartó las manos y se alejó de él con mucho cuidado. El pelo se le escapó de las horquillas cuando se incorporó.

—No a menos que quieras morir en el intento.

—Siéntate aquí —la invitó, dándose unas palmaditas en el regazo—. Lo haremos despacio y con mucha parsimonia.

—No solo me preocupa el esfuerzo físico, también me preocupa tu tensión arterial. Pasaste por una cirugía arterial hace dos semanas, Ethan. Tienes que permanecer tranquilo, haciendo reposo, hasta que se cure por completo.

—Ya lo ha hecho. Casi he vuelto a la normalidad.

Garrett le dirigió una mirada exasperada mientras intentaba recogerse el pelo con las horquillas.

—A menos que hayas encontrado el modo de desafiar las leyes de la biología, desde luego que no te has recuperado por completo.

—Me he recuperado lo suficiente para esto.

—Como médico tuyo que soy, debo llevarte la contraria.

—Te lo demostraré. —Mientras observaba su reacción, Ethan bajó la mano hasta el bulto de sus pantalones y empezó a acariciarse despacio.

Garrett puso los ojos como platos.

—No vas a... Por el amor de Dios, ¡para ahora mismo! —Le cogió la muñeca y le apartó la mano. Se irritó sobremanera cuando él soltó una carcajada ronca.

Nerviosa y molesta, masculló:

—Muy bien, tú mismo, estimúlate hasta que sufras un aneurisma.

Ethan sonrió.

—Quédate y obsérvame —le pidió él, escandalizándola todavía más. Le rodeó la cintura con un brazo y la arrastró consigo, aunque gruñó de dolor cuando los dos cayeron de costado—. Ah, maldita sea...

—Te lo tienes bien merecido —repuso Garrett, si bien él se echó a reír por lo bajo.

—No me regañes —dijo al tiempo que la pegaba de nuevo a su torso—. Quédate conmigo. —Su sonriente boca la acarició justo por detrás de la oreja y descendió por su cuello—. Quédate entre mis brazos, donde está tu sitio, *cushla macree*. —Le acarició el cuerpo con las manos, deteniéndose de vez en cuando—. Tengo que hablar contigo de algo, por cierto. —Le rozó la oreja con los labios—. No has mantenido tu promesa.

Desconcertada, Garrett volvió la cabeza para mirarlo.

—¿Qué promesa?

La boca de Ethan le rozó la mejilla al decir:

—La noche de la operación. Lo último que te pedí fueron unas palabras. Pero te negaste a pronunciarlas.

—Ah. —El rubor cubrió sus mejillas bajo la tierna presión de los labios de Ethan—. Me daba miedo hacerlo —confesó con voz ronca—. Creía que vivirías más si te hacía esperar.

—Todavía sigo esperando.

—No era mi intención... Lo siento, he estado tan... Pero lo hago. Claro que lo hago. —Con cuidado, Garrett se movió entre el cálido refugio de sus brazos y lo miró a la cara. Carraspeó antes de decir con voz estrangulada—: Te quiero.

En ese preciso momento, Ethan dijo:

—¿Quieres decir que...?

Los dos se quedaron callados. Qué bochornoso. Con un gemido, derrotada, Garrett se tumbó de espaldas y cerró los ojos, demasiado avergonzada como para mirarlo. La primera vez que le decía esas palabras a un hombre y lo estropeaba todo.

—Te quiero —repitió. Pero no se parecía en nada a la forma en la que él lo había dicho. Quería añadir algo elocuente, pero tenía la mente en blanco—. Tú lo expresaste de una forma maravillosa —masculló—, aunque estabas medio inconsciente. Ojalá pudiera decir algo poético, porque siento... siento... Pero tenías razón, no tengo un solo hueso romántico en el cuerpo.

—Amor mío... mírame.

Abrió los ojos y descubrió que Ethan la miraba de un modo que la hacía sentir como si padeciera una insolación.

—No tienes que ser poética —le aseguró él—. Has tenido mi vida en tus manos. Cuando estaba a las puertas de la muerte, tú fuiste el ancla de mi alma. —Las puntas de sus dedos descendieron por la sien de Garrett hasta detenerse en una ruborizada mejilla, que acarició con ternura—. Nunca me atreví a soñar siquiera que me dirías esas dos palabras. Son hermosas cuando tú las pronuncias.

Garrett esbozó una sonrisa renuente.

—Te quiero —repitió, y esa vez le resultó más fácil decirlo, más natural.

Sus labios le rozaron la punta de la nariz, las mejillas y el mentón antes de regresar a su boca para recibir otro beso abrasador.

—Déjame darte placer. Después de lo bien que me has cuidado, deja que haga eso por ti.

La idea la atravesó por entero. Sin embargo, meneó la cabeza y dijo:

—No me he tomado la molestia de salvarte la vida para echarlo todo a perder por un instante de autocomplacencia.

—Solo quiero jugar —la invitó Ethan al tiempo que le desabrochaba el corpiño.

—Es un juego peligro...

—¿Qué tienes aquí? —Los dedos de Ethan agarraron el largo cordón de seda rosa y le dieron un tironcito para sacar el pequeño objeto que ella llevaba bajo la camisola. Era el silbato de plata que él le había regalado. Cerró los dedos en torno al silbato, todavía caliente por haber estado en contacto con su piel, y la miró con expresión interrogante.

Garrett se puso colorada y confesó con timidez:

—Es una especie de... talismán. Cuando no estás conmigo, finjo que puedo usarlo para llamarte y que tú aparecerás por arte de magia.

—Siempre que me quieras a tu lado, amor mío, apareceré corriendo.

—No lo hiciste la última vez que lo usé. Cuando terminé la ronda de visitas en el asilo para pobres, me quedé en los escalones de entrada e hice sonar el silbato, pero sin resultado alguno.

—Estaba allí. —Ethan le acarició el cuello con la parte redondeada del silbato—. No podías verme.

—¿De verdad?

Él asintió con la cabeza antes de dejar a un lado el brillante silbato.

—Llevabas el vestido verde oscuro con el ribete negro. Tenías los hombros encorvados y yo sabía que estabas cansada. Pensé en todas las mujeres de Londres que estaban a salvo, calentitas, en sus casas, mientras tú estabas allí, en la oscuridad, después de haber pasado toda la tarde cuidando a personas que no podían permitirse pagar tus servicios. Eres la mujer más buena que he conocido... y la más hermosa...

Ethan le bajó la camisola y colocó una mano extendida en el centro de su pecho, rozando como al descuido un pezón rosado con el meñique. A Garrett se le formó un nudo en la garganta y gimoteó. Ethan le acarició y le frotó el sensible pezón con los dedos antes de pasar al otro pecho y pellizcarle el pezón con el pulgar y el índice.

—Es demasiado pronto —protestó Garrett, nerviosa, y consiguió ponerse de costado, dándole la espalda.

Ethan extendió los brazos y la pegó contra su cuerpo, duro y excitado. Garrett sintió su sonrisa contra la nuca, como si su preocupación, de lo más lógica, fuera irracional.

—*Acushla*, has estado al mando estas dos semanas y yo me he ceñido a tus reglas...

—Te has rebelado contra todas y cada una de mis reglas —protestó ella.

—No he dejado de beberme ese tónico infernal que insistes en darme —replicó él.

—Se lo has estado echando a un helecho cuando creías que no miraba.

—Sabe peor que el Támesis —adujo él sin rodeos—. El helecho estaba de acuerdo, por eso se ha secado y ha muerto.

Se le escapó una carcajada antes de poder contenerla, pero luego se quedó sin aliento cuando uno de los musculosos muslos de Ethan la instó a separar las piernas. Él le metió la mano por debajo de las faldas, aprovechando la abertura de sus calzones, hasta dar con la piel desnuda que había sobre la liga que le sujetaba la media. Las caricias de su pulgar, en la cara interna del muslo, la volvieron loca de pasión.

—Me deseas —dijo Ethan con voz ufana al sentir sus estremecimientos.

—Eres insufrible —gimió ella—. Eres el peor paciente que he tenido en la vida.

La ronca carcajada de Ethan le hizo cosquillas en la nuca.

—No —susurró él—. Soy el mejor. Deja que te demuestre lo bueno que soy.

Con la respiración entrecortada, Garrett se removió para intentar alejarse de él, pero luego se quedó inmóvil.

Eso le arrancó a Ethan otra carcajada.

—Eso es, no te resistas. Podrías hacerme daño.

—Ethan —protestó, e intentó sonar firme—, es demasiado esfuerzo para ti.

—Me detendré si noto que la pasión me está pasando factura.

Ethan le desató las ligas y le bajó los calzones mientras le murmuraba al oído lo dulce que era bajo sus manos, lo mucho que ansiaba besar cada centímetro de su cuerpo. Le introdujo la mano entre los muslos separados y acarició los pliegues de su sexo, atormentándola sin tregua hasta que el sudor le cubrió la piel y se le tensaron todos los músculos. Con la punta de un dedo, buscó la entrada de su cuerpo hasta introducirse en esa cálida y sedosa humedad.

Los dos gimieron por lo bajo.

Garrett intentó con desesperación no moverse a medida que ese dedo se introducía cada vez más en su cuerpo, para salir poco después y volver a penetrarla.

—Éatán —le suplicó—, vamos a esperar hasta que te hayas recuperado por completo. Por favor. ¡Por favor! Siete días más, solo eso.

El aliento que brotó con su carcajada le rozó el hombro desnudo mientras él se abría la pretina de los pantalones.

—Ni siete segundos más.

Garrett se estremeció al sentir la presión de su erección, firme y dura, contra su sexo. Fue incapaz de contener un gemido. Los músculos internos se contrajeron en un intento por aferrarse a su sedoso miembro.

—Intentas arrastrarme a tu interior —susurró él, presa de la pasión—. Puedo sentirlo. Tu cuerpo sabe cuál es mi sitio.

Garrett sintió la calidez en su interior, la tensión de su cuerpo antes de ceder a la inexorable sensación de que la invadiera. Ethan la penetró dos centímetros. La excitación le aceleró el pulso mientras yacía, acunada contra su cuerpo, rodeada, con esa presencia, cálida y excitante, apenas dentro de ella.

No supo el tiempo que transcurrió mientras yacían juntos, inmóviles salvo por su respiración. Su cuerpo cedió... se relajó un poco... y Ethan la penetró un poco más. En esa quietud casi mágica, empezó a sentirse cada vez más llena... Ethan la penetraba muy despacio, con tanto tiento que era incapaz de saber si el movimiento lo hacía él o ella misma. Algunos movimientos debían de ser suyos, porque el enloquecedor anhelo le imposibilitaba mantenerse inmóvil. Las caderas no dejaban de agitársele por el impulso de pegarse a esa incitante dureza.

Las sensaciones quedaban ampliadas por el silencio. Era muy consciente del aire contra las piernas desnudas, de la frialdad de las sábanas de lino y del algodón bajo su cuerpo. Del vello del brazo de Ethan que la rodeaba, del olor a pino del jabón de afeitar, de la sutil y salada fragancia de su intimidad.

Cerró los ojos al sentir su miembro en su interior. La había penetrado hasta el fondo, la llenaba tanto que podía sentir cómo palpitaba en su interior. Los dos seguían inmóviles por fuera, pero por dentro, su cuerpo se amoldaba a Ethan, acariciaba con ansia su erección y lo instaba a quedarse en su interior. Tensó los músculos para retenerlo y el placer la recorrió desde los pies hasta la coronilla. Ese miembro duro que la penetraba respondió en consecuencia, haciendo que ella volviera a tensar los músculos. Una y otra vez, tensó los músculos internos y su erección respondió, endureciéndose todavía más; y esos movimientos internos y secretos eran tan incontrolables como los latidos de su corazón. Un calor abrasador la abrumó hasta que ya no pudo soportarlo.

Pronunció su nombre con un quedo sollozo.

—Éatán.

Ethan deslizó la mano por delante de su cuerpo hasta llegar al lugar donde lo retenía en su interior y la acarició con ternura y firmeza. Ella arqueó el cuerpo, pegando las caderas a él, y se estremeció y retorció entre sus cálidos brazos, alcanzando el clímax con una explosión descontrolada que la dejó sin fuerzas hasta que quedó desmadejada entre sus brazos, como un ramo de flores mustias.

Ethan se percató del estremecimiento que recorrió a Garrett cuando ella se dio cuenta de que seguía excitado. Le acarició la cadera y el muslo en un gesto reconfortante mientras deseaba tenerla desnuda. Era exquisita, delgada y con un cuerpo perfecto, con suaves curvas que, al mismo tiempo, ocultaban una fuerza inquebrantable. Se quedaron tumbados sobre la seda amarilla, con las piernas y el pecho de Garrett al descubierto. Adoraba los colores que veía en ella, rosa, malva y marfil, todo iluminado por el sol. Su lustrosa melena contenía los colores del otoño: marrón, teja, cobrizo y dorado. Podía ver cómo movía los dedos de los pies... limpios, rosados y de uñas limadas y relucientes.

Sentía su cuerpo estrecho y palpitante tras el clímax, y cómo sus músculos internos se contraían para retenerlo. Era maravilloso estar dentro de su cálido y vibrante interior. Garrett no se doblegaría ante ningún hombre, ni siquiera él, pero se rendía gustosa llevada por la confianza y el deseo. Solo con él. Con mucho cuidado, le levantó la pierna hasta dejarla sobre su cadera para separarle más los muslos. Ella emitió una ligera protesta, algo acerca de hacer sobreesfuerzos, pero él la silenció y la besó detrás de la oreja.

—Confía en mí —le susurró—. No me pasará nada malo por amarte, te lo prometo. Deja que tenga otro poquito de ti.

Como ya estaba relajada y acostumbrada a su invasión, pudo penetrarla un poco más. Garrett jadeó por la sorpresa y le sujetó una mano. Preocupado ante la idea de hacerle daño, retrocedió un poco, pero ella siguió el movimiento con las caderas, de modo que volvió a quedar enterrado en ella.

Esbozó una sonrisa.

—Muchacha descarada —le dijo al oído—. Vas a tenerme bien dentro, si eso es lo que quieres.

Le sujetó la cadera con una mano y empezó a moverla con lentitud sobre su dura erección, controlando el ritmo, haciendo que fuera lánguido y constante. A Garrett se le aceleró la respiración y se amoldó a él, dejando que la guiara sin protestar. Toda su atención se concentró en ella mientras la penetraba una y otra vez, mientras invadía su misteriosa calidez, y no había más mundo que ella, no había aliento, ni idioma, ni sol, ni estrellas... Nada que no empezara y terminara en ella.

Percibió el momento en el que el placer la consumía de nuevo y su esbelto cuerpo se tensó por el clímax, la liberación total. La acompañó, en su interior, acariciándola con todo el cuerpo. El clímax, cuando llegó, fue intenso y cegador, fulminándolo con una fuerza inimaginable. Salió de su interior y pegó su miembro a la suave curva de ese firme trasero antes de inmolarse en su fuego, de dejar que lo purificase, mientras la lujuria, el amor y el placer se mezclaban hasta que no quedó nada más, ni dentro ni fuera. Se dio cuenta de que ella se estremecía al sentir la evidencia de su clímax en la base de la espalda. Despacio, la instó a tumbarse boca abajo y usó los calzones para limpiarla.

La estrechó entre sus brazos y soltó un entrecortado suspiro de placer, aunque en realidad tenía ganas de echarse a reír. Le mordisqueó el lóbulo de una oreja y luego se lo acarició con la lengua:

—Si eso no me ha matado, nada lo hará —susurró, incapaz de resistirse.

21

Al día siguiente, Garrett salió para dar su paseo vespertino, momento en que Ethan aprovechó para ir solo a la planta baja. Sabía lo que ella pensaba al respecto y seguramente estuviera en lo cierto, pero tenía que hacerlo. Era un blanco fácil en Eversby Priory y, por extensión, también lo eran Garrett, West Ravenel y el resto de las personas que vivían en la mansión. Y no podía evaluar la situación con exactitud desde su dormitorio.

Gracias a las visitas que había hecho a la terraza superior y a los breves paseos que había dado por la segunda planta, tenía bastante claras sus limitaciones. En general, estaba débil y se cansaba con facilidad. Todavía no había recuperado la fuerza, el equilibrio ni la movilidad. Para un hombre acostumbrado a disfrutar de una forma física excelente, el hecho de bajar la escalinata con dificultad resultaba exasperante. La herida de la bala y la zona que la rodeaba le seguían doliendo, y también sentía dolorosos pinchazos cuando realizaba ciertos movimientos con el brazo o con el hombro. Garrett había decidido que era mejor no inmovilizarle el brazo para evitar que se le debilitara y sufriera rigidez.

Se aferró al pasamanos para mantenerse derecho y comenzó el doloroso descenso por la elegante escalinata. Cuando estaba a medio camino, un criado que pasaba por el vestíbulo lo vio y se detuvo al instante.

314

—¿Señor? —El criado, un joven de hombros anchos con los ojos castaños de un cachorrito, lo miraba, preocupado—. ¿Necesita... quiere... puedo ayudarlo?

—No —contestó Ethan con voz agradable—. Estoy estirando un poco las piernas, nada más.

—Sí, señor. Pero la escalera... —El criado empezó a subir los peldaños con cierta inseguridad, como si temiera que Ethan pudiera acabar de bruces en el suelo delante de él.

Ethan no sabía hasta qué punto la servidumbre estaba al tanto de su identidad o de su situación, pero era evidente que el muchacho sabía que no debería ir solo a ninguna parte.

Lo que era muy irritante.

Y también le recordó que estaba en una situación precaria. Solo se necesitaba una confidencia de un criado de la mansión a un habitante del pueblo cercano, o un comentario al azar de un mozo de reparto o de un trabajador de la propiedad, para que los rumores se extendieran.

«Todos los criados hablan —le había dicho Jenkyn en una ocasión—. Se percatan de cualquier cambio en las costumbres de la casa y sacan conclusiones. Saben qué secretos se ocultan el señor y la señora. Saben dónde se guardan los objetos de valor, cuánto dinero se gasta y quién se ha acostado con quién. Nunca creas a un criado que asegure no saber nada. Lo saben todo.»

—Señor Smith, si me permite —dijo el criado, que siguió subiendo para llegar a su lado—, lo acompañaré el resto del camino.

«¿Señor Smith?», pensó. ¿Ese era el alias que le habían puesto?

—Que me aspen —murmuró entre dientes y dijo en voz alta—: No, no es necesario. —Consciente de que no lograría que el criado lo dejara solo, añadió con sequedad—: Pero como gustes.

El criado llegó hasta el escalón donde él se encontraba y

bajó al mismo paso que él, listo para entrar en acción si necesitaba ayuda. Como si fuera un niño o un anciano.

—¿Cómo te llamas? —le preguntó.

—Peter, señor.

—Peter, ¿qué se dice en las dependencias de la servidumbre sobre mi presencia en la propiedad?

El criado titubeó.

—Nos han dicho que es usted un amigo del señor Ravenel, y que se ha visto involucrado en un accidente con un arma de fuego. Debemos mantenerlo en privado, tal como hacemos con los asuntos de todos los invitados.

—¿Y nada más? ¿No hay rumores ni especulaciones?

Otra pausa, otro titubeo.

—Hay rumores —confesó Peter en voz baja.

—Dime qué es lo que se rumorea. —Habían llegado al final de la escalinata.

—Yo... —El criado bajó la vista al suelo y se removió, incómodo—. No debería, señor. Pero si me permite enseñarle algo...

Intrigado, Ethan lo siguió por un largo pasillo a través del cual se accedía a una galería rectangular. Las paredes estaban cubiertas de cuadros, desde el suelo hasta el techo. El criado lo guio frente a una hilera de retratos, todos ellos miembros de la familia Ravenel, ataviados según la moda de la época. Algunos eran enormes y tenían gruesos marcos dorados que medirían más de dos metros de alto.

Se detuvieron delante de un retrato de cuerpo entero de un hombre moreno con ojos azules y porte imponente. Iba vestido con una túnica azul de brocado que le llegaba a los pies y que llevaba ceñida a la cintura con un cinturón dorado. La figura emanaba poder y arrogancia. La mano de dedos largos colocada sobre una cadera irradiaba una desconcertante sensualidad, de la misma manera que lo hacía su mirada, inquisitiva y misteriosa. El rictus de sus labios era un tanto cruel.

Atraído y repelido al mismo tiempo, Ethan se alejó del retrato de forma instintiva. Vio el parecido que guardaba con él y su alma se rebeló. Cuando logró apartar la mirada del retrato, se concentró en la desgastada alfombra persa.

—Ese es el señor Edmund —oyó que decía el criado—. Yo llegué a Eversby Priory después de que su ilustrísima falleciera, así que no lo conocí. Pero algunos de los criados más viejos lo vieron a usted cuando lo trajeron y... lo saben. Saben quién es usted realmente. Todos se conmovieron mucho y dijeron que debíamos hacer todo lo posible por usted. Porque es el último descendiente directo, ¿sabe? —Como Ethan guardó silencio, Peter siguió hablando—. Su linaje se extiende hasta Branoc Ravenel, que fue uno de los doce paladines de Carlomagno. Era un gran guerrero el primer Ravenel. Aunque fuera francés.

Ethan esbozó una sonrisa, pese a la vorágine emocional que sentía.

—Gracias, Peter. Me gustaría quedarme solo unos minutos.

—Sí, señor.

Una vez que el criado se fue, Ethan caminó hasta la pared de enfrente para apoyar la espalda. Miró el retrato con gesto meditabundo y la mente sumida en el caos.

¿Por qué había elegido Edmund que lo retrataran para la posteridad ataviado con un atuendo tan poco convencional? Parecía un gesto desdeñoso, como si le importara un pito arreglarse adecuadamente para que lo retrataran. La túnica era una prenda bordada y suntuosa, algo que podría haber lucido un príncipe del Renacimiento. Y transmitía sin género de dudas la confianza de un hombre que no cuestionaba su propia superioridad, sin importar lo que llevara puesto.

Los recuerdos lo asaltaron mientras contemplaba al resplandeciente protagonista del retrato.

—Ay, mamá... —musitó con voz entrecortada—. No deberías haberte acercado siquiera a él.

¿Cómo podía haber pensado su madre que saldría algo bueno de aquella relación? Debió de sentirse deslumbrada por él. Embriagada por la idea de que un hombre tan importante la deseara. Y siempre había guardado un rinconcito de su corazón para él, para ese hombre que la había tratado como a un objeto de usar y tirar.

Cerró los ojos. Sintió que las lágrimas se los anegaban detrás de los párpados.

Una voz masculina rompió el silencio al decir como si tal cosa:

—Veo que estás levantado. Me alegro de que hayan encontrado ropa de tu talla.

Ethan se quedó paralizado, horrorizado porque West Ravenel lo hubiera sorprendido en un momento tan vulnerable. Lo miró con los ojos nublados por las lágrimas, y se obligó a concentrarse en la conversación. Algo sobre ropa. El mayordomo y el ayuda de cámara de West le habían llevado un sinfín de prendas de distintas tallas que habían sacado de sus armarios y baúles para que él las usara. Algunas eran muy caras, muy bien cosidas y con botones de oro o de piedras preciosas como ágatas o jade, pero las había descartado porque le quedaban grandes.

—Sí, lo han hecho —murmuró Ethan—. Gracias. —Se apresuró a pasarse una manga por los ojos y se descubrió diciendo lo primero que le pasó por la cabeza—. Estabas gordo.

El comentario pareció hacerle gracia en vez de ofenderlo.

—Prefiero la expresión «entradito en carnes». Era un libertino londinense y, para que lo sepas, los verdaderos libertinos están gordos. Pasamos todo nuestro tiempo bajo techo, bebiendo y comiendo. Nuestro único ejercicio consiste en llevarnos a la cama a alguna mujer dispuesta. O dos. —Soltó un suspiro melancólico—. Dios. A veces echo de menos aquellos días. Por suerte, puedo coger el tren a Londres cuando me surge la necesidad.

—¿No hay mujeres en Hampshire? —le preguntó Ethan.

West le dirigió una mirada elocuente.

—¿Estás sugiriendo que me acueste con la inocente hija del magistrado local? ¿O con una lozana lechera? Necesito una mujer con habilidades, Ransom. —Se acercó al lugar que ocupaba Ethan y se apoyó en la pared, adoptando la misma postura que tenía él. Su mirada pasó de Ethan al imponente cuadro, y su expresión se tornó sarcástica—. Está perfectamente retratado. Un miembro de la aristocracia, dominando con su presencia a la plebe.

—¿Lo conocías bien?

—No, solo lo vi en unas cuantas ocasiones, durante las reuniones familiares. Bodas, funerales y demás. Éramos los parientes pobres y nuestra presencia no mejoraba precisamente dichas reuniones. Mi padre era un bruto violento y mi madre, una coqueta a la que le faltaba un hervor. En cuanto a mi hermano y a mí, éramos un par de mocosos enfurruñados que no parábamos de buscar pelea con nuestros primos. El conde no nos soportaba a ninguno. Una vez me pellizcó una oreja y me dijo que era un niño malo y que algún día se encargaría de que me metieran de grumete en algún barco mercante que fuera a China, y que seguramente acabaría abordado por los piratas.

—¿Qué le dijiste?

—Le dije que esperaba que lo hiciera lo antes posible, porque los piratas seguro que me educaban mejor que mis padres.

Ethan sintió que sus labios esbozaban una sonrisa cuando, en realidad, habría pensado que nada podría arrancarle una mientras estuviera plantado delante de ese dichoso retrato.

—Mi padre me dio una somanta de palos que me dejó al borde de la muerte —siguió West—, pero mereció la pena. —Hizo una pausa reflexiva—. Esa fue la última vez que lo vi. Murió poco después, en un altercado por culpa de una mujer.

Mi querido padre no permitía que una conversación racional le impidiera darle de puñetazos a alguien.

Ethan jamás había pensado que West y Devon Ravenel no hubieran tenido otra cosa que no fuera una vida resguardada y privilegiada. La revelación le provocó una repentina empatía y un vínculo familiar. No podía evitar que le cayera bien West, que era un hombre irreverente, cómodo consigo mismo y con el mundo, pero que de vez en cuando transmitía la impresión de carecer de ilusiones. Eso era algo que le resultaba afín y de lo que podía hablar.

—¿Llegaste a conocer al conde? —le preguntó West al tiempo que se paseaba por delante de la hilera de retratos.

—Lo vi una vez. —Ethan jamás se lo había contado a nadie. Pero en el sereno ambiente de la galería de retratos, donde el tiempo parecía haberse detenido, se descubrió compartiendo un recuerdo que lo había torturado durante años—. Cuando mi madre era joven, el conde la mantuvo durante un tiempo. Trabajaba de dependienta en una tienda cuando se conocieron y era una belleza. Vivía en unos aposentos que él pagaba. El acuerdo duró hasta que ella descubrió que estaba embarazada. El conde no la quiso después de descubrir la noticia, de manera que le dio dinero y una referencia para un puesto de trabajo que al final no consiguió. Su familia la había repudiado, y no tenía a donde ir. Sabía que si dejaba a su hijo en un orfanato, podría encontrar trabajo en alguna fábrica, pero decidió quedarse conmigo. Angus Ransom, un carcelero de Clerkenwell, se ofreció a casarse con ella y a criarme como si fuera suyo. Pero llegaron tiempos difíciles —Siguió—. No había dinero para pagar la factura del carnicero, ni podíamos comprar carbón para la estufa. Mi madre decidió pedirle ayuda al conde. En su opinión no era algo excesivo pedirle que se gastara unas cuantas monedas por el bienestar de su hijo. Pero el conde no acostumbraba a dar algo a cambio de nada. Mi madre seguía conservando su belleza y a él le seguía gustando como para darse un revolcón con ella. A partir de aquel momento, mi madre se escabullía para encontrarse con él cada vez que necesitábamos dinero para comprar comida o carbón.

—Muy mal por parte del conde —replicó West en voz baja.

—Yo era todavía pequeño cuando mi madre me llevó a pasear un día en un coche de alquiler. Me dijo que íbamos a visitar a un caballero amigo suyo que quería conocerme. Fuimos a una casa que no se parecía a nada que pudiera haberme imaginado. Era elegante y tranquila, con suelos brillantes y columnas doradas a los lados de las puertas. El conde bajó la escalinata vestido con una bata de terciopelo muy similar a lo que lleva puesto ahí. —Hizo un gesto fugaz con la cabeza en dirección al cuadro—. Después de hacerme unas cuantas preguntas, si iba al colegio, la historia de la Biblia que más me gustaba, me dio unos golpecitos en la cabeza y me dijo que parecía un chico listo a pesar de tener el acento de un latonero irlandés. Se sacó una bolsita de caramelos del bolsillo de la bata y me la dio. Eran barritas dulces de cebada. Mi madre me ordenó que me quedara sentado en el salón mientras ella subía a la planta alta para hablar con el conde. No sé cuánto tiempo estuve allí esperando y comiendo caramelos. Cuando mi madre bajó, tenía el mismo aspecto que cuando llegamos, acicalada y perfecta. Pero parecía apocada. Yo ya era lo bastante mayor como para darme cuenta de que habían hecho algo malo, de que él le había hecho algo. Dejé la bolsita de caramelos debajo de la silla, pero tuve el regusto dulce de la cebada en la lengua durante semanas. De camino a casa, mi madre me dijo que ese hombre era muy importante, un caballero de alcurnia, y que él era mi verdadero padre, no Angus Ransom. Me resultó evidente que se sentía orgullosa de ese hecho. En su opinión, yo había ganado algo después de saber por fin que era el hijo de un hombre importante. De un aristócrata. No entendía que acababa de perder al único padre que había conocido en la vida. Durante meses fui incapaz de mirar a Angus a la cara después de aquello, después de saber que no era hijo suyo. Desde entonces hasta el día de su muerte, siempre me pregunté cuántas veces me habría mirado y habría visto al bastardo de otro hombre.

West guardó silencio un rato con expresión furiosa y resignada a la vez.

—Lo siento —dijo a la postre.

—Tú no tienes la culpa.

—Pero lo siento de todas formas. Los Ravenel se han pasado siglos engendrando generación tras generación imbéciles crueles e irresponsables. —West se metió las manos en los bolsillos y contempló la hilera de rostros adustos y arrogantes del pasado—. Sí, me refiero a vosotros —dijo, dirigiéndose a la multitud de retratos—. Los pecados de vuestros padres cayeron sobre vosotros como una lluvia ponzoñosa y vosotros se los pasasteis a vuestros hijos, y después ellos lo repitieron. No hubo un solo hombre decente entre todos vosotros. —Se volvió hacia Ethan—. Poco después de que naciera el hijo de Devon, vino un día a verme y me dijo, literalmente: «Alguien debe absorber todo el veneno que se ha transmitido de generación en generación y mantenerlo apartado de las generaciones venideras. Tiene que acabar conmigo. Que Dios me ayude, pero voy a proteger a mi hijo de mis peores instintos. Voy a bloquear cualquier impulso violento o egoísta que yo haya heredado. No será fácil. Pero antes muerto que criar a un hijo que sea exactamente igual que el padre al que siempre odié.»

Ethan lo miró, sorprendido por la sabiduría y la determinación que encerraban esas palabras. Comprendió que esos primos lejanos no eran ni mucho menos un par de ricachones sin preocupaciones que habían tenido la fortuna de recibir una herencia inesperada. Al contrario, estaban intentando por todos los medios salvar una propiedad, y lo que era más importante: salvar a una familia. Solo por eso se habían ganado su respeto.

—Tu hermano puede que sea el primer conde realmente merecedor del título —comentó Ethan.

—No empezó así precisamente —replicó West, que se echó a reír. Pasada la risa, añadió—: Entiendo por qué no quieres tener nada que ver con los Ravenel. Edmund era un monstruo sin sentimientos y, además, a nadie le gusta reconocer que es el fruto de seis siglos de endogamia. Pero todos necesitamos a alguien a quien recurrir, y somos tu familia. Deberías hacer un esfuerzo por conocernos. Si te sirve de algo, yo soy el peor de todos. Los demás son mucho mejores que yo.

Ethan se acercó a él y le tendió una mano.

—A mí no me pareces tan malo —comentó con aspereza.

West le sonrió.

Se estrecharon las manos y fue como si hubieran hecho una promesa. Un compromiso.

—Bueno —dijo Ethan—, ¿dónde guardáis las armas?

West enarcó las cejas.

—Ransom, si no te importa, prefiero abordar los nuevos temas después de haber intercambiado un par de frases de transición.

—Es lo que acostumbro a hacer normalmente —le aseguró Ethan—, pero ahora mismo me canso pronto y esta es la hora de mi siesta.

—¿Puedo saber por qué estamos hablando de armas en vez de estar durmiendo?

—Porque hace dos semanas estuvieron a punto de matarnos y estamos segurísimos de que vendrán para intentar completar el trabajo.

West se puso serio y su mirada se tornó penetrante.

—De haber pasado por lo que tú, Ransom, bien sabe el diablo que yo también estaría intranquilo. Pero nadie va a venir a buscarte. Todo el mundo te da por muerto.

—No sin un cadáver —señaló Ethan—. A menos que lo encuentren, no cejarán en su empeño.

—¿Por qué iban a sospechar siquiera que estás aquí? No pueden relacionarte con los Ravenel. Los policías de la patrulla del río que te llevaron a Ravenel House estaban demasiado aterrados como para decirle algo a alguien.

—En aquel momento, seguramente lo estuvieran. Pero cualquiera de ellos puede habérselo mencionado a un amigo o a su pareja, o empinar el codo demasiadas veces en la taberna y decirle algo al tabernero. Al final, los someterán a un interrogatorio porque aquella noche estaban de patrulla. No aguantarán mucho si el interrogatorio es largo. Además, cualquiera de los criados de Ravenel House puede decir algo sin darse cuenta. Una doncella puede comentarle algo al frutero del mercado.

West lo miraba con escepticismo.

—¿De verdad crees que un simple comentario en una taberna o un chismorreo de una criada a un vendedor puede llegar a oídos de Jenkyn?

La pregunta era razonable, pero estuvo a punto de petrificar a Ethan. Porque se dio cuenta de repente de que llevaba demasiado tiempo habitando el complejo y reservado mundo de Jenkyn. Se le había olvidado que la mayoría de la gente no tenía ni idea de lo que sucedía a su alrededor.

—Mucho antes de que Jenkyn me reclutara —dijo Ethan—, empezó a tejer una red de informantes y espías por todo el Reino Unido. Gente normal de pueblos normales. Cocheros, posaderos, vendedores, prostitutas, criados, trabajadores de las fábricas, estudiantes universitarios... todos forman parte del aparato que recaba información para el servicio de inteligencia. Reciben dinero procedente de una partida secreta asignada por el Ministerio del Interior para Jenkyn. El primer ministro está al tanto, pero dice que prefiere mantenerse ajeno a los detalles. Jenkyn ha convertido en una ciencia la recogida y el análisis de la información. Tiene al menos ocho agentes activos que han sido especialmente entrenados para llevar a cabo cualquier tarea que les asigne. Actúan al margen de la ley. No tienen miedo. Carecen de escrúpulos. No sienten el menor respeto por la vida humana, ni siquiera por la suya propia.

—Y tú eras uno de ellos —apostilló West en voz baja.

—Sí, lo era. Ahora soy un objetivo. A estas alturas, algún habitante del pueblo sabrá que hay un par de desconocidos alojados en Eversby Priory.

—Mis criados jamás le dirán una sola palabra a nadie.

—Pero tienes carpinteros, pintores y trabajadores que van y vienen. Y ellos también tienen ojos y oídos.

—Muy bien. Supongamos que tienes razón y que Jenkyn va a enviar a alguien a por ti. Puedo cerrar la mansión a cal y canto.

—No hay ni una sola cerradura en este lugar que no sean capaces de abrir en menos de un minuto, incluyendo la de la puerta principal. Y tus criados ni siquiera se molestan en echar las llaves, por cierto.

—Lo harán si se lo ordeno.

—Eso sería un buen comienzo. —Ethan guardó silencio un instante—. Dentro de una semana, estaré lo bastante recuperado como para regresar a Londres. Pero hasta entonces, debemos implementar medidas de seguridad por si acaso vienen a buscarme los hombres de Jenkyn.

—Te enseñaré el armero.

—En los planos de la casa hay una armería. En esta planta.

—La convertimos en un despacho con aseo adyacente. Ahora guardamos las armas en un armero situado en las dependencias de la servidumbre, y es el mayordomo quien está al cargo.

Ethan lo miró con los ojos entrecerrados.

West parecía irritado.

—¿Te parece que podamos permitirnos organizar muchas cacerías? Vendimos los sabuesos. Nuestro guarda forestal es un fósil. Le dejamos que cace unos cuantos pájaros de vez en cuando para que se entretenga con algo. Los animales de la propiedad se usan como alimento, para el trabajo en los campos y para sacar beneficio con ellos, no como diversión. Y antes de que te lleve a las dependencias de la servidumbre para que veas el armero, deberías saber que la mayoría de las armas son viejas y están oxidadas. Salvo yo, nadie más sabe cómo usarlas.

—¿Eres buen tirador?

—Mediocre. Excelente si el blanco es fijo, pero rara vez es así.

Mientras Ethan evaluaba la situación, tuvo que luchar contra el agotamiento.

—En ese caso, olvida el armero. Haremos lo que podamos para fortificarnos. Diles a los criados que empiecen a cerrar las puertas con llave y pestillo por las noches, incluyendo las de sus dormitorios cuando se vayan a dormir. Necesitaremos instalar cerrojos en todas las puertas de los áticos, del sótano, de las bodegas, de los pasadizos secretos, de los montacargas... de cualquier entrada que comunique el exterior con el interior. Además, tienes que desmontar el andamio de la fachada sur.

—¿Cómo? No, eso es imposible.

—El andamio facilita el acceso a la mansión a través de cualquier ventana de esa fachada.

—Sí, Ransom, ese es el propósito. Porque los canteros están restaurando la decoración exterior. —Al enfrentar la expresión obstinada de Ethan, West gimió y dijo—: ¿Sabes cuántos días tardaron en levantar ese andamio? ¿Sabes lo que van a hacerme si les digo que lo desmonten y lo vuelvan a levantar dentro de una semana? No hará falta que te preocupes por los asesinos que pueden venir de Londres. Ya se encargarán mis trabajadores de colgarnos a los dos.

Un terrible cansancio se había apoderado de los músculos de Ethan, que sentía la irresistible necesidad de dormir. «Maldición», pensó.

—Te evitaría todas estas molestias si pudiera marcharme ahora mismo —murmuró al tiempo que se pasaba una mano por la frente.

—No —replicó West al punto con un tono de voz distinto—. No te preocupes por mis protestas. Bien sabe Dios que nadie más me hace caso. Tu lugar está aquí. —Lo miró de arriba abajo para evaluar su estado—. Estás a punto de caerte desplomado. Te acompañaré arriba.

—No necesito ayuda.

—Si crees que voy a arriesgarme a que te pase algo para después tener que enfrentarme a la ira de la doctora Gibson, te equivocas de parte a parte. Antes prefiero lidiar con trece asesinos a la vez.

Ethan asintió con la cabeza y se dispuso a salir de la galería.

—No mandarán a más de tres —dijo—. Vendrán en plena noche, mientras esté oscuro y todo el mundo duerma.

—Eversby Priory tiene más de doscientas habitaciones. No conocerán la distribución.

—Sí, la conocerán. Los planos y las especificaciones se pueden conseguir en el despacho de cualquier arquitecto, contratista o inspector que haya estado involucrado en la renovación del edificio.

West suspiró para reconocer que llevaba razón.

—Que no se te olvide mi banquero londinense —dijo, abatido—. Me pidió una copia de los planos durante la solicitud de los préstamos.

Ethan dijo con tristeza:

—No les interesa provocar muertes innecesarias. Su objetivo será el de encontrarme. Me entregaré antes de que alguien pueda sufrir algún daño.

—Y un cuerno —replicó West—. El lema de la familia Ravenel es: «La lealtad nos une.» Le arrancaré la cabeza a cualquier malnacido que amenace a alguno de mis parientes.

22

—¿Así lo hacían en el internado de la señorita Primrose? —preguntó Ethan, que estaba de pie mientras una pareja de criados, supervisados por el anciano mayordomo, Sims, extendía los manteles ceremoniosamente sobre el suelo, debajo de la sombra de un árbol. Acto seguido, procedieron a colocar los platos de porcelana, la cubertería de plata y las copas de cristal.

Garrett meneó la cabeza y observó con una sonrisa burlona cómo colocaban las cubiteras llenas con botellas de limonada, de cerveza de jengibre y de clarete en torno a los platos.

—Nuestras meriendas al aire libre consistían en pan con mermelada y una loncha de queso que llevábamos en un cubo de lata.

Había sido idea suya almorzar con Ethan en el exterior, bajo la protección de los altos muros del jardín. Le había hablado de las meriendas que sus compañeras de internado y ella disfrutaban, y él le había dicho que nunca había comido al aire libre. Garrett le había preguntado al ama de llaves si podía pedirle prestada una cesta para llevar al exterior unos cuantos platos del bufet diario. La cocinera, en cambio, le había preparado lo que ella llamaba una «merienda en condiciones» en dos enormes cestas de mimbre y cuero.

Una vez que los criados y Sims se marcharon, Ethan se sentó con la espalda apoyada en el tronco del árbol y observó a Garrett sacar un festín de las cestas. Había huevos cocidos, aceitunas rellenas, crujientes ramas de apio, tarros de zanahoria y pepinillos en vinagre, sándwiches envueltos con papel de parafina, empanadillas frías de ostras y galletas saladas, tarros con ensaladas finamente picadas, un queso blanco redondo de buen tamaño, cestitas cubiertas por muselina y llenas de bizcochitos y tartaletas, un bizcocho horneado que aún estaba en su molde de cerámica y un jarro de cristal de boca ancha lleno con frutas escalfadas.

Garrett se alegró al ver que Ethan se relajaba mientras comían tranquilamente al resguardo del dosel verde que era la copa del haya. Durante los últimos cinco días, se había mostrado más activo de lo que a ella le habría gustado y había inspeccionado cada centímetro de Eversby Priory con West. Al igual que sucedía con muchas mansiones antiguas, se habían realizado numerosas extensiones y modificaciones a la planta original a lo largo de los siglos, lo que había dado como resultado habitaciones peculiares de formas extrañas, escaleras muy empinadas y ventanas situadas en lugares muy altos.

Pese a los temores de Garrett de que tanta actividad pudiera retrasar su mejoría, Ethan había recorrido cada planta de la mansión de forma meticulosa para examinarla con sus propios ojos. Se habían instalado nuevas cerraduras y pestillos, y se había desmontado el andamio exterior. Las puertas se cerraban todas las noches con llave y pestillo, de la misma manera que se cerraban las ventanas de la planta baja y del sótano. Se le había ordenado a la servidumbre que diera la alarma si alguien oía algo sospechoso por la noche, pero se había prohibido tajantemente que una persona se enfrentara sola a un intruso.

Aunque Ethan había seguido curándose y mejorando con increíble rapidez, tardaría semanas o incluso meses en recuperar el estado de salud del que disfrutaba antes de la herida. Verse constreñido por esas limitaciones físicas lo exasperaba, ya que estaba acostumbrado a poseer interminables reservas de energía y fuerza.

Habían pasado casi tres semanas desde que le dispararon. En circunstancias normales, Garrett habría insistido en que esperara el doble de ese tiempo antes de marcharse de Eversby Priory. Sin embargo, la situación distaba mucho de ser normal. Lo aprobara o no, le había dicho Ethan, debía marcharse a Londres al cabo de dos días. No podía seguir en la propiedad y poner en peligro a todas las personas que la habitaban. Como tampoco podía quedarse cruzado de brazos después de que Jenkyn hubiera entregado ocho toneladas de explosivos a un grupo terrorista que presumiblemente podía volar por los aires la Cámara de los Comunes.

Ethan extendió un brazo hacia el verde follaje que crecía debajo del bosquecillo de hayas y cortó una hoja de menta. Tras tumbarse en el mantel, comenzó a mordisquear la hoja con la vista clavada en el verde dosel que se extendía sobre sus cabezas. Las hayas eran árboles retorcidos pero elegantes, y sus ramas estaban entrelazadas como si estuvieran dándose las manos. El aire era fresco y en él flotaba el fragante olor de la tierra húmeda. Solo se oían el rumor de las hojas agitadas por la brisa y el canto ocasional de un mosquitero silbador.

—Nunca he estado en un lugar tan silencioso, fuera de una iglesia —dijo Ethan.

—Es un mundo muy distante de Londres, con las ensordecedoras alarmas de incendios, el rugido de los trenes y los golpes de las obras de construcción... y todo ese aire lleno de humo y polvo... y esos edificios tan altos que bloquean la luz del sol...

—Sí —la interrumpió Ethan—. Yo también lo echo de menos.

Ambos rieron entre dientes.

—Echo de menos a mis pacientes, y la clínica —confesó

Garrett—. Ahora que estás demasiado bien como para que me preocupe por ti, debo encontrar algo con lo que entretenerme.

—Podrías empezar a escribir unas memorias —le sugirió él.

Incapaz de resistir la tentación que suponía, Garrett se inclinó hacia delante, hasta que sus narices estuvieron a punto de rozarse.

—Mi vida —le dijo— no ha sido sensacional ni de lejos como para que mis memorias resulten interesantes.

—Te estás ocultando al lado de un fugitivo —le recordó él, arrancándole una sonrisa.

—Eso significa que eres tú quien lleva una vida interesante, no yo.

Ethan recorrió el pronunciado escote de su vestido con la yema de los dedos e introdujo el índice en el canalillo.

—Volveremos pronto a Londres, y te ofreceré toda la diversión que necesites. —Le rozó los labios con los suyos y la caricia fue tentadora y tibia, si bien ella se dejó llevar y permitió que el beso se tornara apasionado, húmedo y delicioso.

Garrett era consciente de que Ethan saturaba sus sentidos con el dulce sabor de su boca, con la fuerza vital de su cuerpo, mientras se pegaba a ella.

Durante la semana anterior, Ethan le había hecho el amor dos veces más, tras acallar sus temores asegurándole que estaba bien y tentándola hasta el punto de hacerle perder la cabeza. Ese hombre tenía un piquito de oro. Era capaz de pasarse minutos y minutos susurrándole, besándola, acariciándola, hasta que cualquier movimiento, por liviano que fuera, le provocaba un placer irresistible.

Garrett apartó los labios en un intento por no perder el hilo de la conversación y le preguntó:

—¿Qué planeas hacer cuando regresemos? ¿Acudirás al lord Canciller? ¿Al Fiscal General?

—No sé bien en quién confiar —contestó Ethan con tristeza—. Creo que es mejor ponerlos a todos en la cuerda floja haciendo pública la información.

Garrett se incorporó sobre un codo y lo miró con el ceño ligeramente fruncido.

—Pero le entregaste las pruebas al comisario jefe Felbrigg. ¿Otra vez tendremos que abrir la caja fuerte de lord Tatham?

—Me guardé unas cuantas páginas —confesó—. Por si acaso.

Garrett abrió los ojos de par en par.

—¿Dónde las has guardado?

Ethan esbozó una sonrisa perezosa. Estaba muy guapo con esa piel morena bañada por la luz y esos brillantes ojos azules.

—¿No lo imaginas?

—¿En algún lugar de tu piso?

—Te las di a ti.

—¿A mí? ¡Oh! —Garrett se echó a reír—. ¡En el cuadro del mono!

—Introduje un sobre en la parte posterior —dijo—. Contiene las páginas y una copia de mi testamento.

Aunque estaba a punto de preguntarle más cosas sobre las pruebas, la mención del testamento la distrajo.

—¿Has hecho testamento? —le preguntó, asombrada.

Él asintió con la cabeza.

—Tú eres la única beneficiaria.

Sorprendida y conmovida, Garrett dijo:

—Es muy amable por tu parte, pero ¿no deberías dejarle tus posesiones a algún familiar?

—Mi madre fue repudiada por su familia. No pienso darles un chelín. Y cualquiera que pertenezca al clan Ransom no lo usaría para nada bueno. No, todo es para ti. Cuando llegue el momento, que espero que no sea muy pronto, no te faltará de nada. Mis abogados te ayudarán a cobrar los beneficios por las patentes, no solo aquí sino también en el extranjero. Todo estará a tu nombre y...

—¿De qué estás hablando si puede saberse? —preguntó Garrett, desconcertada—. ¿Qué patentes?

—Diseños de cerraduras. —Empezó a juguetear con los festones de su vestido y a seguir las costuras con la yema del índice—. Tengo más de treinta. Muchas son insignificantes y no me reportan beneficio alguno, pero hay unas cuantas que...

—¡Eso es impresionante! —exclamó Garrett, que sonrió, orgullosa de él—. Hay que ver la cantidad de talentos que posees. Algún día serás un hombre de éxito. En otra profesión que no sea el espionaje, me refiero.

—Gracias —replicó él, encantado con sus halagos—. Pero no he acabado de contarte. Verás...

—Sí, cuéntamelo todo. ¿Cuándo empezaste?

—Mientras trabajaba como aprendiz del cerrajero de Clerkenwell di con la manera de impedir que las cerraduras normales de las celdas pudieran forzarse con una ganzúa añadiéndole una placa de tope. Los alcaides de la cárcel, y el cerrajero, me obligaron a dibujar los planos y a anotar las especificaciones, y luego patentaron mi invento. Sacaron una buena tajada. —Y tras esbozar una sonrisa sarcástica, añadió—: Yo no vi nada de dichos beneficios porque solo era un crío.

—Qué sinvergüenzas —dijo Garrett, indignada.

—Sí —convino él con tristeza—. Pero la experiencia me ayudó a descubrir lo que era el registro de patentes. Durante los años posteriores, cada vez que mejoraba alguna cerradura existente, o creaba un nuevo prototipo, lo registraba a nombre de una empresa de capital anónimo. —Hizo una pausa—. Hay unas cuantas que todavía generan beneficios.

—Qué bien. —Su cerebro empezó a calcular posibilidades—. Si añadimos eso a lo que yo gano, algún día podremos vender mi casa de King's Cross y comprar otra más grande.

Por algún motivo, ese comentario pareció desconcertar a Ethan.

Garrett se puso roja como una amapola al comprender lo que acababa de dar por sentado.

—Perdóname —se apresuró a decir—. No quería insinuar que... No tienes por qué sentirte obligado a...

—Calla —la interrumpió Ethan con voz firme, al tiempo que la instaba a acercar la cabeza a la suya. Tras silenciarla con un beso largo y abrasador, se apartó y la miró con una sonrisa—. Amor mío, tu conclusión ha sido apresurada y errónea. Deja que me explique.

—No tienes por qué...

Uno de sus índices se posó sobre los labios de Garrett con suavidad.

—Recibo ingresos anuales por parte de los fabricantes en concepto de derechos y privilegios de uso. A veces, acepto acciones de algunas empresas en vez de un pago en metálico. Tengo valores y participaciones en tantas empresas que soy incapaz de recordarlas. Todo está a nombre de distintas empresas para mantener el anonimato. Tengo tres abogados trabajando para mí a tiempo completo que lidian con cualquier infracción de los derechos de patente y otros dos que se encargan de las cuestiones legales en general.

Garrett comprendió poco a poco que ese supuesto pasatiempo de Ethan era mucho más lucrativo de lo que ella había supuesto.

—Pero has dicho que los beneficios de las patentes son insignificantes.

—He dicho que ese es el caso de la mayoría, sí. Pero unas cuantas resulta que no son tan insignificantes. Hace unos años, se me ocurrió una idea para crear una cerradura de combinación secuencial.

—¿Qué es eso?

—Una serie de levas activas y pasivas conectadas alrededor de un eje central, todo ello dentro de un aro que las ajusta y... —Hizo una pausa al ver que lo miraba con expresión extrañada—. El tipo de cerradura que lleva una ruleta en vez de una llave.

—¿Como la caja fuerte de bala de cañón?

Los ojos de Ethan adoptaron una expresión risueña.

—Como esa.

Tal vez fuera la proximidad de su cálido cuerpo, o la mano que exploraba con delicadeza su pierna y su cadera, pero el estupefacto cerebro de Garrett funcionaba con demasiada lentitud como para asimilar las implicaciones de la revelación que Ethan acababa de hacerle.

—¿Ese diseño es tuyo? —logró preguntar—. ¿Por eso sabías cómo abrirla?

—Sí —contestó Ethan despacio, para darle tiempo a asimilar la información—. Esas cerraduras suelen usarlas los bancos, las empresas navieras y ferroviarias, los astilleros, los almacenes, las bases militares, los edificios gubernamentales... muchos sitios distintos.

Garrett tenía los ojos como platos.

—Ethan —dijo, y guardó silencio, incapaz de pensar en una forma delicada de preguntarlo—, ¿eres rico?

Él asintió con seriedad.

—¿Rico a secas o inmensamente rico? —preguntó.

Ethan se inclinó hacia delante y le susurró al oído:

—Asquerosamente rico.

Garrett soltó una carcajada y después meneó la cabeza, confundida.

—Pero entonces ¿por qué trabajabas para sir Jasper? No tiene sentido.

La pregunta hizo que la expresión de Ethan se tornara preocupada.

—Cuando los beneficios por las patentes empezaron a llegar, Jenkyn ya me había reclutado. Y yo no quería dejarlo. Era una figura paternal. Su aprobación... su interés... significaban mucho para mí.

—Lo siento —dijo ella en voz baja, con el corazón en un puño al comprender lo dolorosa que debía de haber sido para él la traición de Jenkyn. Tal vez siempre lo sería.

Ethan soltó una breve risotada.

—Nunca he tenido mucha suerte en lo que a los padres se refiere.

—¿Sir Jasper está al tanto de tus patentes?

—No lo creo. Siempre me he esforzado por ocultar mi rastro.

—¿Por eso vives en un piso vacío? ¿Para evitar que alguien sospeche que tienes otra fuente de ingresos?

—En parte. También es porque no me importa en qué tipo de cama duermo o en qué silla me siento.

—Pero sí que importa. —A Garrett le preocupaba y le sorprendía que se negara las comodidades de la vida—. Debería importar.

Sus miradas se entrelazaron un instante.

—Ahora sí me importa —confesó Ethan en voz baja.

Rebosante de ternura y preocupación, Garrett le colocó una mano en una mejilla.

—No te has cuidado bien. Debes de preocuparte más por ti mismo.

Él le frotó la palma de la mano con la nariz.

—Te tengo a ti para que me cuides. Te tengo a ti para que hagas conmigo lo que quieras.

—Me gustaría domesticarte un poquito —repuso ella, que hizo un gesto con el pulgar y el índice, pero sin llegar a unirlos—. Pero no tanto como para que te sientas como un perrito faldero.

—No me importaría —le aseguró él con un brillo alegre en los ojos—. Siempre podría sentarme en tu regazo... —La instó a tumbarse sobre el mantel. Sus labios le rozaron una clavícula que fue siguiendo hasta llegar a la base del cuello.

Los ojos de Garrett absorbieron el reluciente mosaico de

sol, cielo azul y hojas verdes que se extendía sobre ellos mientras él la exploraba despacio, inhalando su olor y saboreándola, siguiendo el contorno de sus extremidades por encima del fino vestido.

—Alguien puede vernos —protestó mientras se retorcía al sentir que le recorría una clavícula con la lengua.

—Estamos detrás de un par de cestas tan grandes como barcazas.

—Pero si alguno de los criados regresara...

—Saben bien que no deben hacerlo. —Le desabrochó el corpiño y se lo bajó poco a poco hasta que sus pezones quedaron a la vista. Acto seguido, procedió a trazar círculos con los pulgares a su alrededor, endureciéndoselos hasta un punto doloroso, preparándolos para las caricias de su boca.

Garrett cerró los ojos para protegerse de los rayos del sol que se filtraban a través de las altas ramas. A esas alturas, su cuerpo estaba tan armonizado a las habilidosas caricias de Ethan que bastaba un simple roce para que sus nervios cobraran vida. Capturó un rosado pezón con los labios y lo succionó mientras lo acariciaba con la punta de la lengua sin parar. Sus manos comenzaron a moverse hasta introducirse bajo la ropa, que se dispuso a desabrochar y a apartar con delicadeza hasta que la fina tela dejó de ofrecer la menor defensa.

En ocasiones, el deseo la desasosegaba y despertaba en ella el ansia de devorarlo. Pero en otras ocasiones, como esa, una extraña laxitud se apoderaba de su cuerpo y solo alcanzaba a yacer bajo él sin moverse, con el corazón desbocado y los músculos tensos a la espera del placer que Ethan le ofrecía. Él le murmuraba cosas entre beso y beso, y le decía lo guapa que era, lo mucho que le gustaba su suavidad y su fuerza. Le pellizcó los labios vaginales con delicadeza y ella gimió al tiempo que levantaba las caderas sin poder evitarlo.

—Paciencia —murmuró él, que esbozó una sonrisa contra su piel—. El placer llegará cuando esté preparado para dártelo.

Sin embargo, en cuanto su pulgar se deslizó hacia la protuberancia del clítoris y empezó a acariciarlo con suma exquisitez, el éxtasis se apoderó de ella al instante. Se estremeció mientras las sensaciones la consumían y se extendían por su cuerpo en oleadas. Ethan soltó un gruñido de satisfacción y la besó en el cuello. La reprendió con tono jocoso, fingiendo estar decepcionado por su falta de control y su humedad, y mientras la regañaba, le introdujo dos dedos hasta el fondo, aumentando los estremecimientos que la sacudían.

Garrett estaba demasiado abrumada como para hablar, de manera que se limitó a echarle los brazos al cuello y a separar las piernas todo lo posible, movida por el deseo y sin importarle nada más.

Ethan rio, y su aliento le acarició una oreja. Le susurró que era preciosa, descarada y traviesa, y que no le quedaba más remedio que hacerle una cosa. Le levantó las faldas y se colocó encima, tras lo cual Garrett sintió el masculino peso de su cuerpo entre los muslos. La penetró con un cuidado exquisito, y su invasión no fue posesiva, sino un acto de adoración, una forma de acariciarla por dentro y por fuera. Sus besos sabían a menta y su piel olía a sol y sal, el maravilloso aroma del verano. Esos ojos la miraban con un brillo ardiente, con el color de un caluroso crepúsculo, con las mejillas ruborizadas mientras se movía lentamente, saliendo y entrando en ella.

Enloquecida por el deseo, apartó la boca de la de Ethan.

—Acaba dentro —le suplicó—. No te retires en el último momento. Lo quiero todo, quiero...

Ethan la silenció con la boca, besándola con pasión.

—*Acushla* —dijo con una carcajada ronca y entrecortada—, para ser una mujer a la que no le gusta la espontaneidad, tienes tus momentos. —Apoyó una mejilla afeitada contra la de Garrett—. Cuando estemos en Londres, te daré lo que quieres.

—Quiero una vida contigo. —Años con él. Niños delante de la chimenea.

—Mi vida es tuya —le aseguró Ethan con voz ronca—. Tuyos son todos los minutos de vida que me queden. Lo sabes, ¿verdad?

—Sí. Sí. —Las sensaciones la abrumaron y borraron todo pensamiento coherente de su cabeza, todo aquello que la rodeaba, y solo fue consciente de ellos dos, acalorados bajo el sol estival y unidos por el amor, fusionados hasta el punto de convertirse en un único cuerpo, en una única alma.

23

Tres semanas después de su llegada a Eversby Priory, Garrett descubrió que, en contra de la opinión generalizada, no se dormía mejor en mitad de la paz y la tranquilidad del campo. Sin los conocidos sonidos de la ciudad que la acompañaban al dormirse, estaba rodeada de un silencio tan absoluto que incluso el cricrí de un grillo o el croar de una solitaria rana hacía que se levantara de la cama como impulsada por un resorte.

Dado que no podía recurrir a ningún remedio medicinal para inducir el sueño, intentó leer, sin resultados definidos. Si un libro era demasiado interesante, se espabilaba todavía más; pero si le resultaba demasiado aburrido, era incapaz de retener su atención y ayudarla a relajarse. Después de buscar en la inmensa biblioteca de la planta baja, por fin encontró la *Historia de Roma*, de Tito Livio, resumida en cinco volúmenes, que era justo lo que necesitaba. De momento, había terminado el primer volumen, que acababa con la primera guerra púnica y la destrucción de Cartago.

Esa noche tenía más problemas de los habituales para dormir. Dio vueltas y más vueltas después de las doce, sin llegar a sumirse en un sueño profundo. Su cerebro se negaba a dejar de pensar, asustada por la certeza de que volverían a Londres al cabo de dos días. Durante un brevísimo, y anhelante, momento pensó en ir al dormitorio de Ethan en busca de consuelo. Sin embargo, sabía muy bien en qué acabaría todo, y él necesitaba descansar mucho más que ella.

Deseó haberse llevado el segundo volumen de *Historia de Roma* a la habitación mientras sopesaba los méritos de bajar a la biblioteca en mitad de la noche. Después de ahuecar varias veces la almohada, se quedó tumbada en la cama revuelta e intentó concentrarse en algo monótono. Ovejas que atravesaban una verja de una en una. Gotas de agua que caían de una nube. Recitó el alfabeto, primero de la a a la zeta y luego al revés. Repasó las tablas de multiplicar.

A la postre, soltó un suspiro hastiado y se acercó a la chimenea para ver la hora en el reloj de la repisa. Eran las cuatro de la mañana, demasiado tarde y al mismo tiempo demasiado temprano, la hora de los lecheros, de los mineros, de los que tenían insomnio y de leer *Historia de Roma,* volumen II.

Bostezó, se puso la bata y unas chinelas, y salió de la habitación con la lamparita de aceite en la mano.

Una suave penumbra reinaba en los pasillos de la mansión gracias a la llamita que permanecía siempre encendida en las lámparas de gas. En el vestíbulo principal, la escalinata estaba iluminada por el débil brillo de dos lámparas con forma de querubín situadas en los postes al pie de la misma, y por la luz de la araña. Si cortaran el suministro de gas por completo durante la noche, sería muy peligroso, y también laborioso, encender todas las lámparas a la mañana siguiente.

La casa estaba dormida, en silencio, con una temperatura maravillosa y un agradable aroma a resina de pino y a aceite de linaza. Una vez que cruzó el vestíbulo principal, enfiló un pasillo en penumbra en dirección a la biblioteca. Pero justo antes de entrar, oyó algo que la detuvo.

Una serie de lejanos, aunque estentóreos, chillidos le llegaba desde algún sitio, desde... ¿el exterior?

Enfiló un pasillo estrecho que llevaba a la parte trasera de la mansión y entró en una habitación que los ayudas de cámara y las doncellas usaban para abrillantar los zapatos y las botas, así como para limpiar y sacudir los abrigos. Tras dejar la lamparita sobre un armario bajo, descorrió el cerrojo de una ventana y la abrió una rendija, tras lo cual aguzó el oído.

El sonido procedía de más allá de los jardines de la cocina. Eran los agresivos graznidos de los gansos del gallinero que parecían estar soltando su grito de guerra. «Seguramente han visto un búho», pensó. Sin embargo, el corazón le latía desacompasado, como si estuviera borracho. Sintió un mareo momentáneo, como si el suelo se hubiera abierto bajo sus pies. Cuando se inclinó sobre la lamparita, tuvo que inspirar hondo para tomar el aire necesario con el que apagar la llama.

Sentía un hormigueo en la piel a causa de los nervios. Un paciente le dijo en una ocasión que era como si tuviera hormigas andándole por la piel, que su enfermedad nerviosa hacía que quisiera arrancársela a tiras.

Los gansos se estaban tranquilizando. Lo que fuera que los había alertado ya había pasado de largo a esas alturas.

Con manos temblorosas, cerró la ventana y volvió a echar el pestillo.

En ese momento, oyó ruidos en la parte posterior de la casa. Un traqueteo, un chasquido. El chirrido de una bisagra. El crujido de un tablón del suelo.

Alguien había entrado en la mansión a través de la cocina.

El pánico la atenazó. Se llevó una mano al cuello y tanteó hasta encontrar el cordón de seda del que pendía su silbato de plata. Emitiría un sonido que se oiría en al menos cuatro manzanas si estuviera en la ciudad. Si lo hacía sonar unas cuantas veces en el vestíbulo principal, alertaría a toda la casa.

Cerró los dedos en torno al silbato. Salió de la habitación donde se encontraba y recorrió de puntillas el corto pasillo hasta el vestíbulo, tras lo cual se detuvo al llegar a la esquina. Al no ver intrusos por ninguna parte, salió corriendo al vestíbulo.

Una silueta oscura se interpuso en su camino y algo salido de la nada la golpeó, impactando contra su sien y tirándola al suelo. Desorientada, se quedó allí, desmadejada. El dolor se apoderó de su cabeza. Alguien la agarró con fuerza del mentón al tiempo que le metía un trozo de tela en la boca. Intentó apartar la cara, pero le fue imposible escapar de esos dedos. Otro trozo de tela le cubrió la boca antes de que se lo ataran detrás de la cabeza, amordazándola.

El hombre que estaba agachado sobre ella era muy corpulento y actuaba con movimientos rápidos y eficaces. Tenía una condición física excepcional, pero sus rasgos eran bastos y su cara, ancha, como si estuviera perdiendo la definición de su rostro con el paso del tiempo. Tenía unos ojos feos, con una expresión ladina. La boca pequeña parecía más insignificante todavía por el poblado bigote negro, acicalado y recortado hasta tal punto que supo que su dueño estaba muy orgulloso de él. Aunque no vio cuchillo alguno, el hombre usó algo para cortar el cordón de seda que tenía al cuello y luego le dio varias vueltas alrededor de sus muñecas, maniatándola. Después de cruzar varias veces el cordón para apretar bien las ataduras, le hizo el nudo de tal modo que no pudiera tocarlo con los dedos.

El hombre la puso en pie de un tirón. Tiró el silbato de plata al suelo y lo aplastó con el tacón de la bota.

A Garrett se le llenaron los ojos de lágrimas y sintió un nudo en la garganta al ver el silbato de metal roto y aplastado, sin posibilidad de arreglo.

Unos zapatos aparecieron en su campo de visión. Levantó la vista y vio a William Gamble. El instinto la llevó a retroceder con tanto ímpetu que se habría caído al suelo si el otro hombre no la hubiera sujetado. Por un espantoso instante, sintió la bilis en la garganta y una terrible quemazón más allá de las costillas, y creyó que iba a vomitar.

Gamble la observó con cara inexpresiva y extendió una

mano para apartarle unos mechones sueltos de la cara al tiempo que examinaba la magulladura de la sien y de la mejilla.

—No quiero verle más marcas, Beacom. A Jenkyn no le gustará.

—¿Qué le va a importar si caliento a una criada?

—No es una criada, imbécil. Es la mujer de Ransom.

Beacom la miró con renovado interés.

—¿La matasanos?

—Jenkyn dijo que la lleváramos de vuelta a Londres si la encontrábamos.

—Una cosita linda —dijo Beacom, que le pasó la mano por la columna—. Será mi juguete hasta que lleguemos allí.

—¿Qué tal si antes nos ocupamos del trabajo? —repuso Gamble con sequedad.

—Eso está hecho.

Beacom levantó la mano derecha, en la que llevaba un objeto parecido a unos puños de latón. Estaba hecho de acero articulado, con gruesos resaltes en la parte superior. Con el pulgar, accionó un pequeño gancho que había en un lateral y pulsó un botón que, a su vez, desplegó una especie de garra afilada.

Garrett puso los ojos como platos, espantada. El mecanismo se parecía a las lancetas con resorte que se usaban en las sangrías.

Beacom sonrió al verle la cara.

—Con esta hoja tan pequeña —le dijo el hombre—, puedo vaciar a un hombre hasta dejarlo como una iglesia en mitad de la semana.

Gamble puso los ojos en blanco.

—Harías lo mismo con una navaja pequeña.

—Que te den —le dijo Beacom, sonriente, y echó a andar hacia la escalinata, cuyos escalones subió de dos en dos en dirección al dormitorio de Ethan.

Un grito apagado brotó de la garganta de Garrett. Echó a

correr tras él, pero Gamble la agarró por detrás. Plantó los pies en el suelo, afianzando la postura con todo su peso, tal como Ethan le había enseñado. La maniobra consiguió desestabilizar un poco a Gamble. A continuación, Garrett dio un paso a un lado y usó las manos atadas para intentar golpearle la entrepierna.

Por desgracia, erró en la ejecución y lo que habría sido un golpe incapacitante en la entrepierna acabó en algo mucho menor. Aunque le hizo el daño suficiente a Gamble para que aflojara el apretón. Garrett se retorció y subió corriendo las escaleras al tiempo que hacía todo el ruido posible, pese a la mordaza.

Gamble la alcanzó al llegar a la siguiente planta y la sacudió con fuerza.

—Ya está bien —gruñó— o te partiré el cuello, quiera Jenkyn lo que quiera.

Garrett se quedó quieta, jadeando, al oír ruidos en diferentes partes de la casa: el ruido de lo que parecía cristal y muebles, y luego un golpe seco. Por el amor de Dios, ¿cuántos hombres había enviado Jenkyn?

Gamble la miró con expresión de desdén al tiempo que le decía:

—Deberías haber dejado que Ransom muriera del disparo. Habría sido muchísimo más benevolente que lo que Beacom le está haciendo. —Le dio un empujoncito—. Llévame a su habitación.

Unas lágrimas ardientes resbalaron hasta su barbilla mientras Gamble la empujaba para que avanzara por el pasillo. Se recordó que Ethan tenía el sueño muy ligero. Era posible que se hubiera despertado a tiempo para defenderse o para ocultarse. Pronto los criados se darían cuenta de que habían invadido la casa y bajarían desde el tercer piso. Si Ethan conseguía mantenerse con vida hasta entonces...

La puerta de su dormitorio estaba abierta de par en par. El

interior estaba en penumbra gracias a las llamitas de las lámparas del pasillo y a un débil rayo de luna que se colaba por la ventana.

Garrett soltó un grito, ahogado por la mordaza, al ver que Ethan se encontraba en la cama, dándole la espalda a la puerta. Yacía de costado y emitía sonidos quedos, como si estuviera dolorido o sumido en una pesadilla. ¿Qué le pasaba? ¿Se encontraba enfermo? ¿Fingía estar incapacitado?

Gamble la obligó a entrar en la habitación poniéndole una mano en la nuca.

Garrett sintió algo duro contra la cabeza y oyó el inconfundible sonido del martillo de una pistola.

—Beacom —dijo Gamble en voz baja. Se movió para echar un vistazo por el pasillo sin apartar el cañón de la pistola de la cabeza de Garrett—. ¿Beacom?

No obtuvo respuesta.

Gamble se concentró en el hombre de la cama.

—¿Cuántas veces tengo que matarte, Ransom? —preguntó con sorna.

Ethan emitió un sonido incoherente.

—Tengo a la doctora Gibson conmigo —se burló—. Jenkyn quiere que se la lleve. Una pena. Las mujeres nunca salen bien paradas de sus interrogatorios, ¿verdad?

Con el rabillo del ojo, Garrett vio que una sombra se alargaba por momentos en el suelo, como una mancha de aceite que se extendiera. Alguien se les acercaba por detrás. Resistió la tentación de mirar a la sombra y mantuvo la mirada clavada en el cuerpo inmóvil de Ethan.

—¿Mejor le meto una bala en la cabeza? —preguntó Gamble—. ¿Como gesto de buena voluntad hacia un viejo amigo? Seguro que prefieres que muera de un tiro a que sea torturada. —El cañón de la pistola se apartó de la cabeza de Garrett—. ¿Mejor empiezo contigo, Ransom? Si lo hago, nunca sabrás qué le pasó. A lo mejor deberías suplicarme que le dispare a ella primero. —Apuntó hacia la cama—. Vamos —lo instó—. Que te oiga bien.

En cuanto Gamble apuntó a Ethan, Garrett entró en acción. Usó el codo derecho para asestarle un golpe seco en la nuez.

El repentino golpe pilló desprevenido a Gamble. Si bien no consiguió golpearlo de lleno, su nuez recibió el daño suficiente para que empezara a jadear y se llevara la mano libre al cuello. Gamble retrocedió a trompicones, y estuvo a punto de perder la pistola.

Aunque Garrett seguía maniatada, se abalanzó sobre la mano que sujetaba el arma en un intento desesperado por aferrarle la muñeca. Pero antes de llegar a él, se topó contra una fuerte figura oculta por las sombras, que se había interpuesto entre ellos. Fue como golpearse contra una pared.

Desconcertada y temblorosa, retrocedió unos pasos mientras intentaba averiguar qué estaba pasando. La habitación era una vorágine de violencia, como si una tormenta se hubiera colado dentro. Dos hombres peleaban delante de ella, con los puños, los codos, las rodillas y los pies.

Garrett se llevó las manos atadas a la mordaza y consiguió quitársela de la boca. Escupió el trozo de tela empapado antes de pasarse la lengua, seca y dolorida, por el interior de la boca. Sin previo aviso, la pistola se deslizó por el suelo, tan cerca de ella que pudo frenarla con el pie. Se apresuró a recogerla del suelo y corrió junto a la cama.

Pronunció su nombre con voz desgarrada, apartó la ropa de cama y... se quedó helada.

El hombre de la cama era Beacom. Estaba apaleado y apenas consciente, con el cuerpo inmovilizado con varios tirantes y vendajes quirúrgicos.

Sin dar crédito a lo que sucedía, Garrett se volvió hacia los dos contendientes, que estaban cerca de la puerta. Uno de ellos había caído el suelo. El otro estaba sentado a horcajadas sobre él y lo estaba moliendo a puñetazos, decidido a matarlo. Ese hombre iba ataviado únicamente con unos pantalones y tenía el torso desnudo. Garrett reconoció la forma de su cabeza, reconoció esos anchos hombros.

—¡Ethan! —gritó al tiempo que corría hacia él. Con cada movimiento, Ethan estaba llevando al extremo las ligaduras arteriales y amenazaba con desgarrar el tejido recién sanado. Cada golpe que asestaba, podría provocarle una hemorragia letal—. ¡Detente! ¡Ya basta!

Ethan no respondió, ciego de rabia.

—Por favor, detente... —A Garrett se le quebró la voz.

Alguien entró en tromba en la habitación. Se trataba de West, seguido de cerca por dos criados en ropa de dormir, aunque llevaban los pantalones puestos. Uno de ellos llegó con una lámpara que derramaba un brillo amarillento en la estancia.

West captó lo que sucedía de un solo vistazo y se abalanzó sobre Ethan para apartarlo de Gamble.

—Ethan —le dijo al tiempo que lo reducía con evidente esfuerzo. Ethan se revolvió, resoplando como un toro furioso—. Ransom, lo has noqueado. Ya está. Tranquilo. Relájate. Ya hay locos asesinos de sobra en esta casa. —Se dio cuenta de que Ethan empezaba a relajarse—. Muy bien, así. Así se hace. —Miró a los criados que se agolpaban en el pasillo—. Esto está más oscuro que la boca de un lobo. Que alguien encienda las dichosas lámparas del pasillo y que traiga más. Y también traed algo con lo que atar al malnacido que hay en el suelo.

Los criados se apresuraron a obedecer las órdenes.

—Garrett —murmuró Ethan al tiempo que se soltaba de las manos de West—. Garrett...

—Está allí —dijo West—. Está aturdida y tiene una pistola amartillada en las manos, algo que me pone muy nervioso.

—No estoy aturdida —repuso ella con descaro, temblorosa—. Además, no tengo el dedo en el gatillo.

Ethan se acercó a ella en dos zancadas. Tras quitarle la pistola de la mano y desmontar el martillo para que no pudiera dispararse de forma accidental, la dejó en la repisa de la chimenea. Acto seguido, cogió unas tijeras y le cortó el cordón que la maniataba. Emitió un gruñido gutural al ver las magulladuras que tenía en la piel.

—Estoy bien —se apresuró a asegurarle ella—. Desaparecerán dentro de un rato.

La recorrió por entero como si llevara los últimos minutos escritos en la piel y descubrió el dolorido punto que tenía en la sien y en la parte superior de la mejilla. En ese momento, su actitud se tornó serena, demasiado serena, y sus ojos se oscurecieron de tal modo que Garrett sintió que se le helaba la sangre en las venas. Con ternura, la instó a levantar la cara para verla mejor.

—¿Cuál de los dos te lo ha hecho? —le preguntó con un tono de voz muy sosegado que no la engañó en lo más mínimo.

Lo miró con una sonrisa temblorosa.

—No creerás que te lo voy a decir, ¿verdad?

Ethan frunció el ceño y miró a West.

—Hay que registrar la casa.

—Los criados ya están registrando todas las habitaciones. —West estaba de pie junto al cuerpo desmadejado de William Gamble—. Ransom, lamento decirlo, pero tus amigos no podrán venir de visita si no saben comportarse. Por cierto, hemos atrapado a un tercer intruso.

—¿Dónde está?

—En mi habitación, atado como un pichón para un asado.

Ethan parpadeó, sorprendido.

—¿Te has enfrentado a él?

—Sí.

—¿Tú solo?

West lo miró con sorna.

—Sí, Ransom. Puede que sea un asesino bien adiestrado,

pero ha cometido el error de despertar a un Ravenel de un sueño profundo. —Señaló la puerta—. ¿Por qué no acompañas a la doctora Gibson a su habitación mientras yo me encargo de limpiar el estropicio? Ordenaré que encierren a nuestros invitados en la caseta del hielo hasta que decidas qué hacer con ellos.

Aunque Garrett siempre se había enorgullecido de tener nervios de acero durante una emergencia, parecía incapaz de controlar los temblores que la estremecían. De no estar tan preocupada por el estado de Ethan, tal vez incluso le habría hecho gracia su forma de regresar a su dormitorio, como dos viejos gruñones, moviéndose con dificultad y haciendo muecas de dolor.

Se acercó sin dilación a su maletín, que estaba en la mesa, y buscó el estetoscopio.

—Tengo que examinarte —dijo, aunque le castañeteaban los dientes y no atinaba a usar el instrumental. Sus dedos se negaban a cooperar—. La hemorragia secundaria suele producirse habitualmente entre las dos y las cuatro semanas posteriores a una herida de bala, aunque es más normal en casos en los que la herida no se ha cerrado como es debido y la tuya es...

—Garrett. —La abrazó por detrás y la instó a volverse para que lo mirara—. Estoy bien.

—Eso lo decidiré yo. Sabrá Dios el daño que te has provocado.

—Puedes examinarme, de la cabeza a los pies y de los pies a la cabeza, pero será después. Ahora mismo voy a abrazarte.

—No me hace falta —repuso ella, que se retorció para alcanzar su maletín.

—Pues a mí sí. —Ethan se desentendió de sus protestas, la llevó hasta la cama y se sentó con ella en el regazo, abrazándola con fuerza.

La sujetaba contra la fuerte y sedosa superficie de su pecho, y sentía los acompasados latidos del corazón bajo la oreja. Su olor, esa fragancia natural de sudor y virilidad, le resultó reconfortante y familiar. Ethan le acarició el pelo y le susurró palabras cariñosas mientras la rodeaba con sus brazos en un cálido refugio. Poco a poco, se fue relajando. Los dientes dejaron de castañetearle.

¿Cómo podía ser tan tierno con ella justo después de haber despachado a sus dos atacantes con tanta facilidad y tal despliegue de habilidad? En cierto sentido, la violencia le resultaba tan natural como a los brutales hombres que habían ido a buscarlo. No estaba segura de que alguna vez pudiera sentirse a gusto con esa faceta de su personalidad. Sin embargo, era capaz de demostrar empatía y de hacer actos desinteresados. Se mantenía fiel a su propio código de honor. Y la quería. Eso era más que suficiente para que funcionara.

—Cuando oí ruido abajo —murmuró Ethan—, lo primero que hice fue ir a tu dormitorio. Y vi que no estabas.

—Bajé a la biblioteca a por un libro —explicó Garrett, y procedió a contarle que había oído a los gansos y que luego la atrapó el señor Beacom—. Me ha roto el silbato —añadió al tiempo que le enterraba la cara en el hombro y se le humedecían las pestañas—. Lo tiró al suelo y lo aplastó de un pisotón.

Ethan la acunó con más fuerza y le besó con ternura la curva de la mejilla.

—Te daré otro, amor mío. —Le acarició la espalda despacio y le apoyó la cálida palma en la columna—. Y luego ajustaré cuentas con Beacom.

Garrett se agitó, inquieta, contra él.

—Ya le has dado una buena tunda.

—No es suficiente. —Ethan la instó a ladear la cabeza para ver de nuevo la magulladura que tenía en la sien—. Fue él quien te golpeó, ¿verdad? Solo por eso, lo haré papilla de una paliza.

Menos la cabeza. Voy a quedarme la cabeza y usar su calavera para...

—No quiero que lo hagas —lo interrumpió, alarmada por esa muestra tan serena de brutalidad—. La venganza no va a ayudar en nada.

—A mí sí me va a ayudar.

—No, no lo va a hacer. —Le tomó la cara entre las manos para que lo mirase—. Prométeme que no te acercarás a esos hombres.

En vez de contestar, Ethan apretó los labios en un gesto contrariado.

—Además —añadió ella—, tampoco hay tiempo. Tenemos que irnos a Londres sin demora, antes de que sir Jasper descubra lo que ha sucedido.

Ethan usó un tono de voz neutro muy controlado.

—Es mejor que vaya yo solo a Londres mientras tú te quedas aquí.

Garrett levantó la cabeza de golpe y lo miró con una mezcla de sorpresa e indignación.

—¿Por qué dices eso? ¿Cómo se te puede pasar siquiera por la cabeza irte sin mí?

—Cuando vi que Gamble te apuntaba a la cabeza con ese revólver... —La miró con expresión atormentada—. Nunca había tenido miedo hasta esta noche. Me destrozaría perderte. Tendrían que sacrificarme como a un caballo cojo. Deja que yo me ocupe de esto con la seguridad de que tú estás a salvo y luego volveré a buscarte.

—¿Me vas a dejar aquí para que me muera de la angustia cada segundo que no te tenga a mi lado? —protestó Garrett, que le puso una mano en la tensa mejilla—. No soy una damisela indefensa a la que encerrar en una torre, Ethan. Tampoco quiero que me adores como a una diosa de mármol en un pedestal. Lo que quiero es que me ames como a una compañera, como a una igual, cuyo lugar está a tu lado. Y me necesitas ahí.

La mirada de Ethan la atravesó, llegó hasta esos lugares de su corazón reservados para él. Pasó un buen rato antes de que él apartara la vista, soltara un improperio y se pasara los dedos por el pelo corto y alborotado. Mientras esperaba que él tomase una decisión, Garrett le acarició la cálida piel del cuello con la nariz.

—Muy bien —accedió él a regañadientes—. Iremos juntos.

Ella se apartó un poco y lo miró con una sonrisa.

—No siempre te vas a salir con la tuya —le advirtió Ethan, a quien la situación no parecía hacerle mucha gracia.

—Lo sé.

—Y te pondré en un pedestal... aunque sea uno pequeñito.

—¿Por qué? —le preguntó ella, mientras jugueteaba con el ensortijado vello de su pecho.

—En primer lugar, porque para mí eres una diosa y eso no va a cambiar en la vida. Y en segundo lugar... —Le puso una mano en la nuca para que sus labios quedaran más cerca—. En segundo lugar, soy demasiado alto para que puedas llegar a las partes buenas de mi persona de otra forma.

La suave carcajada de Garrett le bañó los labios.

—Amor mío —susurró—, no hay parte tuya que sea mala.

Al amanecer ya estaban preparados para salir hacia la estación de tren, situada en la cercana localidad de Alton. Aunque West se había ofrecido a acompañarlos a Londres, acordaron que sería mucho más útil en Eversby Priory, custodiando a los tres agentes de Jenkyn. Habían encerrado a los hombres en la bodega, bajo la atenta mirada de los criados que estaban indignados por el hecho de que alguien se hubiera atrevido a allanar la mansión.

—Si alguno causa problemas —le dijo Ethan a West cuando los tres salían por la puerta principal, ya que el carruaje de la familia los esperaba en el camino de gravilla—, usa esto. —Le dio el revólver Bull Dog—. Es un modelo de doble acción. Basta con amartillar una sola vez el arma para que efectúe un disparo cada vez que se apriete el gatillo.

West miró el arma con expresión titubeante.

—Si alguno de esos brutos me da problemas, tengo un cobertizo lleno de aperos de labranza que puedo usar con ellos. Te hará falta esto si piensas enfrentarte a Jenkyn.

—Iremos armados con algo mucho más poderoso que las balas —le aseguró Garrett.

West miró a Ethan con fingido espanto.

—¿Vas a llevarte la cuchara?

Ethan esbozó una sonrisa renuente al oírlo.

—No, la doctora Gibson se refiere a que iremos armados con palabras.

—Palabras —repitió West con expresión dubitativa al tiempo que se guardaba el revólver—. Siempre he tenido mis dudas cuando la gente dice eso de que la pluma es más poderosa que la espada. Eso solo es válido si la pluma va sujeta a la empuñadura de un sable de acero alemán.

—Las palabras saldrán impresas en un periódico —explicó Garrett—. Vamos a ir a las oficinas del *Times*.

—Ah, entonces sí. El *Times* es más poderoso que la pluma, la espada y todo el ejército de su majestad la reina.

West le ofreció el brazo a Garrett para ayudarla a subir al carruaje, cuyo escalón ya había desplegado un lacayo. Una vez en el escalón, se detuvo para mirar a West, a quien tenía a la misma altura en ese momento, y le sonrió de tal forma que Ethan sintió el aguijonazo de los celos. Tuvo que recordarse que West había sido un buen amigo y un aliado durante los peores momentos de la vida de Garrett.

—Puede que no sea el ayudante de quirófano más experimentado con el que haya contado —le dijo a West con un brillo travieso en los ojos—, pero es usted mi preferido. —Se inclinó para darle un beso en la mejilla.

Una vez que Garrett entró en el carruaje, West sonrió al ver la cara de Ethan.

—Quita esa cara asesina —le dijo—. Por encantadora que sea la doctora Gibson, no está hecha para ser la mujer de un granjero.

Ethan enarcó las cejas.

—¿Estás pensando en casarte?

West se encogió de hombros.

—Las noches pueden ser largas y solitarias en el campo —admitió—. Si encuentro a una mujer que sea una compañera interesante y lo bastante atractiva como para llevármela a la cama... Sí, pensaría lo de casarme con ella. —Hizo una breve pausa—. Sería mejor que fuera leída. Y ya si tiene sentido del humor, sería la guinda del pastel. Que sea pelirroja no es indispensable, pero tengo debilidad por las pelirrojas. —West torció el gesto con sorna—. Claro que tendrá que pasar por alto que fui un mamarracho alocado y borrachín hasta hace tres años. —Una mueca amarga, casi imperceptible, asomó a su rostro antes de hacerla desaparecer.

—¿Quién es? —le preguntó Ethan en voz baja.

—Nadie. Una mujer imaginaria. —Apartó la vista y arrancó del suelo una piedrecita con la punta de la bota antes de darle una patada que la sacó del camino de entrada—. Que da la casualidad de que me desprecia —masculló.

Ethan lo miró con sorna, aunque también con cierta compasión.

—A lo mejor consigues que cambie de parecer.

—Solo si pudiera retroceder en el tiempo y darme una paliza de muerte. —West meneó la cabeza para aclararse las ideas y miró a Ethan con expresión pensativa—. No pareces lo bastante recuperado como para viajar —dijo sin rodeos—. Estás forzando la máquina más de la cuenta.

—No puedo permitirme el lujo de perder el tiempo —repuso Ethan. Se llevó una mano a la nuca para frotarse y pellizcarse los tensos músculos y admitió—: Además, prefiero enfrentarme a Jenkyn lo antes posible. Cuanto más tiempo lo deje, más difícil será.

—¿Le tienes miedo? —preguntó West en voz baja—. Cualquiera se lo tendría.

Ethan esbozó una sonrisa carente de humor.

—Físicamente no. Pero... he aprendido mucho más de él que de mi padre. Tiene cosas que admiro, incluso ahora. Entiende mis puntos fuertes y mis puntos débiles, y su cerebro es tan frío como un amanecer invernal. No sé muy bien qué me da miedo... Tal vez que con unas cuantas palabras consiga matar algo en mi interior... o logre estropearlo todo de alguna manera. —Echó la vista atrás, hacia la mansión, y se frotó sin ser consciente la herida recién curada del pecho—. Esta mañana fui a echarle otro vistazo al retrato de Edmund —siguió con voz distraída—. Con la luz que se filtraba por las ventanas, con ese tinte grisáceo y plateado, fue como si las caras de los retratados flotaran delante de mí. Me recordó a esa escena de *Hamlet*...

West lo comprendió enseguida.

—¿Cuando el fantasma de su padre se le aparece ataviado con la armadura?

—Sí, esa. El fantasma le ordena a Hamlet que asesine a su tío en venganza. Sin ofrecerle siquiera pruebas de su culpabilidad. ¿Qué clase de padre le exigiría algo así a su hijo?

—Al mío le habría encantado ordenarme que matara a alguien —dijo West—. Pero como solo tenía cinco años, seguro que mis dotes como asesino eran penosas.

—¿Por qué Hamlet obedece a un padre que le ordena cometer semejante maldad? ¿Por qué no se desentiende del fantasma, deja la venganza en manos de Dios y escoge su propio destino?

—Seguramente porque, si lo hiciera, la obra duraría como dos horas y media menos —repuso West—. Algo que, para mí, sería una mejora sustancial. —Miró a Ethan con expresión especulativa—. Creo que sir Jasper tenía razón: la obra es un espejo del alma. Pero me da en la nariz que tú has llegado a unas conclusiones distintas a las que él quería que llegaras. No le debes tu obediencia ciega a ningún hombre, por más que te haya ayudado. Es más, tampoco tienes que ser un calco de tu padre, sobre todo si da la casualidad de que tu padre es un imbécil inmoral que trama los asesinatos de otras personas.

Garrett sacó la cabeza por la ventanilla del carruaje.

—Tenemos que irnos pronto —dijo— o perderemos el tren.

West la reprendió con la mirada.

—Estamos manteniendo una importantísima discusión psicológica, doctora.

Ella tamborileó con los dedos en el marco de la ventanilla.

—Las discusiones psicológicas suelen acabar en la incertidumbre y las dudas, y no tenemos tiempo para eso.

Ethan sintió que una sonrisa asomaba a sus labios cuando Garrett regresó al interior del carruaje.

—Tiene razón —dijo él—. Tenemos que actuar ahora y pensar después.

—Has hablado como un Ravenel de pura cepa.

Ethan se sacó una hoja de papel del bolsillo y se la dio a West.

—¿Te encargarás de que manden esto en cuanto abra la oficina de telégrafos?

West leyó el mensaje.

Oficina de Telégrafos
Sir Jasper Jenkyn
43 Portland Place, Londres

Completada orden de compra en curso. Regreso con mercancía sobrante de entrega inmediata. El paquete será entregado en su residencia esta noche.

W. GAMBLE

—Me encargaré de hacerlo en persona —le aseguró West, que le tendió la mano para un apretón—. Buena suerte, Ransom. Cuida bien del paquete que llevas. Envíame un telegrama si necesitas algo más.

—Lo mismo te digo —repuso Ethan—. Al fin y al cabo, sigo en deuda contigo por ese cuarto de litro de sangre.

—Al cuerno con eso, me lo debes por todos los andamios que he tenido que quitar.

Se miraron con una sonrisa. El apretón de manos era cálido y fuerte. Firme. Eso tenía que ser la fraternidad, pensó Ethan, esa sensación de camaradería y de unión, esa certeza implícita de que siempre se apoyarían el uno al otro.

—Un último consejo —dijo West, que dio por terminado el apretón con una última sacudida—. La próxima vez que alguien te dispare... intenta apartarte.

24

Pasada la medianoche, Ethan y Garrett llegaron a Portland Place en un carruaje prestado por Rhys Winterborne. Los acompañaba una pareja de guardias de seguridad bien entrenados y muy competentes, responsables de la seguridad de los almacenes del susodicho.

Las elegantes casas adosadas de Portland Place relucían bajo las luces de las farolas de la calle. La casa de Jenkyn era una de las más grandes de la calle, con una entrada de puerta doble y un par de construcciones más pequeñas a cada lado. Una vez que pasaron bajo el majestuoso arco de la entrada, el carruaje se dirigió a la callejuela posterior donde se emplazaban las caballerizas y se detuvo en la entrada trasera, utilizada por la servidumbre y los mozos de reparto.

—Si no salimos dentro de un cuarto de hora —murmuró Ethan, dirigiéndose a los guardias del almacén—, proceded según lo planeado.

Ambos asintieron con la cabeza y miraron la hora en sus relojes de bolsillo.

Ethan ayudó a Garrett a apearse del carruaje y la miró con una mezcla de orgullo y preocupación. Estaba exhausta, igual que él, pero había soportado el largo, tenso y tedioso día sin quejarse ni una sola vez.

Habían recuperado las pruebas de su casa y después se habían trasladado a Printing House Square, el barrio londinense donde se ubicaban los periódicos más importantes de la ciudad. El suelo prácticamente temblaba bajo sus pies debido al traqueteo de los motores de las imprentas, emplazadas en los sótanos. Poco después de entrar en el edificio ocupado por el *Times*, fueron conducidos al despacho del editor jefe, más conocido como «la guarida del león». Allí fue donde pasaron ocho horas en compañía de los directores y los editores de guardia, y con un redactor, mientras Ethan ofrecía datos, nombres, fechas e informes detallados de conspiraciones criminales ideadas por Jenkyn y su cohorte de funcionarios del Ministerio del Interior.

A lo largo del proceso, Garrett mantuvo una actitud paciente y estoica. Ethan jamás había conocido a una mujer que pudiera igualar su resistencia. Pese a la falta de sueño y de comida decente, Garrett tenía la mente lúcida y estaba dispuesta a enfrentarse a lo que fuese.

—¿Estás segura de que no quieres esperarme aquí fuera? —le preguntó Ethan, esperanzado—. Volveré dentro de un cuarto de hora.

—Cada vez que me has preguntado eso he dicho que no —contestó ella con exquisita paciencia—. ¿Por qué insistes?

—Creía que podría minar tu resistencia.

—No, lo único que consigues en aumentar mi empecinamiento.

—Tendré que recordarlo para el futuro —repuso Ethan con sequedad mientras se calaba la gorra sobre los ojos. Había visitado la casa de Jenkyn solo en tres ocasiones desde que lo conocía. Con suerte, los criados no le prestarían la suficiente atención como para reconocerlo.

—A ver... —dijo Garrett, que extendió una mano en la que llevaba un pañuelo que le colocó bajo el cuello de la camisa, creando un bulto similar al bocio de Gamble. Esos ojos verdes se enfrentaron a los suyos mientras le acariciaba una mejilla con delicadeza—. Todo saldrá bien —susurró.

Con una mezcla de asombro e irritación, Ethan comprendió que su nerviosismo era evidente. Su cuerpo le parecía un conjunto de mecanismos independientes que no estaban del todo sincronizados los unos con los otros. Tomó una honda bocanada de aire que procedió a soltar lentamente y, tras aferrar a Garrett, la instó a darse media vuelta. Con cuidado, la agarró de una muñeca y le retorció el brazo hasta colocárselo a la espalda a fin de fingir que la estaba obligando a que lo acompañara.

—¿No debería maldecir y forcejear mientras entramos en la casa, hasta que te veas obligado a reducirme? —sugirió Garrett, metiéndose en el papel.

Ethan sonrió a su pesar por el entusiasmo que demostraba.

—No, *acushla*, no es necesario llevar las cosas a ese extremo. —Le dio un beso fugaz detrás de una oreja y murmuró—: Pero ya te reduciré después, si te apetece... —Al sentir el pequeño estremecimiento que la recorrió, sonrió y le frotó la palma de una mano con el pulgar.

Al cabo de un momento, cambió la expresión, que se tornó inescrutable, y llamó a la puerta.

Los invitó a entrar un mayordomo alto, delgado y fuerte, con pobladas cejas y el pelo veteado de canas. Ethan mantuvo la cabeza gacha.

—Dile a Jenkyn que tengo el paquete que quiere —dijo con voz ronca.

—Sí, señor Gamble. Lo está esperando. —El mayordomo no miró a Garrett ni una sola vez mientras los guiaba por la casa.

La decoración abusaba de las formas curvas, hornacinas ovaladas, techos abovedados y medallones, y sinuosos pasillos. Ethan encontraba desconcertante ese estilo decorativo, ya que prefería la sencillez de las líneas y los ángulos rectos.

Atravesaron una antesala circular a través de la cual se accedía a una suite privada. El mayordomo los invitó a pasar a una estancia muy masculina, con papel oscuro en las paredes, molduras doradas, maderas talladas y alfombras carmesíes. Las paredes estaban adornadas con distintos trofeos de caza: la cabeza de una leona, de un guepardo, de un lobo blanco y de otros carnívoros. El fuego crepitaba en la chimenea y sus llamas bailoteaban y se retorcían entre el chisporroteo de los leños de roble. Hacía un calor infernal.

El mayordomo se marchó y cerró la puerta al salir.

El corazón de Ethan se desbocó en cuanto vio a Jenkyn sentado frente a la chimenea, con unos papeles en la mano.

—Gamble —dijo sin levantar la vista de los documentos—, acerca a nuestra invitada hasta aquí y ponme al día de la situación.

Ethan acarició la muñeca de Garrett con disimulo antes de soltarla.

—El trabajo no ha salido exactamente según lo planeado —replicó con brusquedad al tiempo que se sacaba el pañuelo de debajo del cuello de la camisa.

Jenkyn levantó la cabeza al punto. Miró a Ethan sin parpadear, con las pupilas dilatas rodeadas por el blanco níveo de las córneas.

Algo cruel y desagradable cobró vida en el interior de Ethan mientras se miraban. Durante esos espantosos segundos, se sintió suspendido en algún punto entre el asesinato y el llanto. Tuvo la sensación de que empezaba a latirle la herida. Luchó contra la tentación de cubrírsela con la mano a modo de protección.

Jenkyn fue el primero en hablar.

—Gamble estaba segurísimo de que él sería el vencedor del duelo.

—No lo he matado —comentó Ethan sin más.

Eso pareció sorprender a Jenkyn casi tanto como lo había hecho Ethan al regresar de entre los muertos. Sin levantarse del sillón, el jefe del servicio de espionaje cogió un puro de una caja que descansaba en una mesa cercana.

—Ojalá lo hubieras hecho —dijo—. Gamble no me sirve de nada si no ha conseguido acabar contigo después de dos intentos. —Su voz era fría, pero le temblaban los dedos mientras se encendía el puro.

Ethan comprendió que ninguno de los dos controlaba por completo la situación. Garrett, por el contrario, parecía segura de sí misma y casi relajada mientras recorría la estancia examinando estanterías, armarios y cuadros. Puesto que era una simple mujer, Jenkyn apenas le prestaba atención y seguía sin quitarle la vista de encima a él.

—¿Qué tipo de vínculo te une a los Ravenel? —preguntó Jenkyn—. ¿Por qué decidieron darte cobijo?

Así que no lo sabía. Ethan se sorprendió al descubrir que había algunos secretos fuera del alcance de Jenkyn.

—Eso no importa —respondió.

—No me digas eso —le soltó Jenkyn, recuperando la dinámica habitual entre ellos—. Si te hago una pregunta, es porque importa.

—Lo siento —repuso Ethan en voz baja—. Quería decir que no es de su incumbencia.

A juzgar por la cara que puso, Jenkyn no daba crédito a lo que oía.

—Mientras me recuperaba —siguió Ethan—, tuve oportunidad de acabar de leer *Hamlet*. Quería que le dijera qué reflejo veía en la obra. Por eso estoy aquí. —Guardó silencio al ver el atisbo de interés que asomaba a los ojos de su mentor. Comprendió, no sin asombro, que Jenkyn lo apreciaba en cierto modo y, sin embargo, había tratado de asesinarlo—. Me dijo que Hamlet se dio cuenta de que en un mundo fallido no existe el bien o el mal, que todo es cuestión de opiniones. Que los hechos y las normas son inútiles. Que la verdad no importa. —Titubeó—. Eso encierra una especie de libertad, ¿no le parece? Porque te permite hacer o decir lo que quieras para alcanzar tus objetivos.

—Sí —convino Jenkyn, que lo miraba fijamente con el reflejo anaranjado del fuego en los ojos. Su expresión se había suavizado—. Eso es lo que esperaba que comprendieras.

—Pero no todo el mundo tiene libertad —continuó Ethan—. El único que tiene libertad aquí es usted. Significa que puede sacrificar a cualquiera para su beneficio. Puede justificar el asesinato de personas inocentes, de niños incluso, diciendo que es por un bien mayor. Yo no puedo hacer eso. Creo en los hechos y en las normas que fija la ley. Creo en algo que una mujer muy sabia me dijo no hace mucho: todas las vidas merecen salvarse.

El brillo desapareció de los ojos de Jenkyn. Extendió un brazo para coger una cerilla y calentar con ella el extremo ya cortado del puro, refugiándose en el ritual.

—Eres un inocentón —replicó con amargura—. No tienes ni idea de lo que habría hecho por ti. Del poder que podrías haber ostentado. Te habría llevado conmigo y te habría enseñado el mundo tal como es en realidad. Pero has preferido traicionarme después de todo lo que te he dado. Después de que yo te creara. Como un labriego ignorante, prefieres aferrarte a tus ilusiones.

—A la moral —lo corrigió Ethan con delicadeza—. Un hombre tan preeminente como usted debería conocer la diferencia. Jenkyn, usted no debería formar parte del gobierno. Ningún hombre que cambia de principios morales con la misma facilidad con la que se cambia de ropa debería ostentar poder sobre la vida de los demás. —Observó cómo el que fuera su mentor encendía el puro. Lo invadió una sensación de paz y de levedad, como si lo hubieran liberado, como si se hubiera quitado un peso de encima con el que cargaba desde hacía años. Miró de reojo a Garrett, que parecía estar examinando los objetos emplazados en la repisa de la chimenea, y sintió una oleada de ternura mezclada con deseo. Lo único que quería era alejarla de ese lugar y encontrar una cama en algún sitio, donde fuera. Pero no movido por la pasión, al menos no todavía. Deseaba abrazarla y saber que estaba segura entre sus brazos, y dormir. Se sacó el reloj de bolsillo del chaleco y miró la hora. La una y media de la madrugada—. Los periódicos ya están imprimiéndose —dijo a la ligera—. Uno de los editores del *Times* me ha dicho que pueden imprimir veinte mil copias en una hora. Eso significa que habrá unos sesenta o tal vez setenta mil ejemplares listos para repartir por la mañana. Espero que su nombre aparezca bien escrito. Lo escribí yo mismo, para asegurarme.

Jenkyn soltó despacio el puro sobre el cenicero de cristal mientras lo miraba con creciente furia.

—Casi se me olvida mencionar el encuentro que he mantenido hoy con ellos —añadió Ethan—. Yo tenía información muy interesante que ofrecerles y ellos estaban ansiosos por oírla.

—¡Estás de farol! —exclamó Jenkyn con el rostro demudado por la rabia.

—Pronto lo descubriremos, ¿no le parece? —Ethan hizo ademán de devolver el reloj al bolsillo del chaleco, pero estuvo a punto de tirarlo al suelo por la sorpresa que le produjo oír una especie de zumbido seguido por un golpe seco, el chasquido de un hueso al romperse y un grito de dolor. Su cuerpo se tensó, listo para entrar en acción, pero se detuvo al ver el gesto que le hacía Garrett, con un atizador al lado de Jenkyn, que había doblado el cuerpo por la cintura mientras se agarraba el brazo y gritaba de dolor.

—Me he desviado algo más de siete centímetros de mi objetivo —comentó Garrett, que miraba el atizador de hierro con el ceño fruncido—. Probablemente porque pesa más que mi bastón.

—¿Por qué lo has hecho? —quiso saber Ethan, perplejo.

Garrett cogió un objeto de la mesita y se lo enseñó.

—Esto estaba en la caja de los puros. La sacó a la par que sacaba el puro.

Ethan se acercó para quitarle la pistola de la mano y Garrett dijo:

—Sir Jasper parece pensar que fue él quien te creó, y que por lo tanto tiene el derecho de destruirte si así lo desea. —Esos ojos verdes observaron, gélidos, al hombre que gemía en el sillón. Añadió con brusquedad—: Se equivoca de parte a parte.

El mayordomo y un criado entraron en tromba en la estancia, seguidos por los dos guardias de seguridad. Los gritos y las preguntas se sucedían, pero Garrett dejó que fuera Ethan quien se encargara de todo.

—Cariño, cuando acabemos aquí —dijo en voz lo bastante alta como para que la oyera por encima del jaleo—, ¿podemos ir algún sitio donde no intenten dispararte?

25

Durante los turbulentos días posteriores, Garrett descubrió muchos motivos para estar alegre. Su padre regresó de sus vacaciones en la propiedad costera del duque de Kingston, y comprobó que el régimen de sol, aire fresco y baños de agua salada había hecho maravillas con su salud. Había engordado un poco, tenía las mejillas sonrosadas y estaba de muy buen humor. Según Eliza, que también parecía animada y rebosante de salud, los duques, así como toda la familia Challon, habían malcriado, consentido y convertido en el centro de atención a Stanley Gibson.

—Se reían de todos sus «chistes» —le aseguró Eliza—, incluso de ese tan antiguo del loro.

Garrett dio un respingo y se tapó los ojos con las manos.

—¿Les ha contado el chiste del loro?

—Tres veces. ¡Y a todos les gustó la tercera vez tanto como la primera!

—No les gustó —protestó Garrett, que lo miraba por entre los dedos—. Solo estaban siendo amables.

—El duque jugó al póquer con el señor Gibson en dos ocasiones —siguió Eliza—. Se desmayaría usted si le dijera lo que ganó.

—¿El duque? —preguntó Garrett con un hilo de voz, mientras por su mente pasaba la imagen de la prisión de deudores.

—¡No, su padre! Al parecer, el duque es el peor jugador de póquer del mundo. El señor Gibson le dio una paliza, las dos veces. Su padre lo habría dejado en la ruina si hubiéramos prolongado nuestra estancia. —Eliza guardó silencio y la miró con perplejidad—. Doctora, ¿por qué apoya la cabeza en la mesa?

—Para descansar un poco —dijo Garrett en voz baja. El duque de Kingston, uno de los hombres más poderosos e influyentes de Inglaterra, poseía un club de juego y, además, lo había dirigido en persona durante sus años mozos. Desde luego que no era el peor jugador de póquer del mundo y era más que evidente que había aprovechado las partidas como pretexto para llenarle los bolsillos de dinero a su padre.

La incomodidad por haber supuesto semejante carga para la generosidad de la familia Challon quedó pronto olvidada gracias a la alegría de regresar a la clínica y pasar consulta de nuevo. Empezó el primer día limando asperezas con el doctor Havelock, que se dirigió a ella con una inseguridad poco característica en él.

—¿Puede perdonarme? —fue lo primero que le preguntó.

Garrett lo miró con una sonrisa radiante.

—No hay nada que perdonar —contestó sin más y después lo sorprendió haciendo algo que el hombre no esperaba en absoluto: lo abrazó de forma espontánea.

—Esto es muy poco profesional —protestó él, aunque no se apartó.

—Prefiero que sea honesto conmigo —le dijo Garrett al tiempo que apoyaba una mejilla en su hombro—. Sé que en aquel momento trataba de hacer lo que era mejor para mí. Aunque no estaba de acuerdo con su opinión, desde luego que la entiendo. Y no se equivocaba usted. Pero dio la casualidad de que la suerte me sonrió de forma inesperada y de que mi paciente era tan duro como el cuero curtido.

—Fue un error por mi parte menospreciar sus habilidades.

—Havelock la miró con cariño, algo inusual en él, mientras se apartaba—. No volveré a hacerlo. Y sí, ese joven es un tipo extraordinariamente resistente. —Enarcó sus cejas canosas mientras le preguntaba con jovial emoción—: ¿Vendrá a visitar la clínica? Me gustaría hacerle un par de preguntas sobre las intenciones que tiene para con usted.

Garrett se rio.

—Estoy segura de que vendrá cuando pueda. Sin embargo, ya me ha advertido de que estará muy ocupado durante los próximos días.

—Sí —convino Havelock, de nuevo serio—. Vivimos unos días tumultuosos, con escándalos e incertidumbres tanto en el Ministerio del Interior como en la Policía Metropolitana. Y su señor Ransom parece ser una figura clave en todo eso. Se ha hecho famoso en un corto periodo de tiempo, de manera que me temo que sus días de vagar por Londres sin ser reconocido han quedado atrás.

—Supongo que tiene usted razón —murmuró Garrett, atónita por la idea. Ethan estaba muy acostumbrado a disfrutar de completa intimidad y libertad. ¿Cómo iba a enfrentarse a ese cambio en sus circunstancias?

Sin embargo, no tuvo oportunidad de preguntárselo. Durante las siguientes dos semanas, Ethan no fue a verla ni una sola vez. Todos los días le llegaba una nota, consistente en unas cuantas palabras escritas de forma apresurada en una tarjeta. A veces, la nota llegaba acompañada de unas florecillas recién cogidas o de una cesta de violetas. Se vio obligada a buscar su nombre en los artículos de la prensa diaria para seguir sus pasos. El *Times* había sobrecogido a la nación con una serie de artículos relacionados con la red ilegal de espías que operaba desde el Ministerio del Interior. Ethan no paraba de ir de un lado a otro, ya que se requería su participación en múltiples investigaciones y reuniones confidenciales.

Haber estado implicado en un servicio de inteligencia clandestino era de por sí bastante malo para Jenkyn, pero cuando se informó de que también había conspirado y planeado atentados con radicales violentos y con conocidos criminales, a fin de acabar con cualquier posibilidad de que se aprobara el autogobierno para Irlanda, la opinión pública estalló. El operativo secreto de Jenkyn fue desmantelado y la mayoría de sus agentes en activo acabó en la cárcel.

No tardaron en encontrar el cargamento de explosivos de El Havre y se demostró de forma irrefutable que los responsables de su desaparición eran los agentes especiales al servicio del Ministerio del Interior. Lord Tatham, el ministro del Interior, no tardó en presentar su dimisión. Las dos cámaras del Parlamento crearon sendas comisiones de investigación y programaron sesiones extraordinarias para dilucidar hasta dónde llegaba la corrupción del Ministerio del Interior.

Estaban rodando cabezas. Fred Felbrigg fue obligado a dimitir y a someterse a una investigación por haber incurrido supuestamente en ciertos delitos y prácticas ilegales. Entretanto, la Policía Metropolitana se sumió en el caos. Era evidente que se necesitaba una reorganización completa, pero nadie sabía muy bien por dónde empezar.

A Garrett solo le importaba el bienestar de Ethan. Se había visto arrastrado a una vorágine de actividad desde que regresaron de Hampshire, en vez de descansar que era lo que debería haber hecho. ¿Habría frenado eso su recuperación física? ¿Estaría comiendo bien? Garrett no tenía más alternativa que sumergirse en el trabajo y esperar con paciencia.

El décimo cuarto día, después de que hubiera visto a su último paciente del día, Garrett se encontraba en su consulta, tomando notas, cuando oyó que alguien llamaba a la puerta.

—Doctora —oyó que decía Eliza desde el otro lado—, hay un último paciente que quiere que lo atienda.

Garrett frunció el ceño y dejó de escribir.

—No le he dado cita a nadie más.

Eliza replicó después de guardar silencio un instante:

—Es una urgencia.

—¿Qué tipo de urgencia?

Silencio.

Garrett sintió una oleada de calor y después un frío intenso. El pulso se le aceleró. Se obligó a andar hasta la puerta, cuando todos sus instintos le exigían que corriera. Despacio, giró el pomo y abrió.

Allí estaba Ethan, tan grande como siempre, con un hombro apoyado en la pared y sonriéndole. La euforia le provocó un súbito mareo. Era más guapo de lo que recordaba, más imponente, más todo.

—Garrett —dijo él en voz baja, como si su nombre fuera una palabra usada para denominar un sinfín de cosas bonitas, y se vio obligada a plantar bien los pies en el suelo para que no se le derritieran las piernas allí mismo.

«Dos semanas y ni una sola visita», se recordó con severidad.

—No tengo tiempo para más pacientes —le dijo, frunciendo el ceño.

—Pero tengo una enfermedad grave —le aseguró él con tristeza.

—¿Ah, sí?

—La *tibla* me está dando por saco otra vez.

Garrett tuvo que morderse con fuerza la parte interna de los carrillos y carraspear para no soltar una carcajada.

—Me temo que tendrá que ocuparse de ese problema usted mismo —logró decir.

—Necesito atención profesional.

Garrett cruzó los brazos por delante del pecho y lo miró con los ojos entrecerrados.

—Llevo dos semanas esperándote y preocupándome por ti, y ahora apareces sin avisar y quieres que yo...

—No, no, *acushla* —la interrumpió Ethan en voz baja,

mientras sus ojos azules la devoraban—. Lo único que quiero es estar cerca de ti. Te he echado mucho de menos, cariño. Estoy enamorado de ti hasta el tuétano. —Una de sus grandes manos aferró la jamba de la puerta—. Déjame entrar —susurró.

El deseo prendió en su interior como el fuego en la yesca. Abrió la puerta y se apartó con las piernas temblorosas.

Ethan entró en la sala de consulta, cerró la puerta de un puntapié y la inmovilizó contra ella. Antes de que pudiera siquiera respirar, se apoderó de sus labios y la besó con el frenesí de años de sueños y anhelos. Ella gimió y arqueó la espalda hacia él, perdida entre los fuertes brazos que la rodeaban. Ethan le colocó una mano en la cara y le acarició la mejilla.

—Te he deseado durante todos los minutos de cada día —murmuró mientras la rozaba con unos labios tan suaves como el raso. Se apartó de ella y la miró con un brillo risueño en los ojos—. Pero he estado ayudando a desmantelar la Policía Metropolitana, a reparar las partes rotas y a montarla de nuevo. He testificado en dos comisiones de investigación y he hablado de nuevas perspectivas de trabajo... —Inclinó la cabeza para besarla en el cuello. Sus labios eran ardientes y minuciosos en su exploración.

—Supongo que todas son buenas excusas —reconoció ella a regañadientes, tras lo cual buscó de nuevo sus labios. Después de otro beso exquisito y abrasador, abrió los ojos y le preguntó, desconcertada—: ¿Qué nuevas perspectivas de trabajo?

Él le frotó la nariz con la suya.

—Quieren nombrarme asistente del comisario jefe. Mi labor consistiría en organizar un nuevo departamento de investigación con diferentes secciones y el superintendente de cada sección estaría directamente bajo mis órdenes.

Garrett lo miró, asombrada.

—También sería el encargado de reclutar un grupo de doce detectives a los que entrenaría y supervisaría como creyera conveniente. —Guardó silencio y después soltó una carcajada temblorosa—. No sé si se me dará bien, la verdad. Solo me lo han ofrecido porque los superintendentes que estaban bajo el mando de Felbrigg han presentado su renuncia y todos los demás están en la cárcel.

—Se te dará fenomenal —le aseguró Garrett—. La pregunta es si quieres hacerlo.

—Sí —confesó él con una media sonrisa que hizo que el hoyuelo que Garrett adoraba apareciera en su mejilla—. Tendré que adaptarme a un horario más normal. Y la oferta incluye una bonita casa en Eaton Square y línea directa de telégrafo con Scotland Yard. Después de negociar un poco, también he conseguido que añadan un faetón y un par de caballos para mi esposa.

—Para tu esposa —repitió Garrett, con el estómago lleno de mariposas.

Ethan asintió con la cabeza y se metió una mano en un bolsillo.

—No voy a hacerlo al estilo convencional —le advirtió, haciendo que ella soltara una trémula carcajada.

—Me parece perfecto.

Ethan le dejó algo suave y frío en la palma de la mano. Cuando bajó la mirada, vio un silbato de plata con una reluciente cadena también de plata. Al percatarse de que tenía algo grabado, lo observó con más atención.

Siempre que me quieras a tu lado

—Garrett Gibson —lo oyó decir—, tienes una rara habilidad para curar, soy la prueba viviente que lo demuestra. Pero como no te cases conmigo, tendrás que hacerte cargo de mi destrozado corazón. En todo caso, me temo que tendrás que cargar conmigo, porque te quiero demasiado como para vivir sin ti. ¿Te casarás conmigo?

Garrett alzó la vista, aunque tenía los ojos relucientes por las lágrimas, demasiado abrumada por la alegría como para pronunciar una sola palabra.

No tardó en descubrir que era difícil usar un silbato mientras se sonreía. Pero, de todas formas, lo consiguió.

Nota de la autora

Estimados amigos:

Aunque todos mis libros son producto del amor, a este le tengo un cariño especial porque se inspira en la vida de una mujer real maravillosa, la doctora Elizabeth Garrett Anderson. Pese a la fuerte oposición, consiguió su título en Medicina en la Sorbona en 1870. En 1873, consiguió convertirse en la primera mujer con licencia para ejercer la medicina en Gran Bretaña. La Asociación Médica Británica se aprestó a cambiar sus normas poco después para evitar que otras mujeres pudieran sumarse a ella durante los siguientes veinte años. La doctora Anderson fue cofundadora del primer hospital con personal exclusivamente femenino y se convirtió en la primera decana de la escuela de Medicina británica. También fue una activista del movimiento por el sufragio femenino y fue la primera alcaldesa y la primera magistrada de Inglaterra, sirviendo en la maravillosa localidad de Aldeburgh.

El Támesis estaba tan contaminado por los vertidos de aguas residuales y por los químicos industriales en la época victoriana que decenas de miles de londinenses murieron por el cólera. En 1878, un crucero de vapor, el *Princess Alice*, chocó con otra embarcación y se hundió. Murieron más de seiscientos pasajeros, y muchos de los casos no fueron por ahogamiento, sino por asfixia. Según una crónica de la época, las aguas del Támesis «burbujeaban como el agua carbonatada, llena de gases pestilentes». En la actualidad, el Támesis se ha convertido en el río de aguas más limpias que transcurre por una ciudad cosmopolita, y es fuente de vida, lleno de fauna salvaje.

Aunque la conspiración descrita en este libro es, cómo no, ficticia, sí hubo un grupo de agentes secretos, y sin autorización, bajo el mando de Edward George Jenkinson. Él dirigía operaciones clandestinas desde el Ministerio del Interior, y competía en muchas ocasiones con Scotland Yard. Jenkinson fue despedido en 1887 y dicho grupo fue reemplazado por uno oficial, la División Especial para Irlanda.

Dado que soy de las personas que se marean con ver una gota de sangre, no siempre me resultó muy agradable tener que investigar partes del trabajo de Garrett, pero sí que fue fascinante. Sobre todo, la historia de las transfusiones de sangre. En los primeros intentos de los que se tienen noticia, se usó sangre de oveja o de vaca para introducirla en pacientes humanos. Los experimentos no tuvieron un final feliz, por decirlo suavemente, y se prohibió la práctica durante ciento cincuenta años. Los científicos y los médicos retomaron la investigación en el siglo XIX, con diferentes resultados. En 1901, el doctor austríaco Karl Landsteiner descubrió los tres grupos sanguíneos humanos, A, B y O, y descubrió que no se podía mezclar la sangre de individuos incompatibles. Hasta ese momento, el éxito de una transfusión de sangre dependía de si se tenía la suerte de recibir la sangre de un donante compatible.

Como siempre, gracias por los ánimos y la amabilidad. ¡Hacéis que mi trabajo sea maravilloso!

LISA

Receta

Algunas personas se sorprenden al saber que se servían helados, granizados y sorbetes durante el té de la tarde o en las veladas de la época victoriana. Los helados se popularizaron a mediados del siglo XVIII gracias a los artesanos franceses e italianos que llegaron a Londres. Había disponible una increíble variedad de sabores, como flor de saúco, piña, melocotón, agua de rosas, pistacho e incluso pan integral. Aquí va la sencilla receta del preferido de la doctora Garrett Gibson: el helado de limón.

Helado de limón refrescante de Garrett

Ingredientes:

1 naranja (o 1/4 de taza de zumo de naranja)
6 limones (o 1/2 taza de zumo de limón)
2 tazas de agua
2 tazas de azúcar

Preparación:

Ralla uno de los limones (no llegues a la parte blanca de la cáscara, amarga)

Exprime el zumo de la naranja y de los limones

Mezcla el agua y el azúcar, calienta a fuego lento hasta que el azúcar se haya disuelto por completo

Añade la ralladura de limón y los dos tipos de zumo

Vuelca en un molde metálico (un molde alargado para pan es lo que usamos nosotros)

Mételo en el congelador y mueve la mezcla con un tenedor cada cuarto de hora, durante unas tres horas o hasta que el helado de limón haya adquirido una consistencia que te permita sacar las bolas.

Nota: Me da igual si carece de rigor histórico, pero si sustituyes una de las tazas de azúcar por jarabe de maíz, el helado queda mucho más cremoso.